LA MAISON DES SINGES

Cavalière émérite, engagée auprès d'organisations de protection des animaux, Sara Gruen est une romancière canadienne. Après deux premiers romans consacrés au milieu équestre, *La Leçon d'équitation* et *Parcours sans faute*, elle connaît le succès international en 2006 avec *De l'eau pour les éléphants*, qui a été adapté au cinéma en 2011 avec Robert Pattinson et Reese Witherspoon dans les rôles titres.

Paru dans Le Livre de Poche :

De l'eau pour les éléphants

La Leçon d'équitation

Parcours sans faute

SARA GRUEN

La Maison des singes

ROMAN TRADUIT DE L'ANGLAIS (ÉTATS-UNIS)
PAR VALÉRIE MALFOY

ALBIN MICHEL

Titre original :

APE HOUSE
Publié par Spiegel of Grau (Random House, Inc.) à New York, en 2010.

ISBN : 978-2-253-17559-9 – 1re publication LGF

À tous les grands singes
mais tout spécialement à Panbanisha

Donner orange donner moi manger orange moi manger orange donner moi manger orange donner moi toi.

Nim CHIMPSKY, 1970

Gimme gimme more, gimme more, gimme gimme more.

Britney SPEARS, 2007

1

L'avion n'avait pas encore décollé qu'Osgood, le photographe, ronflait déjà tout doucement. Il était assis au milieu, coincé entre John Thigpen et une femme avec des bas café au lait et des chaussures pour pieds sensibles. Sa carcasse penchait fortement vers cette dernière qui, ayant déjà abaissé ostensiblement l'accoudoir, se confondait de plus en plus avec la paroi. Le bienheureux ne se doutait de rien. John lui jeta un regard envieux ; la rédactrice en chef du *Philadelphia Inquirer* n'aimant pas payer pour des chambres d'hôtel, leur visite au Laboratoire de Recherche sur le Langage des Grands Singes avait dû se dérouler sur une seule journée. Voilà pourquoi John, Cat et Osgood avaient pris ensemble le vol de 6 heures du matin pour Kansas City – et cela un premier janvier. John aurait bien aimé fermer l'œil pendant quelques minutes, même au risque de faire des mamours à Osgood, mais il fallait étoffer ses notes tant que ses souvenirs étaient frais.

Ses genoux ne tenant pas dans l'espace imparti, il les pointa vers l'allée. Cat étant derrière lui, incliner son dossier était exclu. Il connaissait son humeur. Elle avait une rangée entière à sa disposition – veine incroyable – mais s'était contentée de demander à l'hôtesse deux gins tonic. Apparemment, bénéficier de ces trois places ne la consolait pas d'avoir dû passer sa journée plongée dans des textes de linguistique, alors qu'elle s'attendait à rencontrer six primates. Elle avait eu beau tenter de camoufler son rhume à l'avance et d'en faire passer les symptômes résiduels pour les manifestations d'une allergie, Isabel Duncan, la scientifique qui les avait reçus, l'avait démasquée aussitôt et expédiée au Département de Linguistique. Si Cat avait essayé d'exercer sur elle son charme légendaire, réservé seulement aux situations les plus critiques, l'autre avait été inflexible. Les Bonobos partageant 98,7 % de leur ADN avec les humains, ils étaient vulnérables aux mêmes virus et on ne pouvait prendre ce risque, d'autant qu'une femelle était enceinte. En outre, le Département de Linguistique venait de recevoir de nouvelles données passionnantes sur les vocalisations des Bonobos. Voilà pourquoi, profondément déçue en plus d'être patraque, Cat avait passé l'après-midi à étudier les « formes dynamiques » et autres mouvements de langue tandis que John et Osgood allaient voir les singes.

— Vous étiez bien derrière une vitre, non ? s'était-elle plainte ensuite, dans le taxi.

Elle était coincée entre les deux hommes, chacun tournant la tête de son côté dans un vain effort pour fuir ses miasmes.

— Comment aurais-je pu les contaminer à travers cette vitre ? Je serais restée au fond de la salle, si elle me l'avait demandé… j'aurais même porté un masque !

Elle s'interrompit pour s'envoyer une pulvérisation d'Afrin dans chaque narine, puis se moucha bruyamment dans son Kleenex.

— Vous savez ce que j'ai dû me farcir, aujourd'hui ? Quel charabia… À « discours », j'étais déjà mal… Après, on me sort des « illocutions déclaratives » et de « modalités déontiques »… bla-blabla…

Elle insista sur le « blabla » avec force gestes, agitant le spray nasal d'une main et le Kleenex chiffonné de l'autre.

— À « unité de rang lexical », j'ai failli griller un fusible ! Comment je fais pour écrire mon papier, moi ?

John et Osgood avaient échangé un regard soulagé en voyant où ils seraient assis pendant le vol du retour. John ne savait pas pour Osgood – ils n'avaient pas eu une minute pour échanger leurs impressions au cours de la journée – mais lui-même avait subi un choc.

Il avait dialogué avec de grands singes. Il leur avait parlé en anglais, et ils lui avaient répondu dans le Langage des Signes Américain, fait d'autant plus remarquable que cela impliquait qu'ils maîtrisaient deux langages humains. L'un d'eux, Bonzi, en connaissait même sans doute trois : elle était capable de communiquer par le biais d'un ordinateur en utilisant un jeu de lexigrammes spécialement conçu à cet effet. Et il y avait toute la complexité de leur propre langage – au cours de la visite, les Bonobos avaient clairement démontré leur aptitude à vocaliser des informations spécifiques comme des arômes de yaourts ou les emplacements d'objets cachés, même quand ils ne pouvaient pas se voir réciproquement. Il les avait regardés dans les yeux et s'était senti en retour, et sans l'ombre d'un doute, considéré par des êtres sensibles, intelligents. Ce n'était pas du tout comme observer des bêtes au zoo, et sa vision du monde en avait été bouleversée.

Être admis sur place par Isabel Duncan n'avait été que la première étape. Une fois Cat expédiée, on les avait fait patienter dans un bureau, le temps de consulter les singes. John avait été prévenu que les Bonobos détenaient un droit de veto sur les visites, et qu'ils étaient réputés pour leur versatilité ; ces deux dernières années, ils n'avaient admis qu'un candidat sur deux en moyenne. Sachant cela, il avait mis toutes les chances de son côté. Après s'être renseigné sur Internet, il avait acheté six sacs à dos, qu'il avait bourrés de nourriture et de jouets – balles, plaids en polaire, xylophones, M. Patate, petites choses à grignoter et autres. Ensuite, il avait téléphoné à Isabel Duncan pour lui demander d'annoncer aux Bonobos qu'il apportait des cadeaux. Et malgré tout, il avait la sueur au front quand Isabel était revenue pour leur déclarer que les singes non seulement toléraient leur présence, mais la réclamaient !

Elle les mena dans la zone d'observation, séparée des singes par une paroi transparente. Elle prit les sacs à dos, disparut dans le couloir, réapparut de l'autre côté, et les distribua. John et Osgood les regardèrent découvrir leurs cadeaux. John s'était tellement rapproché que son nez et son front touchaient la vitre. Il avait presque oublié cette vitre, si bien que lorsque les M&M firent surface et que Bonzi se précipita pour l'embrasser, il faillit en tomber à la renverse.

S'il savait déjà que chacun avait ses préférences (par exemple, Mbongo adorait les petits oignons mais Sam préférait les poires), il fut surpris de découvrir à quel point chacun était différent, presque *humain* par son caractère : Bonzi, matriarche et leader incontesté, était pondérée, sûre d'elle, réfléchie, malgré sa passion déconcertante pour les M&M. Sam, le plus âgé des mâles, était extraverti, charismatique et convaincu de son propre magnétisme. Jelani, un adolescent, était un affreux frimeur à l'inépuisable énergie qui aimait tout particulièrement grimper aux murs pour faire des sauts périlleux arrière. Makena, la femelle enceinte, était sa plus grande fan, mais elle aimait aussi beaucoup Bonzi et passait de longs moments à la toiletter ; tranquillement assise à ses côtés, elle glissait les doigts dans son pelage, avec ce résultat que Bonzi était plus chauve que les autres. Le bébé, Lola, était incroyablement mignonne mais c'était aussi une petite chipie – John l'avait vue tirer une couverture sous la tête de Sam qui faisait la sieste, avant d'aller se réfugier en courant auprès de Bonzi, disant (avec des signes) : MAUVAISE SURPRISE ! MAUVAISE SURPRISE ! (Selon Isabel, déranger le nid d'un Bonobo était une transgression majeure, mais une autre règle l'emportait : pour une mère bonobo, ses petits ont toujours raison.) Mbongo, l'autre mâle adulte, était plus petit que Sam et d'un caractère plus susceptible : il avait cessé toute relation avec John, ce dernier ayant mal compris un jeu nommé « Hou ! Fais-moi peur. » Mbongo avait mis un masque de gorille, et, sur ce, John aurait dû faire semblant d'avoir peur et se laisser poursuivre. Hélas, personne ne lui avait rien dit de ce jeu ; il n'avait même pas compris que Mbongo portait un masque jusqu'au moment où celui-ci, dépité, l'avait enlevé, provoquant le rire de John. Réaction si vexante que Mbongo lui avait tourné le dos et l'avait dès lors tout bonnement ignoré. Isabel avait fini par le réconforter en jouant avec lui, mais il avait refusé de communiquer avec John jusqu'à la fin de la visite, à la grande consternation de ce dernier qui avait l'impression d'avoir frappé un enfant.

— Excusez-moi…

Il leva les yeux et vit un homme debout dans l'allée. Il bougea ses genoux et les casa dans l'espace d'Osgood, ce qui suscita un grognement. Puis, il reprit sa position et aperçut alors une femme, à trois rangs de là, qui tenait un livre dont la couverture familière provoqua en lui une poussée d'adrénaline. C'était le premier roman de sa femme, même si elle lui avait récemment défendu d'utiliser cet adjectif, ce « premier » roman risquant apparemment d'être aussi le dernier. À l'époque où *Dommages collatéraux* avait été publié, encore pleins d'optimisme, Amanda et lui avaient inventé une expression – « vision sublimissime » –, pour décrire le fait de voir un inconnu le lire. Jusqu'à présent, l'expression n'avait pas servi. Il aurait préféré qu'elle fût à sa place. Elle avait grand besoin d'encouragements et il en était quasiment arrivé à la conclusion qu'il était nul dans ce domaine. Il chercha l'hôtesse du regard. Celle-ci étant invisible, il sortit son mobile, souleva légèrement ses fesses et prit une photo.

Le bar ambulant réapparut ; Cat prit de nouveau un gin, John, un café, et Osgood continua à ronfler tandis que son coussin humain fulminait.

John sortit son ordinateur portable et ouvrit un nouveau fichier :

Proches des chimpanzés physiquement, mais plus minces, dotés de membres plus longs, d'une arcade sourcilière moins proéminente. Peau noire, lèvres roses. Cheveux noirs partagés par une raie au milieu. Yeux et faces expressifs. Vocalisations fréquentes et aiguës. Société matriarcale, égalitaire, pacifique. Vie sexuelle intense. Grande solidarité féminine.

Bien qu'informé de la nature démonstrative des Bonobos, il avait été surpris par la fréquence des rapports sexuels, en particulier entre femelles. Les frottements génito-génitaux étaient aussi anodins que des poignées de main. À certains moments cela semblait prévisible, comme juste avant un partage de nourriture, mais sinon on avait peine à repérer les raisons d'une telle promiscuité.

John sirota son café et réfléchit. L'essentiel était de retranscrire l'interview d'Isabel tant qu'il avait les détails en tête : gestes et expressions, ainsi que ce moment – inattendu et charmant – où elle s'était mise à s'exprimer par signes. Il brancha ses écouteurs sur son enregistreur vocal, et commença :

ID : Donc, c'est maintenant qu'on parle de moi ?
JT : Oui.
ID : (*rire nerveux*) Super. On ne peut pas parler de quelqu'un d'autre ?

JT : Non. Désolé.
ID : C'est bien ce que je pensais...
JT : Pourquoi avoir choisi ce travail ?
ID : Je suivais les cours de Richard Hughes – c'est lui qui a créé ce labo – et il nous parlait parfois de ses recherches... C'était absolument fascinant.
JT : Il est mort récemment, n'est-ce pas ?
ID : Oui. (*pause*) Cancer du pancréas.
JT : Ah... J'en suis désolé. Bon, ces cours... c'était des cours de linguistique ? De zoologie ?
ID : Psychologie. Psychologie du comportement.
JT : C'est dans ce domaine que vous avez obtenu vos diplômes ?
ID : Ma licence. Je crois qu'à l'origine, j'avais cru que ça pourrait m'aider à comprendre ma famille... euh, minute, on peut zapper... ?
JT : Quoi ?
ID : L'allusion à ma famille. Vous pouvez l'effacer ?
JT : Pas de problème.
ID : (*geste de soulagement*) Ouh là là ! Merci. Bon, donc, en gros, j'étais cette étudiante en psycho un peu paumée quand j'ai entendu parler de ce projet... Je suis allée voir et dès que j'ai rencontré ces singes, j'ai compris que c'était ma voie. Je ne pourrais pas analyser cela en détail. J'ai supplié le Dr Hugues de m'embaucher. J'aurais lavé par terre, nettoyé les chiottes, fait la lessive, rien que pour être auprès d'eux. Ils sont... (*longue pause, regard lointain*)... Comment vous expliquer ? C'est

ainsi… J'ai eu le sentiment que c'était mon univers.

JT : Donc, il vous a admise.

ID : Pas tout à fait (*rires*). Il m'a dit que si je suivais des cours de linguistique générale pendant l'été, lisais toute son œuvre, et revenais en maîtrisant parfaitement le langage des signes, il y réfléchirait.

JT : Et c'est ce que vous avez fait ?

ID : (*semble surprise*) Oui. C'est ce que j'ai fait. Jamais je n'ai autant bossé de ma vie. Autant vouloir apprendre à parler couramment japonais en quatre mois. L'ASL, ce n'est pas seulement de l'anglais par signes – c'est une langue en soi, avec une syntaxe propre. On a en général la structure temps-sujet-action, mais il existe des variantes, tout comme en anglais. Par exemple, on peut dire (*elle se met à signer*) : « Jour-passé moi manger cerises », ou encore : « Jour-passé manger cerises moi ». Mais ça ne signifie pas qu'on n'utilise pas la structure sujet-verbe-objet ; c'est simplement qu'on n'utilise pas les verbes d'état.

JT : Je suis largué…

ID : (*rire*) Désolée !

JT : Donc, vous êtes revenue, vous l'avez épaté, et vous avez été embauchée.

ID : Je ne sais pas si je l'ai épaté…

JT : Parlez-moi de ces singes.

ID : Oui… ?

IT : Vous voir avec eux aujourd'hui, puis parler moi-même avec eux… et réussir à en vexer un – ça m'a ouvert les yeux.

ID : Il s'en remettra.

JT : Ça m'étonnerait. Mais vous comprenez combien cela peut sembler étrange à un profane ? L'idée qu'on peut vexer un animal en société et ensuite avoir à se faire pardonner ? Au risque de ne pas y parvenir ? L'idée qu'on peut dialoguer avec des singes, qui plus est par le biais d'un langage humain… et tout simplement parce qu'ils en ont envie… ?

ID : Bravo, il a tout compris !

JT : C'est ça, fichez-vous de moi… !

ID : Désolée, mais oui, c'est là tout l'intérêt de notre travail. Les singes acquièrent le langage par imprégnation et désir de communiquer, tout comme les petits d'homme, et à âge égal, ils ont approximativement les mêmes possibilités. J'aimerais cependant aller un peu plus loin…

JT : Oui… ?

ID : Les Bonobos ont leur propre langage. Vous l'avez constaté aujourd'hui – Sam a dit à Bonzi où il avait caché la clé, alors même qu'ils étaient dans des pièces différentes et ne pouvaient se voir. Elle est allée directement chercher cette clé, sans regarder ailleurs. On ne pourra peut-être jamais utiliser leurs vocalisations afin de communiquer avec eux pour les mêmes raisons qu'ils ne peuvent pas parler l'anglais – notre larynx et nos cordes vocales ne sont pas adaptés, c'est sans doute une question de gènes, mais je crois qu'il est grand temps qu'on tente de décoder cela…

JT : Le sexe…

ID : Le sexe ?

JT : Ils n'arrêtent pas… Et ce sont des virtuoses en ce domaine. Visiblement, ce n'est pas uniquement pour procréer.

ID : Exact. Les Bonobos – avec les dauphins et les humains – sont les seuls animaux à forniquer pour le plaisir.

JT : Pourquoi font-ils cela ?

ID : Et vous, pourquoi le faites-vous ?

JT : Euh… Bon, d'accord. Passons…

ID : Pardon. C'est une bonne question. Nous pensons qu'il s'agit d'un mécanisme pour soulager les tensions, résoudre les conflits et resserrer les liens d'amitié, bien que cela ait aussi à voir avec la taille du clitoris des femelles et le fait qu'elles sont sexuellement réceptives indépendamment de l'œstrus. Que cela façonne ou reflète la culture des Bonobos, c'est matière à débat scientifique, mais il existe plusieurs faits connexes : la nourriture est abondante dans leur habitat naturel, ce qui signifie que les femelles ne sont pas en compétition pour nourrir leurs petits. Elles nouent de solides amitiés et se liguent pour « corriger » les mâles agressifs, empêchant ainsi leurs gènes d'entrer dans le pool génétique, ce qui fait que, à la différence des chimpanzés, les Bonobos mâles ne pratiquent pas l'infanticide. Peut-être est-ce qu'ils ne savent pas identifier leur propre progéniture, ou que les mâles autorisés à se reproduire s'en fichent et que ce trait passe de génération en génération. Ou parce que les femelles les lyncheraient. Comme je vous l'ai dit, ceci est matière à discussion…

JT : Les singes savent qu'ils sont des singes, ou se prennent-ils pour des humains ?

ID : Ils savent qu'ils sont des singes, mais pas au sens où vous l'entendez.

JT : Expliquez-vous…

ID : Ils savent qu'ils sont des Bonobos, et que nous sommes des humains, mais cela n'implique pas l'idée de domination, de supériorité. Nous sommes, nous tous, des collaborateurs. Une famille.

John éteignit l'enregistreur et referma son portable. Il aurait aimé poursuivre sur cette idée de famille, mais comme elle avait aussitôt fait machine arrière, il n'avait pas insisté. Intéressant aussi, le fait qu'elle avait appelé par la suite les Bonobos « sa » famille. Il pourrait peut-être la convaincre de lui accorder une autre interview. En tout cas, le contact avait été établi – contact qui, à un moment donné, avait frisé dangereusement le flirt, même si, à chaque kilomètre qui passait, il éprouvait moins de remords. Elle était indubitablement attirante, élancée et même athlétique, avec ses cheveux blonds et raides qui lui arrivaient presque à la taille, mais son charme était naturel : elle n'était pas maquillée, ne portait pas de bijoux, et ne devait sûrement pas être consciente de son pouvoir de séduction. Non, ils avaient juste sympathisé ; elle finirait peut-être par accepter de lui livrer son histoire familiale. C'était le genre de détail dont raffolaient les lecteurs, même si son article promettait déjà d'en regorger. Elle avait fait d'autres commentaires intéressants quand elle avait mis le masque de gorille pour faire une démonstration correcte de « Hou ! Fais-moi peur ». Après avoir « attrapé » Mbongo, ils s'étaient roulé par terre en se chatouillant et riant (elle : un rire franc et clair ; lui, un sifflement très discret, mais son expression montrait bien qu'il riait). John avait été surpris par l'intensité de cette bagarre, ayant cru comprendre que travailler avec de grands singes était très dangereux. Même s'il avait lu que les Bonobos étaient différents, il ne s'était pas attendu à la voir si physiquement à l'aise avec eux. Sa surprise avait dû se voir, car elle s'était interrompue pour lui dire : « Avec les années, ils sont devenus plus humains, et moi plus semblable à eux », et à ce moment-là il avait éprouvé un éclair de compréhension, comme s'il avait été autorisé à jeter un coup d'œil par le trou de la serrure.

2

Isabel se pencha depuis le seuil, survolant du regard les chariots des repas. Seule Lola – deux ans – réagit à sa présence en lançant un bref regard dans sa direction. Elle était minuscule, comme tous les bébés bonobos, et se cramponnait à la poitrine et au cou de Bonzi, tantôt tétant sa mère, tantôt laissant le sein glisser de ses lèvres.

Les Bonobos se prélassaient par terre, dans des nids formés de couvertures soigneusement arrangées, et regardaient *Greystoke : La Légende de Tarzan, Seigneur des Singes.*

De tous, Bonzi était la plus maniaque – elle utilisait toujours précisément six couvertures, les jetant les unes par-dessus les autres et les bordant de façon à créer un cocon douillet. Isabel, encline elle-même à la maniaquerie, adorait la voir tripatouiller son nid, qui devait être juste comme ceci et comme cela avant qu'elle n'invite Lola à la rejoindre, se frappant la poitrine de ses mains et signant : BÉBÉ VENIR.

Jelani et Makena étaient allongés, tête contre tête, sur leurs couvertures. De leurs longs doigts ils s'exploraient mutuellement et paresseusement le visage et la poitrine, s'ôtant des poux imaginaires.

Quand John Clayton, Septième Comte de Greystoke, fit glisser la fine chemise de nuit des épaules de miss Jane Porter, ils relevèrent le menton et échangèrent un long baiser langoureux.

Sam s'étala sur le dos, un bras derrière la tête et une jambe croisée par-dessus l'autre. Son pied se balançait et il avait attaqué l'écorce d'une pastèque, rongeant ce qui restait de pulpe sucrée. Mbongo s'était fait son nid à l'autre bout de la pièce et il avait enveloppé d'une couverture son nouveau sac à dos afin que Sam n'en remarque pas le volume suspect. Mbongo ayant crevé presque tout de suite sa propre balle, il avait « emprunté » celle de Sam. Découvrant des canines impressionnantes, il regardait alternativement, d'un air inquiet, Sam et son trésor. Soulevant un coin du plaid, il jeta un coup d'œil en dessous, puis s'empressa de le camoufler à nouveau. Il était trop nerveux pour que ça dure ; Sam allait le remarquer.

Ne voulant pas troubler la séance de cinéma, Isabel retira les chariots vides en silence. Elle les sortit un par un et les confia à Celia, une jeune fille de dix-neuf ans à la chevelure rouge magenta. Une fois tous les chariots dans la cuisine, toutes deux se mirent à débarrasser. Celia empilait les assiettes creuses en plastique tandis qu'Isabel retirait épluchures et trognons, jetant les détritus dans le broyeur et se passant les mains sous l'eau.

Enfin, Celia rompit le silence.

— Alors, cette visite VIP… ?

— Ça s'est bien passé. Beaucoup de parlote. Beaucoup de photos géniales – comme le photographe avait un numérique, j'en ai déjà vu plein…

— Des gens connus ?

— Ils sont du *Philadelphia Inquirer*. Cat Douglas et John Thigpen. Ils achèvent une série sur les grands singes.

Celia prit un air méprisant.

— Catwoman et *Pigpen* ! J'adore. Qu'en ont dit les singes ?

— Je n'ai laissé entrer que John. Comme elle, elle avait la crève, je l'ai expédiée au Département Linguistique.

— David et Eric étaient là ? Un premier janvier ?

— Ils ont reçu un nouvel analyseur de spectre sophistiqué. Leur nouveau joujou…

— Et elle a apprécié… ?

Isabel sourit à l'assiette qu'elle tenait.

— Disons que je leur revaudrai ça. Cette femme est une garce…

— Ah ! Et Thigpen connaît le langage des signes ?

— John ? Non. J'ai traduit leurs réponses.

Après un silence, elle ajouta :

— Pour la plupart.

Celia haussa un sourcil orné d'un piercing.

— Mbongo l'a traité de « méchant sale cabinet » à un moment donné, et j'ai dû paraphraser…

— Et qu'avait-il fait pour mériter ça ? demanda la jeune fille en riant.

— Il s'est complètement planté dans « Hou ! Fais-moi peur ».

Celia prit une assiette en plastique qu'elle examina sous des angles divers, tâchant de déterminer si elle avait été lavée ou léchée à la perfection.

— À sa décharge, c'est un jeu difficile à pratiquer à travers une vitre.

— C'était pire que ça… Mais on lui a montré comment on joue à ce jeu-là. Et aux autres. Tout y est passé. À la grande joie du photographe…

— Peter est venu aujourd'hui ?

En voilà un tournant ! songea Isabel, qui lui lança un regard à la dérobée. La jeune stagiaire contemplait le fond de l'évier avec un demi-sourire. Apparemment, le Dr Benton était devenu « Peter » pour elle en l'espace de vingt-quatre heures.

— Non, je ne l'ai pas vu, répondit-elle, prudente.

La veille, nuit de la Saint-Sylvestre, Isabel s'était retrouvée pompette après avoir grignoté quatre dés de fromage et bu trois cocktails corsés (« Un Spécial Glenda ! » s'était exclamé leur hôte et mari de Glenda, en lui fourguant un verre qui contenait la boisson bleue et glacée). D'ordinaire, Isabel ne buvait pas – elle venait même d'acheter sa première bouteille de vodka afin d'avoir quelque chose à offrir à d'éventuels invités – mais c'était la première soirée réunissant les gens du labo depuis le décès de Richard Hugues, et chacun s'appliquait à faire semblant d'être gai. Épuisant. Isabel avait essayé d'être dans la note, mais quand elle s'était rendue en titubant aux toilettes et avait aperçu sa figure empourprée dans la glace, elle avait alors vu quelque chose d'encore plus effrayant que n'était censé l'être le masque de gorille de « Hou ! Fais-moi peur » : sa mère en plus jeune, chancelante et défaite. Isabel n'était pas habituée à se maquiller et elle avait réussi à se barbouiller la joue de rouge. Des cheveux s'échappaient de son chignon comme des brins de paille. Elle jeta le reste de son troisième cocktail dans le lavabo, fit fondre les glaçons bleutés sous l'eau chaude, et tenta de s'éclipser avant de se ridiculiser davantage. Peter, qui n'était pas seulement le successeur du Dr Hugues, mais aussi son fiancé, l'avait trouvée dans le hall, ses escarpins à la main, effondrée contre le mur. À sa vue, elle avait éclaté en sanglots.

Il s'était accroupi pour lui toucher le front, l'air inquiet, avant d'aller chercher un linge humide et frais, qu'il lui avait appliqué sur les joues.

— Tu es sûre que ça va ? dit-il un peu plus tard, en l'aidant à monter dans un taxi. Laisse-moi t'accompagner.

— Non, ça va très bien, dit-elle, et sur ce elle vomit par la portière.

Le chauffeur l'observait d'un air paniqué à travers le rétroviseur. Peter souleva son pantalon afin d'examiner ses chaussures et se pencha pour la regarder de plus près. Ses sourcils formaient un *V* en biais sous une succession de lignes ondulées. Il respecta un silence, puis déclara :

— Je t'accompagne. Attends-moi, je vais chercher mon manteau.

— Mais non, ce n'est pas la peine.

Elle chercha à tâtons un Kleenex dans son sac, atrocement vexée. Elle ne pouvait pas supporter de se montrer ainsi.

— Reste ! dit-elle en agitant la main dans la direction approximative de la fête. Ne t'en fais pas pour moi. C'est le Nouvel An…

— Tu es sûre ?

— Sûre et certaine.

Elle renifla, opina, et redressa les épaules. Après l'avoir examinée encore un moment, il déclara :

— Bois beaucoup d'eau. Et prends un Tylenol.

Elle acquiesça. Malgré son état d'ébriété, elle voyait bien qu'il hésitait à l'embrasser. Elle eut pitié de lui, claqua la portière sur sa robe en taffetas, et fit signe au chauffeur de rouler.

Après, elle ignorait ce qui avait bien pu se passer. La fête n'avait pas tout à fait viré à la beuverie, mais c'était l'idée générale – chagrin voilé, alcool à gogo, et ressentiment chez quelques-uns à propos de la nomination de Peter, il y avait tout pour rendre l'atmosphère bizarre et instable. Peter n'avait intégré le labo que depuis un an, et certains estimaient que son poste aurait dû revenir à une personne investie depuis plus longtemps dans ce projet.

Une journée s'était passée, mais elle se sentait toujours aussi patraque. Calant son estomac contre le plan de travail, elle jeta de nouveau un regard à Celia, dont les tatouages multiples aux bras étaient mis en évidence par son débardeur orange porté par-dessus le soutien-gorge bleu vif – en janvier. Celia avait-elle tenté d'intriguer à cette soirée ? On danse, on drague, et quand sonnent les douze coups de minuit, on est juste où il faut pour se faire embrasser ?

Isabel soupira. Elle n'avait pas le droit de le prendre mal : sa relation avec Peter n'était pas encore officielle. Il lui avait déclaré sa flamme seulement quelques jours plus tôt, après une cour intensive et passionnée – Isabel n'avait jamais succombé aussi vite – mais pour diverses raisons, dont la bataille juridique qui l'opposait à son ex-femme pour la garde des enfants ou son image auprès des collègues, il pensait préférable de faire profil bas jusqu'au jour où ils se mettraient en ménage. D'ailleurs, même si l'intéressée ne s'en doutait visiblement pas, Peter n'appréciait guère la jeune stagiaire.

— Quoi ?

La jeune fille cessa de repêcher des épluchures de légumes au fond de l'évier pour examiner son bras.

Isabel s'aperçut qu'elle reluquait ces tatouages. Elle reporta son regard sur la vaisselle.

— Rien. J'ai mal au crâne.

Bonzi tourna à l'angle et s'approcha d'un pas tranquille. Lola était juchée sur son dos, façon jockey – s'agrippant par ses petits doigts aux épaules de sa mère.

Celia jeta un coup d'œil en arrière et lui lança :

— Bonzi, tu as essayé d'embrasser le visiteur ?

Bonzi eut un sourire jubilatoire et pivota sur son derrière, se propulsant avec les pieds. Elle mit les doigts à ses lèvres puis sur sa joue, par deux fois, avant de croiser les mains par-dessus sa poitrine, signant : BISE BISE BONZI AMOUR.

— Et Mbongo ? dit Celia en riant. Lui aussi, il a apprécié le visiteur ?

Bonzi réfléchit, puis elle remua les doigts sous son menton et abaissa sa main, paume vers le bas, signant : MÉCHANT SALE ! MÉCHANT SALE !

— Mbongo pense que ce visiteur est un con ? poursuivit Celia, tout en empilant des assiettes propres.

— Celia ! aboya Isabel. Surveille ton langage !

C'était précisément la raison pour laquelle Peter n'avait pas été content quand Richard Hugues avait choisi Celia parmi une demi-douzaine d'autres candidats de valeur pour ce stage convoité. Son langage très libre l'inquiétait. Si jamais un Bonobo relevait une phrase injurieuse et l'utilisait dans le contexte approprié le nombre de fois requis, cette phrase devrait être incorporée au lexique officiel. Qu'un Bonobo sorte de lui-même une insulte comme « méchant sale cabinet » était une chose ; c'en était une autre d'apprendre « con » grâce à un humain.

Tout en conversant avec Celia, Bonzi regardait à présent Isabel avec intensité. Son expression vira à l'inquiétude. SOURIRE CÂLIN, signa-t-elle. BONZI AIMER VISITEUR, BISE BISE.

— Ne t'en fais pas, Bonzi. Ce n'est pas après toi que j'en ai, déclara Isabel, parlant et signant simultanément.

Elle jeta un regard accusateur à Celia pour enfoncer le clou.

— Tu ne veux pas regarder la fin du film ?

VOULOIR CAFÉ.

— D'accord, je vais faire du café.

VOULOIR BONBON CAFÉ. ISABEL ALLER. VITE DONNER MOI.

Isabel se mit à rire et prit un air offensé.

— Tu n'aimes pas mon café ?

Bonzi s'assit sur son derrière, l'air penaud. Lola grimpa sur son épaule et regarda Isabel en plissant les yeux.

— Tu as raison ! Moi non plus, je ne l'aime pas… Tu veux un « caramel macchiato » ?

Bonzi poussa des cris ravis. BON BOIRE. ALLER VITE, disaient ses mains.

— OK. Avec du marshmallow par-dessus ? dit Isabel, utilisant le terme de Bonzi pour la mousse de lait.

SOURIRE SOURIRE CÂLIN CÂLIN.

Isabel jeta le torchon humide par-dessus son épaule et essuya ses mains encore mouillées sur ses cuisses.

— Tu veux que j'y aille ? dit Celia.

— Euh… oui. Merci.

Cette proposition l'étonna, mais la soulagea aussi à cause de sa migraine. Théoriquement, Celia avait fini sa journée de travail depuis un quart d'heure.

— Moi, je vais continuer de ranger…

Celia resta sur place tandis qu'Isabel alignait les chariots contre le mur.

— Hum… ! dit-elle enfin.

Isabel releva la tête.

— Quoi ?

— Je peux emprunter ta voiture ? La mienne est chez le garagiste.

Eurêka. Isabel faillit en éclater de rire. Celia aurait besoin d'être ramenée chez elle.

Elle palpa ses poches ; une boule cliqueta.

PRENDRE PHOTO, dit Bonzi.

— Prends le Caméscope, dit Isabel, en lui jetant les clés. Et surtout, demande bien du déca'. Et du lait écrémé.

Celia opina et attrapa le trousseau au vol.

Tous les Bonobos – mais surtout Bonzi – aimaient regarder des vidéos montrant des êtres humains s'activer pour eux. Autrefois, ils avaient accompagné les chercheurs quand il s'agissait de petites courses, mais tout cela avait pris fin le jour où Bonzi, empoignant le volant, avait failli se payer un poteau téléphonique. Isabel avait réussi à freiner avant le choc, mais non sans avoir quitté la route. Cela s'était passé peu après que la voiture du Dr Hugues avait été cernée à un drive-in McDonald's, le conducteur d'un minibus ayant vu dans son rétroviseur Mbongo – qui avait réussi à commander un cheeseburger, son péché mignon – sur le siège passager. L'instant d'après, une meute d'adultes et d'enfants assaillaient la voiture – « Un singe ! Un singe ! » – tout en essayant de passer les bras par les fenêtres. La réaction de Mbongo avait été de plonger sous la banquette tandis que le Dr Hugues remontait les vitres, mais cela, avec l'épisode « Bonzi pilote », avait sonné le glas des sorties.

Les Bonobos souffrant d'être coupés du monde extérieur (même si, quand on leur posait la question, ils étaient convaincus que la double clôture électrifiée et le fossé autour du terrain de jeu étaient là pour empêcher les gens et les tigres d'entrer, et non les Bonobos de sortir), Isabel et les autres leur apportaient ce monde sous la forme de vidéos. Jusque-là, aucun commerçant n'avait refusé d'être filmé.

— Tâche d'écraser quelques manifestants, par la même occasion, déclara-t-elle.

— Il n'y a personne dehors…

— Ah bon ?

Depuis presque un an, un groupe campait devant les grilles presque tous les jours. Ils brandissaient en silence des pancartes montrant des primates soumis à d'horribles expériences. Comme ces protestataires ignoraient visiblement quelles étaient les activités du centre, Isabel les ignorait elle aussi.

Celia ouvrit le viseur du Caméscope et appuya sur le bouton pour vérifier la batterie.

— Larry-Harry-Gary et le Gogol aux cheveux verts étaient là tout à l'heure, mais ils avaient disparu quand je suis sortie pour fumer une clope…

— Le « Gogol-aux-cheveux-verts » ? Tu t'es bien regardée, avec tes cheveux rose indien ?

— C'est pas rose indien, dit Celia en tripotant une boucle de punkette au-dessus de son oreille. C'est fuchsia. Et ses cheveux me dérangeraient pas, si c'était pas un trouduc…

— Celia ! Ton langage !

Isabel tourna brusquement la tête et nota avec soulagement que Bonzi était retournée voir la télévision, ratant cette occasion d'enrichir son vocabulaire.

— Surveille-toi ! Je ne plaisante pas…

La jeune fille haussa les épaules.

— Et alors ? Ils m'ont pas entendue.

De nouveau, Isabel sentit son regard dériver vers Celia. Ses tatouages la fascinaient presque autant qu'ils la révulsaient. Un labyrinthique tourbillon de nus et de sirènes tombant en cascade de ses épaules pour batifoler jusque sur ses avant-bras, cheveux et seins enlacés par les membres et les queues écailleuses de créatures infernales. Quelques fers à cheval et crânes avec des marguerites dans les orbites pleuvaient sur l'ensemble, interprété dans des roses rougeâtres, des jaunes, des violets et des verts bleutés fantomatiques. Isabel n'avait que huit ans de plus que Celia, mais son propre genre de rébellion avait consisté à plonger le nez dans des livres et à grimper dans le train du savoir pour fuir le plus vite possible le milieu familial.

— Bon, j'y vais…, déclara la jeune fille en fourrant le Caméscope sous son bras.

Isabel retourna à sa vaisselle, tout en écoutant les pas décroître dans le couloir.

Un instant plus tard, la porte s'ouvrit en grinçant. Isabel pivota sur ses talons.

— Minute ! Tu as bien un permis de...

Elle se referma en claquant. Isabel la contempla fixement ; puis, prenant un flacon de Lubriderm, elle alla regarder la fin du film.

Sam avait repris possession de sa balle, et Mbongo boudait dans son nid – image même de la désolation. Il avait sur ses épaules son nouveau sac à dos, dont la forme déprimée trahissait l'absence de la balle. Il était prostré, le dos rond et les bras croisés. Isabel s'agenouilla à ses côtés et lui toucha l'épaule.

— Sam a repris sa balle ? demanda-t-elle, parlant et signant en même temps.

Mbongo regardait tristement dans le vide.

— Tu veux un câlin ?

Au début, il ne répondit pas. Puis, il signa avec empressement : BISE CÂLIN, BISE CÂLIN.

Isabel se pencha pour lui prendre la tête à deux mains. Elle déposa un baiser sur son front ridé et lissa ses longs poils noirs.

— Pauvre Mbongo, dit-elle en lui entourant les épaules. Écoute, demain, je te donnerai une nouvelle balle. Mais celle-ci, il ne faudra pas la mordre. Entendu ?

Le Bonobo retroussa ses babines dans un sourire et opina vivement.

— Tu veux de la pommade ? Montre tes mains, dit-elle en lui prenant le bras.

Mbongo le tendit de bon gré dans sa direction. Isabel lui prit la main et passa ses doigts dessus. Malgré les humidificateurs qui fonctionnaient en permanence en hiver, l'atmosphère du labo ne pouvait rivaliser avec celle du bassin du Congo, pays natal des Bonobos.

— C'est bien ce que je pensais, dit-elle.

Elle déposa une noisette de Lubriderm sur sa propre paume et l'appliqua en massant sur la longue main aux grosses articulations.

En bloc, les Bonobos se tournèrent vers l'entrée.

— Qu'y a-t-il ?

Perplexe, elle les regarda un à un.

VISITEUR, signa Bonzi.

Les autres restaient immobiles, les yeux braqués sur la porte.

— Non, il n'y a pas de visiteur. C'est fini, la visite. Les visiteurs sont partis..., dit-elle.

Les singes continuaient à regarder vers l'entrée. Le pelage de Sam se hérissa et Isabel sentit des picotements sur sa nuque et son cuir chevelu, comme causés par de petites araignées. Elle alla baisser le son de la télé.

Finalement, elle l'entendit aussi – un bruissement assourdi.

Sam retroussa ses babines et se mit à crier : « *Wah ! Wah ! Wah !* » ; Bonzi embarqua la petite Lola sous son bras, saisit une lance d'incendie suspendue, et se balança pour atteindre la plus basse des plates-formes fixées aux murs à diverses hauteurs. Makena les rejoignit, souriant nerveusement, et se colla aux autres femelles.

Le bruissement cessa, mais tous les regards restaient fixés sur l'entrée. Au bout d'un moment, un discret cliquetis lui succéda.

Les narines de Sam se dilatèrent. Il se tourna vers Isabel et signa avec fébrilité : VISITEUR, FUMÉE.

— Non, ce n'est pas une visite. Ce doit être Celia, dit-elle sans pouvoir masquer son appréhension.

Celia n'aurait pas eu le temps matériel d'aller chercher les cafés et de revenir. De plus, elle ne serait pas restée plantée dehors.

Sam se leva et fit quelques pas chancelants, en posture bipédique.

Les femelles se balancèrent jusqu'à un perchoir encore plus élevé et se plaquèrent le dos au mur. Mbongo et Jelani faisaient les quatre coins de la pièce à toute vitesse, à quatre pattes.

Isabel quitta l'espace délimitant le royaume exclusif des Bonobos et s'arrêta pour vérifier que c'était bien fermé derrière elle. En huit ans de contacts quotidiens, elle ne les avait jamais vus agir ainsi. Leur panique était contagieuse.

Elle fit de la lumière. L'entrée était comme d'habitude. Tout bruit avait cessé.

— Celia ? lança-t-elle timidement.

Pas de réponse.

Elle marcha vers la porte donnant sur le parking. Quand elle jeta un regard en arrière, Sam passait au galop silencieusement devant le seuil de la salle des groupes – masse sombre et musclée.

Elle tendit la main vers la poignée puis se ravisa. Elle se pencha vers le battant, le touchant presque du front.

— Celia ? Est-ce que…

L'explosion arracha la porte. Projetée en arrière, elle comprit qu'elle-même et le battant étaient propulsés dans le couloir par une boule de feu. Elle se sentait lucide et détachée, analysant les événements tels les plans successifs d'une vidéo. Comme elle n'avait pas le temps de réagir, elle enregistrait.

Quand elle percuta le mur, elle nota que son crâne cessa de bouger avant son cerveau. Lorsque la porte s'immobilisa contre elle, la bloquant en position verticale, elle observa que le côté gauche de son visage – la partie qu'elle avait appliquée contre la porte – encaissait le plus gros du choc. Quand ses yeux se remplirent d'étoiles et sa bouche de sang, elle mit cela de côté pour plus tard. Elle regarda, désarmée, la boule de feu passer et continuer sa course en direction des singes. Et quand la porte finit par pencher en avant et la délivrer, elle s'affaissa contre le mur. Elle ne pouvait plus respirer, mais n'était pas carbonisée. Ses yeux se dirigèrent vers ce qui avait été la sortie.

Des silhouettes spectrales tout en noir, portant cagoules, envahirent les lieux pour se disperser dans un silence étrange et effrayant.

Des pieds-de-biche furent brandis, des vitres volèrent en éclats, mais ces gens ne parlaient pas. C'est seulement quand l'un d'eux s'agenouilla un instant près de sa tête, ses lèvres élastiques, énormes, formant le mot « Merde ! », qu'elle comprit qu'elle était devenue sourde. Et elle ne pouvait toujours pas respirer. Elle s'efforçait de garder les yeux ouverts, de résister à ce poids qui lui écrasait la poitrine.

Des parasites en noir et blanc, le bourdonnement de milliers d'abeilles interrompu par les battements de ses propres paupières. Une vision de bottes passant à toute vitesse devant elle. Elle gisait sur le dos, la tête tournée vers la droite. Elle bougea sa langue, flasque comme une méduse, et repoussa une, deux, trois dents logées dans un coin de sa bouche. Encore ces parasites, plus longtemps cette fois. Puis une lumière éblouissante et une douleur terrible. Elle suffoquait. Ses yeux se fermèrent.

Du temps passa – combien, elle ne savait pas – mais soudain elle fut secouée. Un doigt gainé de latex, âcre, lui entra dans la bouche et un point lumineux transperça le paysage veiné de ses paupières. Ses yeux s'ouvrirent d'un coup.

Des visages planaient au-dessus d'elle, se parlant d'un ton pressant. Elle les entendait comme à travers un bruit de ressac. Des mains gantées cisaillèrent son T-shirt et son soutien-gorge. Quelqu'un fit ventouse sur son nez et sa bouche, les couvrant d'un masque.

— … détresse respiratoire. Aucun bruit respiratoire à gauche.

— Elle a une déviation trachéale. Insérez une sonde.

— C'est fait ! Crépitation ?

Des doigts massèrent sa poitrine. Quelque chose là-dessous craqua et creva comme les bulles d'une feuille d'emballage en plastique.

— Crépitation présente.

Elle tenta de respirer, mais ne réussit qu'à émettre un souffle rauque.

— Ça va aller, dit la voix reliée à la main reliée au masque à oxygène. Savez-vous où vous êtes ?

Isabel tenta d'inhaler, mais la douleur était tel un millier de couteaux. Elle gémit sous le masque.

Un visage d'homme apparut au-dessus du sien.

— Vous allez sentir quelque chose de froid sur votre peau. Nous devons introduire une aiguille pour vous aider à respirer.

Le contact glacé d'un antiseptique, une longue aiguille brilla et alla s'enfoncer dans sa poitrine. Douleur fulgurante mais suivie d'un soulagement instantané. De l'air passa en sifflant par l'aiguille et son poumon se regonfla. De nouveau, elle pouvait respirer. Elle faillit s'étrangler et aspira si fort que le masque se colla à son visage. Elle le griffa mais la main qui le maintenait resta ferme et elle découvrit que, même aplati contre son visage, il continuait à lui fournir de l'oxygène. Ça puait le PVC, comme ces rideaux de douche bon marché et ces jouets en plastique qu'elle évitait d'acheter aux Bonobos car elle avait lu qu'il en émanait des pseudo-œstrogènes quand la matière commençait à se dégrader.

— Mettez-la sur une planche…

Des mains la soulevèrent de biais, tout en lui tenant la tête, puis la reposèrent à plat. Une radio crachotait à l'arrière-plan.

— Nous avons une femme, vingt-cinq/trente ans, victime d'une explosion. Pneumothorax sous tension – décompression à l'aiguille exécutée sur place. Bruits respiratoires présents. Traumatisme facial et oral. Blessure à la tête. Niveau de conscience altéré. Prête à être évacuée – estimation de l'heure d'arrivée : dix-sept minutes.

Ses paupières se fermèrent et les abeilles revinrent à la charge. Le monde tournoyait, elle avait la nausée. L'air frais de la nuit lui fit rouvrir tout à coup les yeux. Chaque mouvement du brancard était amplifié comme les roues crissaient sur le gravier.

Le parking était plein de signaux lumineux et de sirènes. Des attaches en velcro l'empêchant de tourner la tête, elle bougea plutôt les yeux. Sur le côté,

Celia criait, pleurait et suppliait les pompiers de la laisser passer. Elle tenait toujours les « caramel macchiato » grand modèle sur un plateau en carton. Quand elle aperçut le chariot-brancard, plateau et boissons tombèrent par terre. Le Caméscope pendait dans le vide, attaché à son poignet par la bride.

— Isabel ! Oh, mon Dieu ! *Isabel !*

C'est seulement à ce moment-là qu'Isabel eut une idée de ce qui lui était arrivé.

Quand les roues avant du brancard touchèrent l'arrière du véhicule et se replièrent sous elle, elle aperçut une ombre à la cime d'un arbre, puis une autre, et encore une autre, et elle étouffa un sanglot sous le masque. Au moins la moitié des Bonobos avaient survécu.

Le plafond de l'ambulance remplaça le ciel étoilé et ses paupières papillotèrent. On lui rouvrit les yeux, l'un après l'autre, braquant une lumière dessus. Elle vit des visages et des blouses, des mains gantées, des poches à perfusion et des tuyaux enchevêtrés. Des voix fortes, des grésillements de radio, quelqu'un l'appela par son nom, mais elle ne pouvait lutter contre le courant qui l'emportait. Elle tenta de rester avec eux – c'était bien le moins, puisqu'ils connaissaient son prénom, mais impossible. Leurs voix se répercutèrent et tourbillonnaient tandis qu'elle sombrait dans un abîme qui était au-delà des abeilles et plus sombre que la nuit. C'était l'absence complète de tout.

3

John ouvrit la porte d'entrée et se figea, saisi par l'odeur de désinfectant.

Neuf semaines plus tôt, la mort de leur chat avait fait basculer sa femme déjà fragilisée dans un marasme dont elle semblait incapable d'émerger. C'était là l'aboutissement d'un long processus qui s'était amorcé plus d'un an plus tôt, alors qu'ils n'avaient pas encore quitté New York pour Philadelphie.

Il avait prévu que ce déménagement ne serait pas facile pour elle. Amanda était encore sous le choc d'avoir perdu à la fois – et presque simultanément – son contrat d'édition et son agent – ce qu'on appelait par euphémisme un « retournement de conjoncture économique » ayant balayé son éditeur telle une coulée de boue. L'agent en question avait été si désillusionnée qu'elle avait quitté le métier pour ouvrir une boutique où l'on vendait des fils de matières naturelles, la laissant, littérairement parlant, orpheline.

John avait fait de son mieux pour lui communiquer son enthousiasme pour Philadelphie – comment ne pas apprécier ses restos, ses quartiers, son architecture ? – mais elle ne s'était pas laissé influencer.

Elle s'ennuyait de ses amis. De New York. Elle parlait même avec nostalgie de leur petit sixième étage sans ascenseur, semblant oublier qu'il était infesté de souris. Il avait espéré que leur nouvelle maison dans Queens Village, avec jardin privatif et allée, lui remonterait le moral, et cela lui avait en effet donné un regain d'énergie ; elle était si décidée à « rebondir » qu'elle s'était aussitôt enfermée avec son ordinateur portable pour s'atteler à son nouveau roman. Pour rompre cet isolement, il lui avait suggéré de faire du bénévolat au refuge animalier local. C'était dans l'espoir qu'elle y rencontrerait des gens et se ferait des amis, mais comme par un fait exprès, elle était alors tombée amoureuse d'un chat.

Le dénommé Magnificat était un très vieux Main Coon de onze kilos qui n'avait qu'une seule oreille et la queue tordue. Il souffrait aussi d'un eczéma exfoliant qui le faisait se desquamer et perdre ses poils par plaques, ce qui aurait été tolérable s'il n'avait tenu à dormir entre leurs deux têtes, étalant sa masse considérable entre les oreillers et leur flanquant des coups s'il n'était pas assez cajolé. Amanda ne voyait pas pourquoi John était si contrarié à cause de quelques squames sur son oreiller, et John ne savait comment expliquer qu'il avait bien espéré qu'elle adopterait quelque chose, mais plutôt une petite chose mignonne, et non ce monstre larmoyant dont la langue pendait perpétuellement parce qu'il n'avait plus de dents. Pourtant, huit mois plus tard, quand les reins de Magnificat s'étaient bloqués et qu'il avait fallu l'euthanasier, il avait été aussi consterné qu'elle. Blottis l'un contre l'autre, ils avaient sangloté dans la voiture pendant vingt bonnes minutes avant qu'il ne fût capable de reprendre le volant. Une fois à la maison, Amanda avait tiré les rideaux, s'était mise au lit, et n'en avait pas bougé pendant trois jours. C'était affreux de la voir ainsi : elle n'avait pas d'amis à deux cents kilomètres à la ronde, sa carrière d'écrivain battait de l'aile, son chat était mort, et il n'y pouvait rien. Sa suggestion d'en prendre un autre avait été accueillie par un regard horrifié. Celle d'aller consulter un médecin avait reçu un accueil encore pire, et pourtant il était évident – même pour lui – qu'il s'agissait d'une dépression.

Elle ne mangeait presque rien, ne dormait pas, alors qu'elle se levait de plus en plus tard, et quand elle était debout, elle ne s'habillait guère. Elle allait du lit au canapé, allongée sous un édredon avec son portable sur les genoux et les rideaux tirés. La seule lumière dans la pièce était la lueur bleuâtre et fantomatique de l'écran.

Depuis qu'elle avait cessé de s'en occuper, il réalisait tout le travail qu'elle abattait jusque-là dans la maison. Il n'y avait plus ni sous-vêtements ni chaussettes propres dans son tiroir. Le tas de chemises restait dans le coin du placard jusqu'au moment où il l'emportait chez le teinturier. Des toiles d'araignées grasses apparaissaient sous les meubles et tendaient des doigts vaporeux pour prendre au piège les plinthes. La console dans l'entrée disparaissait sous des monceaux de factures, catalogues, et offres de cartes de crédit. John avait pris le contrôle de la cuisine jusqu'à un certain point, mais il y avait toujours des piles d'assiettes sales dans l'évier, et en général aussi sur le plan de travail. Jusqu'à présent, les efforts d'Amanda se bornaient à vaporiser du désodorisant au citron au centre des toilettes et à retourner les serviettes si des gens menaçaient de débarquer.

Hélas, ces « gens » étaient toujours ses parents à lui. Leur proximité était un élément qu'il avait négligé de prendre en compte quand il avait envisagé ce déménagement, une omission lourde de conséquences.

Pendant presque un an, Patricia et Paul Thigpen avaient tenté de les persuader de fréquenter leur paroisse. En théorie, John aurait pu songer à accepter cette proposition – une occasion comme une autre de se faire des relations – mais l'idée que ses parents puissent naviguer, même de loin, dans les mêmes eaux que lui et Amanda, lui était insupportable. Ils avaient apparemment renoncé, mais à présent ils se pointaient inexplicablement tous les dimanches à midi pour raconter le sermon et se répandre sur ces *adorables* enfants qu'on voyait à la crèche. Les soupirs tristes et les silences électriques lui donnaient envie de se rouler en boule pour pleurnicher. Amanda les tolérait avec une grâce hautaine (était-elle résignée ou glaciale ? John ne le savait pas et ne voulait pas le savoir – il lui était reconnaissant, dans la mesure où, dans sa famille à elle, on croyait que résoudre les conflits, c'était casser la vaisselle).

Les regards de Patricia se faisaient de plus en plus pincés et accusateurs à mesure que la situation se dégradait dans leur foyer. Dimanche après dimanche, John la regardait décocher des regards venimeux à Amanda. Il savait qu'il aurait dû défendre son épouse, mais vu son éducation il n'aurait jamais pu discuter avec sa mère de la saleté des lieux ni de l'absence de progéniture sans risquer une bouderie maternelle de première grandeur, et si les hommes de sa famille étaient d'accord sur un point, c'était bien sur l'absolue nécessité de Ne-Pas-Contrarier-Maman. (Luke et Matthew, ses frères, ne connaissaient pas leur chance de vivre sur d'autres continents. Ou peut-être que si.)

À présent, glacé, la main sur la poignée de la porte, John renifla de nouveau. Outre cette odeur de désinfectant, il identifia des bougies parfumées, de la viande de bœuf poêlée et des effluves de bain moussant à la grenade. Il se blinda, entra et referma la porte derrière lui.

Penchée au-dessus de la table basse du living, Amanda était en train de disposer des huîtres sur un lit de glace pilée. À côté étaient disposées deux bouteilles de champagne et des flûtes en cristal, ainsi qu'un peu de caviar dans un petit ravier en porcelaine. Elle se tenait pieds nus sur les traces récemment laissées par l'aspirateur, portait la chemise de nuit en soie qu'il lui avait offerte à Noël. C'était un cadeau calculé, une tentative maladroite pour évoquer sa répugnance croissante à se lever le matin. À sa connaissance, c'était la première fois qu'elle la mettait. Soudain, il eut comme un vertige. La dernière fois qu'il était tombé sur ce genre de scène, elle venait de vendre *Dommages collatéraux*. Avait-elle trouvé un autre agent ? Avait-on acheté les droits de son second livre, *Catastrophe assurée* ?

— Super… ! dit-il.

Elle pivota sur elle-même, radieuse.

— Je ne t'avais pas entendu entrer !

Elle saisit une bouteille de champagne et s'approcha de lui. Ses cheveux, une masse de spirales indisciplinées – pour lui « blond vénitien » ; pour elle « carotte » –, formaient un chignon décoiffé sur sa nuque. Elle avait mis du brillant à lèvres. Les ongles de ses orteils avaient été vernis dans une nuance opalescente assortie à la soie rose. Quelque chose scintillait sur ses paupières.

— Tu es superbe ! dit-il.

— Il y a du bœuf Wellington au four, répondit-elle en l'embrassant, et elle lui tendit la bouteille.

Comme il se battait avec l'aluminium, des fragments tombèrent sur la moquette. Il fit une boule du reste et défit l'armature métallique.

— En quel honneur, tout ça… ?

Elle eut un sourire timide.

— Toi, d'abord… Ton déplacement, c'était bien ?

Un accès de joie remplaça son appréhension. Il fourra la bouteille fraîche sous son bras et tira son mobile de sa poche.

— En fait, dit-il en pianotant sur l'écran tactile, c'était assez génial…

Triomphalement, il lui fourra la photo sous le nez :

— Ta-dah !

Amanda cilla. Elle se pencha un peu plus et prit l'air intrigué.

— Quezaco ?

— Accroche-toi…, dit-il, en ramenant le téléphone vers lui.

Il zooma sur l'image de la passagère en train de lire « en direct live » *Dommages collatéraux*.

— Là… !

Quand Amanda comprit ce qu'elle était en train de regarder, elle lui arracha l'appareil.

— « Vision sublimissime ! » dit-il en débouchant la bouteille.

Il la regardait avec un sourire plein d'attente.

Tenant le téléphone à deux mains, elle contemplait fixement l'écran sans la moindre trace de jubilation. Le sourire de John s'effaça.

— Ça ne va pas ?

Elle renifla, s'essuya le coin de l'œil, et opina.

— Si, si. Ça va…, dit-elle d'une voix tendue. En fait, j'ai quelque chose à te dire. Viens t'asseoir…

Il la suivit jusqu'au canapé, où elle s'installa, le dos droit et les mains jointes. Il regarda son profil, puis ce festin. C'était forcément pour fêter quelque chose, et pourtant elle semblait au bord des larmes. Était-elle enceinte ? Non, sans doute, vu les deux flûtes… S'efforçant d'ignorer ce goût métallique dans son arrière-gorge, il se pencha pour servir le champagne. Puis, laissant les verres sur la table, il lui prit la main, entrelaçant leurs doigts. Ceux de sa femme étaient glacés, la paume moite. Son regard fixait le bord de la table.

— Ma chérie… Qu'y a-t-il ?

— J'ai trouvé du boulot, dit-elle tranquillement.

John tressaillit. C'était plus fort que lui. Il se força à se décontracter et inspira à fond, pour se blinder. Fallait-il feindre de se réjouir, ou essayer de la faire changer d'avis ? Son but depuis toujours, c'était d'écrire des romans, et il savait qu'elle venait d'achever *Catastrophe assurée*. Le moment était sûrement mal choisi pour renoncer. D'un autre côté, ça lui ferait une bonne raison de se lever le matin. Des contacts avec le monde extérieur, l'occasion de se faire de nouveaux amis, au lieu de se laisser bombarder continuellement par des lettres de refus…

Amanda le dévisageait, guettant sa réaction.

— Où ? Quoi ? dit-il enfin.

— Bon, c'est un peu compliqué…

Elle baissa les yeux sur ses genoux.

— C'est à Los Angeles.

— Pardon ? dit John, se demandant s'il avait bien entendu.

Elle se tourna pour lui faire face et lui serra la main à l'en broyer.

— Je sais que ça peut paraître un peu fou. Je le sais. Et je sais que tu vas être tenté de refuser pour commencer, donc ne parle pas tout de suite… Et même, attendons demain. D'accord ?

Il laissa passer quelques instants.

— D'accord.

Elle leva les yeux vers lui et le regarda avec ferveur. Elle respira à fond.

— Sean et moi, on a écrit un traitement pour une émission, et il a eu un rendez-vous avec NBC la semaine dernière. Aujourd'hui, on a reçu le feu vert. Ils produisent quatre épisodes. Après, on verra…

La pièce prit le large. Le plafond tournoya comme l'eau dans la cuvette des toilettes. John planta ses talons dans la moquette pour se rappeler qu'il était arrimé à quelque chose. Sean-qui ? Et c'était quoi, un « traitement » ?

Amanda s'expliqua : elle était entrée en contact avec quelqu'un sur un forum en ligne pour écrivains. Il s'appelait Sean et ils correspondaient depuis des semaines. John n'avait pas à s'inquiéter – elle savait tout des dangers de ces forums et avait créé un compte Hotmail avec un pseudo. Ils avaient échangé des informations seulement après qu'elle avait vérifié que c'était un utilisateur légitime. Sean avait travaillé pour les grandes chaînes pendant des années, recrutant des scénaristes pour divers projets télévisuels. Cette fois, il s'agissait d'un projet à lui, et il voulait l'y associer – il avait lu *Dommages collatéraux* et avait adoré, trouvait scandaleux que ce livre n'ait pas eu l'attention méritée de la part des critiques, car sinon, elle aurait retrouvé un nouvel éditeur à la seconde où le premier l'avait lâchée. Elle avait exactement le style adéquat pour cette série parlant de femmes quadragénaires/célibataires très libérées qui toucherait forcément un énorme public (apparemment, la génération du « baby-boom » croyait avoir encore la quarantaine). Ils avaient collaboré sur le traitement – une description de cinq pages du projet – et Amanda allait gagner quinze mille dollars par épisode si NBC décidait de poursuivre au-delà des quatre premiers. Elle ne lui avait encore rien dit pour ne pas lui donner de faux espoirs.

Il s'aperçut qu'elle avait cessé de parler. Le regard d'Amanda sondait le sien, guettant une réaction.

— Tu ne veux pas…, dit-elle enfin.

Il lutta pour formuler une réponse, en essayant de ne pas faire de faux pas.

— Je n'ai pas dit ça. Je ne m'y attendais pas, c'est tout…

Elle attendait la suite.

— Et *Catastrophe assurée* ?

— J'ai reçu cent vingt-neuf lettres de refus.

— Mais c'était à des lettres où tu demandais la permission d'envoyer le livre, non ? Personne ne l'a encore lu, ce bouquin… !

— Peu importe. C'est fichu. Personne ne le lira. Apparemment.

— Dis-moi pourquoi tu tiens à participer à cette série.

— Je veux écrire. C'est une façon d'écrire.

— Des *livres*. C'est des livres que tu veux écrire.

— Et j'ai été refusée par l'ensemble de la profession. C'est foutu.

Il se leva brusquement et se mit à marcher de long en large. Et si elle avait raison ? Il ne voulait pas qu'elle renonce, mais il y avait un moment où la ténacité confinait au masochisme.

— Réfléchissons. Et moi, qu'est-ce que je ferais à L.A. ? Les journaux n'embauchent pas. Je ne trouverais jamais d'autre job. J'ai de la veine d'avoir encore celui-ci.

— Euh, justement…

Elle marqua une pause si longue qu'il comprit qu'il n'allait pas aimer la suite.

— Tu ne serais pas obligé de venir tout de suite. Tu peux continuer à travailler ici… Jusqu'à ce qu'on soit sûr que la série continue…

Les lèvres de John bougèrent pendant trois pleines secondes avant qu'il ne réussisse à former des mots.

— Tu veux aller vivre là-bas sans moi ?

— Non, non ! dit-elle avec véhémence. Bien sûr que non. On ferait l'aller-retour le week-end.

— En traversant tout le pays ?

— On alternera les week-ends…

— Comment veux-tu qu'on se paie tous ces vols en avion ? Et ton loyer ? Il te faudra un appartement. Et une voiture.

La voix de John montait au fil de cette énumération.

— On pourrait puiser dans nos économies…

— Pas question. Et si NBC décide de poursuivre la série ? On continuera à vivre séparément ?

— À ce moment-là, tu me rejoindras. Si ça marche, je gagnerai assez pour que tu aies le temps de retrouver du boulot.

— Quel est le montant de l'à-valoir ?

Amanda détourna les yeux.

— Pas d'à-valoir ?

— Les premiers épisodes coûtent si cher à produire qu'ils n'ont pas le budget…

— Tu plaisantes ?

— C'est à cause de la télé-réalité. Ça ne coûte presque rien à produire, comparé aux presque trois millions par épisode d'une mini-série. Avant, les grandes chaînes produisaient une douzaine de dramatiques ou de comédies dans l'espoir qu'une d'elles marche. Aujourd'hui, on en produit deux et on remplit le reste des créneaux horaires avec des émissions idiotes sur des crétins qui apparemment espèrent trouver le grand amour en forniquant dans un bain chaud avec une partenaire différente chaque soir tandis que les caméras tournent… Je sais qu'on devrait me payer. Mais si je dis non, il y en a des milliers prêts à prendre ma place…

John leva les mains en l'air. Elles retombèrent avec un claquement sonore sur ses cuisses. Il espérait que c'était un genre d'hallucination, que sa femme n'était pas en train d'envisager de vivre à des kilomètres de lui afin de poursuivre un rêve hollywoodien qui avait dû arriver avec quelques spams – ces « chats » pour écrivains étaient pleins de gens capables de tout, voire pervers, et Amanda était spécialement vulnérable. Il se demanda si elle avait donné du fric à ce Sean. Tout – absolument tout – dans cette affaire était louche.

Son mobile sonna, transperçant un silence qui était devenu depuis longtemps inconfortable.

Amanda décrocha.

— Allô ?

Au bout d'un moment, elle le lui tendit.

— Ta chef…

John passa la main sur sa figure et s'empara de l'appareil.

— Salut, Elizabeth. Non, ça va. Si, si…

Ses yeux s'écarquillèrent.

— Quoi ? Tu plaisantes. Merde ! Et pour… ? Elle va s'en tirer ?… Bon, bon. Bien entendu. OK.

Il raccrocha et ferma les yeux. Puis il se tourna de nouveau vers Amanda.

— Je dois retourner dans le Kansas.

— Qu'y a-t-il ?

— On a fait sauter le labo.

Elle mit la main devant sa bouche.

— Là où tu étais aujourd'hui ? Les Bonobos ?

— Oui.

— Oh, non ! Qui peut faire une chose pareille ?

— Je n'en sais rien.

— Les singes vont bien ?

— Je l'ignore. Mais la scientifique que j'ai interviewée est grièvement blessée.

Amanda lui toucha le bras.

— C'est affreux.

John acquiesça, mais il l'entendait comme à distance. Des images lui revenaient de sa visite – quand il avait suivi Isabel dans le couloir, le balancement de sa chevelure dans son dos. Sa fascination, quand il avait vu les Bonobos découvrir leurs cadeaux, fébriles comme des enfants à Noël. Puis, dans le bureau d'Isabel, qui jetait des regards nerveux au magnétophone tandis qu'il notait avec un horrible sentiment de culpabilité l'effet physique qu'elle produisait sur lui. Mbongo et son masque de gorille. Le bisou de Bonzi à travers la vitre. L'adorable petite Bonobo si espiègle et au regard irrésistible. Isabel était à présent dans un état critique et même si Elizabeth ne savait rien pour les singes, tout était possible…

— On ne peut pas faire ça, dit-il tout à coup. C'est impossible. Je t'en prie, dis-moi que tu comprends que c'est exclu…

Elle le dévisagea si longtemps qu'il dut baisser les yeux. Puis elle passa devant lui et monta l'escalier. Quelques secondes plus tard, la porte de leur chambre se refermait.

Je suis un beau dégueulasse, se dit-il en se laissant choir par terre, à côté de la table basse. Il toucha du bout du doigt une huître qui tremblota dans sa coquille. Puis il regarda d'un air lugubre le caviar, qu'il aurait fallu mettre au frigo, vu ce que ça devait coûter. Il imagina Amanda en haut, se mettant au lit et se réfugiant sous les couvertures, et comprit qu'il aurait dû la rejoindre. Au lieu de cela, il prit la bouteille de champagne et se mit à en boire des rasades au goulot, la reposant de temps en temps contre sa cuisse, bientôt constellée de ronds humides.

Cette série, ça semblait trop beau pour être vrai – mais s'il se trompait ? Sa propre carrière de journaliste reposait sur un coup de veine – il avait eu l'intention de devenir avocat, comme son père, jusqu'au jour où il avait obtenu ce stage à la *New York Gazette.* Il avait vingt et un ans et avait trouvé l'atmosphère grisante – tous ces gens étaient si intelligents, si raffinés, si complètement barjos et fiers de l'être qu'il avait voulu rester dans ce milieu-là. Il allait voir des gens importants, leur posant toutes les questions qu'il voulait, et on le payait ensuite pour écrire. *Être payé pour écrire ?* Il n'aurait jamais cru ça possible. Et chaque jour ça changeait et il rencontrait quelqu'un de nouveau, avec une autre histoire, et c'était l'occasion soit de divertir le public, soit d'exposer un problème grave. « La mission d'un journal est de consoler les affligés et d'affliger les puissants » était l'un des aphorismes qu'aimait à citer son boss. Certes, les journaux eux-mêmes étaient aujourd'hui bien à plaindre, mais de quel droit refuserait-il sa chance à Amanda ?

Il devrait être facile de vérifier si l'offre était sérieuse – il y aurait une proposition écrite ou un contrat – mais ensuite… ? Loin des yeux, loin du cœur… John avait passé la moitié de sa vie avec Amanda, et à bien des égards elle définissait son existence. L'idée d'être loin d'elle le terrifiait. Et l'imaginer cernée par des mâles en rut… Elle était belle, et si vulnérable pour le moment, les nerfs à vif…

John prit la petite cuillère dans le bol à caviar et l'examina. En nacre. Amanda avait dû l'acheter pour l'occasion. Il la planta dans la petite boule de caviar et la mit dans sa bouche. Se contenter d'avaler un truc aussi rare et coûteux ne semblant pas indiqué, il le garda dans sa bouche puis écrasa les œufs entre sa langue et son palais. Ce fut si exquis qu'il comprit que ce devait être la bonne méthode. Il prit une autre cuillerée. Puis une autre.

Produire quatre épisodes ne devait pas prendre trop de temps. Elle pourrait être rentrée à la maison dans six mois. Non qu'il souhaitât un échec : elle méritait de réussir plus que quiconque.

Après avoir décroché une mention Bien pour sa thèse sur les conséquences sociologiques de la révolution industrielle dans l'œuvre d'Elizabeth Gaskell, Amanda avait passé presque tout son temps entre la fin de ses études et leur installation à Philadelphie à rédiger des argumentaires pour un site de vente en ligne spécialisé dans les vêtements de sport. Elle travaillait huit heures par jour, s'escrimant à trouver des façons inédites de décrire des bottes en peau de caribou ou des parkas imperméables. Elle disait pour plaisanter que ça aurait pu être pire – son amie Gisele, la grosse tête, avait pris un boulot de peintre en bâtiment et venait d'épouser un homme qui enseignait la thérapie par le son à un groupe de crudivores – mais John savait que c'était pour sauver la face. À ses moments perdus, elle travaillait à son premier roman, qu'elle ne lui avait soumis qu'une fois terminé, par timidité.

Quand enfin il l'avait eu, il l'avait feuilleté avec un malaise croissant. Il espérait sincèrement, de toute son âme, qu'il se trompait – après tout, ses propres plaisirs coupables incluaient Dan Brown et Michael

Crichton – et pourtant il ne pouvait chasser le sentiment qu'il manquait un *truc* crucial à ce roman. Sa prose était magnifique et ciselée, ça se lisait d'une traite, mais quand on arrivait à la fin elle n'avait rien fait exploser. Pas d'accident de voiture, de meurtre, de conspiration, d'épidémie mondiale. C'était psychologique, littéraire, et s'il comprenait qu'on puisse aimer ça, ce n'était pas son cas, ce qui était d'autant plus dommage que c'était son épouse, l'auteur, et qu'elle voulait son avis. Quand son silence avait menacé de devenir suspect, il avait menti copieusement et sans vergogne.

Tandis que le manuscrit faisait la tournée des maisons d'édition new-yorkaises, Amanda – sa calme, forte, insubmersible Amanda – avait commencé à craquer. Elle devint insomniaque. Elle se rongeait les ongles jusqu'au sang. Elle se mit à cuisiner des plats toujours plus compliqués et ne mangeait quasiment rien. Elle avait la migraine et, pour la toute première fois, se plaignait de son boulot.

Quatre mois s'écoulèrent. Quelques lettres de refus commencèrent à arriver au compte-gouttes, suivies d'un silence radio. Puis, le jour des trente-quatre ans d'Amanda, son agent appela. Un éditeur avait fait une offre pour *Dommages collatéraux* et le second livre encore à écrire.

L'à-valoir était modeste, mais lui avait permis de ne plus pisser de la copie. Adieu « chats de Chine » et autres « loups d'Asie » ! À part le fait qu'on lui avait demandé de publier sous pseudonyme, John ne l'avait jamais vue aussi heureuse (« Personne n'achèterait un livre d'Amanda Thigpen, avait expliqué l'éditeur. Amanda LaRue, en revanche… ») Ce soir-là, le caviar avait fait sa première apparition dans la maison, et rien ne leur avait paru impossible – liste des best-sellers, éditions étrangères, adaptation cinématographique. Jamais John n'avait été aussi content d'avoir eu tort.

Mais s'ils avaient attendu la sortie du livre avec une joie fiévreuse mêlée d'anxiété, les semaines suivantes avaient été accablantes.

Il n'y avait pas eu de soirée de lancement. Rétrospectivement, John avait réalisé qu'il aurait sans doute dû l'organiser. Il n'y avait pas eu de critiques dans la presse, car le livre avait été publié directement en poche, préjudice que ni John ni Amanda n'avaient mesuré mais dont ils avaient le sentiment qu'on aurait dû leur parler. Sa « tournée » s'était résumée à trois signatures locales.

Il l'avait conduite à la première, parce qu'elle était trop épouvantée pour tenir un volant, et quand il lui avait tendu la main par-dessus la boîte de vitesses, elle s'y était accrochée si fort qu'il en avait eu la paume marquée. Avant d'y aller, elle avait pratiqué la respiration profonde sur le parking, et ses mains tremblaient tellement qu'elle avait émis des doutes sur sa capacité à signer de son nom.

Dans la librairie, on avait installé une petite table face à quelques chaises disposées en demi cercle. Les exemplaires du livre étaient empilés à côté de deux gros marqueurs, d'une assiette de cookies au chocolat et d'une bouteille d'eau. Elle était allée s'asseoir derrière la table et avait attendu.

Au bout de la première moitié de l'heure impartie, un client était allé s'asseoir sur une chaise. John, qui rôdait dans les parages, avait vu Amanda blêmir, rougir, puis sourire et se blinder pour dire quelque chose. Au moment même où elle allait se lancer, l'homme avait tendu ses jambes devant lui, croisé les bras, et fermé les yeux. Quelques secondes plus tard, il ronflait. Amanda était alors devenue toute pâle et John avait dû se retenir pour ne pas aller renverser son café bouillant sur les genoux de ce type.

Le « coordinateur événementiel » de la librairie avait passé la demi-heure suivante à coincer habilement des clients pour les traîner jusqu'à la petite table. Piégés, ils prenaient le livre pour faire mine de s'intéresser à la couverture, marmonnant, mal à l'aise, jusqu'au moment où ils réussissaient à se défiler. À la fin de la séance, il n'y avait plus de cookies, mais les livres étaient toujours là. Amanda était pâle comme la craie.

Elle avait insisté pour se rendre aux deux autres signatures en conduisant elle-même. « Oh, très bien ! » avait-elle répondu joyeusement quand John lui avait demandé comment s'était passée la deuxième séance. Son sourire avait tenu deux secondes avant qu'elle ne fonde en larmes. À l'issue de la troisième, elle avait été plus cynique. « Je suis paf ! » avait-elle proclamé froidement, tout en se servant un verre de vodka/jus d'orange.

Les mois passant, il y avait eu deux éditions étrangères (son livre avait été un temps numéro deux sur la liste des best-sellers à Taiwan, ce qui aurait été amusant s'il avait figuré sur une liste quelconque aux États-Unis). Puis, tout à coup, son éditeur et son agent avaient disparu. Même si ce n'était de toute évidence pas sa faute, elle avait été obsédée par ce qu'elle aurait dû faire. Si elle avait publié sous le nom de Thigpen et non LaRue, son livre se serait retrouvé classé entre Paul Theroux et Dylan Thomas (parmi les écrivains s'exprimant sur le Net, on disait que si Joshua Ferris vendait autant, c'était en raison de sa proximité avec Jonathan Safran Foer). Elle aurait pu partir sur les routes, armée d'un GPS, pour aller signer tous les exemplaires de ses livres sur la côte Est. Elle aurait pu créer un site Web interactif, organiser des concours, créer un blog. John la voyait s'agiter, impuissant. Puis, du jour au lendemain, l'auto-flagellation avait cessé. Elle avait contacté son ancien patron, repris sa place dans son petit coin, et recommencé à chanter les louanges du Gore-Tex, ce qui les avait sauvés sur le plan financier, car peu après, John avait perdu son job.

Bien que catastrophique, ce licenciement n'était pas une surprise : tous les grands journaux subissaient des licenciements massifs, et la situation était particulièrement critique à la *New York Gazette*. La direction avait annoncé la suppression d'un quart de la rédaction après que chacun eut accepté ce qu'on appelait par euphémisme des « concessions salariales » afin d'éviter justement cela. Une note de service guillerette avait suivi, assurant que, s'ils ramaient tous ensemble, ils pourraient « faire plus avec moins ! ». La note suivante les suppliait de « faire évoluer le métier », de « générer du contenu » (que croyait-on qu'ils faisaient ?), et de se concentrer sur « le packaging ». Des graphiques ! Du visuel ! Du design ! C'était l'avenir. Un commercial avait même déclaré qu'une bonne mise en page, c'était quand le lecteur, surpris, en renversait son café. John en avait regretté le temps où Ken Faulks était aux commandes, mais Faulks, un gourou des médias aux cheveux un peu roux et au sourire faux, avait depuis longtemps émigré vers les pâturages plus verts du porno. John n'aimait pas particulièrement ce type – dans son souvenir, c'était un margoulin – mais au moins avec lui le journal ne perdait pas d'argent.

Après avoir galéré pendant plusieurs mois, il avait trouvé un emploi de salarié au *Philadelphia Inquirer*. Poste stable, intéressant, mais qu'il avait accepté seulement la mort dans l'âme, sachant que son père avait fait jouer ses relations. Ainsi avait-il été embauché, au moment même où d'autres étaient encouragés à débarrasser le plancher avec des indemnités pour départ anticipé à la retraite. Elizabeth, la rédactrice en chef, ne pouvait pas le saquer.

En d'autres circonstances, son travail l'aurait racheté : son enquête sur l'incendie dans la singerie du zoo en 2008 – le soir de Noël, en plus – avait révélé une négligence flagrante. Les signaux d'alarme s'étaient déclenchés mais personne ne s'était déplacé. Il n'y avait pas de système d'extinction automatique d'incendie. En tout, vingt-trois singes avaient péri, parmi lesquels toute une famille de Bonobos. Récemment (un an après le drame), un gamin avait escaladé un mur et était tombé d'une hauteur de huit mètres dans le nouvel enclos des gorilles. Le seul à avoir survécu à l'incendie, une femelle dont le petit était mort d'asphyxie, l'avait recueilli au milieu du groupe des autres gorilles curieux, puis était allée d'elle-même à la porte de l'enclos pour le remettre aux soigneurs. Ce geste stupéfiant, filmé en vidéo et diffusé à travers tout le pays, avait été dénoncé par la presse de droite comme étant le résultat d'un simple « dressage ». Dressage à quoi ? s'était demandé John. Suggérait-on que le zoo avait jeté des poupées dans la fosse en prévision du jour où… ? Ce déni était presque aussi fascinant que le propre comportement des gorilles – était-ce parce que l'altruisme était censé être l'apanage des êtres humains ? Le débat portait-il en fait sur l'Évolution ? – et cela l'avait conduit à proposer un article sur les études menées au Laboratoire de Recherche sur le Langage des Grands Singes. À ce moment-là, Elizabeth avait subitement décidé qu'il devait partager la signature avec Cat Douglas. Elle ne lui avait pas expliqué pourquoi, mais John avait deux théories : ou bien elle lui en voulait toujours, et cela au point de l'enchaîner à cette mégère, ou bien elle souhaitait associer son reporter vedette à une série qui pourrait bien finir par mériter un Pulitzer. (À ses débuts, Cat avait acquis une certaine notoriété dans le milieu journalistique pour avoir démontré qu'un confrère – lauréat du Pulitzer – avait bidonné un article sur un surdoué de huit ans ; enquête qui lui avait valu son propre Pulitzer. S'en était suivie une certaine polémique, la jeune femme ayant apparemment séduit ce confrère à seule fin de pouvoir fouiller dans ses dossiers quand il s'absentait de son domicile.)

John se rendit subitement compte qu'il avait avalé jusqu'au dernier grain de caviar. Il restait un peu de champagne dans la bouteille, mais il ne voulait pas changer le goût qu'il avait dans la bouche. Ce qu'il voulait, c'était encore plus de caviar. Il passa le doigt sur l'assiette et le lécha.

Puis, il se remit péniblement debout et alla fermer à clé la porte d'entrée. En passant devant la console, il vit clignoter le voyant du répondeur. Fran, sa belle-mère, avait laissé de multiples messages, de plus en plus impératifs. Apparemment, Amanda avait dû filtrer ses appels. John la comprenait ô combien. Leurs mères respectives avaient des caractères opposés, mais tout aussi pénibles. Quand Patricia se serait retirée dans un silence glacial, Fran serait déjà à l'étage, en train de trier vos chaussettes. Sous une compassion de surface, elle se réjouissait des malheurs d'autrui, et, sous prétexte de vous demander de vos nouvelles, elle vous tirait les vers du nez pour pouvoir cancaner avec le reste du clan. Un culot monstre, cette femme…

John effaça ses messages.

Il était deux heures du matin quand il se rappela le bœuf Wellington, et il s'en souvint seulement parce qu'il crut la maison en flammes. Ses yeux s'ouvrirent d'un coup au premier relent de fumée. Amanda dormait à poings fermés.

Il dévala l'escalier et se précipita dans la cuisine. De la fumée s'échappait par les bords du four. Il l'ouvrit, alla aérer. Puis il attrapa un torchon et l'agita telle la cape d'un toréador dans le but de diriger la fumée vers l'extérieur.

Le rôti de bœuf en croûte n'était plus qu'un rectangle carbonisé, collé au fond du plat. La petite vigne vierge en pâte feuilletée qu'Amanda avait façonnée et appliquée sur le dessus étant ce qui avait le moins brûlé, John en détacha une feuille et la mangea. Il admira le caractère artistique du travail – chaque feuille avait été incisée six fois précisément, et la tige s'enroulait sur elle-même : un parfait kudzu.

Dans les premiers temps de leur cohabitation, les improvisations d'Amanda à partir des soupes en boîte leur avaient valu une intoxication alimentaire. Ses remords avaient été grands, et sa résolution plus grande encore : elle allait devenir un vrai chef. À ce moment-là, John n'y avait guère cru, mais rétrospectivement, c'était peut-être la première fois qu'il avait vu en œuvre son volontarisme. Elle avait acheté tous les livres de Julia Child, les étudiant avec acharnement, obéissant à tous les préceptes. (« Si Julia dit : peler les brocolis, je pèle les brocolis », avait-elle dit timidement le jour où il l'avait prise sur le fait. Il avait éclaté de rire, mais après avoir goûté au résultat, il n'avait plus jamais remis en cause aucun de ces bizarres rituels.)

Cette fois, elle avait laissé près de la planche à découper une poignée de pâte feuilletée crue agglutinée à toutes les feuilles qui n'avaient pas réussi l'examen de passage. Du blanc d'œuf et des fragments de coquilles étaient collés au plan de travail, avec la peau des gousses d'ail haché et des bandelettes de papier paraffiné. Le sol était saupoudré de farine. Chaque ustensile avait été abandonné à l'endroit exact où il avait cessé de servir.

Il ouvrit le robinet et attendit l'eau chaude. Malgré sa fatigue, il voulait qu'elle retrouve une cuisine propre quand elle se lèverait, le lendemain matin.

4

Isabel flottait entre deux eaux, emportée dans un tourbillon. Elle ne dormait pas, puisqu'elle devinait une agitation autour d'elle – des gens parlaient, mais pas de façon intelligible, des choses bruissaient tandis qu'elle passait d'un tunnel à l'autre – orange, bleu, vert. Des mains manipulaient son corps et son visage, et elle subissait parfois le désagrément d'une piqûre. Mais l'idée de réagir ou de bouger ne l'effleurait pas, et heureusement, car ce n'était pas envisageable. Finalement, tout sombra dans un agréable néant.

Un bip-bip aigu et un souffle intermittent troublèrent son repos, la tirant de ces profondeurs. Elle s'efforça d'ignorer cela comme on ignore une mouche, mais – comme une mouche – c'était insistant. Finalement, elle refit surface.

Elle cilla et se retrouva sous les dalles d'un faux plafond. Sa vision périphérique était limitée par les boursouflures de sa propre chair.

— Ah, on se réveille…

Le visage de Peter apparut au-dessus du sien, souriant. Il avait les yeux cernés et une ombre de barbe.

— Les infirmières m'ont prévenu que tu allais reprendre connaissance…

Il approcha une chaise pour s'asseoir à son chevet, passa la main à travers la barrière de sécurité. Une main chaude et familière ; il lui manquait deux phalanges à l'index, sectionnées par un chimpanzé à l'époque où, étudiant de troisième cycle, il faisait un stage à un centre de primatologie à Rockwell, dans l'Oklahoma.

Isabel marmonna, mais sa bouche refusait de coopérer. Sa langue bougeait, mais ses dents faisaient obstacle.

— Ta mâchoire est ligaturée. N'essaie pas de parler.

Elle leva la main et la trouva encombrée par une sorte de doigtier et des longueurs de tuyaux à perfusion. Elle libéra l'autre de l'emprise de Peter et se palpa la figure avec précautions. Ses doigts rencontrèrent un fatras de pansements, gaze et sparadrap, les boursouflures de ses lèvres tuméfiées et des croisillons métalliques sur les crochets collés aux dents subsistantes. Son regard se porta sur Peter. Elle signa : DIS-MOI.

— Ta mâchoire est brisée et tu as une commotion cérébrale. Comme il a fallu regonfler ton poumon, tu as un drain thoracique, et ton nez…

PAS MOI. LES SINGES.

Ses gestes étaient tronqués, malaisés. Elle avait du mal à composer les mots qui se formaient habituellement à deux mains, et en improvisa d'autres.

— Ah…, dit-il.

PETER ?

— Ils… ça va.

Ses lèvres esquissèrent un semblant de sourire, mais ses yeux le trahirent.

Un cri s'échappa de la bouche ligaturée d'Isabel.

BLESSÉS ?

— Non. Je ne crois pas. Mais ce n'est pas sûr. Ils sont toujours dans les arbres, sur le parking. Ils ne veulent pas descendre.

TOUS LES SIX ?

— Oui.

Il lui caressa la main et parla posément.

— Tout le monde s'est mobilisé. Les pompiers sont sur place. La Humane Society et l'Animal Control aussi. Je fais sans arrêt la navette.

Isabel laissa son regard errer jusqu'au plafond, puis vers la fenêtre. De la neige fondue crépitait contre la vitre, de grosses gouttes pareilles à de la grêle. Ses yeux étaient pleins de larmes.

— Ça va s'arranger. Je te le promets, dit-il.

Il prit une inspiration étranglée et appuya son front contre la barrière de sécurité.

— Dieu merci, tu es sortie du coma. J'avais si peur…

EMMÈNE-MOI LÀ-BAS, S'IL TE PLAÎT. IL FAIT SI FROID. ILS VONT MOURIR.

Les bips du moniteur cardiaque s'accélérèrent.

— Isabel, je ne peux pas !

MAKENA EST ENCEINTE.

— Je sais, et je te promets de m'assurer qu'elle va bien.

QUI A FAIT ÇA ? POURQUOI ?

— Des extrémistes. Ces fumiers affirment avoir « libéré » les singes. Attends de voir leur déclaration sur vidéo. Très Al-Qaeda. On ne voit que ça sur Internet.

Il serrait et desserrait les mâchoires, les yeux fixés sur un point au-delà du mur. Paraissant tout à coup s'apercevoir qu'elle l'observait, il se radoucit.

— Excuse-moi. Je...

Il baissa les yeux et se tut. Un instant plus tard, elle se rendit compte que ses épaules se soulevaient. Il pleurait.

Au bout d'un moment, il se ressaisit, s'essuya les yeux avec le revers de ses mains.

— Quand tu seras prête, la police voudrait te parler.

Elle battit résolument des paupières pour signifier son accord.

— Tu ne sais pas tout. Celia est en garde à vue.

Elle ouvrit de grands yeux. NOTRE CELIA ? ARRÊTÉE ?

— Non, pas au sens propre du terme. Mais elle est retenue comme « témoin ». Apparemment, elle a des antécédents dans l'activisme animal. Ça ne me surprend guère...

Isabel fouilla dans sa mémoire. Bien que partageant les réserves de Peter concernant les façons de parler de Celia, jamais elle n'avait douté de sa loyauté.

NON. ILS SE TROMPENT. JE N'Y CROIS PAS.

Peter la considérait tristement. Elle ferma les yeux, les joues ruisselant de larmes.

Le silence se prolongea, troublé par le mitraillage de la grêle et tout ce que cela impliquait pour les singes réfugiés dans les arbres. Quand elle les rouvrit, Peter la dévisageait. Il expira, et se passa la main dans les cheveux.

MONTRE-MOI.

Il acquiesça à contrecœur.

— Tu veux vraiment… ?

OUI.

Il regarda autour de lui, puis dans la salle de bains, et alla dans le couloir. Quelques instants plus tard, il en revenait avec un petit miroir. Il s'approcha du lit, la partie réfléchissante tournée contre son pull.

— C'est encore tôt – tu en es consciente, n'est-ce pas ? Tu as les meilleurs chirurgiens esthétiques de la ville. Tu vas retrouver ton visage. Ça va s'arranger.

Isabel le fixait, attentive.

Peter se racla la gorge et plaça le miroir au-dessus d'elle, l'inclinant petit à petit.

Elle se retrouva devant une parfaite inconnue. Son cuir chevelu et ses joues étaient sous des quantités de gaze. Le nez était large et écrasé, avec un absurde tampon scotché lâchement sous la sonde à oxygène pour éponger les écoulements de sang. La chair en était bleue et enflée, avec des petits points violacés. Ses yeux n'étaient plus que des fentes entre des bourrelets de chair ; le blanc de l'un d'eux était rouge. Des doigts tremblants apparurent près de son visage, qui étaient indéniablement les siens. Le miroir disparut.

Elle mit un moment à digérer cette vision. Elle chercha du réconfort du côté de Peter, mais il était encore en train de contracter ses mâchoires.

MES CHEVEUX ? PLUS RIEN ?

— Pour le moment. Tu as une cinquantaine de points de suture au cuir chevelu.

DENTS ?

— Tu en as perdu cinq, je crois. Tu auras des implants. Et quand tes cheveux repousseront, on ne verra plus rien. En fait, ça aurait pu être bien pire. Tu aurais pu avoir des brûlures.

L'heure tournait. La neige fondue crépitait.

TU AS APPELÉ MA MÈRE ?

— Oui, je l'ai fait.

ET ?

Peter observa un silence et lui tendit la main. Il lui baisa les doigts.

— Oh, ma chérie. Je suis désolé. Désolé…

La police vint dans l'après-midi, deux inspecteurs en blouson dégoulinants. Ils restèrent à une certaine distance du lit en attendant l'arrivée de l'interprète qui traduirait le langage des signes, visiblement mal à l'aise. Se rappelant ce qu'elle avait vu dans le miroir, Isabel comprenait leur réticence.

Quand l'interprète finit par arriver, elle se débarrassa de son oxymètre de pouls et se mit à s'exprimer avec volubilité, utilisant ses deux mains.

Ayant observé ses gestes, l'interprète traduisit :

— Les singes sont-ils toujours dans les arbres ? Ont-ils eu à boire, à manger ? Il fait trop froid pour eux. Ils sont fragiles. Sujets à la pneumonie. À la grippe. L'une d'elles est enceinte. Qui est avec eux ?

Les inspecteurs échangèrent un regard. Le plus âgé demanda à l'interprète :

— Pouvez-vous lui dire que nous avons quelques questions à lui poser ?

— Adressez-vous à elle…, répondit ce dernier, avec un signe de tête en direction d'Isabel.

— Très bien, dit l'inspecteur.

À contrecœur, il reporta son regard sur Isabel, qui prit l'air attentif. Il s'éclaircit la voix et se mit quasiment à hurler, laissant des intervalles entre les mots.

— *Combien... de gens... ont... pénétré... dans le labo... après... l'explosion ?*

JE NE SUIS PAS SOURDE, répliqua-t-elle. Et elle ajouta : QUATRE, OU CINQ.

— Avez-vous reconnu quelqu'un ?

Le front du type reluisait et son regard allait d'Isabel à l'interprète, ne sachant visiblement pas s'il valait mieux regarder les mains de l'une ou la bouche de l'autre.

NON. ILS ÉTAIENT MASQUÉS.

Son collègue prit la parole :

— Est-ce vrai que Celia Honeycutt a quitté le labo juste avant l'explosion ?

OUI.

— Son comportement vous a-t-il paru suspect ?

NON.

— Elle n'était pas nerveuse ? À cran ?

NON. ABSOLUMENT PAS.

— Ces individus qui sont arrivés après l'explosion... L'un d'eux a-t-il dit quelque chose ?

JE N'ENTENDAIS PLUS RIEN. L'EXPLOSION.

— Vous n'avez rien vu, rien entendu...

JE N'ARRIVAIS PLUS À RESPIRER. À ENTENDRE.

— Le Dr Benton affirme qu'un groupe de défense pour les droits des animaux était d'habitude sur place, à l'extérieur. L'un d'eux faisait-il partie de ces intrus... ?

SAIS PAS. ENCORE UNE FOIS, ILS AVAIENT DES MASQUES.

— Que savez-vous d'eux ?

PRESQUE RIEN. IL Y A UN TYPE QUI S'APPELLE HARRY, LARRY OU GARY. ÂGE MOYEN, GRAND, BIEN HABILLÉ, ET UN JEUNE AUX CHEVEUX VERTS. IL Y A UN JEUNE TAOUTÉ ET QUELQUES-UNS AVEC DES DREADLOCKS ET DES PONCHOS PUANTS. DEUX BCBG. EN GÉNÉRAL, ILS ONT LE LOOK ÉTUDIANT.

— Vous ont-ils jamais menacée ?

NON. ILS BRANDISSENT DES PANCARTES QUAND JE PASSE EN VOITURE.

— Se sont-ils identifiés comme appartenant à un groupe ?

JE NE SAIS PAS. JE NE LEUR AI PAS PARLÉ.

— Les avez-vous jamais entendu parler du Front de Libération de la Terre ?

NON.

— Est-il arrivé quelque chose de spécial, hier ?

À PART L'ATTENTAT, VOUS VOULEZ DIRE ?

L'inspecteur se gratta le front de ses doigts boudinés.

— Avant. Avez-vous vu ou entendu quoi que ce soit d'inhabituel ?

NON, MAIS LES BONOBOS OUI. ILS ONT SENTI UNE PRÉSENCE DEHORS. ILS ONT SENTI LA FUMÉE. INTERROGEZ-LES QUAND ILS SERONT DESCENDUS.

— Quoi ?

L'inspecteur se figea, la pointe de son stylo sur son calepin.

— Non, rien…, dit-il.

Il soupira, remit calepin et stylo dans la poche de sa chemise, et se massa les tempes.

— Bon. Merci pour votre collaboration, dit-il en s'adressant à une portion du mur entre Isabel et l'interprète aux cheveux clairsemés. Je vous souhaite un prompt rétablissement.

FAITES DESCENDRE LES SINGES, répondit Isabel. ET PARLEZ-LEUR.

Elle les regarda sévèrement tandis qu'ils remerciaient l'interprète et s'en allaient. Elle savait bien qu'ils n'avaient pas l'intention de parler aux singes, alors qu'à l'évidence ces derniers en savaient plus que quiconque. La police la prenait pour une folle. Elle avait été confrontée à cette réaction d'innombrables fois, mais jamais – jamais – cela ne l'avait autant désespérée.

Une infirmière lui apporta son repas du soir, constitué de liquides clairs. Un jus quelconque, un récipient en plastique isotherme brun contenant un bouillon transparent saupoudré de flocons verts. L'infirmière, Beulah, se tourna vers elle.

— Vous avez meilleure mine. Vous avez faim ? Je sais, c'est pas grand-chose, mais les médecins préfèrent y aller petit à petit. On met la télé ?

Elle suréleva la tête du lit et alluma la télévision. Puis elle s'installa à son chevet, abaissa la barrière de sécurité et prit le jus de fruits.

— N'essayez pas de vous pencher en avant. C'est moi qui vais vers vous, dit-elle en guidant la paille jusqu'à ses lèvres.

Isabel aspira un peu de jus de pomme. C'était presque trop bon. Sa langue était pâteuse, énorme, et elle réalisa soudain que des points de suture en couturaient un côté, saillants comme les piquants d'une chenille. Elle mit un moment à avaler.

— Ça va ? demanda Beulah, reportant son regard sur elle.

Elle opina faiblement.

— Moi, je ne supporte plus les nouvelles, déclara l'infirmière en saisissant la télécommande. C'est si déprimant, tout ça. L'économie, cette marée noire, la guerre…

Isabel lui effleura la main pour l'immobiliser. On montrait à présent le parking du laboratoire, avec une journaliste debout sous le crachin. Elle portait un imper jaune à capuche, faisait le dos rond à cause du froid. Des gens se pressaient autour des limites du parking, derrière des barricades aux couleurs vives.

— … le drame se joue toujours au Laboratoire de Recherche sur le Langage des Grands Singes, à l'Université du Kansas. Le public est prié de se rappeler que, malgré leur réputation pacifique, il s'agit néanmoins de bêtes sauvages, bien plus puissantes qu'aucun homme adulte, et pouvant infliger de graves blessures, voire arracher des bras…

Isabel écarquilla les yeux.

La caméra fit un panoramique au-dessus des arbres, où les Bonobos étaient perchés, trempés, blottis contre le tronc pour se protéger du vent.

— De nombreux groupes sont arrivés pour tenter de secourir ces animaux, qui ont échoué dans les arbres après l'attentat à la bombe ayant détruit la nuit dernière le bâtiment les abritant et grièvement blessé l'une des scientifiques. Aujourd'hui, le domicile du président de l'université a été vandalisé. Le Front de Libération de la Terre, groupe d'extrémistes antispécistes, a revendiqué l'attentat dans une vidéo diffusée sur Internet, mais les autorités n'ont pas encore… Oh, mon Dieu !

Une détonation claqua, et la caméra se reporta sur un homme épaulant un fusil, puis sur le haut d'un arbre. Au début, rien ne se passa. Puis, l'un des Bonobos se mit à vaciller. Parmi des cris stridents et glapissements, ses congénères ôtèrent la fléchette plantée dans sa cuisse pour la jeter dans le vide, mais c'était trop tard. La victime – était-ce Sam ou Mbongo ? Il faisait trop sombre et elle était trop loin pour pouvoir le dire – s'effondra, échappant aux bras velus qui tentaient de la retenir. Autre détonation, autre Bonobo. Celui-ci parut se scinder en deux à mi-chute, les deux parties tournoyant et dégringolant à travers les branches. L'une d'elles atterrit au milieu d'une bâche ronde, tenue par les pompiers. L'autre – Lola – toucha le cadre et rebondit dans les airs. Un cri collectif jaillit de la foule et de l'équipe de télévision tandis que les pompiers se précipitaient les bras tendus.

Isabel poussa un cri étouffé et s'efforça de se redresser ; elle renversa le gobelet de jus de fruits que tenait l'infirmière, les aspergeant toutes les deux. Le récipient isotherme marron glissa sur une flaque de condensation, comme poussé par une main invisible, le bouillon ballottant.

— Stop ! Vous allez vous blesser ! Stop ! s'écria Beulah, et comme l'autre ne se calmait pas, elle appuya sur le bouton d'alerte, lui immobilisa les poignets et appela à l'aide – aide qui rappliqua sous la forme d'autres silhouettes en blouse et d'une seringue dont le contenu fut injecté dans la valve de son cathéter intraveineux.

Eh bien, songea Isabel en réalisant ce qui venait de se produire, *moi au moins, on ne m'a pas tiré dessus*. La télévision fut éteinte, et peu après elle sombrait de nouveau dans le merveilleux oubli que procurent les anesthésiants.

5

John avait enfin réussi à réserver sa place dans un vol pour le lendemain matin (chose inexplicable, tous les vols ce jour-là étaient complets) et il regardait les Bonobos tomber des arbres à la télévision quand on tambourina à la porte. Une telle énergie lui fit penser à la police. Naturellement, on voulait lui parler ; il s'était trouvé sur place quelques heures seulement avant l'attentat. Mais cette avalanche de coups était inquiétante. Il n'était tout de même pas considéré comme suspect ?

Quand il ouvrit la porte en grand, tout s'expliqua.

— Fran ?

— Où est-elle ? lança d'une voix impérieuse sa belle-mère, s'intercalant entre lui et l'embrasure de la porte pour pénétrer dans le vestibule.

De volumineux sacs en plastique étaient suspendus à ses mains et poignets. John était sûr d'avoir vu les contours d'une boîte de fromage fondu.

— Je crois qu'elle est dans…

Sa phrase resta en suspens, car Fran marchait déjà droit sur la cuisine. Il se retourna. Son beau-père était en train de gravir les marches avec deux valises, le genre démodé sans roulettes ni poignée rétractable. Des rubans violets avaient été entortillés autour des poignées, sans doute pour les distinguer des autres bagages vieux de trente ans susceptibles de défiler sur le tapis roulant.

— Hello, John, dit Tim, marquant une pause sur le seuil.

— Salut, Tim…

John tourna la tête en direction des éclats de voix émanant de la cuisine.

— Amanda savait que vous veniez ?

— Je ne crois pas. Mais comme elle n'a pas appelé pour nous souhaiter la Nouvelle Année, sa mère s'est mise en tête que ça n'allait pas…

John soupira et le soulagea des valises. Il les porta dans la chambre d'amis – qui était en fait le bureau d'Amanda. Les lieux étaient désertés depuis le décès prématuré de Magnificat, époque où elle peaufinait *Catastrophe assurée* tout en adressant des lettres de requête à des agents. On aurait dit qu'une papeterie avait explosé. Des gros morceaux du manuscrit, annotés de sa propre main, jonchaient le lit et ses alentours, mêlés à des douzaines de lettres de refus : « Les difficultés actuelles du marché… » ; « Pas pour moi… » ; « Ne prenant pas de nouveaux clients pour le moment… ». Il ramassa un feuillet et le retourna. C'était l'une des propres lettres d'Amanda, barrée d'un NON énorme au feutre rouge, gribouillé en diagonale. Il l'imagina en train de déchirer, toute tremblante, l'enveloppe libellée et affranchie par ses soins, dans l'espoir que, cette fois, on lui aurait écrit : « Oui, veuillez m'envoyer votre manuscrit, j'aimerais le lire », et trouvant… *ceci*. Il laissa la feuille tomber par terre. La colère l'étouffait. Jamais il ne s'était senti aussi impuissant.

Venue d'un autre endroit de la maison, la voix de sa belle-mère retentit, et il se ressaisit. Il ne pouvait pas faire grand-chose – même si la chambre avait été impeccable, elle ne l'aurait pas été assez au goût de Fran, mais il ramassa des brassées de papier pour les fourrer dans le placard avec l'imprimante, et piétina l'intérieur de la corbeille à papier pour en compresser le contenu. En guise de touche finale, il lissa le couvre-lit, encore recouvert d'une fine couche de poils de chat.

On ne pouvait pas sauver Amanda de sa mère, et comme sa propre présence n'aurait fait qu'aggraver la situation, il se planqua dans le living avec Tim, la télévision et une bouteille de whisky. Quelques instants plus tard, Fran apparaissait à quatre pattes, frottant le mur et la plinthe, se plaignant de ses genoux tout autant que de la façon dont Amanda faisait le ménage. Celle-ci apparut à sa suite, s'activant sans conviction avec une boule de papier absorbant humidifié. Ses fautes étaient grandes : comment pouvait-on ne pas tenir sa chambre d'invités prête ? Et pourquoi n'y avait-il pas de papier à tapisser les tiroirs dans la cuisine ? Fran promit d'en fournir, puisqu'à l'évidence Amanda s'en fichait, et Dieu sait d'où cela lui venait, elle-même étant une maîtresse de maison accomplie. À un moment donné, Fran ayant le dos tourné, il fit semblant de bâiller. Pour toute réponse, Amanda porta son doigt à son propre front et fit mine d'appuyer sur la détente.

À travers les brumes de l'alcool, John subit un gratin de pommes de terre, une montagne de haricots verts insipides, et des côtes de porc panées. La salade César, noyée sous la vinaigrette industrielle, avait été soigneusement dépouillée de toutes les petites feuilles de laitue croquantes – ses préférées. Fran à elle seule consomma les trois quarts d'une corbeille de petits pains décongelés, tout en continuant à gronder Amanda. Il fallait voir les choses en face : elle n'était plus toute jeune – à l'approche de la quarantaine, elle n'avait toujours pas de carrière, pas d'enfants, et si une femme pouvait se contenter de l'un ou l'autre, Amanda n'avait *ni* l'un *ni* l'autre, au cas où elle n'aurait pas remarqué. Comment pouvait-elle ne fût-ce qu'envisager d'abandonner son mari pour aller vivre à L.A. ? Elle allait finir serveuse, voilà tout, et elle était trop vieille pour passer autant de temps debout. Ne savait-elle pas qu'on avait des varices dans la famille ?

John vit, stupéfait, Amanda essuyer ce matraquage avec un « Oui, maman » résigné. Et lorsque Fran se leva pour débarrasser, elle se mit à rassembler calmement les assiettes. Son père se tapota le ventre, et alla à petits pas retrouver la télévision dans l'autre pièce. Le brave homme, songea John, qui le suivit avec une telle hâte qu'il faillit en renverser sa chaise.

Dans l'intimité de leur chambre, la contenance d'Amanda tomba comme un cageot plein d'œufs.

— Incroyable, dit-elle en se laissant choir sur le lit. Ils ont « fait un saut » depuis Fort Myers. Qui « fait un saut » depuis Fort Myers ?

— Elle a dit combien de temps ils vont rester ?

— Non…

Sa voix frisait la panique.

— Mon avion part très tôt. Ça va aller ?

— J'en sais rien.

— Tu as été formidable ! Comment as-tu fait ? Enfin, note bien qu'elle n'avait pas besoin que tu lui donnes la réplique pour t'engueuler…

— J'ai coupé le son. Enfin, j'ai essayé. Ce n'est pas facile. Je ne sais pas si je pourrai tenir longtemps. Elle…

Fatiguée de chuchoter, elle se redressa sur son séant pour tousser.

John se hissa sur un coude et lui massa le dos.

— Ça va ?

— Hum… J'ai avalé de travers. Ce n'est rien…

Elle se racla la gorge et se blottit de nouveau contre lui.

Dans le couloir, la porte de la chambre d'invités s'ouvrit avec un grincement. Il y eut des bruits de pas au niveau de la salle de bains, puis dans l'escalier, suivis d'un cliquetis dans la cuisine. On aurait dit le tiroir à couverts, mais c'était absurde, sauf si quelqu'un avait eu tout à coup une fringale de gratin au milieu de la nuit. Mais ça ne pouvait pas être le cas, car bientôt on entendit quelqu'un remonter l'escalier.

Et passer dans le couloir.

Jusqu'à leur chambre.

La porte s'ouvrit à la volée, heurtant le mur. John tira brusquement les couvertures à lui. Amanda poussa un cri tout en essayant d'en faire autant.

S'arrêtant au pied du lit, Fran cligna des yeux pour distinguer la silhouette de sa fille dans la pénombre.

— Ah, tu es là…, dit-elle en faisant le tour jusqu'à elle.

Dans le clair de lune blafard, John vit reluire une cuillère. Docilement, Amanda se mit sur son séant, tout en plaquant les couvertures contre sa nudité. Fran versa du sirop pour la toux dans la cuillère et Amanda ouvrit la bouche comme un oisillon.

— Ça devrait s'arranger, dit sa mère en hochant la tête.

Sur ce, elle tourna les talons et quitta la pièce en refermant la porte derrière elle.

John et Amanda restaient sidérés.

— Ai-je rêvé ? dit John.

— Non, je ne crois pas…

Il contempla le plafond. Une voiture passa ; les phares balayèrent brièvement le mur.

— Tu n'as qu'à m'accompagner demain. On essayera de te trouver une place dans l'avion.

Elle se retourna contre lui et arrangea les couvertures de façon à ne laisser exposés que leurs têtes et leurs cous.

— Merci, dit-elle en s'agrippant à lui tel un ouistiti, et lui soufflant une bouffée d'eucalyptus au visage. Ça m'évitera d'avoir à l'assassiner…

Le lendemain matin, John ne bougea pas avant d'avoir entendu la télévision au rez-de-chaussée – indication assez fiable du moment où ses beaux-parents entamaient leur journée.

Amanda dormait, les bras par-dessus la tête. Ses cheveux aux boucles en tire-bouchons étaient répandus sur l'oreiller et au-delà de ses poignets pâles.

C'était ce qui l'avait frappé le jour où il l'avait vue pour la première fois, dans un couloir de Columbia – à contre-jour, auréolée de ses boucles dorées. Même contenue dans son chignon habituel, cette tignasse demeurait indomptable. Elle n'utilisait jamais d'élastiques, mais des baguettes, des crayons, des couverts en plastique, et tout ce qui pouvait s'y planter. Dès le début de leur relation, John avait appris à regarder ce qu'il y avait là-dedans avant de la laisser mettre sa tête sur son épaule, histoire de ne pas perdre un œil. Mais aussi serré ou récent fût-il, il y avait toujours des mèches qui s'échappaient de ce chignon.

Il se pencha pour enfouir son nez dans ses cheveux, inspira profondément, puis butina ses clavicules, auxquelles succédèrent des rondeurs et des dépressions émouvantes. Mon Dieu, comme il l'aimait ! Il n'y avait qu'elle. Pendant dix-huit ans, il n'y avait eu qu'elle. Jamais il n'avait couché avec une autre – sauf si on comptait ce malheureux épisode avec Ginette Pinegar, ce qu'il ne faisait pas.

— Humm…, dit-elle en le chassant d'une tape.

— C'est l'heure, chuchota-t-il.

Elle écarquilla les yeux – sourit quand il lui mit un doigt sur les lèvres.

Sur fond de rediffusion du *Compte est bon* en guise de bande-son, elle empila les vêtements pliés sur le lit tandis qu'il allait en douce chercher une valise dans le placard du couloir. Ils n'échangèrent pas un mot, mais quand leurs regards se croisèrent, ils étouffèrent un gloussement. Après quoi ils descendirent l'escalier à pas de loup et stationnèrent devant la porte d'entrée.

— Au revoir ! On s'en va ! lança John d'une voix sonore.

Les échos d'un trouble assourdi flottèrent jusque dans le vestibule, suivis par des bruits de pas précipités.

Amanda mit le poing devant sa bouche pour réprimer un rire et enfila des bottes à hauts talons, d'un noir brillant, qui étaient tout le contraire de bottes en peau de caribou. John les admira, mais pas longtemps – les massifs pieds de Fran apparurent, casés dans des charentaises.

— Comment ça : « On s'en va ? » dit-elle, les poings sur les hanches, ses yeux lançant des éclairs. Vous allez où ?

— Au Kansas, répondit Amanda.

— À L.A., dit John juste au même moment. On va chercher un appartement.

Amanda marqua une pause, puis se remit à l'absorbante tâche d'enfiler son manteau rose. De grosses lunettes de soleil cachaient déjà ses yeux.

Tim traversait tranquillement le couloir dans leur direction.

— Au revoir, Tim, Merci d'être venu ! fit John avec entrain.

— Y a pas de quoi, répliqua le vieillard, l'air déconcerté.

John ouvrit la porte.

— Attendez !

La voix de Fran lui envoya des frissons glacials dans tout le corps. C'était un réflexe – ce ton inspirait le respect. Il se prépara au combat et se tourna pour affronter son regard dur et menaçant.

— Oui ?

— Personne n'a parlé de ça hier soir.

— Décision de dernière minute. On n'a pas le choix. L'agent immobilier est très occupé…

— Très occupé, ajouta Amanda.

Elle noua la ceinture de son manteau tout en s'efforçant de rester cachée derrière John.

— Vous avez seulement dit que tu envisageais de déménager, pas que c'était décidé. Quand revenez-vous ?

— Aucune idée, répondit John, poussant Amanda dehors.

Elle se dirigea vers la voiture presque au pas de course, John suivant avec la valise.

— Et nous, qu'est-ce qu'on doit faire ? s'écria Fran depuis le porche.

— Restez aussi longtemps que vous voudrez ! Au revoir, Fran. Au revoir, Tim !

— On se voit au mariage ! lança Amanda par-dessus son épaule.

Elle grimpa dans la voiture et claqua la portière.

John regarda derrière lui. Fran s'avançait dans l'allée telle l'Invincible Armada. Sa poitrine était une forteresse imprenable posée sur le bloc de son estomac.

À l'instant où John atteignait le siège conducteur, Amanda avait baissé le miroir de courtoisie et faisait mine de chercher quelque chose dans son sac à main.

— Filons… ! dit-elle, sans lever les yeux.

Il recula sur la route en faisant grincer ses pneus, puis partit sur les chapeaux de roues. Un peu plus tard, alors qu'il bouclait enfin sa ceinture, il demanda :

— Quel mariage ? De quoi parlais-tu ?

— Ma cousine Ariel se marie dans trois semaines.

— C'est du rapide !

— Je crois qu'elle a un polichinelle dans le tiroir, même si on n'est pas censé le savoir. On va vraiment à L.A. ?

— Non. Dans le Kansas.

— Oh…

— Mais ensuite, on pourra aller à L.A. Si tu y tiens.

— Ah bon…

Renversant la tête en arrière, elle se regarda dans le miroir de courtoisie. Il s'arrêta à un feu et elle resta silencieuse pendant tout le temps que c'était au rouge.

— Tu veux bien… ? dit-elle au moment où ça passait au vert.

— Si *toi*, c'est bien ce que tu veux…

Il la regarda deux fois de suite – la seconde fois avec inquiétude, car des larmes ruisselaient sur son visage. Mais quand elle tendit la main pour lui toucher la nuque, elle était presque aux anges.

— Oui. Oui, c'est bien ce que je veux. Mais toi, tu vas pouvoir t'y faire… ?

— Oui.

Ils restèrent songeurs pendant quelques instants. Puis, John lui tapota la cuisse.

— Oui, tout à fait…

6

L'escale d'une heure à Cincinnati fut rallongée de vingt, puis dix minutes, et enfin d'un quart d'heure, pour finir par durer six heures. La météo avait été la première excuse invoquée, malgré un ciel parfaitement limpide. Ensuite, on accusa le trafic à O'Hare, bien que John ait fait remarquer au steward à l'embarquement qu'on n'était pas à O'Hare. Aucune importance – apparemment, les embouteillages dus aux chassés-croisés des vacanciers avaient un effet domino. John enrageait : il allait commencer son enquête avec deux jours de retard.

Ultime affront, Cat s'était débrouillée pour arriver la veille, alors même que John avait réservé dans le premier vol possible. Elle en avait aussitôt informé Elizabeth par mail, avec copie à John : « À pied d'œuvre. Prends contacts en attendant John. » Elle avait dû bénéficier d'un désistement de dernière minute sur un vol de nuit. John croyait voir un malheureux VRP ligoté et bâillonné dans un cagibi de l'aéroport, soulagé de sa carte d'embarquement.

Quand il arriva avec Amanda dans le hall du Residence Inn, Cat était appuyée contre le mur de brique, près de l'agréable cheminée. C'était le « happy hour », et elle profitait du vin gratuit tout en irradiant des ondes néfastes. C'était comme si elle avait eu sur elle une arme secrète : si jamais des clients l'approchaient de trop près, ils changeaient soudain de cap, l'air stupéfait.

— Cat…

— John…

— Tu te souviens d'Amanda ?

— Mais bien sûr…, dit Cat, examinant cette dernière et lui tendant une main flasque. Contente de vous revoir. Vous avez de la famille ici ?

Elle pencha la tête de côté et sourit.

— Non, répondit Amanda.

Cat cligna des yeux plusieurs fois, l'invitant à se justifier ; mais Amanda lui rendit son regard, et, finalement, elle détourna les yeux.

— Bien… Je vous laisse vous enregistrer à la réception, dit-elle, et elle alla remplir son verre à nouveau.

John soupira. Nul doute qu'Elizabeth serait informée de la présence d'Amanda le soir même, et que sa note de frais serait épluchée en conséquence.

Après une très brève discussion quant à savoir s'il fallait inviter Cat, ils cherchèrent un restaurant aux prix raisonnables (puisqu'il y avait une kitchenette dans la chambre, le journal ne rembourserait pas les notes de restaurant, avait précisé Elizabeth).

— Au fait, déclara Amanda devant des margaritas et des ailes de poulet. Tu sais ce que ma mère m'a dit hier soir ?

John sciait son steak trop cuit.

— Que je suis un rustre et un bon à rien et que tu devrais me quitter ?

— Bien au contraire. Elle m'a dit que je devrais m'y mettre, vu que mes œufs vont bientôt dépasser la date de péremption. Tu te rends compte… ?

— Oui, oui… Tout à fait.

Elle en écarquilla les yeux.

— *Quoi ?*

Aussitôt, John réalisa son erreur.

— Non ! se récria-t-il avec véhémence. Non, bien sûr que non ! Je voulais dire que je veux bien croire qu'elle a dit ça. C'est son style, non ?

Elle eut un soupir d'assentiment et tendit la main vers le panier d'ailes de poulet. Elle en choisit une, la tenant entre deux doigts comme un épi de maïs miniature, l'examina sous tous les angles et prit une bouchée.

— Donc, tu n'y crois pas ?

— Quoi… que tes « œufs »… ? Non, je n'y crois pas.

Elle mastiqua pendant quelques secondes, l'air ailleurs, et rapprocha son verre. Il était ridiculement gros, la taille d'un aquarium. Elle promena la paille rouge à l'intérieur, le long du bord, puis au milieu des glaçons.

— Quand on aura des enfants, tu crois que je deviendrai comme ma mère ?

— Tu ne pourras jamais être comme elle, dit-il, la bouche pleine. Ta mère est une horreur. Ta mère, c'est Godzilla. Et toi, ma chérie, tu es la perfection…

Il pointa sa fourchette sur elle. C'était le genre d'établissement où l'on pouvait faire cela.

— Mais c'est bien ce qu'on dit, non ? Que les femmes finissent par ressembler à leur mère ?

Elle aspira le fond de margarita et, ayant regardé furtivement de tous côtés, tira la langue pour lécher le bord salé.

— J'espère que ça n'arrivera pas…

De nouveau, elle joua avec sa paille.

— Mais non.

— Je crois que j'en veux un, dit-elle. Un bébé.

John l'observa avec attention. Elle avait de la sauce barbecue aux coins des lèvres. Était-ce les effets passagèrement conjugués de Fran et de la tequila, ou bien du sérieux ? Le sujet revenait sur le tapis périodiquement depuis des années, en général quand Amanda était allée à une réunion familiale ou une présentation de bébé chez des amis. Jusque-là, au grand soulagement de John, ça n'avait pas duré. Apparemment, les enfants donnaient beaucoup de travail et il redoutait qu'en avoir un modifie l'équilibre de leur couple. En outre, cela signifierait une dose supplémentaire de Fran dans sa vie, sans compter celle de sa propre mère.

— Crois-tu que ce soit une bonne idée… si tu souhaites t'installer à l'autre bout du pays ?

— À l'époque où j'accoucherais, je serais rentrée à Philadelphie ou toi, tu serais installé à L.A. Et puis… et si ma mère avait raison ? Et si, à force d'ajourner, on avait trop attendu ?

— Les femmes ont des enfants jusqu'à soixante ans de nos jours.

— Oui, les *tordues*… ! Ce n'est pas ce que je veux… Être une mère âgée.

John lui tendit la main par-dessus la table.

En effet, ils avaient l'un comme l'autre trente-six ans. Il ne les sentait pourtant pas. Comment, et quand, cela était-il arrivé ?

— Cat… Laissez votre message.

— Encore moi, dit John. Rappelle-moi.

C'était le troisième message qu'il déposait sur son répondeur, et même s'il s'efforçait de lui laisser le bénéfice du doute – elle était peut-être sous la douche, ou avait oublié son mobile dans la chambre tandis qu'elle prenait son petit déjeuner – une pénible impression l'envahit. Ils avaient déjà deux jours de retard – enfin lui, en tout cas. Qu'avait-elle bien pu fabriquer ?

S'étant levée de bonne heure, Amanda avait décrété que le café de l'hôtel était imbuvable, les viennoiseries en béton, et elle était partie à pied à la recherche d'une supérette. Elle était perturbée, inquiète, et il se sentait coupable parce qu'il avait passé la nuit à se retourner dans le lit.

Il appela la réception et demanda à être mis en contact avec la chambre de Cat.

— Hé, Cat… Ton mobile doit être à plat. Rappelle-moi. Il faut qu'on se concerte pour arrêter un plan d'attaque.

Ensuite, il joignit l'université et apprit qu'il n'y aurait pas d'interview individuelle. Une conférence de presse se tiendrait dans la matinée, la première depuis les attentats, et jusque-là aucune déclaration ne serait faite. John trouva ce délai étrange, des journalistes poireautant depuis plusieurs jours.

Enfin, il contacta l'hôpital, qui lui demanda tout d'abord s'il était de la famille, après quoi on refusa de lui confirmer ou pas la présence d'Isabel Duncan. Il ne discuta pas, sachant qu'elle était bien là : c'était le seul centre de traumatologie de niveau 1 dans le secteur et pourquoi lui demander s'il était de la famille si elle n'avait pas été là ? Il laissa un message sur son répondeur personnel.

— Bonjour, Isabel… John Thigpen. On s'est rencontré… euh, vous devez vous en souvenir…

Il bavarda plus longtemps qu'il n'aurait dû, mais il voulait lui faire comprendre qu'il était réellement concerné par ce qui lui était arrivé, et pas seulement en train de quémander une interview. Et c'était vrai : son sommeil agité avait été hanté par des images d'elle. Il l'attendait dans le couloir du labo. Elle arrivait par-derrière, sans bruit, et lui frôlait la main. « Viens avec moi », murmurait-elle, ce qui l'électrisait. Les lèvres d'Isabel effleuraient son oreille. Son haleine était comme un sorbet au citron. Puis, il la suivait, tout en regardant ses hanches et sa façon de poser un pied juste devant l'autre, tel un pisteur indien. Voyant des ombres mouvantes, il s'arrêtait tout net. Alors, au même instant, il devinait le danger et criait : « Attention ! » Puis il se précipitait sur elle, les bras tendus. Elle se retournait, l'air interloqué, mais là elle était projetée en arrière, contre un mur de flammes si blanc que c'était comme si elle était tombée dans le soleil. Elle disparaissait par étapes : d'abord son dos arrondi, puis son visage, ses cuisses, ses bras. Ses longs cheveux, refoulés autour de sa tête, s'effaçaient ensuite, avec ses mains et ses pieds. Il s'était réveillé tout tremblant et trempé de sueur, le cœur battant. Désorienté, il avait mis quelques secondes à comprendre qu'il n'était pas dans son propre lit. Amanda s'était penchée sur lui, mettant la main sur sa poitrine.

— Ça va, chéri ? Ton cœur palpite… on dirait un écureuil.

— Ça va. Un mauvais rêve.

Elle alluma la lampe.

— Argh… ! dit-il en s'abritant les yeux.

Elle lui toucha le front et l'étudia avec intensité.

— Je ne suis pas en train d'avoir une crise cardiaque. Je t'assure !

Elle éteignit et se rallongea.

— C'était quoi… ?

— Quoi ?

— Ton cauchemar.

Il secoua la tête.

— Trop compliqué à expliquer.

Et ensuite il était resté éveillé, rongé d'inquiétude. Avait-il crié le nom d'Isabel ? Non, sans doute, puisque Amanda s'était pelotonnée derrière lui, lui caressant l'épaule pour l'aider à se rendormir. Mais ce matin, il en était moins sûr…

Il s'aperçut qu'il était en train de fixer du regard le radiateur. Se secouant, il composa de nouveau le numéro de Cat. Cette fois, il ne prit pas la peine de laisser un message, car s'il l'avait fait, ça n'aurait pas été très courtois. Si elle ne se manifestait pas dans dix minutes, il allait faire cavalier seul. Et si jamais ils se marchaient sur les pieds, ça ne serait pas sa faute.

Il sirota le café rapporté par Amanda du hall (elle avait raison – c'était infect) et alluma son ordinateur. Il tapa sur son clavier les mots clés : « Front Libération Terre Université-du-Kansas, labo » dans son navigateur, appuya sur la touche « Entrée » et regarda avec stupeur les résultats se télécharger.

Il y avait trente-deux pages de résultats sur Google. Le message vidéo s'était multiplié, apparaissant sur des sites aussi divers que YouTube, des blogs personnels, ainsi que des forums vegan. John avait beau l'avoir vu plusieurs fois, il en était toujours rempli d'une fascination horrifiée.

Un homme à cagoule noire était assis à une table métallique, dans une pièce sans fenêtre ni décoration. Ses mains gantées reposaient sur le plateau. L'image, pas très nette, était un peu jaunie, comme une vidéo amateur des années 70.

Il parut lire une feuille de papier qui se trouvait entre ses mains, puis s'adressa à la caméra. Il commença par nommer les « agents de l'horreur » : Peter Benton, Isabel Duncan, d'autres personnes associées au labo, et Thomas Bradshaw qui était le président de l'université. L'homme indiquait leurs adresses personnelles, sans oublier les codes postaux et les numéros de téléphone.

— … Vous êtes tous également méprisables et également coupables, les uns parce que vous torturez, les autres parce que vous rendez ces tortures possibles, confortablement installés dans vos bureaux, à des kilomètres de ce laboratoire où vous, les savants fous, menez des pseudo-recherches sur des primates innocents. Nous ne vous laisserons plus faire. Vous devrez rendre des comptes, tout comme Isabel Duncan. Vos adresses sont désormais connues du public. Qui sait ce que quelqu'un décidera de faire ? Thomas Bradshaw, cette fois nous avons inondé votre maison, mais ensuite ? Une bombe, peut-être ? Votre famille sera peut-être à l'intérieur, prise au piège et aussi innocente que ces singes que vous avez torturés au nom de la science. Ou bien quelque chose arrivera à votre voiture. Vous ne le saurez qu'une fois au volant, et ce sera trop tard. Que direz-vous alors à vos enfants, Thomas Bradshaw ? Vous finirez comme ces singes que vous avez emprisonnés dans ce labo infernal pendant toutes ces années.

De nouveau, l'homme consulta son papier. Quand il releva la tête, on devinait un sourire mauvais à travers le trou pour la bouche.

— Pour le moment, la recherche est stoppée. Grâce à nous, mais il dépend de vous qu'il en soit toujours ainsi. Car aujourd'hui, vous savez ce qui vous attend dans le cas contraire. Nous libérerons encore ces singes, et nous nous en prendrons à vous – personnellement. Nous sommes déterminés. Nous sommes le FLT. Nous sommes partout, et nous n'abandonnerons pas. Attendez-vous à notre visite.

L'image se figea. John la contempla pendant plusieurs secondes, bouche bée.

Torture ? Savants fous ? Des singes emprisonnés ? Aussi courte fut-elle, sa visite lui avait montré que tous ces chercheurs se donnaient beaucoup de mal pour que les Bonobos maîtrisent autant que possible leur environnement. Tout le projet reposait sur ce postulat que les singes communiquaient parce qu'ils le voulaient bien. Était-il possible que ces gens – ces terroristes – aient fait sauter le bâtiment simplement à cause de ce mot : « laboratoire » ?

Dans quel état était Isabel ? Et s'il fermait les yeux et se concentrait, aurait-il une sorte de communication télépathique avec elle ? Il essaya – sans résultat. Et puis, il se sentit coupable.

Il finit son café, grimaça à cause des petits grains qu'il avait avalés, et alla mettre la tête sous le robinet de la kitchenette pour se rincer la bouche. Puis, il partit pour l'université. Cat pouvait aller se faire voir…

7

Isabel passa la journée à attendre : attendre d'être baladée d'un endroit à l'autre par des aides-soignants, de passer des tests et autres procédures, d'être examinée par des médecins. Mais surtout, elle attendait Peter et d'avoir des nouvelles des singes.

Étaient-ils blessés ? Déshydratés ? Où les avait-on hébergés ? Dans les diverses salles d'attente, des télévisions repassaient la séquence de la veille, avec un terrifiant extrait de la vidéo diffusée sur Internet. L'extrait était très court, et toujours montré au-dessus de l'épaule d'un présentateur. Les lèvres sous la cagoule bougeaient, mais Isabel ne parvenait pas à entendre ce qui était dit.

À l'idée que Celia puisse être impliquée, elle était effondrée. Même si elle se méfiait beaucoup de ses propres jugements en ce qui concernait les êtres humains, elle se fiait aux Bonobos et ceux-ci adoraient Celia. À l'issue de son premier jour au labo, Bonzi avait signé CELIA AMOUR ! CONSTRUIRE NID. VITE CELIA VENIR BONZI AMOUR.

À mesure que la journée s'écoulait, une autre attente, plus primitive, grandit en elle, parallèlement à la conscience de sa solitude. C'était un désir irrationnel et déchirant, depuis que Peter lui avait quasiment dit que sa mère ne viendrait pas. Elle lui avait révélé l'histoire de sa famille par bribes, histoire que ce soit plus digeste, bien que, dans la mesure où ils comptaient se marier, il lui faudrait bien dévoiler un jour ce que recelait son pool génétique. Jusqu'à présent, il savait que son père s'était fait la malle, que sa mère avait sombré dans l'alcool, et que ça ne s'était pas forcément passé dans cet ordre-là. Il savait pour la fraude aux allocations familiales. Il savait que son frère avait été renvoyé de l'école à l'âge de quinze ans, et qu'il était devenu toxicomane ; on ignorait s'il était mort ou vivant. Il savait pour sa scolarité difficile, et qu'aucune de ses amitiés naissantes n'avait eu le temps de s'épanouir, car, quand les parents des autres enfants voyaient l'état de la maison, défense leur était faite d'y retourner. Il savait pour les moqueries qu'elle subissait à cause de ses fringues de pauvre et des trucs bizarres qu'elle mangeait à midi, mais elle ne lui avait pas parlé spécifiquement du sandwich aux grains de maïs en boîte à cause duquel Mme Butson avait commencé à doubler la ration de sa fille Michele, geste charitable mais maladroit qui l'avait condamnée à rester une paria. Il ne savait pas qu'un jour Marilyn Cho avait gambadé derrière elle dans la cour de récréation, se moquant d'elle en silence et avec une justesse cruelle, sans se douter qu'Isabel voyait tout à cause des ombres, par terre. Et il ne savait assurément pas pour les « tontons », ni que sa mère se précipitait aux toilettes pour se mettre du rouge à lèvres et chassait les enfants au sous-sol comme si chaque rendez-vous était une sorte de secret rigolo. Il ne savait pas qu'Isabel suivait le *Mup-*

pet Show et les émissions de l'après-midi avec son frère en s'efforçant d'ignorer ce qui se passait à l'étage, ni qu'après le départ de l'homme, leur mère disparaissait dans la salle de bains pour y pleurer longuement.

Et pourtant, elle ne pouvait s'empêcher d'imaginer que sa mère allait arriver, qu'elle avait trouvé la force de se ressaisir et allait passer la porte à tout moment. Elle la prendrait dans ses bras comme autrefois, lui dirait combien elle regrettait. Car à présent, elle avait trouvé de l'aide et tout allait s'arranger. Et Isabel la croirait, car quelle était l'autre terme de l'alternative ? Croire qu'elle gisait dans un lit d'hôpital, sans parents ni amis à son chevet ?

Dans l'après-midi, Beulah passa la tête, radieuse.

— Vous avez de la visite…

Ses larmes jaillirent. Elle était venue !

— Votre sœur ! ajouta Beulah.

Isabel ouvrit de grands yeux.

Cat Douglas entra d'un pas décidé.

— Docteur Duncan, ravie de vous revoir. Comment allez…

Elle s'interrompit.

— Ah… d'accord…

La journaliste sortit un appareil numérique, prit un instantané et le remit dans sa poche.

Isabel poussa un cri et se jeta en avant, cherchant le calepin et le stylo qui lui servaient à communiquer avec les infirmières. Sans le vouloir, elle fit tomber le crayon sur le sol carrelé, puis lança le bloc à la tête de Cat ; les feuilles de ce dernier battirent et se détachèrent quand il tomba par terre, tel un oisillon ébouriffé.

La perplexité, puis l'indignation se peignit sur le visage de l'infirmière. Elle se tourna vers Cat.

— Vous prétendiez être sa sœur ! siffla-t-elle. Comment osez-vous ! Sortez !

Se pliant en deux, la journaliste scruta le visage d'Isabel.

— Ils vous ont pas ratée… Vous arrivez à parler avec toute cette ferraille ?

La voix de Peter retentit depuis le seuil.

— Vous êtes qui, *vous*… ?

Isabel signa frénétiquement à deux mains : FAIS-LA SORTIR, FAIS-LA SORTIR, FAIS-LA SORTIR. Les larmes ruisselaient sur ses joues.

Saisissant l'intruse par le bras, il la fit pivoter vers lui.

— Bas les pattes ! hurla Cat. Vous m'agressez !

Peter la tira contre lui et lui souffla à l'oreille :

— Allez-y, portez plainte…

Ses yeux étincelaient, il avait un sourire menaçant. Elle darda son menton et soutint son regard. Il la poussa, assez durement pour la faire trébucher, mais comme il l'avait empoignée fermement, elle resta debout.

— Appelez la police ! dit-il à Beulah.

— Bon, bon, je m'en vais…, dit Cat.

Elle mit un moment à reprendre une contenance et considéra les doigts qui encerclaient son bras. Ses paupières battirent à l'instant où elle notait le doigt amputé.

— C'est ça, barrez-vous, dit Peter. Oust !

Et il la traîna vers la sortie.

8

Une demi-douzaine d'équipes de télévision attendaient devant les bureaux de l'administration de l'université, avec une poignée de reporters. John en connaissait quelques-uns. L'un d'eux était un ancien condisciple de Columbia qui avait épousé une jeune fille quelconque mais de bonne famille et nantie d'une maison d'été dans les Hamptons. Par la suite, il avait décroché un boulot au *New York Times*. Philip Underwood. Il avait été là, la nuit de « l'incident Ginette Pinegar », avait maintenu les jambes de John vers le plafond tandis qu'un autre portait l'entonnoir à sa bouche. Tout avait été si brumeux, alors, et ça ne s'était jamais éclairci. Après toutes ces années, c'était encore si embarrassant qu'il évitait de se retrouver face à des témoins de cet incident. Autre visage familier : un vieux de la vieille avec lequel John avait travaillé à la *New York Gazette*, un type connu pour écrire des messages d'avertissement sur des Post-it qu'il collait sur ses Tupperware dans le frigo commun, au cas où on aurait voulu les lui voler, et aussi pour parsemer son langage d'expressions démodées comme « se creuser le ciboulot » ou « bambocher ». Quoique émacié, il était ventripotent et gris à tous égards – cheveux, tenue vestimentaire, teint. Quelques années plus tôt, un divorce avait terni toute son existence, le faisant vieillir de dix ans. Il portait un trench-coat défraîchi et faisait le dos rond contre le vent.

John vint se placer à côté de lui.

— Salut, Cecil…

Cecil lui jeta un coup d'œil, tira sur sa cigarette, qu'il jeta d'une pichenette par terre. Elle roula, avec son extrémité encore incandescente. Il frotta ses mains rougies et souffla dessus.

— Salut, John…

— J'espère que tu as un pull là-dessous, dit John.

— Non !

Cecil haussa les épaules et regarda droit devant lui.

— Alors, toujours au *Philadelphia Inquirer* ?

— Eh oui. Et toi, toujours à la *Gazette* ?

— Eh oui…

S'ensuivit un bavardage aussi codifié qu'une danse nuptiale – chacun tâchant de découvrir ce que savait l'autre sans rien lâcher en échange.

Finalement, Cecil fourra les mains dans ses poches et se renversa sur ses talons.

— Tu ne sais rien, alors… ?

John secoua la tête.

— Rien. Et toi ?

— Rien.

Ils hochèrent lentement la tête, compatissants. John ne voyait pas pourquoi il lui aurait dit qu'il avait rencontré Isabel et les singes, la veille de l'attentat, et il se demanda ce que Cecil lui cachait.

Une rumeur parcourut la foule et les portes vitrées du bâtiment furent poussées par deux hommes corpulents. Une petite femme en tailleur, juchée sur des talons d'une hauteur vertigineuse, descendit les marches pour aller se planter devant le micro. Les deux types vinrent l'encadrer.

Elle repoussa ses lunettes sur son nez et se lissa les cheveux. Ses mains manucurées tremblaient de froid.

— Merci d'être venus, dit-elle en regardant autour d'elle.

Des équipes de télévision se bousculèrent pour placer leurs perches, et les questions fusèrent :

— La famille de M. Bradshaw était-elle à la maison, au moment de l'attentat ?

— Comment va Isabel Duncan ?

— Les singes ont-ils été blessés ?

— A-t-on procédé à des arrestations ?

La femme survola l'assistance du regard. Des flashes se reflétaient dans ses lunettes par rafales. Les gaines noires et pelucheuses des micros cernaient son visage telles des chenilles monstrueuses suspendues en l'air. Elle ferma les yeux et prit une profonde inspiration.

— La police détient plusieurs témoins, qui n'ont pas été décrits comme « suspects ». On nous a également appris que, depuis ce matin, l'état d'Isabel Duncan s'est « stabilisé », et les médecins ont bon espoir qu'elle se rétablira totalement. Le domicile du président de l'université a été vandalisé, et bien que lui-même et ses proches soient indemnes, le Front de Libération de la Terre est considéré par le FBI comme l'un des groupes terroristes les plus dangereux opérant sur le territoire des États-Unis, et par conséquent toutes ses menaces sont à prendre très au sérieux. Les singes n'ont rien, mais, dans leur propre intérêt, ils ont été déplacés.

Elle fut interrompue par une autre salve de questions.

— Ces témoins, qui sont-ils ?

— Dans quel type d'hébergement les singes ont-ils été logés ?

— Sont-ils encore sur les campus ?

Elle leva la main pour les faire taire.

— Je regrette, mais je ne peux pas répondre précisément à ces questions. Nous ne doutons pas que les auteurs de ces faits seront retrouvés et poursuivis avec la plus extrême rigueur et encourageons quiconque détient des informations à les communiquer aux autorités. En attendant, nous avons fait – et continuons à faire – le maximum pour assurer la sécurité de nos étudiants et de la faculté. Merci…

Elle ordonna ses fiches tout en gardant les yeux baissés. Visiblement, elle s'apprêtait à partir. Les voix se firent plus fortes.

— L'inondation du domicile de M. Bradshaw s'est produite presque vingt-quatre heures après l'attentat à la bombe – quelle mesure l'université a-t-elle prise pour prévenir toute autre agression ?

Au bout d'un moment, elle mit la main sur le micro devant elle et déclara :

— Nous avons pris des mesures définitives pour que cela ne se reproduise pas. Pour toute demande supplémentaire, veuillez vous adresser au service de presse. Merci.

Elle se retourna et remonta les marches de pierre en vacillant.

— C'est pas *elle*, le service de presse ? marmonna Cecil.

De là, John se rendit au labo. Deux policiers à l'air ennuyé faisaient les cent pas autour du périmètre, surveillant les photographes et s'assurant qu'ils ne passaient pas sous les flopées de ruban jaune (où était Osgood, au fait ? Elizabeth avait dû s'adresser aux photographes de l'Associated Press pour économiser le billet d'avion).

John croyait savoir à quoi s'attendre, mais la vue du labo fut un énorme choc. Trois jours plus tôt, il avait gravi ces marches et tenu cette rampe gris bleuté ; à présent c'était noir et cloqué. Il avait passé ce seuil à la suite d'Isabel Duncan et avait été admis dans les pièces qui abritaient les Bonobos. Désormais, il n'y avait plus de porte, mais un trou béant, et de grandes traces noires en étoile sur le mur extérieur. On ne pouvait pas voir grand-chose du couloir, mais des matériaux isolants et des câbles pendaient des dalles noircies du faux plafond, et l'odeur écœurante de plastique brûlé persistait.

Son attention se reporta sur le parking. Là où lui-même, Cat et Osgood étaient montés dans le taxi, le gravier était jonché de bris de verre. C'était certainement là aussi que l'ambulance avait embarqué Isabel Duncan. Et ici, sous l'arbre où les singes avaient trouvé refuge, des branches cassées, tel un énorme nid d'oiseaux saccagé, témoignaient des vains efforts des Bonobos pour rester au sommet. Il se détourna afin d'échapper à des visions de leur chute dans le vide.

Ensuite, il alla en voiture au refuge, un bâtiment de plain-pied prolongé à l'arrière par des enclos grillagés. Les murs en parpaing de la réception étaient peints en vert, et, à en croire l'odeur, le sol en lino venait d'être javellisé. Un ululement spectaculaire fusa derrière les portes battantes ouvrant sur la cour.

— C'est ce qu'on appelle avoir du coffre…, dit John.

— Un nouveau…, déclara la femme au guichet. Il n'est pas très content d'être ici. Pourtant, il n'a pas perdu au change…

— John Thigpen… journaliste au *Philadelphia Inquirer*. Je me demandais si…

Elle leva la main pour l'interrompre.

— Les singes ne sont plus là.

— Donc, ils étaient ici ?

Elle le jaugea.

— Pas longtemps. Un camion est arrivé en pleine nuit, les types les ont endormis, et ils sont repartis…

— On les a encore piqués ?

— D'après eux, ils n'avaient pas le choix. C'est qu'on n'est pas équipés ! En général, nos pensionnaires sont des chats et des chiens. Le plus original qu'on ait eu, c'était un alligator. Un type qui avait acheté un œuf en Floride, s'est retrouvé avec un animal d'un mètre cinquante de long dans son sous-sol. Il lui jetait des cuisses de dinde du haut des marches et remplissait au tuyau des pataugeoires qu'il avait balancées au petit bonheur. Tout allait bien jusqu'au jour où sa chaudière est tombée en panne et qu'il a appelé le plombier…

John la fixa, éberlué. Puis, il secoua la tête.

— Les singes… Vous étiez là quand on les a emmenés ?

— Oui. On manque de personnel. Hier, quelques-uns de nos bénévoles ont été embarqués par la police. L'une d'elles était stagiaire dans ce labo.

John dressa l'oreille.

— Ah bon ? Puis-je avoir son numéro de téléphone ?

— Comme tout est sur Internet, de toute façon, je ne vois pas pourquoi je vous dirais non. Mais je crois qu'elle est toujours en garde à vue…

Elle prit un registre sur une étagère et le feuilleta avant de noter un nom et un numéro sur un morceau de papier qu'elle fit glisser sur le comptoir.

Celia Honeycutt. Elle était citée dans la vidéo du FLT, ce qui était bizarre, si elle était considérée comme suspecte. Tentative pour brouiller les pistes ? Il plia ce papier et le mit dans sa poche.

— Savez-vous pourquoi on l'a coffrée ?

— Aucune idée. Au fait, quelle heure est-il ?

Elle consulta sa montre et poussa un soupir désespéré.

— Seize heures que je suis là…

— Qui les a emmenés ?

Elle secoua la tête.

— Je n'en sais rien. Ils avaient même masqué leur plaque minéralogique. Tout ce que je sais, c'est qu'ils avaient un titre de propriété ; donc, j'ai bien été obligée d'obtempérer…

— Quoi ?

John ferma les yeux, foudroyé par l'information. Il comprenait seulement maintenant ce que l'université entendait par « mesures définitives pour que cela ne se reproduise pas ». Il se demanda si Isabel était au courant, et ressentit une douleur physique.

On forme une famille, avait-elle dit.

Il s'appuya au comptoir et reposa son front sur son bras.

— Dites-moi que vous avez vu le nom de l'acquéreur sur ce document.

— C'était une société.

— Dites-moi que vous avez conservé une copie.

— Vous n'avez pas l'air de comprendre – j'étais toute seule. J'avais six singes juste à côté, en plus des autres animaux. Ces types avaient un avocat avec eux, ainsi qu'un représentant de l'université. Je devais faire quoi ? Ils étaient dans leur bon droit…

Elle se tut un moment, puis ajouta :

— Vous savez, parfois quand j'étais dans un Starbucks, Celia ou quelqu'un du labo venait commander du café au lait pour les singes. Ils amenaient toujours une caméra. Apparemment, les singes aimaient regarder ce qui se passait. Les gens au comptoir parlaient à la caméra comme s'ils étaient là. C'était super. Il paraît qu'ils comprennent l'anglais.

— C'est le cas. Je les ai rencontrés, dit John doucement, relevant la tête.

Il soupira et frappa de ses phalanges le comptoir, par deux fois.

— Bon. Je vous remercie. Vous avez été très aimable…

Il appela Celia Honeycutt de la voiture, mais, comme on pouvait s'y attendre, personne ne décrocha. Quand il rentra à l'hôtel, il sentit l'œuvre d'Amanda depuis le hall.

La porte de leur chambre ouvrait directement sur le coin cuisine, où le contenu d'une cocotte mijotait sur une plaque électrique. Postée au comptoir, Amanda pelait soigneusement des têtes de champignons. Le reste du plan de travail disparaissait sous des branches de céleri, des pelures d'oignons, des carcasses de poulet, des boîtes de fonds de volaille, des bouteilles de vin, des lambeaux d'étamine, des petits bouts de poireaux et des bouquets de persil plat.

Il lui baisa la nuque.

— C'est quoi ?

— Une garniture de tourte au poulet. Mais comme il n'y a pas de pâte feuilletée, ça doit pouvoir s'appeler un « velouté ».

— OK…

Au bout d'un moment, il ajouta :

— Mais la pâte feuilletée, c'est ce que je préfère !

— Je pourrais la faire moi-même. Le problème, c'est qu'on n'a ni moule, ni rouleau à pâtisserie…

Son regard survola le plan de travail.

— Je pourrais décoller l'étiquette d'une bouteille… et on doit pouvoir trouver à la supérette des moules en alu…

John décolla un récipient en plastique qui faisait partie d'un lot, près du frigo, et l'examina.

Amanda suivit son regard.

— C'est pratique, ça correspond à une portion individuelle… Tu pourras les sortir du congélateur pour les passer au micro-ondes…

Le cœur de John se serra.

— Et j'ai fait du bœuf bourguignon. Comme ça, tu pourras varier. Il y a des pâtes dans le placard, mais tu pourras aussi faire cuire des patates en accompagnement. Et j'ai acheté des plats végétariens sous vide. Pas besoin de percer le plastique ; ça va directement au micro-ondes.

Elle entassa les têtes des champignons à l'extrémité de la planche à découper, et se mit à les débiter en quatre, avec adresse. Après quoi, elle les déversa dans la cocotte, mit le couvercle, et baissa le feu au maximum.

— Voilà ! dit-elle en s'essuyant les mains à ses cuisses.

Elle avait les joues rouges, des boucles collées au front et aux tempes.

— Un verre de vin ? J'ai débouché une bonne bouteille de rouge pour le bourguignon.

— Tu es très belle, dit John.

Elle sourit, chassa les mèches et s'empara de la bouteille.

— C'est un oui ?

Ils parcoururent les trois mètres qui les séparaient du prétendu living et s'installèrent sur le divan. Amanda s'y lova et se nicha au creux de son épaule.

— Tu es toujours d'accord… ? Pour que je m'installe à L.A. ?

— Oui, oui.

— Parce que j'ai réservé ma place sur un vol qui part demain matin.

— Ah… Tu n'as pas perdu de temps.

Elle lui lança un regard nerveux.

— C'est juste que, si je veux le faire, je dois me décider tout de suite, et à quoi bon repartir à Philadelphie puisque c'est dans la direction opposée, et même si je perds ainsi le bénéfice du retour, c'est quand même plus économique de…

John l'attira contre lui, le nez dans ses cheveux. Elle sentait le bœuf bourguignon et d'autres bonnes choses. Il l'embrassa.

— C'est OK. T'en fais pas.

Elle sourit, prit une profonde inspiration et leva les yeux vers lui.

— Alors, ta journée… ?

— Tu sais quoi ? Il y a un jacuzzi en bas. Allons discuter là-bas. Ensuite, soit j'irai trouver Cat, soit je ferai mon papier tout seul…

Amanda considéra la cocotte, eut visiblement comme un doute passager, puis alla se changer dans la salle de bains.

John tenait la porte vitrée du spa pour Amanda, quand il reconnut Cat de loin. Elle était seule dans le jacuzzi, les bras reposant le long du bord. Amanda chercha son regard et dit :

— Quand on parle du loup…

John serra les dents.

— Comme tu dis…

Tandis qu'elle allait chercher des serviettes, il resta debout au bord du jacuzzi à observer sa collègue. Elle avait reposé sa tête contre le bord, les yeux fermés, et les pointes de son impeccable carré arrivaient juste au-dessus du carrelage. Elle pouvait être morte ou endormie. John pencha la tête de côté, réfléchissant. S'il ne l'avait connue, il aurait pu la trouver attirante – les clavicules saillantes, les bras bien dessinés, les doigts fuselés, le joli petit nez. Mais voilà : il la connaissait.

Il se tourna pour embrasser l'endroit du regard. Dans la piscine, au-delà du jacuzzi, des gamins qui devaient appartenir à trois familles distinctes s'éclaboussaient en poussant des cris dans une eau d'un bleu surnaturel. Leurs parents se prélassaient à proximité : les pères en caleçons de bains secs, scrutant leurs BlackBerry tout en buvant des gorgées de bière en canettes ; les mères, étendues sur des serviettes, dans des maillots de bain tout aussi secs, genoux légèrement fléchis et bras au-dessus de la tête, comme si elles prenaient le soleil. L'une d'elles lisait un tabloïd sur papier glacé – le *Weekly Times* – et la paille courbée dans son gobelet de vin la dispensait d'avoir à relever la tête pour boire. Des fresques représentant palmiers et plages de sable fin ornaient les murs de béton, qui s'écaillaient légèrement près des grilles d'aération. Une lumière artificielle générée par des sortes de bacs à glaçons géants clignotait au-dessus de leurs têtes.

Amanda revint avec un tas de serviettes blanches, les posa sur une table à proximité, et chercha le regard de John. Après quoi elle leva théâtralement les yeux vers le parasol déployé au-dessus de la table et se mit à rire. Puis, elle retira sa sortie de bain.

Deux des trois pères de famille levèrent le nez de leur téléphone mobile, tels des chiens de chasse. En une fraction de seconde, Amanda fut prise dans un faisceau de regards du type rayons laser. Comme elle s'approchait du jacuzzi, l'un d'eux donna un coup de genou au troisième qui n'avait rien vu, pour l'alerter.

Vous pouvez toujours courir, songea John, et une colère soudaine, absurde, le prit au dépourvu. Les hommes avaient toujours regardé Amanda, partout, et jusqu'à maintenant, il avait plutôt aimé ça.

Amanda descendit les marches du jacuzzi. Une fois ses cuisses sous l'eau, elle forma silencieusement les mots « Chaud devant ! » avant de se lâcher et de s'immerger jusqu'aux épaules. Elle prit un siège le long du bord, poussa un profond soupir, et regarda John d'un air curieux.

— Tu ne viens pas ?

Celui-ci jeta un dernier regard féroce aux pères de famille entre deux âges. À présent que le corps d'Amanda avait disparu dans le bassin, ils étaient retournés à leurs textos, comme coupés de leur famille.

Il pénétra à son tour dans les remous fumants et s'assit auprès de Cat.

— Alors…, dit-il. Où étais-tu aujourd'hui ?

Cat souleva sa tête et ouvrit un œil très méfiant.

— Ah, c'est toi ? dit-elle en reprenant sa position.

— Tu n'as pas répondu à mes messages.

— Mon téléphone est mort. Désolée.

— On est censé travailler ensemble.

— J'ai dit : désolée.

— Eh bien, recharge-le, merde !

— Je vais le faire, dit-elle, l'air contrarié.

Du bout des doigts d'une seule main, elle remua l'eau.

— Je vais le faire…

Un nouveau jeu commençait dans la piscine qui était derrière eux, et les voix d'enfants résonnaient contre le béton.

— Marco !

— POLO !

— Marco !

— POLO !

Des pieds mouillés claquèrent sur le béton, suivis par le cri plaintif d'un enfant.

— C'est pas juste ! « Poisson hors de l'eau » !

— Oh, zut ! dit Cat, en se redressant avec colère.

Les mains en porte-voix, elle cria aux parents :

— Ils ne pourraient pas faire un peu *plus* de bruit ?

Puis elle se renversa de nouveau en arrière et sa tête roula sur le bord.

— Dans deux secondes, leur progéniture viendra pisser et s'éclabousser ici, et les parents ne feront rien. Oh, génial…, dit-elle, levant les yeux au ciel au moment où une autre famille avec de jeunes enfants arrivaient. Par ici…

Elle secouait ses mains dans la direction de John et Amanda.

— Déployez-vous… qu'on occupe toute la place…

— Ils s'amusent gentiment, dit Amanda, tout en se déplaçant dans la direction indiquée.

John ne bougea pas d'un pouce et s'adossa à un jet.

— Alors…, dit-il en soulevant un bras pour le reposer sur le bord. Qu'as-tu fait, aujourd'hui ?

Cat haussa les épaules.

— J'ai interviewé Peter Benton et vu Isabel Duncan. Et toi ?

John se pencha en avant et jeta un regard à Amanda.

— Tu as vu Isabel ?

— Oui.

— Comment est-elle ?

— Très grognon. Et sa mâchoire étant ligaturée, je n'en ai pas tiré grand-chose. À part une introduction auprès de Peter…

— Comment es-tu entrée ?

Cat eut un geste dédaigneux.

— Bof ! C'était très facile…

John la dévisagea, réalisant tout à coup.

— Non, tu n'as pas… ?

— J'allais me gêner ! Comment faire autrement… ?

Un bambin au ventre rebondi passa en courant, poussant des cris de joie, talonné par son père.

— Je rêve ou j'ai vu une couche pour piscine ? dit Cat, fronçant le nez. C'est même pas imperméabilisé, ces trucs-là ! Quel intérêt ?

— Moi, je la trouve adorable, déclara Amanda. Vous avez vu les pâquerettes sur son maillot de bain ?

John lui lança un regard alarmé.

— Alors, que t'a dit Benton ? reprit-il en détachant son regard d'Amanda, qui avait tourné la tête pour suivre la trajectoire du bambin.

— Je pense que les profs de fac devraient se mettre plus souvent au soleil. Quels pisse-vinaigre…

— Donc, tu n'as rien tiré de lui ?

Elle haussa les épaules.

— Je l'ai interrogé sur le doigt qui lui manque – de toute façon, il ne s'en cache pas – et il a pété les plombs. Je flaire une histoire derrière tout ça…

John soupira et se massa le front.

— Bon, écoute… Il faut qu'on concocte ensemble un genre de rapport. Tu veux qu'on le fasse maintenant, ou après avoir dîné ?

— C'est déjà fait.

— Quoi ?

— C'est déjà fait. Je l'ai envoyé il y a une heure. Relax…

John se redressa avec colère.

— Tu as supposé que je n'avais pas eu d'infos ?

— Ce n'est pas le cas ?

— L'université a vendu les singes. Tu le savais ?

Le front de Cat se plissa.

— Et l'une des stagiaires du labo est en garde à vue. Tu le savais ?

Elle le regarda, irritée, puis se détourna.

— J'enverrai un modificatif.

— Non, dit John, très ferme. Moi, j'envoie une rectification. Je suppose que tu m'as adressé copie de l'original ?

Cat se remit à remuer l'eau, en observant ses propres doigts.

— Je te le transmettrai.

John n'en croyait pas ses oreilles. C'était si inadmissible qu'il n'arrivait pas à formuler sa réponse. Son nom figurerait-il sur le papier, seulement ?

Un homme âgé apparut au bord du jacuzzi.

— Une petite place pour moi… ?

Amanda s'écarta.

Il descendit les deux premières marches, considéra le trio, et cligna de l'œil à l'adresse de John.

— Dites donc, vous êtes bien occupé… Je vous en prends une ?

— Bien volontiers, dit John, désignant Cat du menton.

Lentement, cette dernière tourna la tête et fixa sur le vieillard un regard si méprisant, si accablant, qu'il repartit pour aller s'asseoir sur une chaise longue.

— Pauvre débris..., dit-elle.

— Je pense qu'il voulait juste sympathiser, dit Amanda.

— Et moi, je pense que vous aimez tout le monde, répliqua Cat.

— *Presque* tout le monde..., dit Amanda malicieusement.

Elle s'essuya le visage et se leva. L'eau glissa de ses hanches pour dégouliner dans le bassin fumant.

— Je retourne dans la chambre...

Comme elle remontait les marches, John regarda avec panique la brochette de pères de famille qui la reluquaient de plus belle et sans vergogne.

Il bondit sur ses pieds, laissant remous et tourbillons dans son sillage, gravit les marches deux par deux, attrapa la serviette la plus proche et l'en enveloppa.

— Oh, merci, chéri ! dit-elle.

Elle attacha la serviette, ramassa sa sortie de bain et se dirigea vers la sortie.

John la suivit. Comme il ouvrait la porte, il regarda en arrière, vers les hommes toujours bouche bée. Il désigna d'abord Amanda, puis sa propre alliance, et forma le mot : « Elle est à moi ! »

Cette nuit-là, ils firent l'amour d'une façon qui le laissa tremblant et hors d'haleine. Il s'était conduit comme un animal, en proie au désir primitif, mu par une volonté de possession, et elle lui avait rendu la monnaie de sa pièce.

Jusque-là, il avait ressenti de la fierté à voir combien les autres la trouvaient séduisante. Mais aujourd'hui, il aurait voulu les tuer. Jamais il n'avait vu aussi clair dans leurs intentions. Des hommes mariés, pères de famille, *en présence* de leurs épouses et enfants. Comment pouvait-il la laisser partir à L.A. sans lui ?

Pourtant, il y avait quelque chose d'encore plus effrayant, quelque chose de si terrible qu'il n'osait même pas y songer. Il se voyait comme un époux loyal et dévoué. Il aurait fait n'importe quoi pour Amanda. Eût-elle besoin d'un rein, il lui aurait donné l'un des siens. D'un œil ? Pas de problème. Et pourtant, à cet instant précis, tandis que sa superbe, parfaite et si convoitée épouse était là, toute nue, auprès de lui, il ne pouvait empêcher ses pensées d'aller jusqu'à l'autre bout de la ville, vers Isabel Duncan.

9

Bonzi se tapit dans un recoin sombre, avec Lola cramponnée à sa poitrine. Étant la première à entendre tinter les clés, elle poussa un cri strident pour avertir le reste de sa famille : les hommes étaient de retour.

Les néons clignotèrent par à-coups pour ressusciter avec des bourdonnements.

Dans la cage d'en face, Sam cria – « *Wah* » – et courut tout autour des limites de sa petite cellule. Il s'arrêta pour signer : MÉCHANT VISITEUR ! MÉCHANT VISITEUR ! puis bondit à l'avant de sa cage et la secoua violemment avec les mains et les pieds. Quand il sauta en arrière, le pouce de sa main droite saignait. Sans s'en soucier, il alla se percher, le poil hérissé et la tête inclinée, sur le qui-vive. Les autres Bonobos étaient restés assis, attentifs.

Ensuite, il y eut des bruits de pas, des grosses semelles qui résonnaient contre le béton du couloir. Comme ça se rapprochait, la panique gagna Bonzi. Elle ne pourrait les voir qu'au moment où ils seraient juste devant elle.

Jelani, Sam et Makena se trouvant dans des cages, de l'autre côté de la ruelle, elle pouvait les voir et réciproquement, mais eux ne pouvaient pas se voir les uns les autres, séparés qu'ils étaient par des murs. Personne ne pouvait voir Mbongo, mais ils savaient qu'il était là. C'était le seul membre de sa famille à rester invisible, et sa détresse était nettement audible.

Le bruit de pas s'amplifia et les hommes finirent par apparaître. Cette fois, ils étaient deux. Bonzi n'en reconnut qu'un – celui qui les nourrissait. Il venait deux fois par jour glisser des plateaux de boulettes insipides à travers les fentes des cages et remplir les bols d'eau au jet. Jamais il ne les regardait dans les yeux. Jamais il ne leur parlait, mais il était toujours plongé dans une conversation tendue avec quelqu'un d'invisible.

Le second était nouveau. Il avait des cheveux clairs, des yeux gris et un sourire maussade, sans joie.

— On dirait des chimpanzés, ceux-ci, dit-il.

— C'est vous qui les avez voulus, répondit le fournisseur de nourriture en s'esclaffant.

L'inconnu tourna son regard sur lui.

— Tout ce que je dis, ajouta l'autre en baissant les yeux, c'est que des chimpanzés auraient coûté beaucoup moins cher.

S'étant ainsi affirmé, le mâle dominant se tint les mains aux hanches et fit ce que Bonzi ne pouvait faire : il parcourut du regard les membres de sa famille et les évalua.

— Ils mangent… et tout ?

— Apparemment.

POIRES, signa BONZI. BONNES POIRES. APPORTER POIRES.

— Parce que je tiens à ce qu'ils aient l'air en bonne santé. Il ne faut pas donner l'impression qu'ils sont maltraités.

Le mâle dominant s'accroupit devant la cage de Bonzi et la regarda droit dans les yeux.

— Elle, c'est quoi ? La matriarche ?

MOI BONZI, BONZI MOI, signa-t-elle. DONNER POIRES. ŒUFS. ŒUFS BONS. SAM BLESSÉ.

— C'est quoi, ce bordel ? De la sorcellerie ? Moi, ça me fait flipper, dit l'homme qui donnait la nourriture, en détournant les yeux.

Bonzi soutint le regard du mâle dominant et brandit son poing gauche, l'agitant près de son oreille. Puis elle fit rebondir l'un contre l'autre ses deux index pointés devant sa poitrine.

— La ferme, Ray ! Elle essaie de nous dire quelque chose.

SAM BLESSÉ, répéta Bonzi, avec plus de véhémence. SAM BLESSÉ. AVOIR BONNES POIRES.

— Qu'est-ce qu'elle fout ? dit le non-dominant.

Le mâle alpha continuait à observer Bonzi, qui s'était remise à gesticuler de plus belle.

— Elle nous dit quelque chose.

— Quoi ?

— J'en sais rien.

BONZI DEHORS CLÉ DONNER VITE.

La voix du non-dominant s'éleva.

— J'aime pas ça. C'est pas normal. Pas naturel. Ils auraient pas subi une manipulation génétique ? Et puis d'ailleurs, ils devraient pas baiser sans arrêt ? Ils ont rien fait depuis qu'ils sont là.

— Ils sont dans des cages séparées, imbécile !

L'homme qui donnait la nourriture se dandinait sur place, regardant le couloir d'un air embarrassé.

— Mais ça va changer, dit le mâle alpha. Ça va changer.

Il se rapprocha de la cage.

— Hein, ma petite ? chuchota-t-il.

Bonzi – qui, pour dire non, ne faisait rien – resta immobile.

— T'es ma mignonne, hein ? répéta-t-il.

Son haleine était fétide.

Bonzi ne bougea pas.

— Vous allez bientôt déménager.

Il se releva et s'adressa à l'autre.

— Allez, on se tire…

En passant, il frappa par deux fois la cage de Sam du plat de la main. Le bruit se répercuta à travers l'espace en béton, et Sam se ratatina dans un coin.

10

Amanda avait emporté si peu de vêtements dans le Kansas que lorsqu'elle sépara ses affaires de celles de John, tout tenait dans son petit sac à dos.

— Tu ne rentreras pas de sitôt à Philadelphie, je présume ? dit-elle avec regret, tout en roulant son quatrième et dernier chemisier.

— Aucune idée. Tout dépend de la façon dont cette histoire va évoluer…

— Je n'ai pas réfléchi aux fringues quand j'ai décidé d'aller directement là-bas…

Elle tira la fermeture Éclair et contempla son sac à dos.

— Je pourrais demander à ta mère de me faire une sélection, mais l'imaginer fouillant dans mes petites culottes…

John fit la moue.

— Ta mère, ça serait mieux… ?

Elle lui donna une bourrade.

— Quelle horreur… !

Il consulta sa montre.

— Bon, c'est le moment d'y aller…

Aux abords de l'aéroport, la conversation languit et le silence devint encore plus pesant quand il gara la voiture de location. Au moment où ils firent la queue pour passer le portique de sécurité, ni l'un ni l'autre n'avait prononcé un mot depuis plusieurs minutes. Main dans la main, ils avançaient à petits pas jusqu'au point où il faudrait se séparer. Soudain, Amanda pivota vers lui et se serra contre sa poitrine. Il prit son visage entre ses mains en coupe et l'amena vers lui. Il voyait bien qu'elle s'efforçait de ne pas pleurer.

De ses pouces, il lui essuya les yeux.

— Ça va aller… toi ?

Elle renifla et opina.

— Oui-oui, dit-elle, un peu trop gaie. Pas de problème.

Elle tira un Kleenex de son sac et se moucha.

— On ne se verra pas tous les week-ends, hein ?

Il hésita, puis fit signe que non. Il aurait donné n'importe quoi pour pouvoir lui fournir une réponse différente, mais il avait passé une bonne partie de la nuit à analyser leur situation financière. Jusqu'à présent, ils avaient déjà du mal à vivre de son seul salaire. Il faudrait forcément puiser dans leurs économies, sans même parler de trajets en avion.

— Sauf si on gagne au loto. Mais on se parlera tous les jours, et le mariage de ta cousine, c'est seulement dans deux semaines et demie.

C'était bientôt au tour d'Amanda.

— T'en fais pas, lui dit-il d'un ton encourageant. D'ici là, j'aurai trouvé une solution. On devrait pouvoir s'offrir une visite tous les deux ou trois week-ends. Ça ira… du moment que c'est temporaire.

Elle porta les mains à son propre visage et les passa sur son front et ses joues.

— Est-ce que je fais bien… ?

— Je le crois. Je l'espère. De toute façon, je suis à cent pour cent avec toi. On forme une équipe, je te le rappelle…

Le voyageur qui précédait Amanda franchit le poste de contrôle.

— Carte d'embarquement et pièce d'identité, dit l'agent de sécurité.

Amanda les lui tendit et se tourna vers John.

— Bon, voilà…, dit-elle en l'embrassant. Au revoir.

— Au revoir, chérie, dit-il en la serrant contre lui. Appelle-moi dès que tu es arrivée.

— Entendu.

Le type compara la photo du permis de conduire avec son visage, gribouilla quelque chose au surligneur sur la carte d'embarquement, et rendit les documents à Amanda, qui eut un petit sourire tendu avant de disparaître.

John longea le mur de verre pour la revoir. Il la vit ôter ses bottes, son sac et son ordinateur portable, les placer dans des bacs gris sur le tapis roulant. Il la vit se faire gronder et retirer les bottes et le sac pour les mettre directement sur le tapis. Il la vit se tenir en chaussettes devant le détecteur de métal, attendre qu'on lui fasse signe de passer, après quoi elle disparut pour de bon.

— Au revoir, chérie, dit-il à voix basse.

Son mobile sonna juste au moment où il se garait sur le parking du Residence Inn. Pendant un très bref instant, il osa espérer que le vol d'Amanda avait été annulé, ou du moins retardé. Ne fût-ce que pour pouvoir dîner une dernière fois ensemble…

— Allô ?

— Salut, c'est Elizabeth.

— Salut, dit-il, tâchant de ne pas paraître trop déçu. Tu as reçu mon modificatif ?

— Oui. Écoute, j'ai besoin de toi au journal. Quand peux-tu rentrer ?

— Quoi ? Pourquoi ?

— J'ai besoin de toi pour couvrir une histoire.

— Je couvre déjà une histoire !

— Oui, mais les singes, c'est plutôt pour Cat…

— Tu parles !

— Et vous n'avez pas l'air de vous entendre très bien.

— Qu'est-ce qu'elle t'a dit ?

— Peu importe. Il faut que tu rentres.

— *Qu'est-ce… qu'elle… t'a… dit ?*

— Peu importe. Franchement, je n'ai pas les moyens de vous entretenir là-bas tous les deux, et elle est très capable. J'ai une rubrique sur les bras, alors reviens dès que possible…

Elle raccrocha. John en fit autant et jeta son mobile sur le siège passager. Il se gara et resta assis, à serrer le volant à deux mains, grinçant des dents et contemplant fixement le distributeur de sacs pour déjections canines placé juste devant l'entrée de l'hôtel.

Elle est très capable.

Contrairement à toi. Il se sentait des envies de meurtre. C'était sa série, son histoire, son idée, et Cat les lui avait soutirées avec autant d'adresse qu'un farceur tirant une nappe de dessous un festin de Thanksgiving.

Patatras !

La voiture de ses beaux-parents n'était pas dans l'allée, mais ils étaient peut-être allés faire des courses. Ce ne fut qu'après s'être rendu dans la chambre d'amis qu'il eut la certitude qu'ils étaient réellement partis.

Partout, Fran avait laissé des traces de son passage : appuie-tête en dentelle, étagères tapissées de papier, tiroirs réorganisés, serviettes et draps pliés pour la seconde fois. Et tout était repassé. Il trouva drôle qu'elle eût repassé ses jeans et ses maillots de corps – mais fut moins amusé quand il découvrit que ses caleçons l'avaient été aussi.

La table étant recouverte d'une belle nappe, il emporta son repas décongelé sur le divan, alluma la télévision, et mit ses pieds sur la table basse. Tout en ramassant à la cuillère les patates gluantes, il ne put s'empêcher de penser à la purée d'Amanda, écrasée à la fourchette, avec ses rivières de beurre. Son esprit se reporta sur les bons petits plats qu'elle lui avait préparés et qui pourrissaient dans une poubelle derrière l'hôtel. Il s'était senti coupable en jetant tout cela – c'était presque physiquement douloureux – mais plutôt mourir que d'en faire profiter Cat. Si elle avait été en train de se noyer, celle-là, il ne lui aurait pas jeté une paille, et c'était avant d'avoir vu la photo.

En fait, il aurait dû pister Cecil, qui n'avait pas dû manger un plat maison depuis des années, mais cette idée ne lui était venue qu'une fois dans l'avion.

Il zappa de chaîne en chaîne, sautant machinalement le sport, avant de se rappeler qu'Amanda n'était pas là pour protester. Comme elle lui manquait… Sans elle, la maison semblait vide et immense. Elle avait compati au téléphone en apprenant sa nouvelle mission, mais il aurait voulu l'embrasser, puiser du réconfort dans sa présence physique.

Elizabeth l'avait rappelé pour lui confier une rubrique hebdomadaire intitulée *Guerrière Urbaine*. La véritable « Guerrière Urbaine » venait d'avoir des jumeaux, des petits monstres apparemment sujets à la colique – d'où des nuits blanches, justifiant un congé. Une guerrière digne de ce nom se serait ficelé un gosse sur chaque nibard pour aller mesurer ses nids-de-poule. Car c'était réellement ce qu'il était censé faire. Le portrait du dingue qui avait fait breveter un appareil pour mesurer et comparer les ornières dans toute la ville, celui de l'élève le plus méritant du lycée le plus nul, ou du concierge le plus aimé de Philadelphie. Compter les voitures abandonnées sur l'autoroute et repérer la rue la plus encombrée d'ordures. Cette semaine, il devait mener une opération « coup de poing » contre les citoyens qui ne ramassaient pas les crottes de leurs clébards dans les jardins publics.

Et puis, il y avait la photo. En allant sur le site Web du journal pour s'inspirer des précédentes versions de *Guerrière Urbaine*, il avait découvert l'article initial de Cat sous une photo d'Isabel Duncan avec ses terribles blessures. Il en avait eu la nausée. Sans la légende, il ne l'aurait même pas reconnue. Il avait examiné la photo de près, mais le rendu était médiocre et, avec tous ces bandages, on ne pouvait évaluer réellement l'étendue des dégâts. En tout cas, ce n'était pas une photo prise avec son consentement.

Un jour – il ne savait ni quand, ni comment – Cat devrait payer pour son comportement.

11

— Prête ?

Peter l'embrassa sur le front et lui tendit une pile de vêtements.

Isabel acquiesça et contempla cet assortiment bariolé. Sur le dessus, il y avait un bonnet de ski avec encore l'étiquette du prix. Elle le roula de façon à former un cylindre parfait qu'elle déposa au bord de la table de chevet.

— Pour ta tête…, dit Peter.

En d'autres circonstances, elle aurait pu trouver sa remarque amusante, mais l'envie de rire lui avait passé. Seize jours plus tôt, Peter était venu lui annoncer que les Bonobos avaient disparu – vendus, comme des grille-pains ou des vélos d'appartement, des machins à un vide-greniers. Elle s'était effondrée, au point qu'on avait dû lui donner des calmants ce jour-là, et sans doute les jours suivants. Elle était furieuse – contre Peter, qui avait promis de s'occuper des singes ; contre l'université, qui s'en était débarrassé aussitôt et semblait-il sans le moindre remords ; contre le monde entier, qui considérait ces êtres comme rien de plus que des choses. Peter avait résisté à sa colère, la consolant quand elle se laissait faire, jurant qu'il ferait son enquête. Jusqu'à présent, il s'était heurté à un mur. L'une des clauses du contrat garantissait l'anonymat de l'acquéreur, et soucieux de la sécurité sur le campus (comme sans doute d'éviter des poursuites), l'avocat maison n'avait rien voulu lâcher.

— On achètera de jolis foulards, déclara Peter, tandis qu'elle continuait à tripoter le bonnet. J'y ai pensé au dernier moment… Alors, je me suis arrêté au premier magasin, et voilà tout ce qu'ils avaient…

Elle se sentait parfaitement capable de marcher, mais Beulah ne voulut rien entendre, et Isabel dut accepter d'être véhiculée hors de sa chambre en fauteuil roulant, passant devant la chaise vide qui avait été jusqu'à peu occupée par un policier. On lui avait attribué cette protection après l'intrusion de Cat Douglas, même si Celia était manifestement la seule autre personne à avoir tenté de la voir – sans résultat, Peter ayant donné des ordres.

Elle attendit sur le trottoir, tandis que Peter manœuvrait la voiture, consciente d'être la cible des regards. Elle ne pouvait pas leur en vouloir. Elle était squelettique, profondément meurtrie, et arborait un improbable plâtre sur le nez. Le bonnet de ski enfoncé sur ses oreilles attirait seulement l'attention sur le fait qu'elle n'avait plus de cheveux à recouvrir.

C'était une journée hivernale typique du Kansas ; un ciel bleu, une terre grise, et un froid à vous geler les fosses nasales. La rhinoplastie avait été la pire des interventions chirurgicales, non pas à cause de la douleur, mais parce que juste après avoir la mâchoire dévissée, elle avait eu les narines bourrées de gaze. Le chirurgien avait pris quelques libertés et était visiblement satisfait du résultat : la petite bosse sur l'arête avait disparu et la pointe était affinée, presque trop. Un nez digne d'Hollywood, avait-il déclaré avec fierté. Isabel aurait préféré qu'il se contente de réparer son septum, mais ne voyait pas l'intérêt de râler, à présent que c'était fait.

Peter se rangea le long du trottoir, sans couper le contact, et contourna la voiture pour s'approcher du siège passager. Beulah se pencha pour rabattre le repose-pieds du fauteuil roulant.

— Alors, contente de rentrer chez soi ?

— Si vous saviez…

Isabel agrippa les accoudoirs du fauteuil et se releva.

— Oh, mais je sais ! Et maintenant, filez ! Je ne veux plus vous revoir par ici…

Elle la chassait de la main avec une feinte sévérité. Isabel essaya d'en rire, et l'infirmière la serra dans ses bras.

— Prenez bien soin de vous, dit-elle.

En s'écartant, elle désigna Peter du doigt.

— Et *vous*, prenez bien soin d'elle…

— Comptez sur moi… !

Il prit Isabel par le bras, l'aida à s'installer dans la Volvo. Beulah lui tendit le sac en plastique transparent qui contenait ses affaires. Pas grand-chose : son sac à main, des magazines, et *Dommages collatéraux*, un roman qu'elle avait piqué dans la salle d'attente du service Radiologie. Elle aurait dû le laisser dans sa chambre, à la disposition des autres patients, mais avait oublié. En dehors des chaussettes de l'hôpital, il n'y avait aucun vêtement dans le sac – tout ce qu'elle portait à son arrivée avait été cisaillé et emporté pour être examiné par des experts en explosifs.

— Tu veux faire quelque chose de spécial ? lui demanda Peter en partant. Si ça te dit, on pourrait aller acheter des alliances…

Isabel fit non de la tête.

— Un film ? On pourrait commander à manger – nourriture molle, bien entendu. Un curry de lentilles ? Des plats indiens ? On pourrait pique-niquer au lit…

— Ça m'est égal. Tout ce que je veux, c'est rentrer à la maison.

Il lui jeta un coup d'œil et posa la main sur sa cuisse. Elle se détourna pour regarder par la vitre.

Dans l'ascenseur, Peter lui donna la main, mais après elle le repoussa afin de pouvoir marcher dans le couloir comme elle l'avait toujours fait – posant les pieds sur la ligne du milieu, sur les mêmes motifs – dans l'espoir que ce rituel familier la réconforterait. Tout dans l'immeuble semblait comme avant, et pourtant tout était différent. C'était comme si le monde avait légèrement basculé sur son axe.

Peter ouvrit la porte et la laissa passer.

Son regard balaya la pièce. Ses plantes n'étaient plus que de minces volutes racornies, effondrées et collant à la surface extérieure des bacs comme si, dans les affres de l'agonie, elles avaient tenté d'aller trouver refuge ailleurs en rampant. Un carton à pizza, qu'elle avait oublié le jour de l'attentat – pas son genre, ça –, était resté, tout comme le bout de papier essuie-tout couvert de miettes. À côté, il y avait une tasse de thé dont le contenu s'était évaporé, ne laissant qu'une croûte de lait qui ressemblait à une peau de pudding. Stuart, son poisson Combattant du Siam, n'était plus qu'une boule vague et décolorée, aspirée contre la valve du filtre à air qui crachotait vaillamment dans l'espoir de continuer à fonctionner.

Peter disparut dans la chambre avec le sac en plastique. À son retour, Isabel était assise sur le divan.

— Besoin de quelque chose ? demanda-t-il en se perchant au bord de la table basse, afin de croiser son regard. Un verre d'eau ?

— Non, dit-elle en tournant la tête.

— Ça va ?

Elle était si lasse, si vide, qu'elle n'avait aucune envie de parler. Puis, elle regarda de nouveau ce qui restait de Stuart, et eut une bouffée de colère.

— Non, ça ne va pas ! Ce poisson, je l'aimais bien, Peter. Je sais que tu trouves ça idiot, mais je l'aimais bien ! Je l'avais depuis deux ans. On communiquait. Il se mettait contre la vitre pour voir ce qui se passait, quand…

Elle se mit à pleurer. Peter jeta un œil vers le poisson et ses yeux s'écarquillèrent.

— Non, je rêve… ! s'exclama-t-elle, au bord de l'hystérie. Tu n'as pas vu qu'il était mort ?

— Je l'ai nourri. Je te le jure…

— Tu as nourri un cadavre. Trois semaines durant…

— Pas trois semaines. Il était vivant il y a encore… (nouveau regard à Stuart.) Tout récemment…

— Tu ne sais même pas quand il est mort, n'est-ce pas ? Quant à mes plantes… Tu sais quoi ? Elles aussi, je les aimais ! Tu me dois un oxalis. Et un pin de Norfolk. Et ce truc dont j'ignore le nom…, dit-elle en désignant d'un geste vague une splendide plante qui était morte.

— Oui oui. Bien sûr. Tout ce que tu veux…

Il essaya de lui poser la main sur l'épaule. Elle le repoussa.

— Vraiment, tu ne comprends pas ? dit-elle.

Peter ne répondit pas. Il la dévisageait. Elle imaginait sans peine les acrobaties mentales auxquelles il devait se livrer pour se disculper. C'était bon de savoir qu'elle n'avait pas suivi tous ces cours de psychologie en vain.

— Arrête de me regarder, dit-elle.

— Tu es déprimée. C'est normal. Après ce que tu as subi…

— Oh, tais-toi…

— Isabel…

— Tu m'avais promis, Peter. Tu m'avais promis !

— Pour ton poisson, je suis désolé…

— Les *singes*, Peter ! Tu avais promis de t'occuper d'eux !

Il lui prit les mains et baissa la voix.

— Écoute : c'est un choc terrible. Je le sais bien. Tout notre travail, nos recherches… C'est foutu. Mais on peut recommencer…

— Quoi ? dit-elle après un silence stupéfait.

La voix de Peter prit un ton désespéré.

— Ensemble ! On aura d'autres singes. On trouvera des financements. Ça ne me réjouit pas. Ça ne sera pas facile. Je ne prétends pas le contraire. J'ai quarante-huit ans – je serai très âgé quand on aura retrouvé le niveau d'il y a un mois, et Dieu sait où on pourra se procurer de petits Bonobos, mais toi…

pour toi, c'est différent ! Tu es jeune. Tu pourras te mettre en vedette. Brandir le flambeau !

Isabel le scruta.

— Tu n'es pas sérieux… ?

— Mais si ! Pourquoi pas ? On partagera la gloire. Je suis même prêt à mettre ton nom en avant sur les comptes rendus…

— On ne peut pas remplacer les Bonobos…

— Et pourquoi pas ?

— Parce que ce ne sont pas des hamsters ! Il s'agit de Lola, Sam, Mbongo, Bonzi… Peter, c'est notre famille ! Je les connais depuis huit ans. Toi, tu ne ressens rien ? Makena est enceinte – enceinte ! – et ils sont sans doute en ce moment même dans un laboratoire médical, à endurer Dieu sait quoi…

— Mais si, ça me fait quelque chose ! Je suis anéanti. Mais il faut accepter… On finira aussi par aimer les autres, tu le sais. Forcément…

Elle se leva subitement et alla dans la cuisine.

— Où vas-tu ?

— Me servir un verre ! lança-t-elle par-dessus son épaule. À moins que tu n'aies réussi à faire crever ma vodka ?

Depuis le seuil, il la regarda prendre la bouteille dans le placard et se servir.

— Tu es sûre que c'est indiqué… ?

— Parce que tu me juges, en plus ?

Il s'appuya au chambranle, sans cesser de l'observer. Elle tripota le verre, mais le laissa sur le plan de travail.

— Comment as-tu pu, Peter… ? Comment as-tu pu tolérer qu'on les vende ?

— Je n'y suis pour rien !

— Mais tu n'as rien empêché, n'est-ce pas ?

Elle prit le verre ; ses mains tremblaient.

— Isabel ?

Il avait l'air si inquiet à son égard qu'elle mourait d'envie de le frapper avec le poêlon en fonte qui était justement à sa portée.

— Va-t'en…

— Tu es fatiguée. Je vais t'aider à te coucher.

— Non, je veux que tu t'en ailles. Et que tu me rendes ma clé.

— Tes clés sont dans…

— *La tienne !* La clé que je t'avais donnée. Rends-la-moi !

— Isabel…

— Une dernière fois, Peter, laisse ta clé et tire-toi.

Il la contempla pendant quelques instants avant de tourner les talons. À la seconde où il eut disparu de sa vue, elle vida la vodka dans l'évier. À l'instant même où elle reposait sèchement le verre près de l'évier, elle entendit la clé heurter le sol et glisser d'un bout à l'autre de la pièce. Elle guetta le bruit de la porte, mais…

— Tire-toi ! hurla-t-elle.

Au bout d'une éternité, la porte se referma avec un petit clic. Aussitôt, elle courut mettre le verrou et la chaîne.

Elle avait été trop dure avec lui. Même dans l'état de confusion qui était le sien, c'était clair. Elle aurait dû lui téléphoner aussitôt pour lui demander de revenir. Lui aussi, il en avait bavé – il avait été à son chevet dans les tout premiers jours, sans savoir si elle allait survivre, et puis, tout en l'assistant dans sa convalescence, il avait appris la vente des Bonobos. Si seulement la nouvelle lui avait été annoncée par un autre… Au fond, Peter avait autant de raisons qu'elle de se sentir traumatisé, peut-être plus – après tout, il avait été lucide pendant toute la durée de son coma. Et si elle était réellement attachée à ce poisson, ça n'était pas aussi vrai pour ses plantes. Sa colère et son chagrin n'avaient cessé de grandir à partir du moment où elle avait su que les Bonobos avaient été vendus, et quand elle avait éclaté, Peter avait été la cible la plus proche. Elle considéra le téléphone à l'autre bout de la pièce ; en imagination, ses doigts composaient déjà le numéro de Peter. Mais non. Même si sa colère était mal dirigée, elle était réelle.

Se sentant incapable de s'occuper de Stuart pour le moment, elle éteignit la lumière de l'aquarium et débrancha le filtre à air. Son répondeur était saturé de messages.

— Bonjours, docteur Duncan. Ici, Cat Douglas. On s'est rencontrés hier. J'espère sincèrement que…

— Bonjour, Isabel. John Thigpen. On s'est rencontrés… euh, vous devez vous rappeler. J'ai contacté l'hôpital, mais on n'a rien voulu me dire. J'espère que vous allez bien. Je suis désolé, vraiment. Mon épouse et moi sommes descendus au…

— Oui, bonjour, Philip Underwood. Je suis journaliste au *New York Times* et j'aimerais beaucoup…

— Bonjour, mademoiselle Duncan. J'appelle des bureaux de Bagby et Bagby. Nous voudrions savoir si vous avez déjà parlé à quelqu'un de vos blessures. Les hommes de loi de Bagby et Bagby aident depuis plus de vingt ans des gens comme vous à obtenir les indemnités qu'ils…

Il n'y avait rien de sa mère, de son frère, de ses relations ou voisins, ni même de ses collègues, à l'exception de Celia, qui se plaignait amèrement d'avoir été refoulée à l'hôpital. Isabel effaça tous les messages.

Elle ramassa le carton à pizza – elle se revoyait le jour même de l'attentat, assise en tailleur devant la table basse –, avala la part restante, puis referma le couvercle et le lança contre la porte d'entrée.

Du coin de l'œil, elle nota un manque de symétrie surprenante. Son ordinateur, contrairement au carton de pizza, n'était pas exactement là où elle l'avait laissé. Quand elle posait son verre, c'était toujours juste à côté de son set de table. Quand elle pliait des serviettes, voire des draps-housses, c'était toujours au cordeau. Et quand elle plaçait son ordinateur portable sur son bureau, c'était toujours à cinq centimètres du bord et de façon absolument parallèle. Elle hésita, examinant la housse gris argent. Puis elle prit plusieurs inspirations, s'assit à son bureau, et le saisit de ses doigts glacés.

La liste « documents récents » révélait qu'on avait consulté ses e-mails, fichiers, photos, et le contenu de la poubelle.

Le FBI avait-il décortiqué son disque dur ? De nouveau elle embrassa la pièce du regard, perplexe. N'auraient-ils pas chamboulé tout le reste ? Tirant les tiroirs, retournant les coussins du divan, vidant les placards…

Elle ouvrit son navigateur et découvrit qu'on avait ajouté un signet. Cela la mena directement à la vidéo du FLT. C'était la première fois qu'elle la voyait en entier.

À la fin, devant l'ultime image menaçante à l'écran, elle resta pétrifiée, penchée en avant, les mains sur les joues. Ils étaient venus ici. C'était la seule explication. Le signet, c'était leur carte de visite.

Au bout de quelques secondes, elle tourna la tête vivement pour vérifier qu'elle avait bien mis la chaîne à la porte, alla de fenêtre en fenêtre, tirant les stores, fermant les rideaux ; et ensuite de pièce en pièce, pour rassembler pinces à cheveux, barrettes et épingles à nourrice afin de les fixer de ses mains tremblantes, en s'assurant que les bords de tous les rideaux étaient bien jointifs. Après quoi elle éteignit tout, à l'exception d'une petite lampe dans un coin du living, et alla se recroqueviller sur le divan en se tenant les jambes, genoux au menton.

Une heure plus tard, elle n'avait pas bougé. Elle releva le menton et déglutit, comme si elle venait de reprendre connaissance, examina les lieux. Partout, il y avait des photos sous cadre des Bonobos – Mbongo, assemblant un circuit de billes ; Bonzi, jouant du synthétiseur avec une rock-star à qui elle avait ordonné ASSIS ! CALME ! MANGER CACAHUÈTES ! agacée qu'elle était par son entourage ; Sam, se servant d'un ordinateur pour jouer à un jeu d'arcade ; Lola, juchée sur les épaules d'Isabel lors d'une balade en forêt, lui tenant le menton d'une main et désignant de l'autre la direction souhaitée. Richard Hughes et Jelani, assis sous un arbre, discutant sérieusement à propos d'un œuf dur en langage des signes. Makena, échangeant un baiser avec Celia –

toutes deux, les lèvres tendues et les yeux clos. Cette photo-là, Isabel l'examina longuement.

Elle entendit le « ding » de l'ascenseur et se figea, les yeux tournés vers la porte. En une fraction de seconde, elle se jeta sur la lampe de table, manquant la renverser dans sa hâte à l'éteindre et finit pelotonnée par terre, près du bout de canapé.

Il y eut des froissements de sacs en plastique, la fermeture de la porte de l'ascenseur, puis un silence interminable. Et des pas. Des pas qui s'approchèrent de sa porte, stationnèrent, passèrent leur chemin.

Assise dans la pénombre, elle respirait si vite qu'elle en avait des vertiges. Elle ferma les yeux et releva le menton, dans l'espoir de calmer ses palpitations.

Au bout de quelques minutes, elle se redressa et ralluma la lampe, tendit la main vers le téléphone. Ses doigts s'immobilisèrent au-dessus des touches tandis qu'elle considérait les chiffres. Enfin, elle choisit.

— Allô ? fit la voix à l'autre bout de la ligne.

— Celia ? chuchota-t-elle dans l'appareil. C'est moi. J'ai besoin de toi. Tu veux bien venir ?

12

Une fois passé le contrôle, Amanda courut vers John, qui la souleva et la fit tournoyer dans ses bras. On les remarquait, mais aucune importance. Son odeur, le contact de ses cheveux – il ne voulait plus la lâcher.

— Oh, John…, dit-elle en nichant sa tête contre son cou, avec un abandon si absolu qu'il en fut tout ému. Comme tu m'as manqué…

— Moi aussi, chérie. Moi aussi.

Quand il finit par la reposer, elle regarda furtivement autour d'elle et rectifia timidement sa tenue, le rouge aux joues.

John ramassa son sac à dos.

— C'est tout… ?

— Je ne reste que trois jours.

— Hélas…

— Vraiment, tu ne peux pas prendre un jour de congé, demain ?

— Impossible. Ma rubrique paraît le dimanche.

Une fois à la maison, leurs lèvres se scellèrent alors que la porte n'était que repoussée. John en lâcha le bagage.

— Attention ! lança-t-elle, hors d'haleine, entre deux baisers. Mon ordi… !

— Pardon ! dit-il en ôtant son manteau en vitesse tandis qu'elle lui déboutonnait sa chemise.

Quelques minutes plus tard, au moment fatidique, Amanda se pencha pour lui chuchoter :

— Faisons un bébé…

L'effet fut immédiat et épouvantable. En dépit des bons soins d'Amanda – et ce jour-là, elle était en forme – il ne put s'en remettre. Finalement, elle abandonna et roula sur le dos.

— Qu'est-ce qu'il y a ? dit-elle au bout de plusieurs minutes de silence.

Les bougies qu'elle avait pris la peine d'allumer dansaient contre le mur ; leurs mèches s'allongeaient, leurs ombres s'approfondissaient.

— Sais pas. Ce sont des choses qui arrivent.

Si seulement le matelas avait pu l'engloutir. *Gloups !* Un petit trou dans l'univers. Était-ce trop demander ?

— C'est la première fois, dit Amanda. C'est à cause de ce que j'ai dit ?

— Mais non, bien sûr que non ! protesta-t-il.

Bien sûr que si ! hurlait la voix dans sa tête.

— Tu veux un peu d'aide… ? dit-elle, espiègle.

À l'époque où John était enfant, sa mère se rendait de temps en temps à des réunions Tupperware ou Avon. Ensuite, ç'avait été les ateliers cuisine et les réunions bougies. Lorsque Amanda avait été conviée à de telles réunions chez des amies de New York, la mode était à la lingerie et aux gadgets sexuels. Ayant été arrosée de vin bon marché par son hôtesse pendant toute la soirée, puis emmenée dans une « salle de consultation », elle était rentrée toute gloussante, lui tendant un sac de trucs qui l'avaient laissé sans voix, un rien choqué, et pas mal intrigué. Très vite, il avait dû reconnaître leur utilité. Après dix-huit ans de vie commune, un brin de fantaisie avait du bon.

— Hum…, fit-il. Pourquoi pas ?

— Monsieur a des préférences… ?

— Non. Étonne-moi…

Il étira les bras par-dessus sa tête tandis qu'elle ouvrait le tiroir. Elle glissa la main à l'intérieur, tâtonna. Au bout d'un moment, la perplexité s'inscrivit sur son visage et le tâtonnement se fit plus résolu. Enfin, sa main toucha quelque chose qui crissa. Elle retourna la chose, pour mener son enquête, puis poussa un cri perçant, des couinements assez semblables à ceux de Magnificat juste avant de régurgiter une boule de poils, et se précipita hors de la chambre.

John se redressa sur un coude et regarda à l'intérieur du tiroir. Tout avait été mis dans des sacs Ziploc individuels et rangé par taille.

Il retomba sur le dos. Rien que d'imaginer Fran ouvrant le tiroir et apercevant ce qui s'y trouvait – ça lui faisait mal aux yeux. Il voyait si clairement cette scène : sa belle-mère nettoyant, ensachant, triant, toute contente de sa découverte, jouissant d'être scandalisée, imaginant avec une joie perverse leur réaction quand ils constateraient ce qu'elle avait fait. John devinait ce que devait éprouver Amanda. En fait, il *entendait* ce qu'elle ressentait. Elle passa dix minutes dans la salle de bains, à éructer. Au moment où elle revint se coucher, les gadgets sexuels et le lubrifiant avaient été ensevelis au fond de la poubelle du rez-de-chaussée et les bougies éteintes.

— Ça va ? lui demanda-t-il.

— Non, dit-elle, se glissant entre les draps et sous son bras.

Elle reniflait, soit parce qu'elle avait pleuré, soit qu'elle avait le nez bouché d'avoir gardé la tête au-dessus des toilettes.

— Elle s'attend sans doute à ce que je la remercie pour ça – en plus de ses appuis-tête à la con…

John lui caressa les cheveux, les lissant dans son dos.

— Oh, ça ne m'étonnerait pas…

Le mariage d'Ariel n'avait vraiment pas l'air d'avoir été organisé au dernier moment. Bien au contraire, on avait plutôt l'impression que la tante d'Amanda l'avait planifié depuis que sa fille était sur terre. John était sidéré par les flopées de fleurs et de rubans, les quantités de tulle qui reliaient les bancs dans l'allée.

Ils étaient arrivés quelques minutes à peine avant le début de la cérémonie, pouffant malgré eux à cause d'une pancarte vue au bord de la route (GAUFRES ET ARMES. John avait dit : « Sûrement tenu par un couple de braves gens, non ? » À quoi Amanda avait rétorqué : « Dans ma famille, ça serait maman qui vendrait les fusils ! »).

À l'église, on les avait conduits hâtivement à leurs places. Fran les fusilla du regard, avant de relever le menton et de détourner majestueusement la tête.

Amanda soupira, son envie de rire coupée, et John lui broya la main.

Les éternelles brouilles entre la mère et la fille étaient depuis longtemps soigneusement orchestrées : Fran boudait, jusqu'au moment où Amanda craquait et venait s'excuser en pleurnichant, après quoi Fran la serrait sur son auguste poitrine et rejetait toute la faute sur John, à qui elle finissait par pardonner aussi, puisqu'il faisait partie de la famille, après tout. Cette ultime pique était assortie en général d'un regard acide à l'égard de ce dernier qui lui aurait valu, à une autre époque, d'être brûlée vive sur le bûcher.

Jamais Amanda n'avait tenu aussi longtemps – trois semaines s'étaient écoulées depuis La Grande Évasion – et le visage de Fran était blindé.

Le futur marié, en smoking, prit place au bout de l'allée – il avait tout d'une biche aux abois. John n'aurait pas été étonné de voir un filet d'urine dégouliner sur sa chaussure.

La procession débuta ; Ariel était précédée de quatre demoiselles d'honneur qui portaient des robes vert d'eau mal ajustées. En comparaison, elle-même était ravissante. Le voile qui lui arrivait à la taille, en plus du bouquet débordant, réussissait presque à camoufler sa grossesse.

Beaucoup de femmes pleuraient tout en se tamponnant les yeux discrètement afin de ne pas ruiner un maquillage savant. Mais pas Amanda – la procession étant à mi-chemin, John vit son regard rebondir d'une personne à l'autre, l'air fâché. Elle se livrait à du calcul mental. Plus tard, dans la voiture, alors qu'ils se rendaient à la réception, il découvrit pourquoi.

— Elle les a tous montés contre moi ! Comme je ne lui ai pas demandé pardon…

— Qu'est-ce que tu racontes ?

— Janet est une cousine au second degré. Moi, je suis cousine au premier degré. On ne m'a même pas invitée à l'enterrement de sa vie de jeune fille ! Parce qu'elles ont dû faire la fête ! Évidemment ! Suis-je bête…

Les rouages mentaux de John se mirent péniblement en branle, avant d'éjecter une possible explication. Il lança un coup d'œil à son épouse.

— Tu voulais être demoiselle d'honneur ?

— Mais non ! *Personne* ne veut être demoiselle d'honneur, mais j'aurais aimé qu'on me le propose ! dit-elle en cognant son siège. Maman a dû raconter à tante Agnès que j'avais méprisé ses conseils, déserté la maison à cause de sa présence, sans la remercier pour tous ses bienfaits, et maintenant ils me font tous la gueule ! Mais tu peux être sûr qu'ils *parlent* de moi.

Elle plaqua la main contre sa bouche, étouffant un cri.

— Nos… « trucs » ! Si elle leur a parlé de ça, je meurs…

John aurait voulu pouvoir la rassurer, mais il connaissait cette famille depuis trop longtemps.

Elle se tourna vers lui, le regard étincelant, les doigts écartés sur son siège.

— Laissons tomber !

— Quoi ?

Il se cramponna au volant et lui lança plusieurs coups d'œil, tentant de décrypter son expression.

— La réception. Laissons tomber et rentrons à la maison.

— Tu es sérieuse ?

— Oui ! De toute façon, ils vont tous me faire la gueule. Et comment affronter tous ces gens, sachant ce qu'ils savent ?

— Tu ne sais pas ce qu'ils savent !

— Oh, si ! Tu paries que tante Agnès va me remettre une jolie carte « Merci Maman » ?

Là encore, John aurait voulu la rassurer, mais ceci était arrivé deux ans plus tôt, Amanda n'ayant apparemment pas été assez reconnaissante pour un autre « bienfait » de sa mère.

— Chiche ! dit-elle, de plus en plus fébrile. Tourne ici ! Ici !

Elle pointait son doigt sur la vitre.

— On enverra leur cadeau par la poste.

La proposition était tentante – si tentante, en fait, qu'il eut du mal à proférer les mots suivants :

— Il faut y aller ! Sinon, ta mère aura des arguments supplémentaires, et cela ne fera que retarder davantage votre réconciliation.

Quand il la regarda de nouveau, elle fixait férocement un point au-delà du pare-brise.

— Je ne veux pas me réconcilier.

— Mais c'est ce que tu feras, en fin de compte !

Elle abandonna sa tête contre la portière.

— Chérie, si vraiment tu ne veux pas, soit. Mais ce sera commettre l'irréparable, et je pense que tu le regretteras.

Elle continuait à s'appuyer à sa portière. Elle soupira avec lassitude.

— Bon, d'accord. On y va. Mais je ne m'excuserai pas.

— Ai-je dit le contraire ?

— Bon, bon…

Il la regarda, en espérant que ça n'était pas en train de tourner à la dispute. Tous deux étaient à cran : leurs retrouvailles n'avaient guère été à la hauteur de leurs espérances, et il avait l'impression qu'elle n'était pas très heureuse à L.A., même si elle n'avait rien dit de précis. De son côté, il était de plus en plus amer. Les articles de Cat sur l'enquête autour des Bonobos paraissaient régulièrement en première page ; pendant ce temps, la « Guerrière Urbaine » avait été chargée de vivre sur le terrain la nouvelle trouvaille de la ville pour chasser les vagabonds, toxicos et autres indésirables des lieux qu'ils squattaient : on les aspergeait d'huile de putois synthétique. Il était tout disposé à suivre la police et les employés municipaux qui testaient cette nouvelle technique, mais Elizabeth avait décidé que ce serait ennuyeux et prévisible. Oh non, avait-elle dit – ce serait tellement plus efficace, vu par un SDF ! Ainsi, John, se faisant passer pour un squatter, avait-il été délogé d'une porte cochère à coups de pulvérisation un peu plus tôt dans la journée. Trois boîtes de jus de tomates plus tard, et ça puait toujours…

— Amanda ! Ma chérie ! Quel plaisir de te revoir ! s'exclama oncle Ab, le fier papa de la mariée.

C'était contrevenir aux ordres de façon flagrante, mais il était trop ivre pour noter les regards de reproche qui émanaient de son épouse et des parentes de cette dernière.

Attablée à l'autre bout de la salle, Fran fulminait en silence sous les miroitements de la boule disco. Tim, de son côté, semblait abattu et jouait avec sa cuillère à cocktail. La sono braillait et des individus d'un âge pourtant respectable s'agitaient comme des fous avec l'abandon de l'ivresse. Des bras volaient en l'air, y restaient un moment, puis retombaient une fois que leurs propriétaires avaient réalisé qu'ils ne savaient pas quoi en faire.

L'oncle Ab vacillait quelque peu. Il serra Amanda dans ses bras et lui planta une bise humide sur chaque joue. Tandis qu'elle s'essuyait avec une petite serviette à cocktail, il serra la main de John. Son nez se fronça de dégoût.

— C'est quoi, cette odeur ? dit-il en reniflant dans les parages de ce dernier.

— Huile de putois…

— Quoi ?

— *Huile de putois*, répéta John.

— Comment as-tu fait pour…

— Ariel est sublime, dit Amanda en sirotant son cocktail.

Elle contemplait la piste de danse par-dessus le bord de son verre.

— Encore heureux ! Tu sais combien ça m'a coûté ? Les ongles, le maquillage, l'épilation des sourcils à la cire ! À la cire !

Il agita le doigt à l'appui de ses propos, hocha la tête avec componction, se pencha en avant avec des airs de conspirateur. Ses bajoues empestaient l'eau de Cologne, sa bouche, le Red Label.

— Tu sais, voilà ce que j'ai toujours admiré en toi : tu n'as jamais éprouvé le besoin de faire ce genre de bêtises…

Les sourcils d'Amanda bondirent. Sa main les masqua.

Bonjour le tact, songea John, en le dévisageant avec une haine totale et sans mélange.

Une fois à la maison, Amanda jeta son aumônière sur la console et se précipita dans la salle de bains. Un instant plus tard, elle gémissait.

— Qu'est-ce qui t'arrive ? demanda John.

La tête dans le frigo, il prenait une bière.

— Il a raison !

John referma le frigo.

— Qui a raison ?

Il alla dans la salle de bains et se campa derrière elle. Penchée en avant, le visage collé au miroir, elle retenait ses cheveux d'une main et de l'autre désignait l'espace entre ses sourcils.

— Regarde !

Il se pencha pour scruter cette zone.

— Je ne vois rien.

— Ces poils ! L'oncle Ab les a vus.

— Ce n'est pas ce qu'il a dit.

— C'était implicite. Il m'a reproché de ne pas m'épiler.

— Pas du tout ! Et d'ailleurs, depuis quand prends-tu des conseils de beauté d'un bonhomme qui s'asperge d'Old Spice ?

Il lui enveloppa les épaules de ses bras.

— Tu es sexy. Et tes sourcils aussi.

— Tu veux dire : *mon* sourcil…

Il la suivit dans le living, où elle s'affala sur le canapé.

— Pourquoi te laisses-tu perturber ? dit-il. C'est l'oncle Ab, bon sang !

Elle se pencha en avant et se prit la tête à deux mains.

— La semaine dernière, il s'est passé quelque chose…

Il s'assit auprès d'elle, s'efforçant de dominer sa panique.

— Quoi ?

Elle secoua la tête.

— Amanda, qu'y a-t-il ?

Elle soupira, ferma les yeux – pendant très longtemps.

— Les cadres de NBC nous ont invités à déjeuner, Sean et moi, dans un restaurant branché. Plein de célébrités. Avec des paparazzi partout…

John attendait la suite.

— J'ai commandé une quiche.

Après un long silence, il déclara :

— Comprends pas…

— Apparemment, les femmes à Hollywood ne commandent pas de quiche. Elles commandent des salades sans vinaigrette, ou des fraises.

— Je vois toujours pas.

— Au début, personne n'a rien dit, mais c'était comme si quelqu'un avait lâché un vent. L'ambiance est devenue très bizarre. Et puis, le producteur exécutif a finalement déclaré combien c'était « rafraîchissant » de voir une femme si différente de la moyenne à Hollywood.

John observa une pause.

— C'est vrai, tu es différente. Et c'est une bonne chose.

— Non. C'était ironique. Ce qu'il voulait dire, c'était que je n'étais *pas assez* dans la moyenne des femmes à Hollywood.

Il ne savait plus quoi dire. Comme elle fondait en larmes, il l'attira à lui.

Le lendemain matin, Amanda se rendit dans son salon de coiffure habituel et revint avec une autre tête. Le coiffeur lui avait coupé et défrisé les cheveux avant de la confier à une esthéticienne, qui avait retouché ses sourcils et lui avait appris à se maquiller. Quand elle rentra à la maison, elle avait les paupières fardées, la bouche en cœur, une peau sans aucun défaut. Elle avait aussi dans les bras des sacs d'un rose brillant, avec des lettres dorées et des poignées en cordelettes.

— Il a dit qu'il avait toujours eu envie de me les défriser, dit-elle, penaude, comme John ouvrait de grands yeux.

La différence était ahurissante, et il éprouva un plaisir aussi subit qu'inattendu, aussitôt suivi de remords, car c'était la nouveauté, la différence, qui l'excitait.

— Ça reviendra comme avant, n'est-ce pas ? dit-il en passant les doigts dans la chevelure.

La texture était toute différente – soyeuse, fluide.

— Oh oui, dit-elle en riant. Au prochain shampooing, hélas…

Il plongea la main entre les couches de papier bouffant vert pâle et découvrit de mystérieux élixirs dans des boîtes cachetées avec des autocollants dorés.

— Combien ça a coûté ?

— Mieux vaut que tu ne le saches pas, dit-elle.

Elle lui jeta un regard coupable, et ajouta :

— De toute façon, j'avais besoin d'une coupe, et les sourcils ont coûté quinze dollars, mais maintenant que c'est fait, je pourrai les entretenir toute seule. Et les produits de beauté, c'est au moins pour un an.

— Ah ! dit John, admirant avec quelle habilité elle avait évité de révéler le total final.

Elle se tâta les cheveux.

— Comme ma jolie coiffure ne tiendra que jusqu'à la prochaine douche, tu n'as pas envie de m'emmener au resto ?

— Si, mais ensuite aurai-je le droit d'abuser de ton corps ?

— Absolument. Et je te promets de ne pas parler procréation.

Manifestement, elle ne réalisait pas qu'en en parlant maintenant, elle le condamnait à y penser plus tard. Il y pensait déjà – énormément, en fait. Il avait toujours supposé qu'ils finiraient par faire des enfants, mais dans les circonstances actuelles, il avait du mal à croire que c'était le bon moment.

Ils allèrent dans leur restaurant de sushis favori. C'était une folie, mais Amanda retournait à L.A le lendemain matin et ils risquaient fort d'être séparés pendant encore trois semaines. Elle avait mis la robe achetée pour le mariage d'Ariel, ainsi que des chaussures neuves. À la droite de John, il y avait le bar bien fourni, qui était éclairé par des spots dont la couleur se modifiait toutes les quinze secondes.

— Ça va ? dit-elle. Tu es bien silencieux…

John réalisa qu'il faisait tourner sa coupe de saké.

— Désolé. C'est l'idée que tu repartes. Sans toi, je me sens seul…

Il observa un silence, releva les yeux brièvement et ajouta, fixant son assiette :

— Et je déteste mon boulot.

Elle en parut désolée.

— Oh, chéri…

— C'est vrai. Avant, j'étais fier de mon métier. Cette série sur les primates, c'était passionnant à tant de niveaux – langagier, cognitif, culturel. Le darwinisme, une redéfinition fondamentale de notre rapport aux bêtes, des extrémistes dans les deux camps, mais des gens raisonnables au milieu… J'avais l'impression de contribuer à un débat important.

Il poussa un profond soupir.

— Tu sais quel est le prochain sujet de *Guerrière Urbaine*… ? Je dois faire un article sur les mères au foyer qui se prostituent de façon occasionnelle. Elles font leurs passes pendant la sieste des gamins.

Elle en resta bouche bée.

— Oui ! J'ai rendez-vous avec l'une d'elles mercredi. Elle s'appelle Candy. Enfin, soi-disant… Elle ne m'a pas cru quand j'ai déclaré m'appeler John. Ils disent tous ça, d'après elle.

— Elle a sûrement raison.

— Bref, elle m'a demandé de me garer par-derrière et de passer par le jardin afin que les voisins ne me voient pas… oh, tiens-toi bien, c'est la meilleure, elle habite à deux pas de chez mes parents ! Ensuite, je suis censé regarder par la fenêtre pour voir si le gosse est toujours debout. Il regarde *Sesame Street* et goûte juste avant d'aller se coucher. Donc, si la chaise haute est vide, je dois me glisser par la porte du jardin.

— Non ! C'est à pleurer…, dit Amanda, et sur le moment elle parut sur le point de le faire. Elle sait que tu es journaliste ? finit-elle par ajouter.

— Non. Elle me prend pour un micheton.

— Tu crois qu'elle te parlera, quand elle saura… ?

— Je l'espère, sinon il faudra en trouver une autre et tout reprendre depuis le début.

Amanda fit tourner sa soupe miso, qui s'était désagrégée, avant de contempler le tourbillon d'algues et de tofu.

Il chercha sa main.

— Amanda, tu n'as pas beaucoup parlé de L.A., à part de ce crétin au restaurant… tout va bien ? Ça avance ?

— Bof…, dit-elle en haussant les épaules. Le boulot, ça va. Sauf que les responsables n'arrêtent pas de changer le script, ce qui est très ennuyeux quand on s'efforce de maintenir une continuité…

— Tu t'es fait des amis ?

— Parfois, je sors avec Sean.

Notant son air inquiet, elle ajouta :

— T'en fais pas. Il est homo.

— Ah, parfait.

Elle ramassa son sac à main sur la banquette et se leva.

— Je reviens dans une minute…

— Oui, oui…

Une fois seul, il avala son saké. En fait, il aurait eu besoin d'un Valium.

Amanda ayant dû signer un bail de six mois, ils auraient à payer le loyer pendant au moins tout ce temps-là, en plus de rembourser l'emprunt. Ils avaient déjà survécu en mangeant des nouilles, et pouvaient le refaire. Seulement, il aurait aimé sentir que ce changement la rendait heureuse, et jusque-là ça n'en avait pas l'air.

— Ohhhhhhhhhh, voyez-moi ça ! glapit une voix familière.

John se tourna et vit Li, leur serveuse habituelle, debout derrière le bar. Sa figure rayonnait, ses yeux étaient écarquillés et sa bouche se fendait d'un sourire caricatural.

Amanda, qui était en train de revenir des toilettes, s'arrêta pour regarder en arrière. Ayant apparemment décidé que ce n'était pas à elle que ça s'adressait, elle poursuivit sa route.

— Comme vous êtes *belle* ! minauda Li. Je ne vous avais pas reconnue…

Réalisant que c'était bien à elle qu'on parlait, Amanda se pétrifia, le visage figé en un masque d'horreur. Au bout d'un moment, elle marmonna un « merci » et revint d'un pas raide jusqu'à leur table. Une fois assise, elle se pencha vers John, l'air vexé.

— Tu sais, ça part sûrement d'une bonne intention, mais j'ai dû mal à prendre ça pour un compliment…

— C'est un peu maladroit de sa part, admit-il, mais je suis sûr…

— Mon Dieu, mon Dieu, dit Li, se matérialisant juste à leur hauteur. Je n'en reviens pas !

De joie, elle frappa dans ses mains et se glissa sur la banquette, auprès d'Amanda. Son doigt se braqua sur John.

— *Vous,* faites très attention ce soir, parce que tous les hommes vont dévisager votre superbe épouse !

Elle se tourna vers Amanda.

— Vous savez, nous avons ce dicton en Chine : il n'y a pas de femmes moches… seulement des femmes paresseuses. Et maintenant, je sais que c'est vrai ! Regardez-vous ! Ce maquillage ! Cette coiffure ! Et bien habillée !

John, consterné, s'efforça de comprendre pourquoi la serveuse de leur restaurant japonais favori citait à présent des dictons chinois, et comment il allait bien pouvoir recoller les morceaux, ensuite.

Amanda contemplait fixement ses baguettes.

— Je me suis fait couper les cheveux…

— Et défriser !

Li se mit à les caresser, les laissant glisser entre ses doigts.

— Et vous êtes maquillée ! Il va falloir continuer, maintenant qu'il sait que vous pouvez…

— Li ! aboya le patron depuis le bar.

Il désigna des clients qui venaient d'arriver.

— Regardez Amanda ! lui lança Li. Comme elle est belle ! Incroyable, non ?

— Li !

— Je dois y aller. À plus tard.

Elle se pencha pour l'embrasser et reprit son service.

Pendant très, très longtemps, Amanda garda la tête basse.

— Bon, dit-elle enfin.

Elle reprit sa serviette restée sur la table et la lissa sur ses genoux, tout cela sans lever les yeux.

— C'est bon à savoir. Je ne suis pas moche. Juste paresseuse.

13

Celia débarqua avec un sac à dos et un duvet.

– Mon Dieu, t'en fais une tête… ! dit-elle en stationnant devant Isabel.

Puis, elle se mit à jeter ses sacs par terre et à fourrager dedans, ôtant chaussures, vêtements froissés et affaires de toilette qui jonchèrent bientôt la moquette. On pouvait voir une portion de son dos au-dessus du pantalon cargo, qui révélait un tatouage en caractères asiatiques remontant le long de sa colonne vertébrale et disparaissant sous son T-shirt.

— J'ai cru que tu ne voulais plus me voir. À l'hôpital, on m'a refoulée.

— Ce n'était pas moi, dit Isabel. Je crois que c'est parce que tu as été arrêtée.

Elle la regarda attentivement, encore tenaillée par le doute. Avait-elle invité un membre du FLT dans son foyer ?

— Pas « arrêtée »… en garde à vue. Et pourquoi, je te le demande ? Moi aussi, j'aurais pu me faire tuer. Enfin, personne n'est mort, mais je me comprends… Je venais de partir. Non, visiblement, mon crime c'est d'être végétarienne et de faire du bénévolat dans un refuge animalier. Ils ont même embêté des gens qui n'avaient que le tort d'appartenir à la Humane Society ! Dis donc, toi aussi tu es végétarienne ! Pourquoi on ne t'a pas arrêtée ?

Elle s'approcha de l'aquarium et regarda à l'intérieur. Puis elle fronça le nez et se recula.

— Berk ! Qu'est-ce qu'il s'est passé ?

— Je préfère me taire…

La jeune fille alla dans la cuisine chercher une cuillère et repêcha le petit cadavre.

— Regarde pas ! dit-elle en mettant la main dessus.

Elle se rendit aux toilettes et, quelques instants plus tard, on entendait tirer la chasse.

Isabel aurait pu en rire. Celia était si transparente qu'elle aurait été incapable de dissimuler des intentions criminelles, ou n'importe quoi d'autre.

Tandis que le contenu des sacs continuait à se répandre par terre, elle comprit que son invitée était en train de prendre possession du living. Elle devait bien avoir un appartement ou une piaule quelque part, mais elle avait été vague et Isabel n'avait pas insisté, car au fil des jours, elle-même avait réalisé qu'elle souhaitait la garder. En fait, elle était si contente d'avoir de la compagnie, qu'elle tolérait très bien tous ces trucs que Celia faisait – et qui l'auraient ulcérée en temps normal – comme laisser des serviettes mouillées par terre, ou presser le tube dentifrice par le milieu. L'ayant surprise à utiliser son déodorant, elle s'apprêtait à protester, quand elle nota qu'une seconde brosse à dents était apparue à côté du lavabo – puisque la sienne était sauve, elle pouvait bien partager son déodorant.

Le lendemain du jour où Celia avait emménagé, Isabel appela Thomas Bradshaw et le supplia de lui dire où étaient les singes.

Il jura qu'il n'en savait rien. Bien plus : il ne voulait rien savoir. Il avait une famille à protéger, une vie à reconstruire. Lui et les siens étaient absents, le week-end où le FLT avait brisé les fenêtres de leur maison pour arroser au jet le living et la cuisine. Isabel savait-elle que lui, son épouse, et leurs trois enfants avaient pataugé à leur retour dans quinze centimètres de flotte et qu'on avait dû arracher non seulement les sols, mais aussi les cloisons jusqu'au plafond ? Qu'il y en avait pour des milliers de dollars ? Il ne savait rien des Bonobos ni de leur acquéreur. Et si Isabel avait le moindre bon sens, elle ne voudrait rien savoir, elle non plus.

Celle-ci passa plusieurs jours à contacter les zoos importants et les sanctuaires pour primates, mais aucun n'avait recueilli de Bonobos. Elle joignit les endroits qui louaient les services d'« animaux acteurs » en se faisant passer pour une cliente. On lui proposa des macaques, des babouins, et un chimpanzé âgé de deux ans, mais elle déclara qu'elle avait absolument besoin de plusieurs grands singes adultes pour sa campagne publicitaire. Une femme lui dit qu'elle pourrait éventuellement lui dégoter quelques chimpanzés de plus, mais ce serait des jeunes, et elle déplora la perte tragique pour les arts du spectacle des deux derniers orangs-outans, deux ans plus tôt. (Isabel savait qu'ils avaient été récupérés par le Great Ape Trust à Des Moines. Ils y vivaient dans un complexe luxueux avec d'autres orangs-outans, mais à entendre cette femme, c'était comme s'ils avaient connu un destin funeste.)

Sur Internet, on trouvait plein de messages envoyés par des gens prêts à débourser des dizaines de milliers de dollars pour un bébé chimpanzé. Et un nombre encore supérieur de messages proposant des chimpanzés à vendre, tous ayant atteint l'âge de la puberté, ce qui signifiait qu'ils avaient commencé à s'affirmer et que leurs maîtres cherchaient à s'en débarrasser avant qu'il y ait un drame. « Adorable bébé cherche nouvelle maison », disait l'annonce classique, qui invoquait les problèmes de santé de l'actuel propriétaire pour justifier le départ de l'« adorable bébé ». Plus probablement avait-il commencé à renverser le frigo, à démonter la bibliothèque, et à mordre. Mais personne ne semblait chercher plusieurs grands singes, et encore moins des adultes.

Elle joignit les établissements biomédicaux qui utilisaient des primates mais personne ne voulut lui fournir le moindre renseignement. Ensuite, elle appela un avocat, qui lui consacra sept heures trente de son temps tarifé avant de conclure qu'elle n'avait légalement aucun droit à faire ces recherches, puisque ces Bonobos appartenaient à quelqu'un. Isabel réussit à envoyer une avance à un détective privé, qui encaissa le chèque et ne rappela jamais.

Elle téléphona au FBI, où un agent très peu patient lui parla de serveurs mandataires anonymes et déclara qu'il était possible d'envoyer un message intraçable sur Internet. Elle n'en crut rien. On ne pouvait pas suivre une piste électronique, alors même qu'on pouvait retrouver la machine à écrire ayant servi à taper une lettre grâce à l'analyse de l'encre et des caractères ?

Celia, qui n'était jamais loin, écouta son dernier échange téléphonique.

— J'ai des potes qui pourraient t'aider…, dit-elle ensuite.

Isabel lui jeta un regard agacé.

— Quoi ? fit Celia.

— Si le FBI sèche, comment tes amis pourraient-ils quelque chose ?

— Ils s'introduisent dans les réseaux d'affaire tout le temps. Un jour, ils ont même infiltré une banque.

— C'est quoi, ces gens que tu fréquentes… ?

— Ils ne balancent pas des virus ! protesta Celia, un brin indignée.

Leurs regards s'affrontèrent. Finalement, Isabel jeta les mains en l'air et se détourna.

— Bon, d'accord. Demande-leur…

Joel était un jeune homme dégingandé doté d'un long nez et d'une peau blafarde qui aurait dû être ravagée par l'acné mais ne l'était pas. Jawad était trapu, avec des cheveux frisottés et des yeux couleur d'amandes grillées. Tous deux étudiaient les sciences informatiques et se décrivaient comme des « hackers du week-end ».

Ils se posèrent sur le divan avec leurs ordinateurs portables et se mirent à pianoter. Ils devaient aussi s'envoyer des messages, car, de temps en temps, ils ricanaient et se donnaient des coups de coude sans raison apparente. Celia, qui avait fini par se lasser, alla à la fenêtre et alluma une cigarette.

— Arrête ! dit-elle sèchement, sentant le regard d'Isabel dans son dos. J'ai déjà une mère.

Isabel soupira et se détourna. Si quelqu'un comprenait qu'une seule mère suffisait, c'était bien elle ; alors elle déambula dans la pièce, incapable de rester en place. Elle souleva chacune des photos des Bonobos, contemplant leurs visages, leurs mains, les formes de leurs oreilles, évoquant certains détails afin de ne pas les oublier. Elle prit une photo de Bonzi et la regarda droit dans les yeux.

Je te retrouverai. Je le jure.

Où les emmènerait-elle ensuite, elle n'en avait aucune idée, mais s'en soucierait plus tard.

Reposant la photo, elle aligna tous les cadres dans le même sens par rapport au bord de la table. Puis elle arpenta le living, balançant les mains d'avant en arrière et les laissant claquer devant elle jusqu'au moment où Joel lui lança un regard ennuyé. Là, elle disparut dans la cuisine et récura le bac à légumes. Elle prépara de la tisane, et quand, déposant les tasses sur la table basse, elle voulut regarder ce qu'ils fabriquaient, chacun se pencha sur son écran comme un cachottier.

— Ils sont graves, ces mecs…, déclara Joel au bout d'une demi-heure de silence complet.

— Ça, on sait ! fit Celia.

Les deux femmes étaient allongées sur le dos, par terre, avec un saladier de chips de maïs bleu entre elles.

— Pour faire sauter un labo…

— Non, je veux dire : *vraiment graves !* Il y avait une famille qui élevait des cochons d'Inde. Pleins de cochons d'Inde. Le FLT les a pris pour cible, pensant que certains cobayes servaient à la recherche biomédicale.

— C'était le cas ? demanda Celia.

Elle mit une chips dans sa bouche, croqua, et lécha le sel sur chacun de ses doigts.

— J'en sais rien. Possible. C'est pas la question. La question, c'est qu'ils ont terrorisé ces gens pendant des années. Quand la grand-mère est morte, le FLT a déterré le corps et l'a retenu en otage pendant trois mois jusqu'à ce que la famille consente à cesser son élevage.

— Ils ont volé un cadavre ? dit Isabel, la bouche pleine.

— Et gardé pendant trois mois. La famille ayant cessé son activité, la grand-mère a été balancée dans la forêt et récupérée. Vous imaginez dans quel état ?

Celia et Isabel se regardèrent et cessèrent de mastiquer au même moment.

— Écoutez ça ! dit Jawad. Il y a cinq mois, certains activistes ont pénétré dans un refuge animalier, piquant tous les animaux, qu'ils ont tués et balancés dans une benne à ordures, derrière un supermarché. Dix-sept chiens et trente-deux chats.

— Et ils se voient comme des amis des bêtes ?

— Ça t'étonne ? dit Celia. Ils ont bien commis cet attentat contre nos Bonobos. Et contre toi.

Elle devait s'être remise de l'histoire du cadavre, car elle se lécha le doigt et le passa sur le bord du saladier vide.

— Leur soi-disant porte-parole a déclaré qu'il était plus humain pour ces animaux d'être morts que dans un refuge…, dit Jawad.

— Pourquoi « soi-disant » ?

— Ces mecs forment des groupuscules ; ils ne savent pas ce qu'ils font les uns les autres. C'est une façon de se protéger. À cause de cela, ils sont parfois accusés de revendiquer des actes qu'ils n'ont pas commis. Genre Hamas…

— Et le message vidéo du FLT ? dit Isabel, avec lassitude. Vous avez trouvé quelque chose ?

— Non. Et ça n'en prend pas le chemin. J'ai remonté la piste des adresses IP de chaque copie en miroir, mais je ne crois pas que l'original soit encore là, et les copies ont rebondi entre proxys depuis l'Ouzbékistan, la Serbie, l'Irlande et le Venezuela, tout ça via le Nigeria. Pour trouver l'info sur le souscripteur, bonjour…

Isabel songea à la phrase finale de l'agent du FBI : « Si c'était aussi facile, on aurait déjà coincé Ben Laden. »

— Excusez-moi, dit-elle en se relevant.

Du coin de l'œil, elle vit Celia s'essuyer les doigts sur la moquette. Elle se dirigea vers sa chambre, laissant les étudiants dans le living, et tomba à plat ventre sur le lit.

Six grands singes, ça ne disparaît pas comme ça ! Ils étaient capables de crocheter des serrures avec des pailles, de démonter des conduits de chauffage, d'arracher des verrous, de défoncer des cloisons – l'endroit qui les hébergeait avait donc été préparé en conséquence. Comme ce n'était ni un zoo, ni un sanctuaire, c'était forcément un laboratoire biomédical.

Soudain, elle réalisa avec un pincement au cœur que Peter n'était pas revenu depuis qu'elle l'avait viré. Certes, elle avait débranché son mobile et arraché le fil du fixe, mais s'il l'avait aimée, n'aurait-il pas dû insister ?

Quand enfin elle revint, les étudiants étaient assis en tailleur autour de la table basse avec une bouteille de tequila, des rondelles de citron vert, et une salière. Jawad leva les yeux vers elle. Il avait déjà mis du sel dans le creux entre son index et son pouce, et préparé une rondelle de citron. Il lui proposa le petit verre déjà rempli.

— Je ne peux pas, dit-elle en regardant fixement la chose.

Ses doigts s'animèrent d'une contraction.

— Je ne peux pas, répéta-t-elle, avec plus de conviction.

Jawad sourcilla, puis il haussa les épaules, lécha le sel sur sa main, s'envoya sa dose de tequila, et coinça la rondelle de citron entre ses dents.

Isabel retourna dans sa chambre et trouva une sitcom à la télévision.

Une semaine plus tard, Celia la conduisait à sa dernière opération chirurgicale, la plus déplaisante de toutes : on allait remplacer ses cinq dents par des implants.

Cette fois, elle fut contente d'être reconduite en fauteuil roulant sur le trottoir, car on lui avait administré une forte dose de calmants et elle se sentait encore un peu abrutie. Ses membres et sa tête étaient lourds comme du plomb.

— Alors, ça va… ? dit Celia, en l'enfourchant afin de boucler sa ceinture de sécurité.

Isabel opina, les yeux clos. Elle mordait docilement des rouleaux de gaze.

Quelques heures plus tard, les effets des calmants et l'anesthésie s'étant dissipés, elle gisait sur son lit, dans un état lamentable. Elle se retournait sans pouvoir trouver le sommeil, fourrant sa tête entre deux oreillers et calant des sachets de légumes surgelés – remplacés par Celia dès qu'ils commençaient à fondre – contre sa mâchoire.

Celia faisait une infirmière étrange mais charmante. Elle se jeta sur la couette à côté d'elle, s'appropriant la moitié des oreillers, et changea de chaîne jusqu'à tomber sur des comédies susceptibles de distraire la malade de ses souffrances. Elle acheta de la Jell-O et du Gatorade, et même si ses talents de cuisinière n'allaient pas tellement au-delà (même la Jell-O était prête à l'emploi) Isabel lui vouait une reconnaissance éternelle. Elle se rappela les otites de son enfance, quand sa mère était extraordinairement gentille le matin – la laissant regarder la télévision au lit, lui apportant ses poupées en papier et du jus de fruits – puis de plus en plus absente à mesure que l'alcool commençait à agir. Au milieu de l'après-midi, elle était livrée à elle-même.

Le lendemain, quand elle découvrit, s'étant levée du lit, que Celia avait retiré toutes les plantes mortes pour rapporter des violettes africaines du supermarché, elle éclata en sanglots. Les étiquettes du code barre étaient encore collées, de travers, sur le plastique couleur terracotta.

— Quoi ? fit Celia, l'air un peu affolée. C'est rien du tout. Une promotion…

— Non, ce n'est pas rien. Merci.

Aussitôt, elle décolla les étiquettes et les roula entre ses doigts.

— Quelle maniaque tu fais ! s'exclama Celia en riant.

— On ne peut pas en dire autant de toi ! rétorqua Isabel, s'esclaffant aussi.

Cet après-midi-là, Celia la persuada de rebrancher son téléphone. Quelques minutes plus tard, ça sonnait. Celia sauta du lit pour aller décrocher, et Isabel baissa le son de la télévision pour pouvoir écouter.

— Oh, salut ! dit-elle joyeusement. Puis : C'est Celia.

Autre pause, et :

— C-E-L-I-A.

Sa voix avait changé de ton.

— Qu'est-ce que tu veux dire ?... J'aide Isabel en ce moment... Je la dépanne, je la soigne... Quoi ? Qu'est-ce que tu racontes ?... Non, je n'ai rien dit. Pourquoi je l'aurais dit ?

La voix de Celia suivit un crescendo dramatique.

— Salaud ! J'ai compris. J'ai très, très bien compris...

À partir de là, elle se mit à crier :

— Parce que tu me donnes des ordres ? Je fais ce que je veux... Des menaces ? Ah, tu me menaces... Tu vas faire quoi : me virer du labo ?... Non, c'est *moi* qui vais lui parler en premier...

Clic.

La jeune fille retourna dans la chambre et se jeta sur le lit. Allongées côte à côte, elles regardaient la télévision sans le son.

— Bon, finit-elle par dire. Apparemment, j'aurais couché avec ton petit ami le soir du réveillon.

— Fiancé, dit Isabel.

C'était le seul mot qui avait bien voulu passer malgré la boule douloureuse qui lui obstruait la gorge.

À la télévision, un acteur comique gesticulait avant de tomber à la renverse par-dessus un pouf.

— Excuse-moi, dit-elle. Je ne savais pas que vous étiez ensemble.

Isabel mit les mains devant ses yeux.

— Tu me détestes ?

Isabel fit signe que non, incapable de parler.

— Tu veux que je te laisse ?

Isabel opina, les yeux toujours cachés. Quand elle entendit la porte se refermer, elle roula sur le ventre, la figure dans l'oreiller, se recroquevilla et pleura en silence.

Les derniers rayons du soleil avaient disparu qu'elle sanglotait toujours.

Le lendemain, une grosse caisse de tulipes coupées apparut dans l'entrée. Le téléphone sonna peu après.

— Ouais, toujours là…, dit Celia d'un ton détaché, tenant le téléphone d'une main et soutenant son coude de l'autre. Non, je les ai foutues au vide-ordures… Oui, je me doute que ça t'a coûté cher, et pourtant je ne crois pas qu'elle ait envie de recevoir des brassées de plantes angiospermes de ta part… Non, je ne crois pas qu'elle changera d'avis de sitôt.

Là-dessus, elle raccrocha.

— J'ai eu raison, non ? dit-elle en se tournant vers Isabel. Tu ne veux pas le voir ?

Isabel réfléchit en se mordillant la lèvre, au bord des larmes. Elle considéra les multiples bouquets qui, malgré les affirmations de Celia, n'avaient jamais été menacés du vide-ordures.

— Pas encore. Je ne me sens pas assez forte…

Deux jours plus tard, il se montrait enfin en personne. Isabel allait dans la cuisine quand on frappa violemment à la porte. Celia jeta un coup d'œil à Isabel, qui se planqua dans l'angle, juste derrière. La jeune fille ouvrit la porte, mais en laissant la chaîne.

— Je veux la voir…, dit-il.

— Elle n'est pas visible.

— Je sais qu'elle est là. Sa voiture est sur le parking. Je veux la voir.

— Ce n'est pas réciproque.

La voix se fit acerbe.

— Qu'est-ce que tu lui as dit, petite salope ?

Celia eut un rire âpre.

— Petite salope ? Quelle originalité… ! J'attendais mieux d'un linguiste distingué. Au fait, je lui ai dit qu'on avait baisé…

— J'étais ivre. Tu étais libre. Ça n'a aucune importance.

— Je ne te le fais pas dire…

— Isabel ! rugit-il.

L'intéressée, accroupie contre le mur, rentra la tête dans les épaules.

— Isabel ! Je dois te parler ! Isabel !

— Maintenant, je vais refermer la porte, déclara calmement Celia.

Puis, elle soupira et secoua la tête.

— Tu sais, c'est bizarre, mais le fait de coincer ton pied dans la porte, ça ne change rien au fait que la chaîne est mise…

Isabel considéra la pointe du soulier brun, seul aspect de Peter à lui être visible. Elle s'attendait à moitié à ce qu'il passe la main pour empoigner Celia, mais au bout de quelques secondes, la chaussure disparut et Celia referma la porte.

— Quel con ! dit-elle en mettant le verrou. Tu veux un verre ?

— Non.

— Moi, si…

Elle disparut dans la cuisine.

Isabel se sentait manipulée, trahie – idiote. Tout s'était passé trop vite, c'était clair à présent. L'attirance physique, ce mélange grisant d'endorphines et de phéromones, qui réduisait à néant tout raisonnement logique – tout cela lui avait donné l'illusion d'être protégée, pour toujours à l'abri. Elle s'était donnée trop vite, de façon trop absolue, et en retour il avait détruit son univers. Même si elle ne lui avait pas tout révélé de son enfance, il en savait assez pour réaliser que cette trahison était très grave : il avait sapé sa confiance dans la vie en général, dans les individus. Elle savait qu'il croyait pouvoir reconquérir sa place dans son cœur et dans son lit – il avait une grande confiance en lui-même et cette assurance faisait partie de son charme – mais cette fois, il se trompait.

Le jour où on lui posa les « flippers » – de fausses dents fixées à une barre de rétention, parce que les chevilles en titane devraient cicatriser pendant plusieurs mois avant qu'on puisse y visser les nouvelles dents – elle découvrit à son retour que le frigo était quasi vide. Tout comme son appartement, Celia ayant déménagé.

Au cours de son séjour, les choix existentiels de Celia étaient devenus un peu plus clairs. Avec Joel, Jawad, et trois autres étudiants, elle occupait une grosse baraque délabrée près de l'université. Quand il était apparu qu'elle couchait avec trois d'entre eux (Joel, Jawad et une fille anonyme) une brève lutte de pouvoir s'en était suivie, durant laquelle Celia avait déclaré que, s'ils ne supportaient pas la situation, elle préférait aller dormir ailleurs. Le drame d'Isabel avait créé une symbiose parfaite. Depuis, les colocataires avaient fait la paix, et Celia était retournée habiter là-bas. Isabel n'avait pas demandé de détails. C'était l'un de ces mystères propres à Celia, qui semblait parfois plus Bonobo qu'humaine. Comme elle lui manquait, Isabel prit prétexte de l'absence d'aliments autres que du chutney au citron vert, des pêches en conserve et des nouilles chinoises pour emmener Celia, Joel et Jawad au restaurant.

C'était un petit établissement vegan, le Rosa's Kitchen. Isabel rodait sa barre de rétention, le prothésiste l'ayant prévenue qu'il lui faudrait quelques jours pour s'y habituer et parler correctement. Les étudiants s'étaient ligués pour lui faire prononcer des mots avec des « s », et se tordaient de rire en l'entendant zozoter.

Isabel avait attaqué son curry à l'aubergine, quand elle reconnut quelqu'un à une table, dans un coin sombre : c'était le plus âgé des militants, celui que Celia appelait « Larry-Harry-Gary ». Il était en compagnie de deux types, accoudé à la table, la veste de son costume bleu nuit suspendue au dossier de sa chaise, cravate dénouée. En pleine conversation, il n'avait apparemment pas noté sa présence.

Le sourire s'effaça du visage d'Isabel et son regard se durcit.

— Excu*chez*-moi, dit-elle en se penchant pour cracher sa barre de rétention dans sa main.

Celia tourna vivement la tête pour suivre son regard.

— Oh oh… ! fit-elle.

Isabel se leva, repoussa bruyamment sa chaise. Elle marcha jusqu'à l'autre table et se planta devant lui.

Larry-Harry-Gary cessa de rire et leva les yeux.

— Vous désirez ? dit-il, un sourire encore au coin des lèvres.

— Vous êtes content ? dit-elle, plissant les yeux.

Il eut l'air désorienté.

— Pardon ?

Elle se pencha en avant et cria :

— *Vous êtes content ?*

Un grain de riz basmati jaillit de sa bouche.

Il se recula, effrayé.

— Qu'est-ce que vous dites ?

Puis, tandis qu'il l'observait, il parut avoir comme une révélation. Pendant presque un an, il lui avait brandi ses pancartes sous le nez, chaque fois qu'elle allait se garer sur le parking – et pourtant, il ne l'avait pas reconnue.

— Mon Dieu, dit-il à voix basse.

— *Mon Dieu*, oui…, répéta-t-elle, baissant la voix pour se mettre à son diapason, et opinant vigoureusement.

— Vous allez… bien ?

— Ai-je l'air d'aller bien ?

Elle gesticulait en désignant son visage et sa tête, sa voix montant comme une sirène.

Elle se tourna pour s'adresser aux autres clients abasourdis, dont certains avaient la fourchette suspendue devant leur bouche ouverte.

— Vous êtes en train de dîner à côté d'un terroriste, si ça vous intéresse !

— Euh… Isabel ?

Celia, arrivée derrière elle, lui touchait le bras.

— Je ne crois pas que…

Isabel se dégagea sèchement et reporta son attention sur Larry-Harry-Gary.

— Félicitations ! Vous avez « libéré » les singes ! Quel énorme service vous leur avez rendu… Ils sont tellement mieux dans un laboratoire biomédical ! Vous en faites, du bon travail, messieurs !

Une poignée de serveurs s'était rassemblée. Le patron se fraya un passage parmi eux.

— Pardon, madame, dit-il. Mais je vous prierai de ne pas faire de scandale.

— Je n'y suis pour rien ! protesta Larry-Harry-Gary. Je le jure sur la tombe de ma mère. Je n'ai rien fait. Ce n'est pas nous !

Isabel se pencha en avant, les yeux étincelants, et elle renversa un plat de curry. Il tomba par terre, et son contenu éclaboussa le sol.

— Bon, allons-y…, déclara le patron.

Il empoigna Isabel par le bras et la fit pivoter vers la sortie.

Une voix masculine hurla derrière eux.

— Lâchez-la !

Isabel fut surprise de découvrir que c'était celle de Larry-Harry-Gary. Il se leva et fit un pas en avant, rouge de colère.

— Bon sang, foutez-lui la paix ! Vous ne voyez pas qu'elle a été blessée ?

Tout le monde se tétanisa. La poitrine d'Isabel se soulevait lourdement après cet effort. Son regard sonda celui du patron, puis se braqua sur celui de Larry-Harry-Gary. Le regard brun soutint le sien.

Elle retourna à sa propre table, remit son dentier, reprit son sac à main, et se dirigea vers la porte. Tous les regards devaient suivre sa retraite et – naturellement – la longue cicatrice tortueuse à l'arrière de sa tête presque chauve. Redressant le menton, elle poursuivit sa route.

Le lendemain matin, on frappa timidement à sa porte ; par le judas, elle vit que c'était Larry-Harry-Gary.

Elle se flanqua contre la porte, tâtonnant pour remettre la chaîne.

— J'appelle la police ! Je ne suis pas seule, ici !

Elle l'était, bien évidemment. Ses doigts tremblaient si fort qu'elle s'y prit à plusieurs fois pour mettre la chaîne.

— Excusez-moi, dit-il d'une voix assourdie. Je ne voulais pas vous faire peur. Juste vous parler.

— J'ai mon téléphone en main. Je suis en train d'appeler la police… Je suis en train de composer le numéro.

— OK ! Entendu. Je m'en vais.

Elle lorgna son sans-fil, qui était resté sur la table basse, à côté du dentier. Les pas s'étant éloignés dans le couloir, elle se jeta dessus et retourna près de la porte. L'oreille collée au battant, elle guetta le « ding » de l'ascenseur. Puis, tenant le téléphone, elle entrouvrit la porte autant que le permettait la chaîne.

— Attendez ! Revenez…

Au bout d'un moment, les pas revinrent et Larry-Harry-Gary s'appuya contre le mur du fond, les mains levées en signe d'apaisement.

— J'ai toujours mon téléphone, dit-elle par l'entrebâillement.

— C'est ce que je vois.

— Comment avez-vous su où j'habitais ?

— Le message vidéo du FLT.

— Ah ! Oui. Bien sûr.

— Avec lequel je n'ai aucun rapport.

Ses paroles se précipitèrent.

— Écoutez, je voudrais m'excuser. Je ne serais pas venu si j'avais su que ça vous ferait peur.

— Que voulez-vous ?

— Je voulais juste prendre de vos nouvelles.

Elle ouvrit de grands yeux.

— Oui, je vois bien que ça ne va pas fort… Je devine ce que vous avez subi. Et j'en suis désolé.

— Super. Merci beaucoup.

— Je voulais aussi vous dire que notre groupe n'a rien à voir avec cet attentat. Nuire à des animaux – y compris des êtres humains – c'est contraire à nos convictions. Chacun de nous a été interpellé par la police et innocenté. Nous sommes pour les protestations pacifiques et l'éducation. C'est tout.

Isabel se posta au milieu de l'étroite ouverture.

— Bon, d'accord. Vous n'avez pas posé la bombe, mais contre quoi protestiez-vous ? Toutes nos recherches sont menées dans un environnement qui favorise la collaboration. Il n'y a jamais eu de répercussions négatives – jamais ! Pas de cage, ni de coercition. Ces singes sont mieux nourris que la plupart des gens que je connais.

Il se dandinait sur place.

— Pour ça, vous feriez mieux de demander à votre ami…

— Quel ami ? De quoi parlez-vous ?

— Je crois que vous le savez.

— Eh bien, non, figurez-vous.

— C'est un tort…

Un silence embarrassant s'ensuivit, durant lequel il se balança d'avant en arrière sur ses talons.

— Croyez-vous vraiment qu'ils se trouvent dans un laboratoire biomédical ? dit-il.

— Oui. Parce que personne ne veut rien me dire, et s'ils étaient allés dans un endroit bien, pourquoi serait-ce un secret ? J'ai contacté tout le monde, et personne n'admet savoir quoi que ce soit sur eux. Donc, oui. Je pense qu'ils se trouvent dans un laboratoire biomédical.

— Laissez-moi mener mon enquête.

— Vous ne trouverez rien ! dit-elle en riant jaune. Ces singes, c'était ma seule famille, et personne n'a rien voulu me dire.

Il tira une petite carte de sa poche et la lui tendit. Comme elle ne faisait rien pour la prendre, il la déposa devant la porte.

— Je m'appelle Gary Hanson. Appelez-moi si vous avez besoin de quoi que ce soit.

Elle s'accroupit pour rafler le bristol. Architecte ? Il était architecte ? De nouveau, elle le regarda. Il lui avait toujours semblé excessivement normal, et pourtant elle ne s'était pas attendue à cela.

Gary Hanson la regarda encore un moment.

— Sérieusement, dit-il. Si jamais vous avez besoin de quoi que ce soit, appelez-moi.

Il passa la main dans ses cheveux bruns, remonta le col de son manteau et s'éloigna dans le couloir.

Isabel referma la porte et resta là, à étreindre son téléphone. Quand elle entendit les portes de l'ascenseur, elle vérifia que le couloir était bien désert.

De quel « ami » pouvait-il bien parler ?

Quatre jours plus tard, elle était allongée sur le canapé, dans le noir, et passait sa main à rebrousse-poil sur le velours ras de son crâne. Ça ressemblait à ce machin collé sur la tête de G.I. Joe, le copain de Barbie. Même si elle n'était pas complètement chauve, quand elle prenait un miroir pour regarder son occiput, la cicatrice en zigzags était toujours très rouge. Ça se verrait jusqu'au jour où ses cheveux seraient assez longs pour tomber, au lieu de se hérisser. Elle aurait dû porter une perruque, ou peut-être des foulards, comme l'avait suggéré Peter.

La sonnerie du téléphone la fit sursauter. Elle laissa glisser un de ses pieds par terre, et se remit sur son séant.

— Allô ?

— Allô, Isabel, fit une voix féminine.

La connexion, le ton, tout était bizarre. Elle se redressa un peu plus, sur le qui-vive.

— Qui est à l'appareil ?

— Une amie…

Un frisson glacial l'envahit. Elle jeta un coup d'œil aux rideaux qui, depuis le départ de Celia, étaient de nouveau attachés ensemble par des pinces et des épingles à nourrice, puis vers la porte, fermée au verrou.

— J'ai un identificateur d'appels. Je suis en train d'enregistrer le vôtre, dit-elle.

En fait, son ID affichait une rangée de zéro. Elle repensa à tout ce qu'elle avait appris sur les adresses IP et l'anonymat sur Internet – était-ce pareil pour les téléphones ?

— N'ayez pas peur…, dit la femme.

— Qu'est-ce que vous me voulez, à présent ? Vous m'avez déjà tout pris !

Sa voix, malgré sa bravoure feinte, trahissait sa panique.

— Je suis l'amie d'un ami… et je crois savoir où sont les Bonobos.

Isabel étreignit le téléphone à deux mains. Elle était hors d'haleine. Son cœur battait si vite qu'elle se sentait au bord de l'évanouissement. Pendant un moment, elle ferma les yeux et se balança d'avant en arrière.

— J'écoute…, dit-elle.

14

John consulta sa montre. Presque quatorze heures. D'après ses recherches, le générique de *Sesame Street* devait être en train de se dérouler et le gosse de Candy serait bientôt au lit.

En raison de l'effrayante proximité de la maison de ses parents, il s'était garé à presque deux kilomètres mais ne se faisait pas d'illusions – le risque d'être reconnu restait élevé. Pour cette raison, il avait enfoncé un bonnet sur son crâne et mis un caban, en remontant le col. Il pianota sur le volant et consulta de nouveau sa montre. L'enfant était peut-être déjà sous la couette, en grenouillère et suçant son pouce, tandis qu'un mobile à petites peluches tournoyait au-dessus de sa tête en égrenant une berceuse.

Il n'en revenait pas d'en être réduit à ça…

La question était revenue le travailler ce matin-là, depuis qu'avait paru dans le journal un article de Cat où elle prétendait que c'était *elle* qui avait visité le labo le jour de l'attentat, *elle* qui avait apporté les cadeaux aux Bonobos. Tout était très soigneusement formulé – rien n'était un mensonge flagrant, mais elle avait fait grand usage du « Nous » royal et de la voix passive. Les photos prises par Osgood – Sam jouant du xylophone, Mbongo tenant le masque de gorille d'un air désolé, Bonzi ouvrant son sac à dos et puis cette autre d'elle, où elle se jetait sur la vitre pour l'embrasser. John en avait été purement et simplement éliminé. En fait, c'était même étonnant que Cat n'ait pas été mise à sa place par la magie de Photoshop. Quant à lui, il poireautait dans sa bagnole, habillé en truand, à attendre qu'une pute à temps partiel mette son gosse au lit avant de « faire la noce ».

Il attendit encore dix minutes, n'ayant aucune idée du temps qu'un bambin mettait à s'endormir, puis se faufila jusqu'à l'arrière de la maison en passant par la sente. Il n'y avait qu'une seule fenêtre au rez-de-chaussée – sans doute la cuisine. Rassemblant son courage, il regarda autour de lui et se glissa derrière le buisson de houx afin de se hisser pour voir si la petite chaise était occupée ou non.

Il se tenait plaqué contre l'appui de la fenêtre, des écailles de peinture fichées sous les ongles et le nez collé à la vitre, quand un bruit de pas précipités sur le gravier se fit entendre.

— Descendez de là, sale… sale… *satyre* ! dit une voix à la fois chevrotante et cinglante. J'ai un spray au poivre !

Ses doigts glissèrent et il bascula dans le buisson. Il s'en extirpa tant bien que mal et atterrit sur le gravier, face contre terre.

— Tout le monde sait ce qui se passe dans cette maison, criait la femme, et nous ne le tolérons pas. C'est un quartier respectable, ici !

John tourna la tête et se trouva face à des chaussures orthopédiques, des bas opaques, et une jupe en tweed qui tombait bien au-dessous du genou. Il faisait face aussi à une bombe de gaz incapacitant.

— Pas un geste !

La petite bombe tremblait très fort entre des griffes rongées par l'arthrite. L'un des doigts était juste au-dessus du bouton rouge.

— Non ! dit John, qui s'efforçait de reprendre son souffle. Par pitié, pas ça… !

— Et pourquoi pas ?

— Ne serait-ce que parce que vous la tenez à l'envers… Pointée sur vous.

La bombe disparut et John roula sur lui-même. Il se redressa et chassa les gravillons incrustés dans sa joue. Ses mains saignaient, écorchées par le houx. Il testa son poignet gauche, qui était peut-être foulé.

— John Thigpen ? C'est bien toi ?

Il releva la tête. Après un moment d'affreuse confusion, il réalisa qu'il était face à Mme Moriarty, son professeur de catéchèse.

— Oh, Seigneur…, dit-il, abandonnant sa tête entre ses mains blessées.

— Tu n'as pas honte, John ? le gronda-t-elle. Que vont dire tes parents !

— Qu'est-ce qui t'arrive ? déclara Elizabeth, en le toisant, comme il entrait dans son bureau.

Elle s'était levée pour ouvrir sa porte, et – visiblement ennuyée de constater que c'était lui – retournait d'un pas majestueux à son bureau.

— Tu es passé sous un camion… ?

— Peu importe.

D'autorité, il prit un siège. Elizabeth l'examina d'un air dubitatif.

— Si tu le dis…

Elle se jeta dans son fauteuil tendu par un ressort.

— Alors, quoi de neuf ?

Il ôta son bonnet et le garda sur ses genoux, chassant des saletés d'une chiquenaude.

— J'ai décidé de prendre mes indemnités.

Elle se figea.

— Quoi ? dit-elle en se penchant vers lui.

Son regard se fit inquisiteur.

— Tu pars en retraite anticipée ? Tu es fou ?

— Je prends mes indemnités, dit John, très ferme.

La terminologie lui importait. Il avait trente-six ans. Il n'allait pas partir à la retraite.

Elizabeth pencha la tête de côté.

— Tiens, tiens… Et quand, au juste, as-tu pris cette décision ?

— À l'instant.

— Et puis-je te demander pourquoi ?

— C'est important… ?

— Oui.

John la regarda droit dans les yeux, sentant gronder l'orage en lui. Son intention avait été d'annoncer calmement sa décision et de s'en aller. Mais subitement, il se retrouva en train de hurler :

— Parce que ces dernières semaines, j'ai été aspergé d'huile de putois. J'ai prélevé personnellement des échantillons de crottes de chien dans des parcs pour des tests ADN. J'ai mesuré l'épaisseur de la couche d'ordures pourrissant dans des caniveaux et estimé quel en était le pourcentage de préservatifs usagés. Je me suis planqué sous des portes pour noter les plaques minéralogiques des types qui embarquent des travelos et aujourd'hui j'ai failli me faire lacrymoger par ma prof de catéchèse !

Il flanqua son poing sur le bureau pour ponctuer cette ultime humiliation.

Les yeux d'Elizabeth étaient écarquillés. Rien d'anormal à cela ; lui-même était choqué. Il aurait dû évidemment essayer de se ressaisir, mais au point où il en était, il n'avait plus rien à perdre.

— Cette série sur les singes, c'est mon idée, poursuivit-il, en se martelant la poitrine. Je sais que tu ne voulais pas m'embaucher au départ, mais j'ai bien bossé et ma récompense… c'est *ça* !

Il lui montra ses mains lacérées.

— Tu as pris mon idée – ma série – pour la donner à Cat Douglas dès que tu as vu que ça pouvait mériter un Pulitzer.

Les yeux d'Elizabeth n'étaient plus que des meurtrières. Elle se mit à pianoter avec son crayon sur son bureau.

— Cat Douglas, *merde* ! As-tu seulement lu son papier ce matin ? Elle n'a jamais été en présence de ces singes. On ne l'a pas laissée passer parce qu'elle avait la crève. Elle a été sur place, mais ne les a jamais vus. Et cette photo d'Isabel Duncan ? Inadmissible. J'espère qu'elle sera traînée en justice !

Elizabeth ne réagit pas. *Tap, tap, tap*, faisait le crayon. John soupira et se renversa dans son fauteuil. Quand il reprit la parole, c'était un ton plus bas.

— Amanda a trouvé du travail à L.A. et je vais la rejoindre. Tu devrais être soulagée. C'est un journaliste de moins à virer, non ? Les actionnaires seront contents…

Tout à coup, elle se pencha en avant et se saisit du téléphone, frappa sur quatre touches et attendit.

— Oui… Elizabeth Greer. Il me faut un représentant des Ressources Humaines tout de suite. Et un carton d'emballage. Et un vigile.

— Je peux porter moi-même mon carton, dit John.

— Oui, tout de suite, dit Elizabeth au téléphone.

Quand il eut annoncé la nouvelle à Amanda, il y eut un silence tellement long qu'il se demanda si la communication n'avait pas été coupée.

— … Oh, mon Dieu, qu'as-tu fait ? dit-elle enfin.

C'est seulement alors qu'il comprit l'énormité de son acte. Il venait de sacrifier leur unique source de revenus. Un mea culpa serait inutile – quand on avait été escorté jusqu'à la sortie par un vigile, on pouvait difficilement revenir en tapinois pour supplier qu'on vous reprenne.

Il se mit à bredouiller, s'efforçant de convaincre Amanda – et lui-même – que tout irait bien. Il allait mettre la maison en vente immédiatement et venir à L.A. Ses indemnités représentaient seulement un mois de salaire, mais à condition d'être économes, ils pourraient tenir le temps pour lui de retrouver du travail, ce qui ne tarderait guère, dût-il bosser dans un fast-food. Il faudrait puiser dans leur bas de laine, mais de façon minime, et, de toute façon, ils allaient s'en tirer. Ils s'en étaient toujours tirés, même au temps des vaches maigres, quand ils étaient étudiants.

Ayant raccroché, il commença à se ronger les ongles.

Dans les semaines qui suivirent, le moral revint, ou du moins le crut-il. Amanda semblait plus enjouée au téléphone, jusqu'au jour où il comprit que c'était de la comédie. Elle lui racontait des histoires drôles du studio (ha ! ha ! ha !) qui – il s'en apercevait par la suite – n'étaient pas drôles du tout. Dorénavant, les acteurs devaient se balader en permanence avec des bouteilles d'eau vitaminée, l'étiquette bien en évidence, parce que des études montraient que la nouvelle tendance dans le public était d'enregistrer les émissions pour les regarder plus tard, en zappant les publicités. Donc, les studios avaient dû trouver de nouveaux moyens de glisser des incitations commerciales dans les émissions elles-mêmes. Quand John eut compris – à cette occasion – combien elle en était horrifiée, il se serait donné des gifles. Ils n'étaient séparés que depuis quelques semaines, et déjà il avait du mal à la déchiffrer.

En faisant ses cartons, il avait trouvé le manuscrit de *Catastrophe assurée* dans le placard de la chambre d'amis. Fran avait rassemblé les morceaux, mettant toutes les lettres de refus par-dessus et maintenant le tout grâce à deux élastiques entrecroisés. La lettre avec le NON énorme, au rouge, en diagonale était sur le dessus ; c'était ce qu'elle voulait que sa fille voie, la prochaine fois que celle-ci ouvrirait le placard.

Il s'assit en tailleur par terre, ôta les élastiques, et se mit à lire.

Une heure plus tard, il n'avait pas bougé, et il s'écoula encore plus de deux heures avant qu'il n'arrive à la fin. C'était bien, vraiment bien – c'est-à-dire vivant, enlevé. Elle avait intégré certains aspects de sa vie – comme sa passion pour la cuisine ou ce pauvre vieux Magnificat. Bizarrement, elle n'avait pas éprouvé le désir de se venger de certains membres de sa famille en les intégrant au récit. Il se demandait s'il aurait pu lui-même résister à la tentation, étant donné la richesse et l'abondance du matériau disponible ; mais c'était tout de même mieux ainsi. En fait, elle avait peut-être été quand même tentée, car elle avait pris la peine de faire mourir la mère avant le début, puis de tuer le père au bout de quelques pages.

John ramassa la liasse de lettres de refus et la feuilleta. Extraordinaire, toutes les formules que les gens trouvaient pour dire non. Non, ils n'avaient pas le temps de jeter un coup d'œil, pas même sur les premières pages. Non, ils n'étaient pas intéressés. Non, ils n'acceptaient pas de nouveaux clients sur recommandation.

Non, non, non, non, non.

John les déposa par terre. Il ne les compta pas, mais il n'avait pas de raison de douter de la parole d'Amanda qui prétendait qu'il y en avait cent vingt-neuf. Le tas était à moitié aussi épais que le manuscrit lui-même. Pas étonnant si elle s'était réfugiée dans son lit.

15

Isabel se tenait dans une rue résidentielle d'Alamogordo, au Nouveau-Mexique, derrière une fourgonnette, en compagnie d'une femme qui prétendait s'appeler Rose. Rose était employée comme technicienne à la Fondation Corston, un centre de primatologie, mais elle travaillait en réalité secrètement pour un groupe de défense des animaux. Elles se trouvaient juste au-delà du parking faiblement éclairé.

La Fondation Corston avait acquis six nouveaux chimpanzés. Beaucoup de gens – y compris des chercheurs – ayant du mal à distinguer les Bonobos des chimpanzés, c'était à la fois encourageant et désespérant pour Isabel, car cette fondation était connue pour se moquer des recommandations édictées par le Département de l'Agriculture et l'Institut de Santé relatives aux soins à apporter aux primates. À huit reprises elle avait été poursuivie pour non-respect de la taille minimum des cages et cruauté sur animaux, et, deux ans plus tôt, elle avait écopé d'une amende pour avoir laissé trois chimpanzés âgés en plein soleil, en été, dans des caisses non ventilées, avec ce résultat prévisible qu'ils en étaient morts. Comme c'était des laissés-pour-compte de l'Air Force, leur mort avait éveillé l'intérêt des médias et l'opinion publique s'était émue. En leur temps, Buddy, Ivan et Donald avaient été des célébrités, les chouchous des médias dont les sourires énormes – quand on les avait extraits de leurs capsules spatiales qui s'étaient écrasées dans la mer – faisaient la couverture des magazines à travers tout le pays. Ce que le public ignorait, c'était que ces larges sourires étaient en fait des grimaces de peur. On ignorait aussi que Buddy, Ivan et Donald avaient été acquis dans les mêmes conditions que tous les chimpanzés capturés « à l'état sauvage » : ils avaient été arrachés du cadavre de leurs mères assassinées, et avaient passé leurs cinq premières années de captivité dans d'énormes centrifugeuses et chambres de décompression conçues pour tester les effets d'un voyage dans l'espace sur le corps humain. On ignorait également que ces chimpanzés avaient servi de mannequins pour des tests de résistance aux chocs, catapultés sans cesse contre des murs à grande vitesse – cela afin d'inventer des ceintures de sécurité qui retiendraient efficacement les astronautes humains au cours de leur rentrée dans l'atmosphère. En fait, jusqu'à ce jour où on les avait laissés mourir d'insolation, le public ignorait que, tandis que les astronautes humains étaient accueillis par des serpentins et des confettis, l'Air Force décidait que Buddy, Ivan et Donald n'étaient plus utiles et les revendait à la Fondation Corston, où ils avaient été renommés respectivement 17489, 17490 et 17491, et infectés par les virus de l'hépatite, enfermés dans des cages individuelles, et soumis régulièrement à des biopsies du foie. Ferdinand Corston poussa certainement un ouf de soulagement quand l'écho des infidélités conjugales d'une célébrité de première grandeur vint soustraire sa propre boulette à la vue des médias. Sa fondation était le dernier endroit où Isabel souhaitait qu'échouent les Bonobos. D'un autre côté, pour pouvoir les sauver, il fallait d'abord savoir où ils se trouvaient.

Elle se tenait auprès de Rose, à l'arrière de la fourgonnette. Le bâtiment de béton était entouré de gravier, de grillage et de barbelés. Elle tenta d'imaginer les quatre cents chimpanzés enfermés là-dedans.

— Je ne sais pas comment vous faites pour supporter cela, dit-elle.

— Bien obligée..., dit Rose.

Elle jeta une paire de bottes en caoutchouc à ses pieds, et étala sur le hayon une combinaison, des gants en latex ainsi qu'un masque de chirurgien avec protection faciale intégrale.

— Si personne n'était sur place, on ne saurait jamais ce qui s'y passe. Ce ne sont pas de grands communicants...

— Je sais, dit Isabel, se rappelant ses récentes tentatives pour recueillir des renseignements.

Elle considéra cet accoutrement.

— Est-ce vraiment nécessaire ?

— Oui. Ils crachent et projettent de la merde. Beaucoup ont été infectés par des maladies transmissibles à l'homme. La malaria, l'hépatite, le sida. Donc, enfilez ça...

Isabel contempla le bâtiment rectangulaire avec un sentiment d'horreur renouvelé. Ce comportement était typique des singes qui avaient subi de graves traumatismes psychologiques.

Rose semblait la jauger.

— Cette semaine, finit-elle par dire, ils ont inoculé la leucémie à trois bébés chimpanzés en empoisonnant le contenu de leur biberon. D'autres avalent du désherbant, des produits d'entretien, des cosmétiques – et cetera. Certains sont rendus dépendants à des drogues, d'autres enfermés dans des pièces non ventilées et enfumées par de la nicotine. Un chimpanzé a eu les dents arrachées pour permettre d'expérimenter des techniques dentaires.

La main d'Isabel se plaqua sur sa mâchoire encore sensible.

Si Rose le remarqua, elle ne dit rien. Elle était occupée à enfiler sa combinaison protectrice. Isabel en fit autant, dans un silence honteux.

Les deux femmes entrèrent, lampe torche au poing. Un long couloir bétonné s'étirait devant elles, une vaste étendue, sans fenêtre, de cages suspendues au plafond. Celles-ci avaient la taille de petits monte-charge, et chacune contenait un unique chimpanzé, qui était accroupi ou dormait à même le grillage. Il n'y avait ni couverture ni jouet – rien, à part des bols en inox qui devaient se remplir d'eau automatiquement. Les cages étaient suspendues à soixante centimètres du sol, qui était incliné vers une rainure le long du mur. Sûrement à des fins de nettoyage, supposa Isabel. Un jet puissant devait faire l'affaire même si, plusieurs heures après le dernier passage d'un être humain, il y avait des tas d'excréments mêlés d'urine. La puanteur était insoutenable.

Les chimpanzés étaient calmes pour la plupart, blottis dans les angles des cages complètement nues. Quelques-uns venaient se manifester, secouer le grillage et les éclabousser d'eau, d'urine, de crachats, et pire encore. Les piaillements hostiles se répercutaient à travers l'espace, mettant en valeur le silence des autres. La plupart de ceux qui étaient calmes tournaient la tête vers le mur, mais ceux qui faisaient face aux visiteuses avaient les yeux éteints. Leurs corps étaient là, mais c'était tout… Deux d'entre eux avaient des boulons plantés dans le crâne ; plusieurs avaient des doigts ou des orteils en moins.

— Le stress…, expliqua Rose. Ils se mutilent.

Une fois au bout du couloir, Isabel s'appuya contre le mur pour reprendre haleine. Elle ne pleurerait pas. Non. Pleurer ne servait à rien.

Rose attendait, impassible. Croyait-elle qu'Isabel cautionnait ceci ? Sûrement pas. Sinon, elle ne lui aurait pas proposé son aide, n'est-ce pas ?

S'étant reprise, elle se remit à avancer. Aussi absurde que cela paraisse, elle crut traverser l'espace blanchisserie, jusqu'au moment où, passant devant quelques gros sèche-linge à chargement frontal, elle s'aperçut que, derrière les épais hublots, il y avait des bébés chimpanzés.

— Oh, non ! Non ! gémit-elle.

Elle tomba à genoux, agrippa les bords d'un hublot de ses mains gantées. Le petit à l'intérieur, qui aurait dû rester avec sa mère pendant au moins quatre ans de plus, ne réagit pas. Déjà il avait l'œil vitreux. Isabel sanglota sans se cacher. Elle se tourna vers Rose.

— Pourquoi ? dit-elle. Pourquoi ?

— On n'est plus très loin, répondit Rose, avec un regard froid.

Isabel la suivit. À cause du masque, elle ne pouvait même pas s'essuyer les yeux, même si ses gants étaient si sales – maculés d'excréments et de crachats – qu'elle n'aurait pu le faire, de toute façon. Elle passa devant un compartiment après l'autre, chacun contenant un bébé solitaire, contaminé.

Au bout du hall, Rose composa un numéro sur un clavier près de la porte. Elle passa en premier et lui tint la porte.

— C'est là que les nouveaux sont mis en quarantaine. Ce sont les six nouvelles acquisitions…

Isabel entra, le cœur battant, les tempes bourdonnantes. Elle s'arrêta au milieu et pivota progressivement sur elle-même afin de voir les occupants de toutes les cages. Quand elle braquait sa torche, ils levaient les bras pour se protéger les yeux. Ils bougeaient sur leur arrière-train, perchés de façon inconfortable sur les sols en grillage. Une femelle serra son bébé contre elle et leur tourna le dos.

— Non, déclara Isabel, déçue et écœurée. Non, ce sont de simples chimpanzés. Les Bonobos sont plus sveltes, ils ont les traits plus fins et le visage noir.

— OK…

Rose s'apprêtait à partir.

— Attendez…, dit-elle. S'ils viennent d'arriver, d'où sortent-ils ?

L'autre haussa les épaules.

— Éventuellement d'un centre d'élevage, mais on n'en sait rien. On n'est même pas sûr qu'ils proviennent tous du même endroit – certains étaient peut-être des animaux de compagnie. Ou des bêtes de cirque. Bien qu'ils aient encore leurs dents et que les mâles ne soient pas castrés…

Isabel les regarda, un à un. Avaient-ils été élevés comme des êtres humains pour être en définitive rejetés, quand il s'était avéré que ce n'était pas des peluches, de mignons substituts à des bébés humains ? Avaient-ils porté des tutus roses, pédalé sur des mini-vélos pour faire rire ? Ou avaient-ils été exploités comme reproducteurs – les femelles connaissant l'horreur répétée d'être privées de leurs petits juste après la naissance ?

— On ne peut rien faire pour eux... ? Ils sont encore vivants. Je veux dire, mentalement..., dit-elle, en touchant sa tempe de sa main gantée. Ça se voit à leur regard.

— Non. Pas ce soir. Un jour, peut-être, mais pas ce soir.

Une fois sur le parking, elles ôtèrent les combinaisons qu'elles jetèrent dans un bac, à l'arrière de la fourgonnette. Rose tendit à Isabel une boîte de lingettes antibactériennes, et, alors même qu'elle avait porté des gants, ce ne fut qu'après en avoir utilisé plusieurs qu'elle osa s'essuyer les yeux.

Rose referma le container d'un coup sec, claqua le hayon.

— Je vous ramène à votre voiture, dit-elle.

— Rose ?

— Oui ?

— Je ne savais pas...

L'autre lui jeta un regard cinglant.

— Ah, vraiment ?

— J'avais une vague idée, mais je n'aurais jamais imaginé...

— Votre directeur – ou devrais-je dire : petit ami ? Vous devriez l'interroger sur ce qu'il faisait à Rockwell.

Isabel ouvrit de grands yeux tandis que Rose disparaissait derrière la fourgonnette, se mettait au volant et claquait la portière. Elle s'empressa de reprendre sa place, mais resta blottie contre la portière, et plus un mot ne fut prononcé tandis qu'elles rejoignaient la voiture louée par Isabelle à l'aéroport.

— Merci, dit-elle en se penchant pour ramasser son maigre bagage à ses pieds.

— C'est ça…, dit Rose, sans cesser de fixer le pare-brise.

Quand elle arriva chez elle, un pin de Norfolk stationnait devant sa porte en compagnie d'un oxalis et d'une passiflore. Le tout, orné de rubans de velours. Reconnaissant l'écriture sur l'enveloppe, elle ne voulut pas lire le billet.

Elle fourra les plantes sous son bras, prit l'ascenseur pour monter dans les étages supérieurs, et les déposa devant la porte d'un voisin.

Les violettes africaines avaient connu un sort funeste – Isabel ignorant qu'il ne fallait pas les arroser par le dessus, les feuilles et les tiges avaient pourri. Comme elle avait cru que c'était éventuellement par manque d'eau, elle avait remis ça, si bien que les plantes étaient à présent gluantes et marron. Elle n'avait compris son erreur qu'après avoir déterré la languette en plastique avec les conseils de jardinage. Isabel – qui avait secouru des escargots écrasés dans son enfance en les gardant dans des boîtes à chaussures-hôpitaux remplies de feuilles et de brindilles ; qui avait capturé et relâché des araignées dont sa mère réclamait la mort à grands cris ; qui avait sauvé des poinsettias du caniveau la semaine suivant Noël – amena les violettes dans le cagibi près de l'ascenseur qui renfermait le vide-ordures et les y lâcha une à une. Elle guettait le bruit de l'impact avant de lâcher la suivante. Ensuite, elle poussa un soupir de soulagement, rentra dans l'appartement, s'y enferma et rattacha les rideaux ensemble.

Le téléphone sonnait régulièrement, mais elle ne répondait pas. Celia se présenta, mais elle fit celle qui n'était pas là.

— Isabel ? (On frappait à sa porte.) Tu es là ?

Isabel restait absolument immobile, étreignant un coussin contre sa poitrine.

— Je sais que tu es là… Est-ce que ça va ?

Silence.

— Tu ne veux pas m'ouvrir ? Je me fais du souci pour toi.

Isabel pressa le coussin contre sa bouche et se balança d'avant en arrière.

— Bon, très bien. Mais je reviendrai. Je parie qu'il n'y a rien à manger, chez toi…

Après son départ, elle se mit à marcher de long en large, afin de se calmer. Elle se jeta sur le lit, mais finit par boxer ses oreillers. Elle poussa tous les livres qui étaient sur le buffet et qui tombèrent par terre, puis flanqua un mug contre le mur. L'anse se cassa, ce qui n'était pas bien, pas bien du tout – alors elle pleura et poussa aussi le téléviseur par terre. Il atterrit sur le côté, mais rien n'implosa, ne s'abîma. Alors, elle prit son ordinateur portable, le souleva au-dessus de sa tête et resta ainsi pendant plusieurs secondes, avec un sentiment d'oppression. Puis, elle baissa les bras et le serra contre son cœur.

Elle le déposa sur un coin du lit, l'ouvrit, et s'assit en tailleur par terre tandis qu'il poussait ses petits cris de bienvenue. Sa lèvre eut une crispation nerveuse. Les icônes du bureau se téléchargèrent contre le fond d'écran qui montrait Bonzi conduisant une voiturette de golf dans la forêt – elle n'avait jamais tout à fait compris le maniement du volant, et préférait la marche arrière. Isabel retint son souffle et porta les mains à son visage, comme en prière. Elle alla dans le dossier qui contenait les fichiers vidéo, en sélectionna un et cliqua deux fois.

Elle avait sous les yeux son ancien moi, celui qu'elle s'attendait toujours vaguement à revoir dans son miroir, chaque matin. Celui avec le nez légèrement busqué et les narines évasées (« un nez qui se pose là », avait déclaré un jour un ancien petit ami, qui avait paru surpris – et même un peu vexé – qu'elle n'y voie pas un compliment). Ses longs cheveux blonds, raides comme des fettucine, étaient séparés par le milieu et ramenés derrière les oreilles. Elle avait renoncé à la frange, puis aux dégradés, le jour où elle avait enfin admis que la séance chez le coiffeur, c'était – en tout cas pour elle – un événement bisannuel, au mieux. Quand elle l'avait vue pour la première fois, Celia l'avait comparée à Janice, d'Electric Mayhem. Isabel n'avait esquissé qu'un vague sourire, Celia ne pouvant savoir qu'évoquer le Muppet Show, c'était réveiller des souvenirs du temps où elle guettait depuis le sous-sol le départ des « tontons ».

Sur la vidéo, Isabel et Bonzi étaient dans la cuisine. Celia les avait filmées subrepticement avec son téléphone portable.

BOISSON BON. ISABEL DONNER.

— Tu veux boire quelque chose… un thé ? disait Isabel.

Bonzi ouvrait et refermait le poing devant sa poitrine, puis s'effleurait le menton avec l'index et le majeur : LAIT, SUCRE.

— Non, Bonzi. Je ne peux pas te donner à la fois du lait et du sucre. Tu le sais bien.

Bonzi avait été déclarée en surpoids par Peter et mise au régime.

DONNER LAIT, SUCRE.

— Je ne peux pas. Je regrette, mais j'aurais des ennuis.

VOULOIR LAIT, SUCRE.

— Je ne peux pas, Bonzi. Voici du lait…

ISABEL DONNER LAIT, SUCRE. SECRET.

Isabel renversait sa tête en arrière et riait avant de glisser un petit sucre dans le thé. Elle regardait la caméra, portait un doigt à ses lèvres, faisant de Celia sa complice. L'extrait finissait là.

Isabel ouvrit un autre fichier.

Là, elle riait, tout en conduisant une équipe de *Primetime Live* jusqu'à la salle d'observation. Elle traversait un couloir, se retournant de temps en temps pour faire quelques pas en arrière, souriant à la caméra.

Comme son moi à l'écran pivotait, elle se vit de profil et pensa : c'était un bon nez. Pas parfait, mais pas mal. Et ses dents aussi. Elle n'avait jamais eu d'appareil dentaire – trop cher – mais dans un pays où tout le monde avait les dents parfaitement alignées, les siennes avaient de la personnalité. Ses cheveux, qui lui arrivaient au milieu du dos, avaient mis des années à pousser.

Cut.

Elle était assise en tailleur sur le sol en ciment, cette fois face à Sam. Le cameraman était derrière du Plexiglas, mais le spectateur ne pouvait pas s'en douter. La vitre était invisible. La caméra zooma, d'abord sur le visage de Sam, puis sur le sien.

— Sam, tu vas aller fermer la fenêtre. Tu peux faire ça pour moi ?

Les mains de Sam bougèrent : SAM VOULOIR ISABEL DONNER BON ŒUF.

— Mais Isabel veut que Sam ouvre la fenêtre. S'il te plaît ?

NON. SAM VOULOIR ISABEL DONNER BON ŒUF.

— S'il te plaît, ouvre la fenêtre.

NON.

Elle prit à témoin la caméra. Visiblement, elle avait du mal à réprimer un sourire.

— Si ! dit-elle énergiquement. Sam. S'il te plaît : ouvre la fenêtre.

TU…

— Sam, s'il te plaît, ouvre la fenêtre !

OUI.

Elle soupira, manifestement soulagée, mais Sam ne fit rien. Il restait assis à bouder, survolant l'assistance du regard, se tripotant les orteils, et détournant finalement les yeux.

— Sam, s'il te plaît, ouvre la fenêtre, dit-elle à nouveau.

SAM VOULOIR BOIRE.

— Non. Isabel veut que Sam ouvre la fenêtre.

NON. SAM VOULOIR ISABEL OUVRIR FENÊTRE.

Là, elle éclata de rire, et Sam eut à la fois à boire et un œuf. L'équipe de tournage avait été enchantée, mais après son départ, Peter s'en était pris à elle.

— Il l'a toujours ouverte, cette satanée fenêtre ! Cette fois, pour une importante chaîne de télévision, il refuse… ? Et tu le *récompenses* ?

Isabel, qui ne l'avait jamais vu sous ce jour, en fut sidérée.

— Bien sûr que je l'ai récompensé ! Il n'était pas d'accord et a défendu son point de vue. Ça prouve, si besoin en était, son aptitude à manier le langage mieux que s'il n'avait fait qu'obéir à un ordre. Et que ce n'est pas du simple dressage.

Le regard de Peter était dur, sa mâchoire contractée.

— Je leur avais dit qu'il exécuterait des tâches précises.

— Il a choisi de ne pas le faire. Il n'a rien fait de mal. En fait, je trouve qu'il a été génial et qu'on a beaucoup de chance d'avoir pu filmer cela…

Peter mit les mains à ses hanches et poussa un soupir si éloquent que ses joues parurent se dégonfler. Puis il passa la main dans ses cheveux. Ses traits s'adoucirent.

— Tu as raison. Excuse-moi. Tu as raison. Écoute, je vais aller me promener un peu, d'accord ? Histoire de me calmer. Je reviens…

Cet accès de mauvaise humeur était resté dans sa mémoire. L'incident ne s'était pas renouvelé, mais à présent, en plus des curieuses réflexions de Gary et de Rose, elle en venait à se demander ce que Peter avait bien pu faire au cours de son séjour à Rockwell. L'Institut de Primatologie avait une réputation exécrable – le propriétaire était un type imposant à la barbe poivre et sel, connu pour mater des chimpanzés avec des aiguillons et même une carabine. Mais plusieurs primatologues réputés avaient travaillé là-bas dans le cadre de leurs études, principalement parce qu'il y avait peu de programmes dans le pays permettant d'avoir accès aux primates. La plupart d'entre eux en étaient revenus jurant que l'Institut leur avait appris ce qu'il *ne fallait pas* faire. Tel avait toujours été le credo de Peter.

Elle ranima son portable et chercha sur Internet. Sa thèse apparut aussitôt : *Pourquoi les singes ne singent pas : Comment les patrons moteurs et la mémoire de travail contraignent les chimpanzés à l'apprentissage social ;* ainsi qu'un article qui lui avait valu une reconnaissance nationale : *Coopération ou Action conjointe : que cachent les méthodes de chasse et le comportement coalitionnaire des chimpanzés ?* Rien d'étonnant – les études cognitives de Peter avaient été la principale raison pour laquelle Richard Hugues l'avait recruté. Il n'y avait rien, en tout cas, à l'appui de la remarque de Rose.

Isabel appela Celia.

— Contente de voir que tu es toujours en vie… Tu as mangé ?

— J'ai un service à te demander.

— Tu n'as pas répondu.

— Celia !

— OK. Quoi ?

— Tu as dit l'autre jour que Joel et Jawad avaient accès à des réseaux privés.

— Oui. Et tu en as été horrifiée, si j'ai bonne mémoire.

— Oui, euh… (Elle se racla la gorge.) Peux-tu voir ce qu'ils pourraient dénicher sur Peter, et ce qu'il faisait à l'Institut de Primatologie de Rockwell ?

— Quel retournement… !

— S'il te plaît…

— Entendu. (Celia semblait complètement déroutée.) Je te rappelle…

Quarante minutes plus tard, elle le faisait.

— Consulte tes e-mails, dit-elle sans préambule.

— Pourquoi ? Qu'est-ce qu'ils ont trouvé ?

— Fais ce que je te dis…

Sa voix tremblait.

La boîte d'Isabel était pleine : Joel lui avait transféré des douzaines d'articles, résumés et rapports datant de l'époque où Peter était chercheur assistant. Il avait participé à des études sur les effets de la privation maternelle chez les chimpanzés et, par la suite, du stress causé par l'immobilisation. Il avait arraché des nouveau-nés à leur mère pour les placer dans des cages avec une « mère » soit en fil de fer, soit en tissu-éponge, et avait comparé le temps mis par l'un ou l'autre groupe à mourir. Il avait ligoté des chimpanzés sur des sièges en bois, et les avait laissés ainsi pendant plusieurs semaines, pour aboutir à cette conclusion surprenante que c'était très stressant.

Isabel contemplait, stupéfaite, les images de ces chimpanzés ligotés avec un sentiment écœurant de déjà-vu. Elle connaissait ces photos. C'était celle que Gary et compagnie brandissaient sur leurs pancartes. L'arrivée des manifestants l'an dernier avait coïncidé avec l'embauche de Peter…

Celui-ci avait toujours enjolivé son séjour à Rockwell, affirmant que ses études étaient « non invasives ».

Au sens littéral, c'était vrai – aussi longtemps que, par « non invasif » on entendait ne pas leur visser des boulons dans le crâne ni leur prélever des fragments d'organes. Il était plus sévère avec les Bonobos que les autres chercheurs, mais elle avait toujours cru que c'était pour s'affirmer comme le « mâle dominant ». Et puis, elle fut terrassée par la culpabilité, car c'était justement ce qui l'avait attirée en lui.

Elle était tombée amoureuse d'un kidnappeur, d'un tortionnaire, d'un assassin. Elle s'était confiée, donnée à lui, avait été prête à partager sa vie, et même à porter ses enfants. Il lui avait dit ce qu'il voulait sur son travail, et naïvement, elle l'avait cru.

Pas étonnant qu'un chimpanzé lui eut sectionné un doigt. Si seulement il avait pu lui couper les testicules...

Cette nuit-là, elle eut des rêves tourmentés : Bonzi se coupait les ongles tandis que Lola lui grimpait sur la tête. Vêtue d'une blouse mise à l'envers, Makena s'admirait dans un miroir, s'appliquant du rouge à lèvres ou mordillant le bâtonnet. Jelani ramassait des branches et faisait son show, les agitant au-dessus de sa tête tout en marchant en position bipède, puis, subitement songeur, il venait à quatre pattes lui prendre le pied et délacer tranquillement sa chaussure. Ensuite, il lui retirait la chaussure, puis la chaussette. Ses fortes mains, aux phalanges calleuses et aux doigts velus, lui tenaient le pied tandis qu'il recherchait avec adresse et une infinie patience d'invisibles lentes entre ses orteils.

Tout à coup, elle se retrouvait dans l'autre bâtiment. Des hommes en combinaison protectrice s'avançaient au pas de charge dans le couloir en béton, sous des néons aveuglants, laissant une traînée de primates piaillant derrière eux. L'un d'eux poussait une civière ; un autre tenait un fusil. Comme ils ralentissaient, les cris devenaient encore plus assourdissants. Ils finissaient par s'arrêter devant une cage, et la femelle à l'intérieur comprenait qu'on était venu pour elle. Elle se jetait sur les côtés, cherchait à escalader les murs pour s'échapper, mais elle n'avait aucune chance. L'homme au fusil épaulait et lui tirait dans la cuisse. Les deux types attendaient en bavardant, tandis qu'elle vacillait et luttait pour ne pas perdre connaissance. Ils continuaient à bavarder en la déposant sur la civière et lui attachaient mains et pieds avec de grosses sangles en caoutchouc rongés. Plusieurs de ses doigts et orteils n'étaient plus que des moignons.

Isabel se réveilla en hurlant. Ses draps étaient froids et trempés de sueur, son cœur battait très fort.

Le lendemain matin, elle se leva et, solennellement, retourna toutes les photos des Bonobos. De loin, les cadres couchés à l'envers ressemblaient à une rangée d'ailerons de requin. Elle se mit à dormir sur le divan, sous une couverture en patchwork confectionnée par sa grand-mère.

Elle épuisa ses provisions, mangeant les pêches à même la boîte, le chutney à même le bocal. Elle déchira des sachets de nouilles chinoises, mit de côté l'assaisonnement, cassa de longues pâtes crues qu'elle broya entre ses dents temporaires. Quand il n'y eut plus rien, elle fit chauffer au micro-ondes des mugs d'eau et prépara un bouillon avec les petits sachets d'assaisonnement.

Elle était en train de considérer le flacon de flocons colorés – la nourriture du défunt Stuart –, quand on tambourina à la porte d'à côté. Elle sursauta – des flocons rouge, jaune et orange volèrent un peu partout, flottant telle de la neige.

— Jerry ? Jerry ? Ouvre cette porte ! cria la copine de son voisin. Je sais que tu es là ! *Jerry !*

Elle renversa sa tête en arrière, se laissa glisser jusqu'au sol. Les flocons étaient éparpillés sur la moquette.

Avait-elle vraiment envisagé d'en faire une soupe ?

Enfin, elle admit qu'il fallait aller chercher à manger. D'abord, elle prit une douche, car elle ne s'était pas habillée depuis son expédition à Alamogordo. Juste avant de se glisser sous le jet, elle s'aperçut dans la glace et se recula pour se passer en revue.

Elle était décharnée ; son visage était émacié, les os de ses hanches saillaient comme les lames d'une charrue. Les rides entre son nez et sa bouche s'étaient creusées et, naturellement, elle n'avait toujours quasiment pas de cheveux. Timidement, elle effleura son nouveau nez, les petites pousses hérissées sur son cuir chevelu, avant de passer sous le jet brouillant.

Sur un coup de tête, elle tourna à droite, et non à gauche, en revenant du supermarché. Ses courses étaient à l'arrière, surtout des surgelés qui avaient commencé à fondre, mais elle éprouvait soudain la nécessité impérieuse d'avoir un autre Stuart. Un être vivant dans son appartement, qu'il faudrait nourrir, qui lui renverrait son regard.

Elle arrivait au centre commercial, quand quelque chose attira son attention. Un panneau publicitaire numérique, dont les affiches changeaient au bout de quelques secondes.

Une portion d'un visage familier (était-ce Makena ?) se fondit dans un profil (mon Dieu, était-ce Bonzi ? BONZI ! Oui ! C'était bien elle !), puis deux mains noires et poilues se joignirent.

La voiture précédente klaxonna pour l'avertir qu'elle déviait de sa trajectoire. Elle donna un coup de volant et heurta la glissière de sécurité. La carrosserie en racla une bonne longueur avant le tête-à-queue. Quand elle finit par s'arrêter, châssis rebondissant et moteur tournant toujours, elle faisait face à une longue cohorte de conducteurs effarés. Plusieurs cherchaient déjà leur téléphone mobile.

C'est bon ! leur fit-elle comprendre de loin. Rien de grave.

Elle sortit le sien pour indiquer qu'elle appelait elle-même les secours.

En attendant la dépanneuse, elle examina le panneau publicitaire. Il affichait en boucle des photos des Bonobos, avec une date, une heure, et ce qui semblait être l'adresse d'un site Web : www.apehouse.tv.

Elle avait entendu parler de « point com », « point org », et « point net », mais « point tv » ?

Arrivée à la maison, elle alluma aussitôt son ordinateur et se connecta : le site ne montrait rien de plus que le panneau publicitaire, à ceci près qu'il y avait une horloge qui indiquait le temps restant à s'écouler avant la date et l'heure – dans une semaine. Elle étudia les photos soigneusement – les Bonobos semblaient en bonne santé, mais l'arrière-plan tout blanc ne permettait de deviner ni le lieu ni leurs conditions d'hébergement. Le rictus de Mbongo trahissait le stress, mais au moins Bonzi avait-elle Lola dans ses bras.

Elle appela Celia, qui se concerta avec Joel et Jawad. À partir du propriétaire de l'URL, les jeunes remontèrent jusqu'au siège social d'une société : Faulks Entreprises. Et ensuite ? Faulks était apparemment un spécialiste du porno. Elle-même connaissait mieux que personne les mœurs des Bonobos et se demandait avec une inquiétude croissante comment ce type pouvait s'imaginer exploiter leur comportement. Si les détails du projet semblaient bien gardés, la campagne publicitaire battait son plein. Elle n'apparaissait pas seulement sur des panneaux, mais aussi dans des spots télévisés et des publicités automatiquement générées sur Internet qui pointaient vers le même site mystérieux. Sur les forums des militants pour la cause animale, les spéculations allaient bon train. On se demandait où étaient les Bonobos et ce que Faulks allait faire. Personne n'avait de preuve de quoi que ce soit, et comme les informations postées sur ces sites étaient au mieux sujettes à caution et que la date sur les panneaux officiels, publicités et site Web, renvoyait à dans une semaine seulement, Isabel décida de patienter. Même si les radicaux se mobilisaient déjà, elle ne voyait pas l'intérêt de s'agiter pour rien.

Dès qu'elle avait vu ce panneau, elle avait senti naître en elle une autre femme. De faible, elle était devenue forte. Tôt ou tard, elle et les Bonobos seraient réunis.

16

Si seulement ces cris pouvaient cesser.

Trente ans et des poussières que James Hamish Watson manœuvrait des chariots élévateurs, et jamais il n'avait été aussi dégoûté. Il n'avait qu'une envie : garer son engin et descendre.

À en croire son beau-frère, ce devait être tout simple et rapidement torché – une vraie partie de plaisir. Tout ce qu'il avait à faire, c'était réceptionner une cage à l'arrière d'un camion, aller la déposer à l'intérieur d'une maison, et toucher l'équivalent d'une journée de travail. Mais quand il avait fait l'essai (ça lui avait paru idiot sur le moment, mais Ray lui avait conseillé de ne pas contrarier le patron), il n'y avait pas de manifestants à repousser, ni de singes dans la cage.

C'était eux qui lui donnaient du mal, pas les manifestants. Parce que, si on se montrait décidé à rouler sur quelques pieds, les types s'écartaient ; mais les singes, eux, piaillaient, hurlaient, se jetaient violemment d'un côté et de l'autre de la cage, s'accrochaient aux barreaux au point de la faire basculer. Il tenta de redresser avec le stabilisateur, mais empoigna le levier d'inclination par erreur. En trente ans de métier, c'était la première fois.

Ayant frisé la catastrophe, il se contenta d'abaisser son chargement jusqu'au sol. La cage n'était pas dans l'alignement du mur, comme demandé, et il savait qu'il se ferait engueuler pour ça, mais il commençait à avoir mal au crâne et voulait rentrer chez lui. Les scrupules de sa femme, il s'en était moqué, mais à présent il comprenait qu'elle avait raison – c'était peut-être seulement des bêtes, mais *ceci*, c'était l'œuvre du Diable et il regrettait d'être dans le coup.

Il examina la cage et ses occupants avec un sentiment proche de la panique et inspira fortement. De petits vaisseaux violacés serpentaient à la base de son nez, l'ancrant à sa figure rougeaude telles les racines noueuses d'un banian. La sueur perlait entre ses sourcils, lui picotant les yeux.

Assez. Il en avait marre.

Il se tourna face à la porte, fit grincer le levier de vitesses et traversa l'espace vide cahin-caha – façon char d'assaut. Il marqua un arrêt devant la porte ouverte et la bande bariolée qui était le monde extérieur, serra les dents, se fraya un chemin à travers, et fut aussitôt aspiré dans le maelström de vociférations, de pancartes brandies, de caméras de télévision instables et de flashs aveuglants.

Tandis que le chariot élévateur s'en allait, quelqu'un posté dans l'antichambre repoussa la porte derrière lui.

Le claquement se répercuta à travers la maison, puis le silence retomba. Un autre annonça la fermeture de l'autre porte.

À l'intérieur, des douzaines de caméras fixées au ras du plafond s'animèrent, pivotant silencieusement dans un clignotement de petites ampoules rouges.

Captivée, Isabel regardait l'horloge du site Web égrener les dernières secondes. Le zéro s'étant affiché, un message apparut, donnant l'instruction de régler son téléviseur sur une station particulière.

Dans sa précipitation, elle renversa sa chaise, tâtonna avec la télécommande, se trompa deux fois de suite de touches avant de tomber sur la bonne chaîne.

Elle se retrouva face à un genre de dessin faussement enfantin – une maison schématique exécutée aux crayons de couleur avec un toit pointu, quatre fenêtres, une porte et une cheminée. Un minivan arrivait en dansant jusqu'à cette maison et six singes en sortaient d'un bond. Ils sautaient sur place en se grattant la tête et les aisselles, tandis qu'une voix manifestement humaine poussait des « *Ho ho ho haa haa haaaa ! !* » Ces singes de dessin animé entraient et refermaient la porte avec une telle vigueur que toute la maison en vibrait. Quelques instants plus tard, des volutes de fumée s'échappaient de la cheminée et ils faisaient des signes aux fenêtres avant de refermer vivement les rideaux à petits carreaux.

— Bienvenue dans la Maison des Singes, lançait une caricaturale voix de baryton. Là où les singes sont rois et où l'on ne sait jamais ce qu'ils nous réservent ! Cinquante-neuf caméras ! Six singes ! Un ordinateur et un crédit illimité ! Illimité, comme… Enfin, vous savez ce qu'on dit des Bonobos… – la voix marqua une pause assez longue pour le *pouet-pouet* d'un klaxon rétro de bicyclette – Ah, vous ne savez pas ? Découvrez donc par vous-mêmes de quoi nos « Cousins » sont capables, ici, dans la Maison des Singes !

La maison disparut dans un nuage de fumée façon BD, et soudain les véritables singes apparurent, blottis tous ensemble dans un coin d'une cage en fer – masse noire et velue de longs bras, de longs doigts, et d'orteils encore plus longs.

Isabel s'était agenouillée devant l'écran, le touchant des doigts, soufflée. Elle avait des crampes d'estomac, des contractions autour d'un noyau glacé. Elle tenta de compter, pour s'assurer qu'ils étaient tous là, mais ils formaient une boule inextricable.

« Au Matin », thème tiré de l'opéra *Peer Gynt*, se fit entendre, signifiant que les Bonobos étaient sur le point d'émerger d'un sommeil paisible.

Les Bonobos se cramponnaient les uns aux autres en silence. Un piaulement unique retentit, suivi d'une succession de petits cris stridents, qui rebondirent contre les murs à nu. Extirpant sa main calleuse, Bonzi donna de petites tapes pour se rassurer. Elle leva la tête et croisa le regard inquiet de Sam, qui allait de caméra en caméra, sans rien manquer.

Un ronronnement métallique précéda un *ponk* définitif. Les singes crièrent et resserrèrent les rangs. La grille de la cage se mit à se soulever, actionnée par des pistons hydrauliques, et finit par se bloquer dans une rainure en haut.

Une fois de plus, le silence se fit à l'intérieur du bâtiment.

Pendant un long moment, les seuls signes de vie émanant de la masse agglutinée furent les mouvements des cages thoraciques ou des explosions intermittentes de détresse. Enfin, Bonzi et Sam s'extirpèrent. Les autres hurlant et tendant les bras pour les retenir, ils décollèrent patiemment les doigts et orteils de leurs membres velus. Bonzi tendit Lola à Makena, prit le temps d'examiner les pistons près de la grille puis – après mûre réflexion – sortit très lentement en prenant appui sur ses phalanges. Sam montait la garde près d'un piston, l'air extrêmement concentré.

Bonzi s'avança jusqu'au centre de la pièce et pivota, étudiant son environnement. Lola et Makena se tenaient près de la sortie, voulant se rapprocher d'elle mais se méfiant des pistons. Elles poussaient des glapissements aigus d'alerte.

Bonzi alla jusqu'à la porte d'entrée et la renifla, la toucha, passa ses doigts le long de la rainure du bas. Elle regarda par le judas (qui se trouvait à sa hauteur) et fit la grimace. Elle testa le goût de la poignée ; tourna le verrou dans un sens, puis l'autre, avec ses deux mains, puis se mit sur le dos et essaya avec ses pieds. Elle fit le tour de la pièce complètement vide.

Tout au fond, une autre porte donnait sur une pièce toute beige. Quand elle entra, son regard se posa sur un ordinateur. Elle poussa un cri perçant et alla là-bas en bondissant sur ses quatre pattes. Elle sauta sur le tabouret en inox, ses yeux étincelant. Ses doigts aux grosses phalanges glissèrent sous la protection en Plexiglas et effleurèrent l'écran tactile – trouvant et sélectionnant, trouvant et sélectionnant.

Isabel se pencha encore un peu plus sur l'écran, s'efforçant de distinguer les symboles que Bonzi touchait. C'était une version simplifiée du logiciel utilisé au labo. Comment Faulks avait-il pu mettre la main dessus ? Mais tandis que les lexigrammes du labo permettaient de former des énoncés complexes, ceci montrait seulement des catégories de substantifs abstraits avec la possibilité d'entrer dans le détail en désignant des objets précis. Bonzi choisit parmi des symboles représentant de la nourriture, de l'électronique, des jouets, des outils et des vêtements, naviguant de sous-catégorie en sous-catégorie sans répit. Isabel était fascinée. Malgré elle, la scientifique en elle notait avec soulagement que tout était enregistré.

Tandis que Bonzi se mettait au travail, les autres quittaient la cage pour explorer timidement l'endroit. Isabel fit le compte. Ils étaient bien tous là et semblaient en bonne santé. Elle les voyait vocaliser, mais ne pouvait les entendre – ce que les spectateurs entendaient, c'était une piste sonore composée de musique en boîte, bruitages et rires préenregistrés, comme dans les émissions du type *Vidéo Gag*. L'écran se divisa en plusieurs cases reflétant les diverses activités dans la maison. Bonzi resta dans la tranche centrale, parallèlement à une liste de commissions croissante figurée en grosses lettres manuscrites – blanches sur fond rouge. Mbongo, dans une case en bas à gauche, alla dans chacune des trois salles de bains et tourna à fond les robinets. Il se soulagea dans les toilettes, puis se mit à tirer la chasse d'eau sans arrêt. Sam, dans la case du dessus, explorait le frigo-congélateur, qui ne contenait qu'une machine à glaçons. Il goba glaçon sur glaçon, jusqu'à ce que, les joues déformées, il les projette successivement sur diverses cibles. À droite de l'écran, Jelani se lançait sur le mur, exécutant des sauts périlleux arrière quand il avait atteint le plafond, sous le regard adorateur de Makena. Parfois, l'un d'eux s'aventurait dans la pièce où se trouvait Bonzi et poussait des glapissements émus (ça se voyait à leur respiration et à la forme des lèvres) ou lui signifiait même par signes une demande, qu'elle ne manquait pas de transmettre. Et pendant tout ce temps, Lola, juchée sur la tête de Bonzi, scrutait l'écran et tendait parfois ses petites mains pour presser elle-même quelques symboles. La liste « manuscrite » s'allongeait au point qu'elle finit par défiler.

Œufs
Poires
Jus de fruit
M&M's
Oignons
Lait
Couverture
Clé à molette
Poupée
Tournevis
Magazine
Seau

Bonzi choisissait avec soin, contemplant pensivement l'écran.

Dans la salle de contrôle, Ken Faulks brandit le poing devant la batterie de moniteurs.

— Hourra ! s'exclama-t-il.

Des cris de joie fusèrent. Des bouchons de champagne sautaient, ponctuant ce gai brouhaha.

Un petit homme trapu, coiffé d'un casque noir, leva une bouteille vers le plafond.

— Gagné ! Félicitations à tous ! L'émission est lancée !

— Longue vie à l'émission ! lança une femme dans le fond.

— Longue vie à l'émission reprit-on en chœur.

Le visage de Faulks était rouge. Il était étrangement passif en acceptant poignées de main et congratulations. Et même, il tremblait légèrement quand il tendit son verre vers la bouteille de champagne. Les joues marquées de traces de rouge à lèvres, les doigts enroulés autour d'une flûte contenant surtout des bulles, il se détourna de son équipe ravie et retourna devant son mur de moniteurs. Ceux-ci montraient l'intérieur de la maison sous toutes les coutures : ici la salle de bains et sa porcelaine toute blanche ; là, la cuisine, avec ses éléments en érable ; ici la guenon juchée sur le tabouret devant l'ordinateur fixé au mur, les genoux repliés près de son visage sérieux, le bébé perché sur sa tête. La bande sonore diffusée à l'extérieur et les bruits réels émanant de la maison étaient transmis simultanément dans le studio.

Faulks se pencha en avant. Une lumière verte clignotante indiquait que ceci était visible en streaming live – n'importe quelle personne connectée était face à Bonzi (et, selon Nielsen, « n'importe quelle personne », ça faisait beaucoup de monde). Les yeux vifs de la guenon suivaient la trajectoire du curseur devant elle. Elle s'interrompit pour émettre une suite de petits cris aigus et éloquents par-dessus son épaule.

Faulks tendit la main et son doigt alla redessiner les contours de la mâchoire à l'écran.

— Bravo, mignonne…, chuchota-t-il.

— Hé… pas touche à mon écran ! marmonna le seul ingénieur à n'avoir pas quitté son poste.

Il était quasiment couché sur ses manettes. Au bout d'un moment, en l'absence de réaction, il se tourna vers Faulks et sursauta en voyant son regard glacial.

— Euh… si ça ne vous fait rien…, ajouta-t-il.

17

John desserra sa cravate tout en patientant devant la porte du garage, qui se relevait avec des saccades de vieil arthritique. Sa main gauche pendait par la portière, tenant la télécommande en plastique noir dont il martelait la carrosserie. La porte ayant enfin atteint le bout de sa course, il braqua dessus la télécommande et appuya de nouveau sur la touche. Puis, il flanqua le truc contre son volant capitonné afin de débloquer la touche. Livrée à elle-même, la porte aurait monté et descendu jusqu'à la fin des temps.

Tous ces allers-retours, c'était tuant : une heure vingt dans l'une ou l'autre direction, pare-chocs contre pare-chocs, à macérer dans les gaz d'échappement, et tout ça pour passer la journée à pisser de la copie à la gloire des shampooings Procter & Gamble dans un cagibi qui tremblait à chaque passage de l'ascenseur. On lui avait proposé de prolonger son contrat de trois semaines, alors même que la direction n'avait été que peu impressionnée par ses premiers essais.

Il savait qu'il aurait dû être reconnaissant. Il ne bossait pas dans un fast-food. Il n'avait plus à mesurer la hauteur de tas d'ordures ou la profondeur de nids-de-poule, ni à compter les épaves de voitures au bord des routes. Mais il n'était pas non plus à Lizard, Nouveau-Mexique, en train de couvrir *La Maison des Singes*.

Le lendemain de son arrivée à L.A., il avait eu un coup au cœur sur la route. À cinq cents mètres de là, à dix mètres de hauteur, un panneau publicitaire passait des photos des Bonobos en boucle. Une main velue par-ci, un menton poilu par-là. En bas, un immuable texte en lettres rouges donnait l'adresse d'un site Web et une date – rien de plus. Pas plus lui que Cat, ou les autres reporters de la grande presse en charge du sujet, n'avaient mis beaucoup de temps à découvrir que Ken Faulks, l'ancien patron de John à la *New York Gazette*, était derrière tout cela. Et, à présent, John était obsédé par cette affaire.

Apparemment, Faulks avait acheté les singes et leur avait construit une maison spécialement équipée, avec une cour, dans un coin du Nouveau-Mexique plus connu pour ses casinos de troisième ordre et ses « clubs pour gentlemen ». La maison contenait des caméras conçues pour couvrir tous les angles de la pièce, mais rien d'autre, sinon un unique ordinateur et un tabouret permettant d'y accéder. Faulks avait installé les singes, branché les caméras, et depuis diffusait les résultats en direct.

Une poignée de militants pour les droits des animaux était sur place depuis le tout début, mais nul ne croyait vraiment que l'expérience durerait au-delà de quelques jours. Même un type comme Faulks – qui avait fait fortune dans l'industrie du porno – ne laisserait pas des grands singes mourir de faim en direct, dans une maison vide.

Mais il s'avéra que Ken Faulks était le seul à ne pas sous-estimer les Bonobos. Ils se servirent de l'ordinateur pour commander à manger. Puis, ils commandèrent des couvertures, des pataugeoires, des structures de jeux, des saccos. Ils commandèrent même des téléviseurs. L'installateur lui-même, ils ne l'avaient pas commandé précisément, mais ils le laissèrent faire le boulot avant de le congédier. John avait vu la séquence : blême, choqué, le type était ressorti en titubant avant de tomber dans les bras du manifestant le plus proche, pris de malaise. Il y avait eu, semble-t-il, un « baiser intime », même si la chose n'avait pas été diffusée en raison de « difficultés techniques ».

Cinq jours après, l'émission semblait en passe de devenir un phénomène médiatique sans précédent, et pas seulement à cause des aptitudes étonnantes des Bonobos dans la maîtrise du langage et de l'informatique. C'était le sexe. John, qui avait vu cela lui-même, n'en était pas étonné, mais le reste du monde, si. Les Bonobos intégraient le sexe à tous les aspects de leur existence, ce qui passionnait le public. Ils copulaient pour dire bonjour. Avant de manger. Pour détendre l'atmosphère. Et cela si souvent, en adoptant des combinaisons si nombreuses, des positions si variées, qu'au bout de trois jours la Commission Fédérale des Communications supprima l'émission. Mais Ken Faulks avait tout prévu : il avait un plan B tout prêt et, sans la moindre interruption, *La Maison des Singes* devint accessible par satellite et via Internet, hors de portée de la censure et – comme de bien entendu – seulement sur abonnement.

Au dernier décompte, plus de vingt-cinq millions de personnes avaient communiqué leur numéro de carte de crédit. John était du nombre.

Lorsqu'il entra au salon, il trouva Amanda assise par terre, un talon sous les fesses. Son ordinateur portable étant devant elle, elle devait se courber pour taper sur le clavier. Des boulettes de papier jonchaient la moquette. La télévision braillait.

L'écran était un patchwork de petites cases, chacune présentant une vue intérieure de la maison des singes. L'un s'admirait dans le miroir en se curant les dents. D'autres se balançaient au linteau d'une porte et allaient glisser sur le sol. Un autre se prélassait dans une piscine gonflable, se remplissant la bouche au jet et recrachant l'eau. En haut à droite, deux femelles hilares s'étreignaient passionnément et commençaient à frotter leurs parties génitales gonflées, qui ressemblaient à de gros malabars mâchés. Un klaxon retentit par trois fois tandis que la case s'élargissait et glissait jusqu'au centre de l'écran. Le cadre s'orna d'un liseré noir. POUR ADULTES SEULEMENT ! ! ! disait un sous-titre d'un rouge criard. Le tout était accompagné d'une musique burlesque et de bruitages.

— Quoi de neuf ? lança John.

Elle releva les yeux. Ses cheveux, à présent blonds et parfaitement lisses, se balancèrent en arrière pour révéler une épaisse pâte blanche étalée au-dessus de sa lèvre. L'aspect en était cristallin, sirupeux, chimique.

— Je me décolore la moustache, dit-elle. Je ne suis pas sûre de pouvoir le faire après l'intervention demain, et comme il semble que ce soit l'une de mes nombreuses disgrâces…

Quelques jours plus tôt, l'un des nouveaux patrons d'Amanda – celui qui l'avait trouvée « rafraîchissante » – lui avait donné les coordonnées d'un dermatologue et suggéré sur un ton qu'elle avait pris pour un ordre de subir des injections de Botox, de Restylane, un « repulpeur », ainsi qu'un traitement au laser pour effacer ses taches de rousseur. John se demandait pourquoi une scénariste devait ressembler à une star de cinéma, mais c'était semblait-il le cas : récemment, un scandale avait éclaté à propos d'une jeune scénariste de dix-neuf ans qui avait été portée aux nues, jusqu'au jour où on s'était aperçu qu'elle en avait trente-cinq, après quoi elle n'avait plus retrouvé de travail. Même si les dernières transformations d'Amanda étaient imputables à ce crétin qui la trouvait « rafraîchissante », au fond de lui-même, John en voulait à l'oncle Ab. Si seulement cette vieille éponge à whisky avait pu la fermer au mariage…

— Je voulais dire : quoi de neuf en général…, reprit-il.

— Oh…, dit-elle en se relevant. Tu devrais donner un coup d'œil au frigo…

— Pourquoi ? dit-il, happé par la scène à la télévision.

Les deux femelles, s'étant séparées, avaient été reléguées dans le coin inférieur gauche de l'écran. L'une d'elles s'était coiffée d'un seau. Dans une autre case, un singe se relaxait dans un sacco, jambes croisées, feuilletant tranquillement un magazine.

Tora ! Tora ! Tora ! Le klaxon retentit tandis qu'une autre case s'agrandissait et glissait jusqu'au centre de l'écran. Un mâle marchant en station bipède présentait sa longue érection pointue à un autre.

— Tu devrais, c'est tout…, dit-elle, avant de disparaître dans la salle de bains.

John soupira, passa la main sur son visage et se rendit dans la cuisine. Un frigo en panne, ce serait le bouquet…

Au moment où il l'ouvrait pour enquêter, un Post-it rose fluo se détacha et voleta jusqu'à terre. Il se pencha pour le ramasser, le contempla pendant un bon moment, puis lança en direction de l'entrée :

— Amanda ?

La porte de la salle de bains s'ouvrit et Amanda en sortit d'un pas majestueux. Elle avait troqué son pantalon de jogging contre un peignoir blanc pelucheux ; le dessus de sa lèvre était tout rouge et irrité. Elle passa devant lui pour se prendre une bière.

— Oui ? dit-elle en lui tendant la bouteille.

Il la décapsula pour elle.

— Qu'est-ce qu'ils me veulent, au *Times* ?

— T'embaucher, je suppose, dit-elle avec un grand sourire.

John la considéra pendant un moment, avant de laisser éclater sa joie.

— Pendleton Group. Qui demandez-vous ?

John fronça les sourcils. Il jeta un œil au Post-it collé à son index. Le *Los Angeles Times* appartenait à la Tribune Company. Tout le monde savait ça.

— Topher McFadden, je vous prie, dit-il en lisant le Post-it.

Il n'avait jamais entendu parler de lui ; ce devait être un rédacteur adjoint, ou un nouveau.

— Quel département ?

— Le *Times*. La rédaction.

— Un instant, je vous prie.

Il y eut un déclic, suivi d'un bruit de cascade et de gazouillis, qui s'interrompit brusquement au bout de quelques secondes.

— Oui ? fit une voix masculine langoureuse.

John cala l'appareil contre son oreille et entreprit de démêler le fil.

— Allô ? John Thigpen à l'appareil. Vous avez laissé un message chez moi, aujourd'hui ?

— Ah, oui. En effet. J'ai votre CV sous les yeux… (froissement de papier.) Très impressionnant. Stage, puis huit ans à la *New York Gazette*. Une année et quelque au *Philadelphia Inquirer*. Boulot free-lance au *New York Times*.

— Merci.

— Alors, qu'est-ce qui vous amène à la Cité des Anges ?

— Ma femme coécrit une série pour NBC.

— Ça parle de quoi ?

— Des femmes célibataires dans la jungle des relations urbaines.

— Comme *Sex and the City*…

— C'est proche. J'imagine.

— Un remake, donc. Comme *Cashmere Mafia* ou *Lipstick Jungle*.

John déglutit bruyamment.

— Pas du tout. C'est un concept… original.

— Je n'en doute pas. Bon, vous voulez venir demain ? Dix heures ?

— Parfait.

— Bien. Apportez-moi un « double-shot grande skinny latte ». Deux sucres.

— Avec un peu de cannelle de Madagascar ? dit John, souriant de sa fine plaisanterie.

S'ensuivit un silence affreux. On aurait entendu une mouche voler. Le sourire de John s'effaça. Soit ce type n'avait jamais vu la série *Frasier,* soit il n'avait pas le sens de l'humour. Son instinct penchait vers cette dernière hypothèse.

— Vous savez où nous sommes ? demanda enfin McFadden.

— Oui, bien sûr. Vos bureaux sont sur West First.

— Quoi… ? Attendez, vous me charriez ? Avec Simon Bell à la barre ? Vous croyez qu'ils embauchent ? Vous me charriez, hein ?

— Non, dit John. J'ai bien peur que non…

Il redescendit lentement. Amanda avait disposé toute une batterie de casseroles sur le comptoir et elle était en train d'écraser des gousses d'ail avec le plat de son couteau. Une casserole en cuivre était sur la plaque, derrière elle ; une grosse noisette de beurre suait à l'intérieur.

Elle lui jeta un coup d'œil.

— Alors, tu as eu le *Times* ?

— Oui.

Elle se tourna pour faire tournoyer la casserole à deux mains, veillant à ce que le fond soit uniformément nappé de matière grasse.

— Ils veulent me voir…

Il la regarda incliner la casserole d'un côté et de l'autre.

— Oh, super !

— Le hic, c'est que ce n'est pas le *Los Angeles Times*.

Elle prit la cuillère en bois sur le comptoir.

— Comment ça ?

— C'était le *Weekly Times*… Je ne leur avais pas envoyé mon CV. C'est un tabloïd.

Elle s'arrêta de remuer l'espace d'un instant.

— Amanda ?

— Oui ? dit-elle prudemment.

Soudain, la répartition du beurre l'absorbait entièrement.

— Tu n'as rien à me dire ?

Amanda donna des petits coups de cuillère contre le bord de la casserole et la posa sur le comptoir.

— Comment ont-ils eu mon CV ? reprit-il.

Elle ferma les yeux et s'appuya à la paillasse.

— Je l'ai peut-être envoyé…

— Tu l'as *peut-être* envoyé ?

— Bon, bon, admit-elle en faisant volte-face. L'un des producteurs connaît un rédacteur du *Times* et m'a promis de glisser un mot en ta faveur. Donc, j'ai envoyé ton CV.

John en resta coi.

— Quoi ? dit-elle. Pourquoi es-tu fâché ?

— C'est un tabloïd ! Je ne peux pas écrire sur des stars en cure de désintoxication, ni sur des blondes anorexiques et sur ceux qui les sautent !

— Je ne savais pas…, dit-elle. (Sa voix était tendue.) Moi aussi, j'ai cru que c'était le *Los Angeles Times*…

John ouvrit la bouche et la referma brusquement. Il rafla les clés de voiture sur le comptoir.

— John, attends !

Soudain, elle était derrière lui, et lui tenait le poignet.

— Qu'est-ce que tu as ? Si tu ne veux pas de ce boulot, ne va pas à l'entretien. Personne ne te force. J'ai cru bien faire…

— Tu me crois incapable de trouver un boulot ? C'est ce que tu crois ?

— Mais qu'est-ce qui te prend ?

Finalement, elle le lâcha. Il retourna dans le garage, réussit à redémarrer la Jetta et sortit en trombe, passant directement la troisième et laissant la porte du garage en position quasi ouverte.

John ignorait où il allait. Il s'était dirigé vers l'autoroute de Santa Monica avec la vague idée de suivre le courant en attendant que sa colère retombe, mais ça bouchonnait déjà sur la bretelle d'accès et maintenant c'était trop tard pour se désengager. Il n'y avait plus qu'à mijoter dans les gaz d'échappement en se traînant jusqu'à la prochaine sortie.

Le *Weekly Times* était un torchon que les gens feuilletaient subrepticement pendant que leurs courses avançaient lentement sur le tapis roulant, à la caisse. Il tâcha de se rappeler s'il avait déjà vu quelqu'un le lire ouvertement – dans un aéroport, ou un hôtel, des espaces anonymes. Peut-être chez le dentiste, mais même là, c'était parce qu'il n'y avait pas tellement le choix.

S'il travaillait pour eux, ce serait la fin de sa crédibilité comme journaliste. Ou bien, il devrait laisser un blanc dans son CV le jour où ils quitteraient L.A., ce qui serait presque aussi préjudiciable que reconnaître qu'il avait travaillé là.

Il cligna des yeux, histoire de se concentrer sur sa conduite. Les voitures recommençaient à avancer, et il dut passer de la première à la seconde, avant de rétrograder, le pied au-dessus de l'embrayage. Il remonta sa vitre et mit l'air conditionné.

Son mobile bourdonna contre sa cuisse. Il le sortit et l'ouvrit d'une pichenette. Amanda avait envoyé un texto :

T LA ?

John le tint au-dessus du volant de façon à garder l'œil sur la circulation et tapa du pouce : NON.

Il le referma et le jeta sur le siège passager, avant de reporter son attention sur la route, même si ça ne bougeait plus. Il se focalisa sur la fine volute bleue émanant du pot d'échappement de la décapotable qui le précédait.

Le téléphone se remit à bourdonner.

T FACHE ? STP PARLE MOI.

Il ne répondit pas, n'ayant rien à répondre.

On le klaxonna, et il aperçut un grand vide devant lui. Dans son rétroviseur, le chauffeur derrière lui gesticulait comme un fou. John brandit son mobile en guise d'excuse et avança.

Il jeta un œil au téléphone, dans l'espoir qu'elle enverrait un autre texto, et réalisa que non, bien sûr, elle n'en ferait rien, puisqu'il se comportait comme un con. Le plus dur, c'était qu'il n'était pas fâché contre elle. En fait, il était terrifié. Il avait cherché du boulot avec méthode et persévérance, y consacrant deux heures par nuit, conservant tableaux et notes dans des classeurs à trois anneaux ; jusque-là, aucun journal où il aurait voulu travailler ne lui avait fait signe. Et, bien entendu, son tout premier choix aurait été le *Los Angeles Times*.

Écrire pour le *Weekly Times*, était-ce vraiment pire que rédiger des slogans pour du shampooing ? C'était sans doute plus sûr qu'un boulot temporaire, à supposer qu'on l'engage. Si Amanda songeait sérieusement à avoir des enfants – et apparemment c'était le cas – ils avaient besoin d'un revenu régulier.

Un autre klaxon. Il relâcha la pédale d'embrayage et la Jetta se déplaça avant qu'il réalise que la voiture en face n'avait pas bougé. Il écrasa les freins si violemment que le moteur cala et que son mobile tomba par terre. Dans un déchaînement de klaxons, il appuya sa tête contre le volant et se pencha pour le ramasser. Sur le tapis de sol, il y avait toujours le sel des rues de Philadelphie.

Il était plus de minuit quand il coupa le moteur et laissa la voiture rouler à l'intérieur du garage, comme dans *Le Monde selon Garp*. Tout était éteint.

Amanda dormait au milieu du lit, les bras au-dessus de sa tête. La télévision était allumée, et une guitare électrique jouait une bande-son primitive, tandis que des vigiles chauves séparaient deux femmes extraordinairement obèses, autour desquelles flottait de la neige carbonique. Leurs poings volaient, leurs jambes moulinaient comme des batteurs à œufs. Toutes deux étaient en soutien-gorge et portaient des micros-cravates, même si l'une d'elles avait encore les lambeaux de son T-shirt rentré dans son pantalon stretch. Elle brandissait une perruque arrachée à sa rivale et lâchait un flot d'obscénités censuré par des bip-bip-bip. L'évident objet de leur dispute était un grand maigre, affalé sur un siège, derrière elles. Il était assis jambes écartées et son haussement de sourcils exprimait à la fois l'agacement et l'ennui. Voyez ce que je dois supporter, semblait-il dire. Jerry Springer s'arrangeait pour avoir l'air indiciblement triste, et il secouait la tête chaque fois que la caméra zoomait sur lui.

John coupa la télévision et se déshabilla dans le noir. Il s'assit au bord du lit et contempla Amanda, d'un bleu laiteux dans la lumière blafarde des éclairages publics. Elle s'étira et rouvrit les yeux.

— Hé…, dit-elle en roulant pour lui faire de la place.

— Hé…

Il se glissa entre les draps et coinça ses genoux dans l'espace laissé par elle. Quand il passa le bras par-dessus sa cage thoracique, elle prit sa main dans les siennes et la serra sous son menton.

— Pardonne-moi, marmonna-t-elle. J'ai eu tort d'envoyer ton CV. J'ai cru bien faire.

— Je sais, dit-il. Et je me suis conduit comme un con. J'irai à cet entretien.

Au bout d'un moment, il enfouit son nez dans ses cheveux. Ils étaient lisses, soyeux, plus du tout comme autrefois, mais c'était tout de même toujours son odeur. Il inspira à fond et retint son souffle, pour prendre un instantané olfactif. Puis il l'embrassa et ferma les yeux.

18

Cinq jours plus tôt, Isabel avait passé la nuit du lancement de l'émission collée à la télévision. Elle ne mit pas longtemps à en saisir le principe. En fait, il lui fallut à peu près autant de temps qu'à Bonzi.

Celle-ci, ayant appuyé sur des lexigrammes représentant divers objets et visiblement décidé que ça ne donnait rien, avait délaissé l'ordinateur. Peu après, on sonna à la porte. Même s'il était évident pour le spectateur qu'il s'agissait d'un bruitage (comme le reste de la bande-son), il se produisit réellement quelque chose sur place car les Bonobos se réunirent dans la pièce principale et leurs têtes se tournèrent avec méfiance.

Ding dong !

Sam et Mbongo se précipitèrent à plusieurs reprises contre la porte, la martelant des mains et des pieds, avant de se rejeter en arrière. Ils montèrent la garde à quatre mètres de distance. Leur pelage hérissé les faisait paraître plus grands.

Ding dong !

Sam s'approcha de la porte et colla son œil au judas. Au bout d'un moment, il ouvrit la porte en grand et bondit en arrière. Sur le seuil, il y avait plusieurs caisses, remplies des choses commandées par Bonzi.

S'ensuivit une orgie, sur fond de rires préenregistrés. Au sexe succéda festin et toilettage réciproque.

Isabel regarda jusqu'à ce que les Bonobos forment des nids avec leurs couvertures neuves, au milieu des cageots en carton de fruits, des bricks de lait et de jus de fruits, des papiers bonbon, et autres détritus. Une douleur insupportable la saisit quand elle s'aperçut que Bonzi avait employé six couvertures et les bordait comme elle l'avait toujours fait. Puis, elle appela Lola, qui s'attaquait aux charnières d'un élément de cuisine avec une clé à molette. Quand la petite tourna la tête dans sa direction, Bonzi signa : BÉBÉ VENIR ! et Lola bondit vers le nid où elle se laissa toiletter jusqu'à s'endormir. Isabel se demanda si le public avait la moindre idée du sens de cette scène : l'une des plus passionnantes découvertes établies par les chercheurs était qu'une fois qu'un Bonobo avait acquis le langage humain, il le transmettait à ses petits, associant pour communiquer langage des signes et vocalisations.

Elle attendit qu'ils soient tous endormis pour bouger. La bande-son endiablée avait fait place à une version au synthétiseur de la berceuse de Brahms, ponctuée de ronflements et sifflements humains. La caméra zooma sur les poitrines qui se soulevaient, le plissement d'un menton poilu quand l'animal exhalait. C'est alors seulement qu'elle-même alla se coucher, laissant la télévision allumée. À plusieurs reprises au cours de la nuit elle se réveilla en sursaut, regarda l'écran pour s'assurer qu'elle n'avait pas tout inventé.

Mais ils étaient bien là, en train de roupiller dans leurs nids.

Le lendemain, un reportage sur CNN ayant confirmé que l'émission était diffusée depuis Lizard, au Nouveau-Mexique, elle prit l'avion pour El Paso. Là, elle loua une voiture, se rendit à Lizard, et descendit au Mohegan Moon, un hôtel proche du plus grand casino. Tandis que l'émission passait sur l'écran plat du téléviseur, elle vaporisa sur les draps un peu d'Esprit d'Ylang-Ylang – l'hôtel fournissait un assortiment d'huiles essentielles dites relaxantes – et s'effondra sur le lit, tout habillée.

La couette en plumes était douce, et elle glissa les bras sous les oreillers. Elle n'avait pas l'intention de s'endormir, mais à un moment donné elle s'aperçut que non seulement c'était le matin, mais que six heures s'étaient écoulées depuis qu'elle avait regardé les singes pour la dernière fois.

Dans la case centrale de la télévision, Makena et Bonzi se livraient à une rapide friction génito-génitale avant de partager une banane. Makena portait une chemise en polaire et avait une poupée au creux du bras. Elle allait bientôt accoucher, et Isabel eut comme un pincement au cœur : elle n'avait aucune raison de croire que les producteurs la savaient enceinte. Ce n'était pas comme avec une femme : à un œil non averti, la grossesse d'une Bonobo pouvait facilement passer inaperçue.

Elle se leva aussitôt et, sans prendre la peine de se changer, se couvrit le crâne d'un béret de mohair bleu pâle. Puis, elle demanda au réceptionniste où était filmée l'émission.

L'endroit grouillait de manifestants, dont beaucoup défendaient des causes qui n'avait qu'un lien ténu avec les singes. Les militants pour les droits des animaux étaient là, bien sûr, mais aussi la Droite Chrétienne, les anti-militaristes, les créationnistes, les activistes gays, ceux qui soutenaient les troupes en Afghanistan, les pro et anti-avortement, et un courant de pensée particulièrement odieux et bien représenté, l'Église Baptiste d'Eastborough, qui réclamait la peine de mort pour tous les homosexuels, humains ou pas. Des équipes de télévision balisaient ce périmètre, prélevant des échantillons de ces groupes comme si c'eut été des raviolis chinois. Isabel saisit des bribes de ces morceaux de choix :

— Faites l'Amour, pas la guerre ! Écoutez le Bonobo qui est en vous ! Que le plaisir mène à la paix, et la paix à…

— … ce qui prouve une fois de plus que l'homosexualité est un phénomène naturel dans le règne animal, et discrédite ainsi la base théorique de toute manœuvre politique et religieuse visant à…

— … *vous*, le singe est peut-être votre cousin, mais ce n'est pas le mien ! La Bible démontre clairement que l'Homme a été créé à l'image de Dieu et que nous régnons sur toute sa Création, y compris les singes. Il les a créés pour notre usage et notre divertissement, sous quelque forme que…

— … rien d'autre que du porno en prime-time. C'est typique de l'esprit de « divertissement » qui corrompt l'esprit et la moralité de notre jeunesse. Nous prions, Ô Seigneur, pour l'âme des pécheurs et des pornographes qui livrent délibérément les enfants et la jeunesse de notre pays au libertinage et à des actes insensés de…

— … des êtres intelligents, curieux, et très sociables qui méritent d'être traités avec la même dignité, le même respect que nous exigeons pour…

Elle se fraya un chemin dans la foule. Dès qu'un corps bougeait, elle prenait sa place et finit par arriver en vue du bâtiment, à une centaine de mètres des Bonobos. Ce fut comme si on lui broyait le cœur.

La véritable maison des singes ne ressemblait en rien au dessin. C'était une construction de plain-pied, à toit plat, sans fenêtres, comme une version en plus petit de la Fondation Corston. Les murs étaient en béton et sans aucune ouverture, à l'exception de la porte d'entrée qui était assez large pour laisser passer un petit véhicule – ce qui se produisit à trois reprises, coup sur coup, pendant qu'elle était sur place. Tout ce que les Bonobos commandaient était livré dans des caisses transportées sur un chariot élévateur. À chaque fois, la foule se tournait d'un seul bloc, se dressant sur la pointe des pieds et s'efforçant d'apercevoir les singes, mais cela n'arrivait jamais. Le chariot élévateur déposait son chargement dans une antichambre, qui était refermée avant que les singes puissent y accéder par une porte intérieure. Les spéculations sur le contenu de ces caisses calmèrent la foule provisoirement, puis un rire presque général éclata quand une piscine gonflable apparut. Mais lorsque la porte se referma et que le chariot se retira, la lutte pour accaparer l'attention des médias et le temps d'antenne reprit.

Isabel était sur le point de retourner à l'hôtel, quand le bourdonnement commença. Au début, elle crut que c'était dans sa tête – elle se sentait écrasée par la foule et nauséeuse, comme si elle était restée trop longtemps exposée au soleil. Puis, quand des têtes se tournèrent et des bouches restèrent ouvertes, ayant perdu le fil, elle comprit que ce bruit était bien réel. Cela se transforma en un *tchoc-tchoc* si grave qu'elle le ressentit jusque dans ses entrailles. Des vigiles en noir, coiffés de casques à réduction de bruit, repoussèrent la foule et érigèrent des barrières le long d'une portion du mur. Un hélicoptère apparut, transportant un gros objet disgracieux qui tournoyait au bout de câbles. Elle regarda vers le ciel d'un bleu éblouissant du Nouveau-Mexique, plissant les yeux – il y avait du bois, des filets et des tubulures jaunes en plastique, le tout tournicotant et se balançant. L'hélicoptère stationna juste au-dessus du bâtiment et, lentement, la structure de jeu descendit au-delà des murs de la cour. Les câbles furent détachés, remontés, et l'hélicoptère s'en alla.

Les gens qui, pour la plupart, s'étaient accroupis en se bouchant les oreilles, en furent momentanément réduits au silence. Puis ils se relevèrent un par un, la main en visière. L'hélicoptère ayant disparu, les présentateurs recommencèrent à s'adresser avec animation aux cameramen, et les manifestants, comme réveillés d'un songe, à brandir pancartes et banderoles. Certains se regroupèrent autour d'ordinateurs portables ou de BlackBerry, afin de tâcher de comprendre via Internet ce à quoi ils venaient d'assister.

Isabel jugea qu'ils avaient raison. Elle en apprendrait plus en regardant la télévision qu'en restant sur place.

Le bar de l'hôtel était bondé et le restaurant vide, ce qui s'expliquait sans doute par le fait qu'il y avait des écrans de télévision au bar, et pas au restaurant.

Elle repéra le dernier tabouret encore libre entre deux hommes solidement charpentés, et alla s'y glisser. Les deux types sirotaient leurs bières sans quitter des yeux la télévision, où les singes s'ébattaient sur leur nouvelle structure de jeu, dans la cour. Mbongo se baladait avec une érection et deux oranges. Bonzi s'approcha, se frotta les hanches contre lui et repartit avec les deux fruits.

— C'est moi qui les ai amenés là-bas..., déclara l'homme à sa droite.

Elle ne voyait pas à qui il parlait, car il regardait droit devant lui. Ses joues étaient rougeaudes, les ailes de son nez s'étoilaient de vaisseaux violacés.

— Qui... les singes ? dit-elle, voyant que personne ne réagissait.

— Ouais !

Il contempla ses doigts boudinés.

— Avec mon chariot. Qu'est-ce qu'ils étaient agités ! J'aurais pu faire les livraisons aussi, mais mon épouse – c'est la sœur de Ray – l'idée lui plaît pas. Elle veut pas qu'on voie ça chez nous, et c'est pour ça que je suis obligé de venir ici.

— Ah oui ? Elle n'approuve pas ?

— C'est à cause des autres trucs que fait Ray...

Il jeta un coup d'œil par-dessus son épaule, sa grosse figure bovine prenant soudain l'air timide et gamin. Sa voix n'était plus qu'un murmure.

— Le *porno*. Il bosse sur des films avec Ken Faulks. Il fait pas… enfin, l'« acteur », mais il est sur les plateaux. Pour les effets spéciaux – la neige carbonique, la pyrotechnie, ces trucs-là…

Isabel se pencha vers lui, se félicitant d'avoir mis ce joli béret, ce matin. Elle sourit modestement, les lèvres closes, car si elle avait son dentier, c'était seulement parce qu'elle avait oublié de l'ôter avant de s'endormir.

19

Le jour de l'entretien, John était rasé, douché, et buvait un café debout dans la cuisine, sa cravate sur l'épaule, quand Amanda fit son apparition.

Elle était en peignoir, une serviette nouée en turban sur la tête. Sans entrain, elle alla se servir une tasse.

John reposa la sienne et s'approcha d'elle.

— Hé ! dit-il en lui tapotant les fesses. En forme ?

Elle opina.

— Mouais…

Puis elle mit son mug sur la paillasse et frissonna.

— Ben non, en fait ! J'ai peur… Je ne supporte pas l'idée d'avoir des piqûres au visage. Et si je bouge et qu'il rate son coup ?

— Eh bien, n'y va pas. Tu n'as pas besoin de ça. Ce type est un imbécile.

— Quand bien même, c'est aussi le producteur exécutif… (Elle prit une profonde inspiration.) Non. Ça ira. Tout le monde dit que ce n'est pas si terrible.

Elle l'embrassa rapidement, distraitement, et reprit son café.

— Bonne chance pour l'entretien.

— Merci, dit-il, et il la regarda disparaître dans le couloir avec un sentiment d'impuissance.

De la hanche, il repoussa la porte de l'immeuble, tout en serrant la collerette en carton ondulé du « double-shot grande skinny latte ». Il pénétra dans le hall d'entrée et s'arrêta pour encaisser le choc, tous ses préjugés volant en éclats. Apparemment, il y avait des gens pour acheter le *Weekly Times*. Beaucoup de gens.

L'espace réception était vaste et haut de plafond, orné de canapés modulaires de cuir rouge disposés en demi-cercles. Sur des tables en merisier à plateau de verre les derniers numéros du *Weekly Times* avaient été artistement disposés en éventail. Des bougies carrées dans des photophores en verre givré se consumaient à chaque extrémité du guichet, et une fontaine murale gazouillait paisiblement contre le mur du fond. Au-dessus, il y avait le logo géant du magazine.

Il inspira à fond l'air parfumé et s'efforça de changer d'attitude. Il avait subi une humiliation face à la serveuse Starbucks quelques minutes plus tôt, ayant mal formulé sa commande. Sa pensée étant tournée vers Amanda et sa figure truffée d'aiguilles, il avait bafouillé quelque chose qui, quoique inélégant, avait dû être compréhensible car il avait fini par obtenir le breuvage voulu. En lui rendant la monnaie, l'employée lui avait adressé en prime un sourire apitoyé et rappelé qu'on disait : un « double-shot grande skinny latte ».

Il s'approcha de la réception. La jeune femme impeccable releva la tête. « Vous désirez ? » dit-elle, sans montrer de dents. Elle avait une peau de pêche. Il se demanda si c'était là l'effet du Restylane. La pommette bien ronde, la lèvre pulpeuse…

— Euh… oui. J'ai rendez-vous avez Topher McFadden à dix heures.

Il déposa le gobelet sur le comptoir. La jeune femme y jeta un regard. Une petite goutte de café était en train de couler. Il le reprit aussitôt, laissant une auréole.

— Votre nom ?

— John Thigpen.

— Thigpen ?

— Oui. Thigpen.

— Je vais le prévenir, dit-elle dans un chuchotement respectueux de bibliothécaire. Veuillez vous asseoir…

— Merci, dit John, baissant sa propre voix en conséquence.

Il posa son attaché-case par terre et se percha inconfortablement sur un machin rouge. Au bout d'un moment, il tira un Kleenex de sa poche, le plia et l'utilisa pour déposer son gobelet sans souiller le verre biseauté.

La réceptionniste chercha son regard et se brossa l'épaule de ses doigts parfaitement manucurés. John fronça les sourcils. Elle répéta son geste. Il baissa les yeux et s'aperçut que sa cravate était encore jetée par-dessus son épaule. Il rougit et la lissa contre son estomac. Pas étonnant que la serveuse l'ait pris pour un clodo.

La réceptionniste prenant un appel, il braqua son regard vers la porte d'entrée et les jambes qui paradaient derrière ses grands carreaux – plis amidonnés, bas très fins, vacillants talons aiguilles. Rangers, richelieus couleur acajou, baskets. Jambes se dandinant, se pavanant, avançant d'un pas décidé – les poilues se soulevant pour uriner sur un coin de mur avant la ferme secousse de la laisse au-dessus d'une autre paire de jambes.

Son cœur battait à tout rompre.

À côté de lui, sur la table, s'étalait toute une fantasmagorie sur papier glacé – extensions capillaires ébouriffées, robes boule et escarpins à semelles rouges d'une hauteur impraticable. Des râteliers d'un blanc éblouissant s'apercevaient entre des lèvres pareilles à des becs d'ornithorynques. Des visages refaits au bistouri se balançaient sur des cous fins comme des tiges.

RÉGIME OU CHIRURGIE ? clamaient les gros titres.

UNE DISPUTE QUI TOURNE MAL !

PRIS SUR LE FAIT !

LES NOUNOUS D'HOLLYWOOD DISENT TOUT !

MAMMOPLASTIE *RATÉE* !

Voyant que la réceptionniste flirtait avec un coursier, il prit un magazine.

Une certaine Madame Butterfly, drag-queen obèse à choucroute blonde, raillait les pires « désastres sur le tapis rouge » de la semaine. De petites starlettes se cachaient derrière des lunettes d'extra-terrestres tandis que des femmes filiformes jetaient des coups d'œil mornes par-dessus leur épaule à l'attention d'une batterie d'appareils photo.

John, les jambes croisées, était totalement absorbé, quand on appela son nom.

La salle de rédaction était immense, compartimentée par des cloisons trop basses pour protéger l'intimité, mais qui assuraient un accès quasi égalitaire à la luminosité naturelle. Des moniteurs branchés sur des chaînes d'information étaient suspendus en hauteur et des jeunes gens minces et bien coiffés se précipitaient dans les allées avec des brassées de papier, d'épreuves et de photos.

Comme John entrait dans un bureau d'angle, vitré du sol au plafond, Topher McFadden se leva pour l'accueillir. Il portait des vêtements chers et colorés – chemise vert pomme et cravate en soie violette, une combinaison qui contre toute attente fonctionnait. Lunettes et chaussures étaient carrées, imposantes. Il était en forme, bronzé, arborait une tignasse blonde et devait avoir entre vingt-cinq et quarante-cinq ans. John espéra qu'il était plus près des quarante-cinq, étant donné la flagrante différence de situations. Ils se serrèrent la main.

— Asseyez-vous, dit Topher McFadden en désignant un divan.

Lui-même se retira derrière son bureau.

John s'assit et bascula en arrière dans le cuir crémeux. Il donna un coup de reins pour se rétablir – pas facile, quand on tient une boisson chaude – et il en résulta un bruit gênant. Il se jucha au bord, sur la pointe des fesses. Les particularités du mobilier faisaient qu'il avait presque soixante centimètres de moins que son interlocuteur.

— Euh… bon, dit-il en tendant le bras pour déposer le skinny-machin-chouette sur le bureau.

Topher McFadden attrapa son café. Il localisa le trou pour boire et aspira une longue gorgée.

— Bon… au boulot ! dit-il, prenant son CV. J'ai vu que vous aviez travaillé comme stagiaire pour Ken Faulks. Étiez-vous en bons termes ?

— Ken Faulks, c'est… Ken Faulks, expliqua John, qui tendit néanmoins l'oreille à la mention de ce nom.

— Ah bon…, dit McFadden.

Il mit les pieds sur son bureau et joignit les mains comme en prière.

— Vous avez vu son dernier coup ? Ces singes dans cette baraque au Nouveau-Mexique ? Un truc géant, sans précédent. Et ce n'est qu'un début. Je veux quelqu'un là-bas… quelqu'un de pointu.

Le cœur de John faillit s'arrêter. Il manqua s'étrangler. Il essaya de se retenir, mais trop tard : il était lancé.

— Ça, c'était *ma* série au *Philadelphia Inquirer* ! D'accord, j'ai bossé avec Faulks à la *Gazette*, mais surtout j'ai rencontré ces singes ! Quelques heures avant l'attentat, je me trouvais dans ce labo…

— Ah oui ? dit McFadden.

Il changea légèrement d'attitude, modifia l'inclinaison de sa tête, l'examinant de plus près.

— Oui ! Je connais leur histoire. Je les connais par leurs noms. Je sais le boulot qu'ils font – je leur ai même parlé ! J'ai parlé avec eux – une vraie conversation bilatérale. Et avec cette scientifique qui a été blessée. Et j'ai bossé pour Faulks. Je suis un professionnel.

Je suis motivé. Je veux reprendre cette enquête, et je ferais n'importe quoi pour ça. Vous ne serez pas déçu.

Topher McFadden le regarda longuement, durement. Ses doigts ondulèrent telle une méduse.

— Alors, pourquoi avez-vous quitté l'*Inquirer* ?

John s'efforça de ne pas grincer des dents.

— Disons qu'une de mes collègues m'a fait une crasse, et que j'avais de très bonnes raisons de venir ici.

— Votre femme ?

— Oui, ma femme.

McFadden sourit et ôta les pieds du bureau.

— Très bien. Alors, c'est entendu… Quand pouvez-vous aller là-bas ?

Son portable sonna au moment où il sortait du parking. C'était Amanda.

— Alors, tu es embauché ?

— Tu es un génie ! Un génie ! dit-il en calant l'appareil contre son épaule pour pouvoir payer l'employé.

— Ah bon ?

— Oui ! Je reprends mon enquête sur les singes !

Elle cria si fort qu'il faillit en lâcher son mobile.

— C'est pas vrai ! Qu'est-ce que je suis contente !

— Et tes piqûres, c'est fait… ?

— Oui, mais passons… Parle-moi de ta mission.

— Je vais devoir aller au Nouveau-Mexique très bientôt, mais…

— Oh, flûte… C'est Sean qui m'appelle. Pardon, chéri… Je dois répondre. À propos, on va à une fête, ce soir. À plus. Rapporte du champagne !

John rentra à la maison avec du champagne et trouva un petit mot d'Amanda sur le frigo : elle avait une ribambelle de rendez-vous en rapport avec la fête et ne savait pas combien de temps ça durerait. Elle lui demandait d'être prêt pour vingt heures et signait avec des points d'exclamation.

Elle passa la porte à huit heures moins cinq, le toisa et dit :

— Tu ne vas pas garder ça !

Ses cheveux formaient un échafaudage de flottantes boucles blondes qui avait dû demander beaucoup de travail, de bigoudis chauffants, et d'épingles. Ses orteils vernis émergeaient de sandales à hauts talons dont les semelles d'un rouge écarlate lui donnèrent le frisson (il avait vu des célébrités tituber sur ces trucs-là dans un numéro du *Weekly Times*). Son corps était moulé dans un fourreau de maille noire qui lui découvrait une épaule.

Elle cilla, guettant sa réaction. Il se rappela sa question.

— Si… c'était mon intention, dit-il en se regardant.

Il avait gardé le costume de son entretien d'embauche, moins la cravate.

— J'ai des Christian Louboutin, dit-elle en guise d'explication.

Il ne voyait pas du tout ce qu'elle voulait dire.

— Tu veux que je remette ma cravate ?

Elle fit non de la tête et sourit. Manifestement, c'était un cas désespéré.

— Viens donc que je te regarde… ! dit-il en s'approchant d'elle.

Il orienta son visage vers la lumière. Elle se laissa faire docilement.

Les contours de son visage lui semblaient exactement comme avant.

— Au fait… qu'est-ce qui devait changer, au juste ?

— C'est un peu plus plein ici, dit-elle en indiquant la zone entre le nez et la bouche, et là…

Elle désigna ses lèvres.

— Il en a aussi injecté sous les yeux, et mes taches de rousseur sont parties. Et dans quelques jours, il paraît que je ne pourrai plus froncer les sourcils.

— Et quand tu m'en voudras, comment le saurai-je ?

— Oh, ne t'en fais pas pour ça ! dit-elle en riant.

— Ça a coûté combien ?

Après un léger flottement, elle répondit :

— Onze cents dollars.

Il blêmit.

— *Onze cents dollars ?*

— Mais le bon côté de la chose, c'est que si je continue, je n'aurai jamais de rides, s'empressa-t-elle d'ajouter. Les muscles vont s'atrophier. Et je crois que c'est déductible des revenus… éventuellement.

Sur ce, on sonna à la porte.

Amanda se retourna en le balayant du regard.

— Écoute, pourquoi tu n'irais pas sans moi ? Les mondanités, c'est pas trop mon truc, de toute façon.

— C'est sûr ? dit-elle en ramassant son aumônière à sequins sur la console.

— Mais oui, dit-il.

En fait, il aurait été assez curieux de connaître le monde des célébrités que son épouse commençait à fréquenter.

— On boira le champagne à mon retour, dit-elle.

— Entendu…

Elle lui fit la bise et ouvrit la porte assez longuement pour lui montrer Sean, qui semblait s'être donné beaucoup de mal pour avoir l'air d'un junkie crasseux et mal rasé. Le type lui marmonna quelque chose et salua de la main Amanda qui titubait sur des talons de douze centimètres. La porte claqua.

John la contempla, éberlué.

Onze cents dollars ?

Finalement, il alla se mettre sur son lit avec son portable pour dénicher un maximum de renseignements sur les singes. Jusque-là, personne n'avait réussi à obtenir une interview de Ken Faulks, des membres du conseil d'administration de l'université, ni d'aucun des scientifiques impliqués dans ce programme. Peter Benton évitait soigneusement les médias, invoquant avec suffisance les clichés habituels comme s'il était une star : « *No comment* », disait-il, dissimulé derrière ses lunettes noires, ou levant la main pour cacher l'objectif de la caméra. Quant à Isabel Duncan, elle semblait avoir complètement disparu. Elle n'avait jamais accordé d'interview, n'était jamais retournée à l'université. Il se rappela ses réflexions sibyllines sur sa famille et espéra qu'elle était quelque part à l'abri.

Amanda rentra trois heures plus tard – un fantôme se faufilant dans la chambre.

— La fête, c'est déjà fini ? dit John.

À moitié endormi, il suivait d'un œil vague le dernier talk-show. Il avait regardé *La Maison des Singes* jusqu'à ce que les Bonobos s'endorment.

— Non ! éructa-t-elle, en balançant son sac contre le mur.

Son contenu – rouge à lèvres, poudrier, carte de crédit, permis de conduire – vola.

Il bondit hors du lit.

— Qu'est-ce qui s'est passé ? Ça va ?

— Non, ça ne va pas…

Elle jeta ses chaussures dans le coin, l'une après l'autre.

Bang.

Bang.

La fine pointe noire d'un talon aiguille laissa une marque dans la cloison.

— Chérie ? dit-il, en s'approchant comme s'il avait affaire à un cheval devenu fou.

Il chercha timidement à lui prendre le bras. Comme elle ne le repoussait pas, il se mit à la caresser.

— Amanda ? Ma chérie ? Parle-moi. Dis-moi ce qui s'est passé.

— Pour commencer, on a fait la queue pendant une heure derrière des cordons de velours pendant qu'ils laissaient passer d'autres gens. Plus importants, je suppose… Puis, il s'est mis à pleuvoir, mes cheveux ont frisé à mort, et j'avais très mal aux pieds. Tu as déjà essayé de marcher sur des talons de douze centimètres ? Ces pompes m'ont coûté sept cent soixante dollars et voilà qu'elles sont bousillées parce que j'ai dû poireauter dans une flaque d'eau dégoûtante. Et mes pieds aussi, ils sont bousillés !

— Tu as bien dit : « sept cent soixante dollars » ?

— Ensuite, quand on a fini par entrer, l'endroit grouillait de starlettes comme Kim Kardashian et Paris Hilton ! Paris se baladait tranquillement comme si elle était *née* sur des talons de douze centimètres ! Qu'est-ce qu'elles ont fait dans la vie, ces filles, à part se faire arrêter pour conduite en état d'ivresse et écoper de peines de prison avec sursis ? Sérieusement ? Qu'est-ce qu'elles ont apporté à la culture, ou tout simplement à l'industrie du spectacle ? Enfin, c'est vrai que Kim et Paris ont des vidéos porno à leur actif…

Elle imita Paris Hilton, ventre en avant et poings aux hanches, la tête penchée pour avoir la mèche sur l'œil.

— Salut, le *Mirror* ! Je suis canon !

John se laissa choir au bord du lit.

— Tu as vu la vidéo porno de Paris Hilton ? Quand as-tu vu la vidéo porno de Paris Hilton ?

— Ensuite, on a rattrapé notre groupe, et tout le monde a regardé ma figure, parce qu'ils étaient tous au courant, et un con chauve aux yeux globuleux et à talonnettes a dit : « Pour ton nez, j'ai le mec qu'il te faut. »

John se redressa aussitôt.

— *Quoi ?*

— Oui. Ça a lancé une conversation. Mes narines seraient « protubérantes », semble-t-il. Quelqu'un a utilisé ce mot-là. Tout le monde a trouvé ça très drôle, *ha ha ha*.

— Oh, merde.

Elle secoua la tête violemment et s'affala à côté de lui. Son regard lançait des éclairs.

— Ça, pas question, John ! Je ne le ferai pas. Je ne veux pas devenir une bimbo d'Hollywood.

Elle inspira profondément et ferma les yeux. John devina que ce n'était pas tout.

— Et puis, on m'a dit qu'on allait peut-être changer l'âge des acteurs de notre série. Maintenant, il doivent avoir moins de vingt ans, c'est-à-dire qu'on plagie *Gossip Girl* au lieu de *Sex and the City*. Et je vais devoir reprendre le scénario depuis le début. En continuant à intégrer l'eau vitaminée à toutes les scènes, sauf qu'en plus je dois aussi citer le nom d'un grand magasin. Enfin, seulement une fois par épisode. Le nom devra être visible sur les sacs à shopping, mais ça, c'est le problème du metteur en scène…

Elle rouvrit les yeux et regarda au plafond. John s'allongea à côté d'elle et l'observa, calé sur un coude.

— Je hais cet endroit ! dit-elle. Je hais ce boulot. Je me hais moi-même. Je n'en reviens pas de nous avoir imposé cela. J'ai gâché nos vies.

Elle se leva et alla dans la salle de bains, fermant la porte derrière elle.

John guetta le moindre bruit tout en se demandant s'il aurait dû s'inquiéter – il ne l'avait pas vue aussi bouleversée depuis que Fran avait tripoté leurs gadgets érotiques.

Il se leva pour coller l'oreille contre la porte. Il entendit couler l'eau.

— Tout va bien ? dit-il.

— Oui. Je prends un bain de pieds. Tu peux me dire si mes pompes sont fichues ?

Il alla chercher les sandales dans l'angle. Il y avait une entaille au niveau de la face intérieure du talon, le cuir rouge était légèrement gondolé. Il le lissa avec le gras du pouce.

— Tu ne pourrais pas aller les échanger en boutique, mais elles ne sont pas fichues.

— Bon. Je les vendrai sur e-bay. Avec la robe.

— Veux-tu un verre de vin ou autre ?

— Non.

— Que je te masse les pieds ?

— Non, mais merci. Je vais rester un peu…

Il somnolait quand elle vint enfin se coucher, mais cela ne dura pas. Elle se retournait sans arrêt et remuait les oreillers chaque fois qu'il recommençait à s'endormir.

— Tu ronfles… ! dit-elle.

— Excuse-moi.

Lui qui était allongé sur le dos, se mit sur le côté. Quelques secondes plus tard, elle ajouta :

— Une vraie chaudière.

— Mmm…

Heureusement, elle se tut, et il recommença à dériver.

— Maintenant, tu grognes et tu sifflotes, surtout au moment de…

John rouvrit les yeux.

— Amanda…

— Oui ?

— Seul un écrivain est capable de décrire des ronflements comme tu le fais.

— Excuse-moi. J'arrête.

Il se leva.

— Tu n'es pas obligé de partir, dit-elle en lui piquant sa place, le visage dans ses oreillers.

Il considéra sa forme inerte.

— Amanda ?

— Mouiii... ?

— Je ne sais pas si tu as bien compris, tout à l'heure, au téléphone, mais je vais au Nouveau-Mexique.

Elle se redressa sur ses coudes et parut effarée. Pendant quelques secondes, elle le contempla.

— Quel monstre je fais... Dire que je ne t'ai pas encore questionné là-dessus. Je suis d'un nombrilisme... Je commence à leur ressembler...

— Tu étais distraite. Pour de bonnes raisons.

— Tu veux en parler maintenant ? On débouche le champagne ?

— Ça me semble un peu tard, dit-il en regardant le réveil. Je vais devoir me lever de bonne heure. Tu pourras te débrouiller toute seule ?

Elle se laissa aller contre l'oreiller.

— Oui, oui, fit-elle d'une petite voix.

— Parce que tu m'inquiètes, en ce moment...

— Je vais me ressaisir. Fais-moi confiance. C'est juste que... Ici, rien ne correspond à ce que j'imaginais. Il n'est question que de chirurgie esthétique, de Botox, de rhinoplastie, et on te juge en permanence sur des questions sans aucun rapport avec le boulot... Reviens te coucher, s'il te plaît. Je promets de te laisser dormir.

Il la considéra pendant quelques instants.

— Non. Toi, dors..., dit-il en lui baisant le front.

Il descendit au rez-de-chaussée, se servit un verre de vin, ralluma l'ordinateur d'Amanda et copia *Catastrophe assurée* sur une clé USB. Dans le même dossier, il trouva une liste d'agents, sans doute classés par ordre de préférence, car il y avait des étoiles après chaque nom. Le fichier indiquait à quelle date ils avaient été sollicités et quelle avait été la réponse. Un tiers d'entre eux ne s'était pas donné la peine de le faire. Il copia aussi ce dossier sur la clé USB.

À deux heures du matin, il remonta dans la chambre. Elle était toujours couchée à sa place et ronflait doucement. Une vision si attendrissante qu'il en eut la gorge nouée.

20

Parce que établir des listes l'aidait à se repérer dans la vie, Isabel divisa le problème en trois. Primo, obliger Faulks à restituer les singes, et à cette fin elle enrôla Francesca De Rossi et Eleanor Mansfield, primatologues de réputation mondiale et membres fondateurs du PAEGA, une association militant contre l'exploitation des grands singes. L'année précédente, cette association avait joué un rôle clé dans la définition d'un statut juridique pour les grands singes en Espagne, et elle continuait à défendre les primates pris au piège de l'industrie du spectacle ou des expérimentations animales. Les deux femmes étaient attendues à Lizard.

Secundo, trouver un abri provisoire pour les Bonobos une fois que Faulks les aurait relâchés et, si elle progressait de ce côté-là (elle était en pourparlers avec le zoo de San Diego), cela menait directement au troisième problème – le plus préoccupant : leur trouver une résidence permanente. Construire un bâtiment adéquat coûterait des millions de dollars, et même si une université voulait bien investir dans ce projet, elle refusait que les Bonobos puissent être éventuellement un jour encore revendus comme des choses – fût-ce à elle-même –, l'idée même lui semblant odieuse.

Celia aussi allait arriver, en dépit des protestations d'Isabel qui avait argué qu'elle ne pourrait pas passer ses partiels et gâcherait son semestre. Mais la jeune fille n'avait pas l'air de s'en soucier : elle était plus préoccupée de l'impact que son départ pouvait avoir sur sa campagne de persécutions à l'égard de Peter, qui avait débuté dès qu'elles avaient appris les détails de ses « recherches » à Rockwell. Isabel avait été presque soulagée quand Celia avait commencé à lui « pourrir la vie » – ayant à moitié craint qu'elle ne lui fasse la peau.

Isabel n'avait pas demandé de précisions, mais Celia était fière de ses progrès et la tenait au courant. C'est ainsi qu'elle savait, par exemple, que Peter marchait plus souvent qu'à son tour dans des crottes de chien, ces temps-ci (« C'est un acte civique. Je ramasse des étrons dans des jardins publics où il y a des enfants qui jouent pour les redisposer dans des endroits plus indiqués. Que tout le monde en profite… »). Isabel avait aussi cru comprendre qu'on avait livré chez lui tellement de pizzas, chow mein, et burritos que son nom devait figurer sur la liste rouge de tous les traiteurs de la ville.

En secret, Isabel admirait sa ténacité. Quand elle avait appris la vérité, elle-même avait imaginé acculer Peter dans un coin pour lui dire ses quatre vérités, mais en fin de compte elle n'avait même pas pu décrocher le téléphone pour l'engueuler à distance. Elle avait le besoin presque pathologique d'éviter les conflits, ce qui rendait l'incident avec Gary Hanson au resto d'autant plus étonnant, rétrospectivement.

Celia, elle, avait un caractère tout différent. Rien ne laissait croire qu'elle allait renoncer : plus Peter s'obstinait à ne pas appeler la police, plus elle s'enhardissait. Son plus grand exploit en date avait été de faire livrer dix mètres cubes de terre de bruyère au bout de son allée, la voiture de Peter étant dans le garage. Sa motivation était telle qu'elle avait convaincu Joel et Jawad de continuer en son absence. Isabel espérait qu'ils seraient un brin moins persévérants. Non parce qu'elle estimait que Peter méritait un répit, mais ces étudiants étaient devenus sa famille de substitution depuis l'enlèvement des singes, et elle ne voulait pas les voir en prison, eux aussi.

Francesca De Rossi l'appela pour lui dire qu'elle-même, Eleanor, et Marty Schaeffer, un avocat qui avait accepté de travailler gracieusement pour l'association, partaient de l'aéroport. Elles convinrent de se retrouver au bar de l'hôtel, Marty – l'une des rares personnes à ne pas encore connaître l'émission – souhaitant voir les Bonobos en action (le restaurant, malgré des demandes, continuait à refuser de retransmettre l'émission, se définissant comme un établissement à vocation familiale).

Une dizaine de minutes plus tard, Isabel descendit au rez-de-chaussée pour les attendre. À sa grande surprise, James Hamish Watson était assis dans le coin. Bon nombre de clients du bar – et de l'hôtel, en fait – étaient des gens de télévision, des journalistes, des experts, ou même des ouvriers qui travaillaient pour l'émission. Après avoir parlé avec elle quelques minutes seulement, cinq jours plus tôt, il avait été assailli par des journalistes qui avaient entendu ce qu'il disait. Il était devenu tout rouge et avait déguerpi. Isabel aussi avait battu hâtivement en retraite, mais comme elle n'avait pas divulgué son identité, personne n'avait tenté de la suivre.

Quand elle était arrivée à Lizard, elle avait redouté d'être reconnue, car elle était souvent apparue dans des documentaires ou aux actualités télévisées avant l'attentat. Mais au Mohegan Moon, elle passait presque inaperçue. Elle finit par comprendre qu'avec une nouvelle mâchoire, un nouveau nez et quasiment pas de cheveux, elle était très différente de celle qu'elle avait été dans sa « vie antérieure ».

Même si elle était surprise de le revoir au bar, c'était logique : il avait déclaré qu'il n'avait pas la permission de voir l'émission à la maison, et même si son épouse critiquait Ray et son rôle dans l'industrie du porno, Isabel était certaine que c'était à cause des singes eux-mêmes.

Les humains étaient tout autant fascinés que déconcertés par la sexualité des Bonobos. Quoique brefs, les rapports sexuels étaient fréquents, et leurs grands sourires et expressions faciales ne laissaient planer aucun doute quant au plaisir qu'ils y prenaient. Presque tout le monde au bar semblait penser que les frictions génito-génitales étaient désopilantes, même si de l'avis général les gonflements génitaux étaient quelque chose de dégoûtant. Comment pouvaient-elles se balader avec ces trucs-là ? Ça devait les gêner. Ça se balançait latéralement quand les femelles pratiquaient la « hoka-hoka », terme congolais pour désigner cette activité face à face. Les renflements étaient si énormes et si roses que, les premiers jours, une forte proportion de spectateurs les avait pris pour des testicules. Faulks Entreprises rectifia de justesse le tir en assortissant cette activité d'un sous-titre intermittent et – pour faire plus distingué – d'un coup de klaxon. Une fois éclairé sur ce qui se passait, le public visé – des hommes adultes hétérosexuels issus de la classe ouvrière – ne fut pas contre un peu de « hoka-hoka ». Les contacts « mâle-mâle », eux, avaient nettement moins de succès. Au bar, la « hoka-hoka » déclenchait en général une franche rigolade. Les frottements de derrières ou de scrotum entre mâles, plus rares, étaient en revanche accueillis par de virils grognements dégoûtés, des lapements de bière et des visages empourprés. Mais c'était les copulations face à face, les rapports sexuels en groupe, les fellations et la masturbation – trop proches de la sexualité humaine – qui mettaient le plus mal à l'aise. En public, même le plus bruyant des spectateurs éclatait d'un rire nerveux ou se taisait et détournait les yeux. Souvent, des petites plaques rouges s'étalaient sur les joues des scientifiques en herbe dont l'expression semblait affirmer : « Moi, je regarde ! Je ne suis pas choqué. »

Ce fut ce groupe-là qui intéressa le plus Isabel. Quelqu'un des médias avait finalement compris que, bien que n'étant plus en contact avec des humains, les Bonobos continuaient à truffer leurs conversations de signes, et ceci – ajouté à l'extraordinaire activité déployée par Bonzi devant l'ordinateur (souvent elle interrompait son shopping pour jouer à un jeu d'arcade) – avait fait qu'une frange croissante de spectateurs était fascinée par les aptitudes cognitives des singes plutôt que par leurs ébats sexuels. Faulks

Entreprises, jamais à court d'idées, engagea des interprètes et se mit à fournir des sous-titres qui apparaissaient dans des bulles au-dessus des têtes.

Isabel se fraya un chemin vers James Hamish Watson, qui contemplait le moniteur devant lui tout en buvant une bière. Quand Makena enlaça Bonzi et l'entraîna dans un coin pour un peu de « hoka-hoka », le klaxon retentit et le sous-titre clignota. James Hamish fouilla dans sa poche, flanqua des pièces sur le comptoir et se dirigea vers la porte. Isabel n'était pas à trois mètres de lui.

Elle songea à le suivre sur le parking, mais l'instinct l'en dissuada. À la place, elle resta au bar, commanda un thé glacé, et attendit Francesca, Eleanor et Marty.

Ils arrivèrent peu après et venaient de la saluer quand Isabel repéra les premiers accords de *Splish, Splash*.

— Attention, dit-elle à Marty. Regardez…

Dans toute la salle, les conversations cessèrent et les visages se tournèrent vers les écrans.

Dans la maison des singes, des robinets placés à divers endroits près des plinthes entrèrent en action. Certains Bonobos cherchèrent refuge en hauteur (Bonzi et Lola choisirent la structure de jeu dans la cour, tandis que Sam se suspendait tout simplement par un bras à un linteau). Mbongo et Jelani s'accroupirent à côté d'un jet, se penchèrent pour attraper de l'eau dans leur bouche, puis se crachèrent mutuellement entre les yeux avant de tomber à la renverse dans un paroxysme de rire aussi silencieux que joyeux. Makena se ramassa devant un autre jet et se plaça de façon à se faire arroser le renflement génital. Elle bougeait d'avant en arrière, ajustant l'angle, orientant le jet avec ses doigts.

Les sols s'inclinèrent vers des égouts au centre, l'eau ruissela dans cette direction mais passa par-dessus, car ils étaient en grande partie bouchés par des détritus – bribes de nourriture, papiers gras, cageots de fruits et emballages en plastique. Quand les robinets furent enfin coupés, il y avait plusieurs centimètres d'eau. Makena leva et baissa les bras plusieurs fois, pour s'éclabousser. Puis, elle se lassa et alla rejoindre Bonzi et Lola dans la cour.

La bande-son enchaîna sur un autre leitmotiv familier, les premières mesures frénétiques de *Wipe Out*.

À leur arrivée, les Bonobos avaient démonté les portes des éléments de cuisine. À présent, Sam, Mbongo et Jelani s'en servaient tous les matins après l'arrosage automatique et l'inondation qui en résultait. Ils prenaient leur élan depuis le fond de la maison, galopant dans le couloir avec une porte de placard sous le bras. Quand ils atteignaient l'eau, ils flanquaient cette planche de surf improvisée par terre, sautaient dessus et traversaient la pièce tels les plus gracieux des surfeurs. Une fois que la porte avait fini sa course – ou était rentrée dans le mur – ils souriaient de toutes leurs dents, poussaient des petits cris, et fanfaronnaient avant d'empoigner leur planche et de repartir en bondissant pour recommencer. Ils continuèrent jusqu'à ce que, la dernière goutte d'eau s'étant écoulée par les égouts obstrués, les planches restèrent de façon décevante à l'endroit même où elles avaient été jetées. Jelani abandonna avant les autres et alla rejoindre les femelles. Mbongo et Sam firent quelques autres tentatives avant de comprendre que c'était vraiment terminé. Quand cela fut bien clair, Sam s'éloigna comme si ce n'était pas grave, tandis que Mbongo allait bouder dans son coin.

— Je… je ne sais même pas par où commencer, déclara Marty.

— C'est anti-hygiénique, dit Francesca. Balancer des trombes d'eau une fois par jour, c'est en contradiction avec les recommandations de l'Association des Zoos et Aquariums.

— Cet endroit n'y est pas affilié…, fit remarquer Marty.

— Certes, mais on peut facilement prouver qu'il y a des risques d'infection. Imbiber d'eau des ordures favorise la prolifération des bactéries.

— Et malheureusement, Mbongo commande surtout des cheeseburgers… qu'il ne finit pas, dit Isabel.

S'il en mangeait assez pour grossir à vue d'œil, Mbongo s'était mis à retirer la moitié inférieure des petits pains et les cornichons, qu'il balançait en général contre les murs.

— Ils utilisent les toilettes, n'est-ce pas ? dit Marty.

— Oui, répondit Isabel. Mais ils ne les *nettoient* pas.

Eleanor prit le relais :

— Les toilettes, ce n'est pas le plus important. À lui seul, le niveau bactérien dans les ordures alimentaires doit être extrêmement toxique. On peut soutenir que la femelle enceinte est d'ores et déjà menacée. N'importe quel biologiste ou vétérinaire pourra en attester.

— Laquelle est enceinte ? demanda Marty.

Isabel pointa le doigt.

— En bas à gauche.

— Et l'accouchement, c'est pour quand ?

— C'est imminent.

Makena était dans la cour, allongée sur le dos au soleil et feuilletant un magazine qu'elle tenait avec les pieds. Elle en traduisait pour elle-même le contenu avec des signes, qui donnèrent aussitôt en sous-titres :

CHAUSSURE, T-SHIRT, ROUGES À LÈVRES, CHATONS, CHAUSSURES.

Elle tourna la page et continua à regarder d'un air distrait : T-SHIRT, FLEURS, CHAUSSURES, CHAUSSURES. Finalement, elle se leva et émit un cri strident.

Bonzi, qui jouait à l'avion avec Lola de l'autre côté de la cour, s'arrêta – la petite sur la tête – pour donner sa réponse : *piip-piip*.

Makena s'approcha et cogna ses poings devant sa poitrine. Puis, elle recommença, en accompagnant ses propos d'une suite de petits cris. Bonzi lui tendit Lola, alla à l'ordinateur et commanda une paire d'escarpins.

Un murmure d'étonnement parcourut l'assistance. Marty écarquilla les yeux, et son regard alla de Francesca à Eleanor, puis à Isabel, qui haussa les épaules.

— Makena aime se déguiser…

Marty mit la main sur ses yeux et secoua vivement la tête. Au bout d'un moment, sa main retomba.

— Bon, je crois que l'angle d'attaque, c'est : mauvais traitements par défaut d'hygiène. Ça ne signifie pas que Faulks se dessaisira des singes, et même s'il le fait, ce ne sera pas forcément au profit d'Isabel. Si on établit la personnalité juridique, ce qui est faisable à condition de convaincre le juge de les laisser témoigner – et ça, ce n'est pas gagné – on pourra plaider la nécessité d'une mise sous tutelle, et vous mettre en avant. Mais j'ai besoin d'y réfléchir un peu…

— Bien entendu, dit Francesca.

— J'imagine que leur régime alimentaire est également en cause ?

Isabel opina. Celui qui laissait pourrir des aliments, c'était Mbongo, mais Sam était le seul à s'alimenter sainement : il commandait surtout des oignons verts, des poires, des myrtilles et des agrumes. Bonzi était passée des œufs durs-poires à un régime presque exclusivement constitué de M&M. Jelani, lui, prenait en général des pizzas pepperoni et des frites. Makena et Lola grignotaient un peu de tout, prenant ce qu'elles voulaient aux autres.

Marty reprit son attaché-case et serra la main d'Isabel. Comme il se dirigeait vers la porte avec Eleanor, Francesca De Rossi rassembla ses affaires. Elle s'interrompit pour lui toucher le bras.

— Ayez confiance, dit-elle.

Isabel ébaucha un sourire et hocha la tête. Elle fut gênée de découvrir qu'elle avait les larmes aux yeux.

— Je vous appelle bientôt, dit Francesca.

Quelques instants après, une main de femme apparut sur le dossier du tabouret d'à côté.

— La place est prise ?

— Non. Allez-y, répondit Isabel, maussade.

— Merci, dit l'autre, en se glissant sur le tabouret. Campari-soda ! lança-t-elle au barman, qui lui tournait le dos. Et des beignets d'oignons. Vous en avez ?

Pour toute réponse, le barman lui jeta un menu.

L'ayant survolé, la femme déclara : « Je prendrai le panier de frites », et reposa sèchement le menu sur le comptoir.

Quelques secondes plus tard, Isabel se sentit très nettement observée. On ne pouvait pas s'y tromper. Elle coula en regard de biais et s'aperçut que Cat Douglas était en train de l'examiner de près.

— Ma parole, c'est vous…

Isabel faillit s'étrangler. Elle se signala désespérément à l'attention du barman, pour le régler.

Cat continuait.

— Mais oui, c'est bien vous !

Les joues d'Isabel s'embrasèrent et elle se détourna.

— J'ignore pour qui vous me prenez, mais vous faites erreur…

Une main se tendit devant elle.

— Cat Douglas… vous vous souvenez ? Le *Philadelphia Inquirer* ?

Isabel gardait la figure détournée.

La main se retira, remplacée par un BlackBerry montrant la photo d'Isabel sur son lit d'hôpital.

— Vous ne pouvez pas prétendre que ce n'est pas vous. À propos, le nez est bien… Beau travail.

— Seigneur ! dit Isabel. Vous ne pouvez pas me *foutre* la paix ?

Cat Douglas posa son mobile sur le comptoir, soupira et esquissa un sourire qui étoila ses yeux de ridules. Sa posture s'adoucit et elle inclina légèrement la tête dans un effort pour se donner l'air fréquentable.

— Bon d'accord, je vous fais mes excuses. Recommençons depuis le début. Ce qui vous est arrivé, à vous et aux singes, c'est affreux, et vous avez là-dessus un point de vue unique. J'aimerais beaucoup savoir ce que vous pensez de ce qui se passe actuellement. Ce sera juste quelques petites ques…

— Je ne donne pas d'interviews.

Isabel pivota sur son tabouret pour lui faire face et ajouta, très fort :

— En particulier aux individus capables de *ça* !

Là, elle donna un petit coup au BlackBerry, attrapa son sac et s'en alla, notant avec déplaisir que – conséquence de son éclat – elle n'était plus invisible aux yeux des autres clients du bar.

21

Ken Faulks s'assit dans la salle de conférences, s'enfonça dans son fauteuil de direction, et passa un doigt sur le vernis de la table, y laissant des cercles sales.

Le jour se lèverait dans une heure. Ses responsables, six hommes et deux femmes, étaient endormis et débraillés. Leurs chemises étaient fraîches et nettes, mais à partir du col, ils étaient bouffis et avaient les yeux chassieux.

Faulks leva son doigt et observa le motif qu'il avait laissé sur la table. Il se pencha et souffla dessus, avant d'utiliser l'envers de sa cravate en soie pour lui restituer son brillant. Il considéra le bout de son doigt, le passa sur ses lèvres par distraction tandis que son directeur financier faisait défiler une série de diapos. La ligne rouge d'un diagramme zigzaguait vers le haut, puis plongeait.

— Le problème, déclara le type harassé, c'est que même si on offre des rabais sur des abonnements longue durée, les spectateurs ne suivent pas…

— Et les abonnements de courte durée ?

— Ça marche. Très bien, même. Mais avec des engagements d'une seule journée, tout pourrait capoter très vite…

— Obligeons-les à souscrire pour une semaine, minimum. Que l'abonnement soit renouvelé automatiquement...

— Impossible. Nous vendons quasi uniquement sur le segment des vingt-quatre heures – hommes d'affaires à des congrès, et cetera. Ils changent d'hôtel tous les jours.

— Et les abonnements Internet, les particuliers ?

— Ils ne veulent pas s'engager.

— Pourquoi ?

Tous les regards se posèrent sur l'un des producteurs qui prit note, soupira et se cala contre son dossier.

— Les singes copulent et dépensent beaucoup, mais... c'est tout. Jusqu'à présent il n'y a pas eu la moindre altercation. C'est trop statique. Il faut monter d'un cran...

— Comment ? demanda Faulks, son regard gris braqué sur le graphique.

— Des drames, du rire, de l'inattendu. Des bagarres, des coalitions, des trahisons. Ce que le public attend d'un docu-drama, dit un autre producteur. Il nous faut de la tension...

Il se leva brusquement et s'écarta de la table, mit les poings sur ses hanches, montrant sans le vouloir des auréoles de sueur.

— Enfin, quoi ! Il y a toujours de la zizanie. Chez les suricates, par exemple... Voilà des années que Animal Planet diffuse *Meerkat Manor*. Qu'est-ce qu'ils ont, ces Bonobos ?

— Et la participation du public ? suggéra quelqu'un.

— Comment faire ? dit Faulks. On leur met dans les pattes une célébrité sur le retour pendant une semaine ?

Aussitôt, des noms fusèrent :

— Ron Jeremy !

— Carmen Electra !

— Verne Troyer !

— Tous les trois !

Le choix était vaste. Ils prirent le temps d'y réfléchir. Même Faulks semblait songeur.

— Non, dit-il enfin. Les assurances ne voudraient pas… Mais c'est sûr qu'il faut réagir. Intervenir. Les harceler jusqu'à ce qu'ils fassent quelque chose.

— Le concept de l'émission, c'est que ce sont les singes qui décident, protesta une femme dont le chignon se défaisait.

— Les temps changent, dit Faulks, sèchement.

Le directeur du marketing se mit à marteler la table avec son stylo. Tous les regards se tournèrent vers lui. Il s'arrêta subitement et se pencha en avant.

— Et si… ? dit-il, avant de s'interrompre.

Il porta la main à son menton, regarda au plafond. Son regard avait quelque chose de rêveur.

Faulks se pencha vers lui.

— Quoi ? Et si… quoi ?

— Et si…, reprit-il, plus lentement cette fois, écartant ses mains avec éloquence : « *La Maison des Singes Prime Time* »…

Il laissa à leur imagination le temps de s'envoler.

— Ce sont les singes qui décident *vingt-trois* heures sur vingt-quatre. Mais, une fois par jour, on fait quelque chose qui affecte leur environnement. Quelque chose… (il se rapprocha de la table) que le public aura décidé par un vote. Le public payant. Celui qui achète le forfait au mois. Pendant vingt-trois heures, ils font tout ce qu'ils veulent, mais une heure par jour, ils font un truc choisi par les abonnés au mois.

— Vingt-trois contre une heure…

— En apparence, oui…

— En apparence ?

— On peut supposer que les répercussions se feront sentir jusqu'à la prochaine… intervention. On leur met des bâtons dans les roues, et l'émission est disponible gratuitement pendant l'heure qui suit immédiatement. Ça accroche le spectateur, qui doit s'abonner pour connaître la suite. Un forfait de vingt-quatre heures l'amène au prochain segment *Prime Time*. Mais s'il veut voter, cette fois, il doit souscrire à l'abonnement d'un mois.

— Il faut trouver une idée de départ, déclara le directeur financier en claquant des doigts. Porno, pistolet à amorces, que sais-je…

— Des images de guerre à la télé *et* des pistolets à amorces. Du porno *et* des gadgets sexuels.

Faulks eut comme un frémissement au coin des lèvres.

— Allons-y…, dit-il.

22

À la vue du lézard géant sur le parking du Buccaneer Motor Inn, John sentit son cœur se serrer. La statue avait dans les cinq mètres de hauteur, portait une salopette et un chapeau de paille, et ses pieds à gros orteils verts étaient d'une humanité perturbante. Ses mains tenaient une enseigne qui indiquait :

LIT DOU LE DISP
TV COULEUR RADIO
AIR CNDIT
HBO MAIS SINGES
PRIX BAS

Au-dessous, la mention « complet » clignotait.

Le motel lui-même était un bâtiment d'un étage en parpaings, aux portes et contours de fenêtres rosâtres. Les climatiseurs, rafistolés avec du contreplaqué et de l'aluminium, ronronnaient et perdaient de l'eau sur le sol en ciment. Le parking gravillonné était jonché de canettes de bière et d'emballages graisseux de fast-food. Le distributeur se trouvait contre le mur, près d'une benne à ordures. De l'autre côté de la rue, une petite construction abritait deux commerces : l'un n'existait visiblement plus, à en croire l'enseigne lumineuse éteinte – CLINIQUE CHIROPRACTIQUE – qui pendait presque verticalement en vitrine ; l'autre, un restaurant – Jimmy's – proposait à la fois pizzas et boîtes à bento. John vit quelques paires de chaussures jetées par-dessus des câbles. Il savait que des gangs faisaient cela pour marquer leurs territoires, mais ici… à Lizard ? Deux escarpins avaient été soigneusement attachés ensemble avant d'être balancés.

Il y avait aussi une piscine – d'un bleu suspect. Quatre séduisantes filles en bikini s'étaient installées sur des matelas gonflables. Elles avaient les cheveux longs, la peau toute dorée. Il n'y avait pas un bourrelet en vue, sauf aux bras de la mama qui se dandinait vers sa porte, au premier étage, dans sa robe-sac polynésienne gaiement fleurie. Elle devait se sentir personnellement agressée par la vue de ces femmes, car elle leur lançait des regards méprisants et poussa son vieux mari dans leur chambre après que celui-ci eut ouvert la porte.

John se gara, descendit de voiture et alla au bureau. Une sonnette fixée au-dessus de la porte vitrée annonça son arrivée.

Le bureau était lambrissé de bois sombre, comme un sous-sol de pavillon. Dans l'angle, il y avait un arbre de Noël synthétique orné d'une guirlande défraîchie et de petits sapins désodorisants en carton. Derrière le bureau en mélaminé, un téléviseur portatif noir et blanc était réglé sur *La Maison des Singes*. En bas à gauche de l'écran, un singe faisait rôtir un marshmallow au-dessus de la gazinière. Dans la case du dessus, un autre improvisait gaiement sur un synthétiseur, sous le regard admiratif d'un troisième. La moitié droite de l'écran était occupée par un quatrième en train de couper les cheveux d'un de ses congénères. Ce dernier se taillait les ongles des doigts de pied.

— Vous désirez ? lança un gros homme assis dans un fauteuil pivotant.

Ses doigts entrecroisés reposaient sur sa panse. Il ne se donna pas la peine de se lever. Un ventilateur oscillant auquel étaient attachés quelques fragments de guirlande était braqué sur son crâne chauve et moite. Des frisottis gris jaillissaient de l'encolure de son T-shirt tacheté de sueur, qui avait dû être blanc à l'origine.

— J'ai réservé une chambre.

— À quel nom ?

— John Thigpen.

John attendit – si quelqu'un devait faire une blague sur son nom, c'était bien ce type-là – mais ça ne vint pas. Il souleva sa masse considérable et sortit le seul trousseau de clés accroché au tableau derrière lui, le jeta sur le bureau.

— Vous avez du retard.

— Mon vol a été retardé.

— Fallait appeler.

— Excusez-moi…

John jeta un coup d'œil à sa montre et fronça les sourcils. Il avait fait un petit détour pour se rendre au Staples près de l'aéroport de façon à imprimer et envoyer par la poste une demi-douzaine de paquets à New York, mais on n'était encore qu'au milieu de l'après-midi.

— Carte de crédit, dit le gros.

— Mon journal n'en a pas envoyé une ?

— Non.

— Vous pouvez vérifier ?

— C'est tout vérifié. Vous avez du pot que je n'aie pas donné votre chambre à quelqu'un d'autre.

Il le regardait méchamment de dessous des sourcils à la Brejnev.

John sortit une carte de crédit et l'envoya sur le bureau. Il avait voulu la jeter avec insouciance en sorte qu'elle tombe juste devant le bonhomme, mais elle fila tel un frisbee. L'homme la cueillit au bord du plateau, la glissa dans la fente du « fer à repasser », et passa la partie mobile par-dessus. *Katchonk !* Il poussa vers lui la facturette et laissa tomber un stylo d'une hauteur de vingt-cinq centimètres.

— Signez ici. C'est trente-neuf dollars la nuit, avec un supplément si la femme de ménage trouve quelque chose qui sort de l'ordinaire. *Capiche ?*

— Je… euh…

— La caution est de quatre cents dollars. Pas d'exception. Si vous partez pendant la nuit, on la garde. Mettez ça – il lui lança un jeton en plastique qui rebondit contre sa poitrine et tomba par terre – sur votre tableau de bord, bien en évidence, sinon vous retrouverez votre voiture à la fourrière. On compte les draps et les serviettes. Vous avez la 142. Faites le tour par l'extérieur.

John remit sa carte de crédit dans son portefeuille, se pencha pour ramasser le jeton de stationnement sur la moquette tachée, mit les clés dans sa poche et partit en quête de sa chambre.

Comme il ouvrait sa porte, l'une des filles au bord de la piscine, une rousse à taille de guêpe qui avait un truc brillant, pendillant à son nombril, lui sourit avant de renverser la tête en arrière, pour permettre à son épaisse toison de s'étaler. Des mèches rousses et orangées accrochèrent le soleil. John, affolé par ce qui pouvait être pris pour une invite, se détourna, mais non sans noter que ses cheveux avaient la couleur qui avait été, il n'y avait pas si longtemps, celle d'Amanda.

Il arracha le couvre-lit et le mit en tas dans l'angle, sous le climatiseur qui cliquetait, vibrait et crachotait. La moquette était légèrement humide d'un récent nettoyage, l'atmosphère imprégnée d'une odeur de shampooing-moquette et d'une autre, vaguement âcre. Il régla le climatiseur de façon à accélérer le processus de séchage, considéra le lit et appela Topher.

— Ça te dérange si je change d'hôtel ?

— Pas du tout, mais les autres sont complets.

— Non, c'est vrai ? À Lizard ? fit John, qui faisait les cent pas entre le lit et la porte. Qu'est-ce qu'il y a donc à Lizard ?

— Des casinos. Et « La Maison des Singes ». Mes assistants ont eu du mal à te trouver une chambre.

Bien sûr. Cat et tous les reporters des journaux sérieux s'étaient abattus tel un vol de sauterelles une semaine plus tôt, occupant les bonnes chambres. Il s'affala au bord du lit et contempla les lattes tordues des stores. Soudain, il s'illumina. Il irait s'acheter des oreillers et du désodorisant.

— Tu t'es déjà rendu sur place ?

— Je suis sur le point de sortir.

— Bien. Envoie ton papier demain, à minuit. On met sous presse à trois heures du matin.

— Entendu.

John éteignit son mobile et le déposa sur la table de chevet. Il se pencha pour renifler le lit et découvrit avec un plaisir étonné que ça sentait le propre. Ayant désespérément besoin d'une douche, il se déshabilla et alla dans la salle de bains. Elle était carrelée de blanc, et c'était dommage car cela mettait en valeur les joints qui étaient orangés à certains endroits, verdâtres à d'autres. Une demi-douzaine de mouches mortes gisaient, le ventre à l'air, sur l'appui de la fenêtre au-dessus de la baignoire ; on aurait vraiment dit les câpres poêlés d'Amanda, une association d'idées qu'il s'efforça de refouler. Et naturellement, la douche ne fonctionnait pas. Elle était entartrée et crachait alternativement de l'eau glaciale ou bouillante selon des angles si extrêmes que le rideau de douche était incapable de contenir le jet.

Il ajouterait un bidon de détartrant et l'un de ces tapis de douche à picots en caoutchouc à sa liste, songea-t-il en s'accroupissant devant le robinet pour s'asperger les aisselles. Et une savonnette. À voir les poils collés dessus, celle-ci avait déjà servi.

Comme il n'avait rien mangé de toute la journée – à part le contenu d'un sachet de cacahouètes dans l'avion – il retourna à la réception pour se renseigner sur les restaurants. Le gros déclara que celui du Mohegan Moon – l'hôtel proche du plus gros casino – était correct. Par ailleurs, l'un des « clubs pour gentlemen » servait d'excellentes ailes de poulet.

John l'interrogea sur le commerce de l'autre côté de la rue. Le gros secoua la tête sévèrement et lentement.

On ne pouvait pas rater le casino, qui avait la forme du Taj Mahal et était bardé de lumières clignotantes. Le hall du Mohegan Moon était frais, clair et spacieux, avec des sols en marbre, d'épais tapis persans et des employés en livrée rouge qui poussaient des chariots à bagages en laiton. À la réception, une énorme table d'acajou à pattes de lion présentait une composition florale qui était au moins aussi haute que lui. Des oiseaux de paradis et des feuilles de palmiers étaient artistement mêlés à des bambous et à un assortiment de fleurs dont il ne savait rien, sinon que ça sentait bon. Une femme âgée aux cheveux blond platine passa, parlant à un gros sac à main rose. Comme John s'interrogeait, une toute petite tête de chien, blanche et ébouriffée, en jaillit. Son collier était assorti au sac à main et clouté de diamants fantaisie. Ses yeux étaient d'un noir de jais, ses oreilles triangulaires. Sa langue rose pointait de façon touchante.

Même si Topher avait affirmé que tous les hôtels étaient complets, ce parfum de luxe et de propreté était si tentant que John alla trouver le manager, pour lui demander s'il n'avait pas des chambres en réserve, pour des cas d'urgence – car vraiment, ceci était une urgence. L'homme regretta de ne pouvoir lui rendre service. Ils étaient archi-complet.

Il se détourna du guichet juste à temps pour voir Cat Douglas quitter le bar et se diriger vers la batterie d'ascenseurs vitrés.

Au bar, on ne pouvait pas s'asseoir – les serveurs faisaient la navette, se mettant de profil et levant leurs plateaux en hauteur pour se faufiler dans la foule, et le barman très sollicité servait aussi vite que possible, laissant souvent la mousse déborder. John se fraya un chemin jusqu'à l'extrême bord du comptoir, à côté de l'endroit où les serveurs balançaient verres et assiettes sales, et commanda une bière tout en attendant un siège.

Quand un client fit remarquer que le téléviseur des Bonobos montrait du porno humain, le barman zappa. Sous l'effet des protestations, il revint en arrière.

L'un des singes essayait de changer de chaîne, mais la télécommande ne semblait pas fonctionner. Les autres allaient dans la cour, feuilletaient des magazines. Il y avait une poupée gonflable dans l'angle, qu'une des femelles avait recouverte d'une couverture. Périodiquement, elle en soulevait un coin, guettant un signe de vie, puis retournait jouer à des jeux vidéo. John réalisa avec surprise que c'était Bonzi, celle qui avait tenté de l'embrasser.

Si le barman avait laissé la télévision allumée, il avait baissé le son, ce qui lui permit d'écouter les conversations autour de lui. Deux journalistes buvaient du bourbon en comparant leurs notes. Aucun n'avait de nouvelle fracassante, mais John écouta tout de même. Des spécialistes envoyés par des agences de protection animale discutaient de leur impuissance avec une contrariété évidente. À une table toute proche, trois femmes veillaient à bien se signaler à la serveuse comme des « éco-féministes ». Deux d'entre elles étaient de grandes maigres aux cheveux longs. Leurs jupes semblaient avoir besoin d'un bon lavage. La troisième était ronde, blafarde et boudinée dans un pantalon kaki. Leur tenait compagnie un garçon squelettique et acnéique aux cheveux verts qui aurait été bien avisé de les fuir. Elles étaient « vegan » – de façon militante – et faisaient en sorte que nul ne l'ignore. Cela avait-il été en contact avec un produit animal ? demandaient-elles. Êtes-vous absolument certaine que cela a été cuisiné à l'huile végétale ? Oui, c'était très important, disaient-elles à la serveuse, qui avait commencé à jeter des coups d'œil désespérés aux autres clients qui l'appelaient. Il y avait un lien historique entre l'oppression des femmes et celle des bêtes. Ne voyait-elle pas que le boulot de serveuse – comme d'ailleurs tout travail mal payé – était l'expression de la domination masculine sur les femmes ?

Le couple à côté s'en alla et John plongea sur l'une des chaises, battant de peu une femme désavantagée par ses hauts talons et son martini. Il s'en voulut aussitôt et lui proposa l'autre siège, mais elle leva les yeux au ciel et s'en alla. Ce bref échange attira l'attention des « éco-féministes » qui le dévisagèrent longuement, puis se détournèrent en marmonnant des « tous des porcs ». L'un des serveurs mâles, sans doute non opprimé, arriva à sa table pour prendre sa commande – un sandwich Reuben et une autre bière. John entendit d'autres commentaires sur l'élevage industriel à la table à côté.

Une demi-heure plus tard, le sandwich n'étant toujours pas là, il commanda une autre bière, puis, vingt minutes plus tard, ayant entendu le serveur harassé dire combien la cuisine était débordée, encore une autre. Une demi-heure et une autre bière plus tard, il renonça au sandwich et demanda juste l'addition.

Comme la nuit tombait déjà, il abandonna l'idée d'aller jeter un œil à la maison des singes. Retourner au motel s'avéra assez difficile, le trottoir prenant subitement des directions inattendues, ce qui lui coupait les jambes. Une fois dans sa chambre, il appela Amanda.

Lorsqu'il se réveilla, il était couvert de grosses gouttes de sueur. Il se jeta sur le côté pour vérifier l'heure. 4 h 13. Devant sa porte, du gravier crissa sous des pneus. Le boum-boum d'une espèce de musique de discothèque résonna sous sa cage thoracique. Les portières du véhicule s'ouvrirent, et le bruit en fut quadruplé. Des gens criaient et riaient par-dessus la musique. Était-ce du russe ? De l'ukrainien ? Du letton, peut-être ? John n'en avait aucune idée. Il savait seulement qu'ils étaient soûls. Les portières claquèrent, il y eut des coups de klaxon et le bruit sourd d'un poing, d'une chaussure ou d'un sac, contre la carrosserie. La voiture redémarra, des gloussements féminins éclatèrent. Elles se mirent à marcher, et John nota avec soulagement que le clic-clac des talons s'éloignait. Il l'entendit très faiblement tandis qu'elles montaient l'escalier en béton, puis, à son grand désarroi, ça revint, juste au-dessus de sa tête.

Elles mirent de la musique – un genre de techno-pop d'Europe centrale – et il y eut des coups, des pas lourds, la douche, et des bavardages incessants. Le plancher et le lit grinçaient. Les conversations étaient sonores et animées, ponctuées d'éclats de rire.

Il allait appeler le patron, voilà. Et s'il n'était pas là, il…

Ses yeux, qui fixaient le plafond, s'écarquillèrent. Il venait de se rappeler sa conversation avec Amanda.

Elle avait déclaré qu'elle avait acheté un kit d'ovulation. Étant un peu paf, il avait dit pour rigoler qu'il vaudrait mieux prendre un chien, parce qu'ils n'auraient ni à changer les couches, ni à lui payer la fac.

Là, Amanda avait raccroché et coupé son téléphone.

Il s'efforça d'identifier la cause de ses angoisses. Il avait toujours supposé qu'ils auraient des enfants, se représentant même Amanda assise à la fenêtre, avec un nourrisson dans ses langes, dans les rayons dorés du soleil. Mais à présent que ça se précisait, une vision très différente remplaçait celle-là. Dans celle-ci, la santé d'Amanda était menacée ; il y avait des mutations génétiques et des problèmes de cordon ombilical, des nuits blanches et des couches, et ça n'était pas terminé dix-huit ans plus tard, car après il y avait la fac, le mariage, le prêt pour l'acquisition d'un logement (jamais remboursé) – et ça, si on avait de la chance, car parfois ils ne quittaient jamais la maison. Ou même, s'ils l'avaient quittée, ils revenaient. Et s'ils étaient lancés avec succès dans l'existence, ils se mettaient à avoir leurs *propres* enfants et tout recommençait, avec le même degré de responsabilité. Et s'ils avaient un enfant, Fran allait les vampiriser ! Il voyait ça d'ici – les conseils, tous ces trucs à faire bouillir, à stériliser. Il bourrerait le frigo d'un tas de produits inadaptés pour une mère qui allaitait. Il n'utiliserait pas la lessive adéquate, ni la quantité adéquate, pour la layette. Sur toute la ligne, il serait dans son tort. Ensuite, le bambin ayant grandi, il y aurait des soupirs à la vue de poussettes dans la rue, des calculs en cachette, des tentatives de séduction à des jours bien précis. Une fois sur la pente fatale, il savait qu'il disparaîtrait à jamais dans le grand brassage génétique, condamné à laver des couches sales, à jouer au ballon, à payer l'orthodontiste, puis à s'inquiéter au sujet de la drogue, à parler préservatifs, et à passer d'interminables nuits à se demander où « il » ou « elle » était, avec qui, et quand elle rentrerait.

Tandis que le boucan faisait rage au-dessus de sa tête, il contempla le plafond, la main sur le front.

23

Les cadres entrèrent à la file indienne, épuisés et visiblement à plat. De toute évidence, Faulks n'était pas réglé sur le rythme de tout le monde. Cette fois, ils avaient été convoqués dans la soirée, ce qui aurait été raisonnable s'ils n'avaient été convoqués aussi le matin même à l'aube.

D'un geste sévère, Faulks leur indiqua leurs places. Lui-même restait debout. Il prit une télécommande, désigna un écran au mur et enfonça les touches. Lorsque l'image de *La Maison des Singes* apparut, il accéléra jusqu'à la livraison d'une grosse caisse.

Ding dong ! faisait le bruitage. Les singes, qui se prélassaient devant la télévision, furent à l'évidence surpris. Ils n'avaient rien commandé. Comme ils se tournaient vers la porte, la chaîne de télévision qu'ils étaient en train de regarder se mit à afficher un vieil épisode d'une série porno à succès de Faulks.

— Monsieur…, déclara le directeur du marketing.

Le contour de ses yeux était violacé. Il savait à quoi s'attendre, comme tous les autres – ils avaient suivi la scène en direct, une heure plus tôt.

Faulks le fit taire d'un geste. Puis, il poussa le volume tandis que Bonzi et Jelani traînaient la caisse à l'intérieur pour mener leur enquête. Tandis qu'ils s'affairaient, Sam, qui était resté devant la télévision, essayait de revenir à *La Planète des Singes*. Lola sortit un vibromasseur, le mit en marche, et entreprit de le faire tournoyer par terre comme une toupie. Bonzi retira la poupée gonflable, la considéra avec une certaine inquiétude, la toucha, s'en écarta d'un bond, revint la tripoter, puis l'emporta dans un coin et jeta une couverture dessus.

Faulks visionna en accéléré une impressionnante quantité de moments sans le moindre intérêt, et appuya sur Pause.

— C'est quoi, ce bordel ? dit-il.

Tous contemplaient la table ou le mur. Certains secouèrent la tête.

— J'ai dit : « C'est quoi ce bordel ? »

— Ils sont peut-être pas branchés seins ? hasarda un brave.

Quand il releva la tête, il se décomposa sous le regard furieux de Faulks.

— Quelqu'un peut-il me dire combien d'abonnements longue durée cela nous a rapportés ?

Apparemment, il n'y avait personne. Faulks se mit à arpenter la pièce.

— Et les votes concernant la suite ?

Là encore, silence.

Le directeur du marketing déclara :

— J'ai fait quelques recherches…

— Et ?

— Et apparemment, les chimpanzés ne tiennent pas l'alcool. Une bande qui avait pillé une distillerie clandestine en Ouganda s'est mise à agresser des gens. Ils ont même tué des gosses. Donc, j'ai pensé qu'avec les images de guerre à la télévision, on pourrait leur envoyer de la bière en plus de pistolets à amorces.

Une femme blonde à catogan se racla la gorge et se pencha en avant à contrecœur.

— Mais cela ne donnerait-il pas des arguments à leur avocat ?

Faulks contourna la table et s'assit à la place d'honneur. Il se carra contre son dossier et joignit le bout de ses doigts.

— Ah oui, dit-il calmement. L'avocat. Quelqu'un a quelque chose à dire à ce sujet ?

— Il travaille pour une association qui…

Faulks se pencha en avant et donna un coup sur la table.

— *Pour qui il bosse, je le sais !* Ce que je veux savoir, c'est ce qu'on va faire pour ce procès !

Le directeur financier se redressa.

— Si je puis me permettre… À moins qu'on trouve le moyen de redresser de façon spectaculaire la courbe des abonnements, on devrait peut-être commencer à considérer des stratégies de sortie. On pourrait les laisser prendre les singes…

— Et perdre le procès ? Jamais. Suivant… ?

Personne ne bougea. La blonde chercha du regard le soutien de quelques-uns de ses acolytes, rentra la tête dans les épaules à titre préventif, et dit :

— Puisque nous en sommes aux questions légales, il y a un sujet dont il faudrait discuter. Quelque chose qui commence à poser problème…

— Ce connard du Kansas ?

— Oui.

Faulks réfléchit si longuement que ses employés se mirent à échanger des regards nerveux. Puis, il revint à lui.

— Bon. Étape numéro Un : faites une déclaration à la presse. Gonflez les chiffres – qu'on ait l'air d'avoir recueilli des milliers de votes pour le segment *Prime Time*. Faites monter la sauce. Montrez qu'on fait monter les enchères, mais sans dire comment. Attendez quelques jours, pour éveiller la curiosité. Puis, envoyez la bière et les pistolets à amorces... En attendant, débarrassez-vous de cet avocat...

— Comment ? dit la blonde.

Faulks se pencha en avant, s'accouda à la table et posa un regard brûlant sur chacun de ses collaborateurs.

— Appelez l'autre connard. Dites-lui que, s'il veut plus de fric, il n'a qu'à le gagner. Faites-le venir ici. Et dans la déclaration à la presse, signalez que nous avons désormais un spécialiste des singes dans notre staff, notre plus grand souci étant la santé et le bien-être... bla-bla-bla...

Il se renversa contre son dossier et remua l'air au-dessus de sa tête.

— Vous connaissez la musique...

24

Le vacarme dans la chambre du dessus cessa à 6 h 48. Quand la musique tonitruante s'interrompit et que le lit grinça sous les poids des corps allongés, il lutta contre l'envie de mettre la télévision à fond.

Amanda n'était pas une lève-tôt, mais il l'appela tout de même à sept heures du matin.

— Allô ? dit-elle d'une voix irritée, et il comprit qu'il était seulement six heures du matin, chez elle.

— Chérie ?

Il y eut un silence, puis :

— Quoi ?

Il entendit des bruits de fond, comme si elle avait décidé de ranger l'armoire de la salle de bains.

— Chérie, excuse-moi pour hier soir. Je me suis couché après avoir bu quelques bières, le ventre vide, et tu m'as un peu surpris. Je sais qu'on a parlé d'avoir des enfants, mais je n'avais pas saisi qu'on en était au stade du kit d'ovulation. Je pensais qu'on se contentait de *ne pas* éviter d'en avoir, et là j'ai paniqué, et j'ai voulu plaisanter, mais je me suis planté… Excuse-moi.

— Si tu ne veux pas d'enfant, mieux vaut le dire maintenant…, dit-elle d'une voix cassante.

L'idée n'était qu'un brin moins effrayante à la lumière du jour.

— Je ne suis ni pour ni contre, dit-il en s'efforçant au calme.

À en croire le silence qui suivit, elle l'avait mal pris.

— Écoute, si ça doit te rendre heureuse, je serai heureux aussi. On aura des tas d'enfants, pour la plus grande joie de nos parents. D'accord ?

— D'accord, dit-elle, mais il y avait toujours quelque chose de bizarre dans sa voix.

John fronça les sourcils.

— Ça ne va pas ? Il s'est passé quelque chose ?

— Oh, rien d'important, dit-elle d'un air las.

— Rien d'important… c'est-à-dire ?

Elle garda le silence.

— Amanda ? Que s'est-il passé ?

— Sean m'a draguée. C'est tout.

— Il *quoi* ? Je croyais qu'il était homo ?

— Moi aussi. J'ai même rencontré son copain. Il doit être à voile et à vapeur…

— Qu'est-ce qu'il a fait, ce salaud ? dit-il d'une voix monocorde et glaciale.

— Rien… je t'assure. S'il te plaît, ne fais rien de stupide comme venir le buter !

John, qui ne pouvait lui faire cette promesse, dit entre ses dents :

— *Qu'est-ce qu'il a fait ?*

— On était à une soirée. Il me tenait par la taille, ce qui ne signifiait rien, vu qu'il est gay, mais il s'est mis à me bécoter l'oreille. Je lui ai dit d'arrêter, et quand il a compris que j'étais sérieuse, il a arrêté. Je te le répète, ce n'est pas grave. Il avait un peu bu. C'est juste que ça me fait bizarre de travailler avec lui, maintenant. Et je suppose que, s'il le voulait, il pourrait me faire remplacer…

Après avoir raccroché, John se sentit physiquement malade. Il était bien placé pour savoir combien les hommes pouvaient être des salauds, car lui-même en avait été un.

C'était au cours de la semaine d'intégration et il comptait parmi les bizutés. C'était là sa seule excuse. Il avait été déposé sur le campus par ses parents huit jours plus tôt, et étrennait sa fausse carte d'identité toute neuve dans un bar à bière au sol poisseux, où les gens saupoudraient de sel leur breuvage à deux dollars coupé d'eau. Il faisait de son mieux pour avoir l'air de tenir l'alcool. Ce n'était pas du tout le cas.

Ginette Pinegar servait en salle. Elle n'avait pas loin de la quarantaine, ce qui à l'époque lui paraissait très vieux, mais elle avait de belles jambes et l'éclairage tamisé de la taverne était flatteur. Il avait éprouvé de la sympathie pour elle du seul fait de son nom : comment un Thigpen aurait-il pu ne pas avoir de compassion pour une Pinegar ? (« Miss Pisse-Vinaigre, avait-elle soupiré. Toute ma vie. Et chaque crétin croit être le premier à me lâcher ça… ») À un moment donné, le voyant un peu verdâtre, elle lui avait apporté un œuf rose sorti d'un énorme bocal à pickles posé sur le comptoir, sans doute dans l'idée de lui remettre l'estomac en place. Il l'avait remerciée abondamment, avant d'escamoter ça, car la simple odeur envoyait des crampes dans son diaphragme qui auraient obtenu un sept sur l'échelle de Richter.

Il frissonna. Aujourd'hui encore, il ignorait s'il avait réussi à coucher avec elle. Il ne se rappelait que des bribes – lui-même se tenant sur la tête pendant qu'on lui collait un entonnoir sur la bouche, qu'on lui beuglait des encouragements et qu'il manquait s'étouffer sous ces flots de bière ; des gens balançant du whisky – verres compris – dans des chopes de bière, puis scandant des *« Hoo ! Hoo Hoo ! »* tandis qu'il faisait cul sec. Ensuite Ginette était là, et *oups*… il vomissait dans le bus, puis recommençait, à genoux et s'agrippant à la cuvette des W-C… et puis plus rien jusqu'au moment où il s'était réveillé au son de la voix de Ginette qui lui déballait l'histoire de sa vie tandis qu'il suppliait en silence le plafond de bien vouloir cesser de tournoyer.

Comme il reculait lentement à travers la pièce pour ramasser ses vêtements, il lui avait dit qu'il l'appellerait. À tort, puisqu'il savait qu'il n'en ferait rien, mais on ne pouvait pas quitter une femme comme ça, et encore moins lui dire qu'on ne savait pas ce qui s'était passé (sinon qu'on avait pris une bonne cuite) et qu'on n'avait qu'une envie : ne plus jamais la revoir.

Au campus, ses amis avaient ri comme s'il avait accompli un exploit. Ils avaient ri encore plus fort quand il les avait suppliés de ne rien dire à Amanda, qu'il avait connue quelques jours plus tard. À la sortie d'un cours, il avait vu sa silhouette au fond du couloir, auréolée d'une chevelure cuivrée. Elle portait un jean, des bottes de cow-boy et un T-shirt prune. Elle marchait lentement, avec une sereine détermination, à grandes enjambées tel un mannequin sur un podium. À chaque pas, ses cheveux dansaient. Avant même de connaître son nom, il avait été amoureux.

Deux semaines plus tard, alors qu'ils allaient dîner, John avait aperçu Ginette sur le trottoir d'en face. Elle l'avait vu aussi au même moment et avait foncé sur lui malgré la circulation. Une fois devant lui, elle s'était dressée sur la pointe de ses crasseuses baskets en toile et avait lâché une bordée d'insultes. Son regard lançait des éclairs et elle postillonnait. Ensuite, elle s'était tournée vers Amanda pour lui dire quel salopard c'était et qu'elle avait tout intérêt à le quitter.

Comme elle s'en allait, bousculant les gens sur son passage et laissant Amanda sidérée, John avait dû avouer les faits. Il se serait bien passé de raconter cela à leur troisième rendez-vous, mais Ginette ne lui avait pas laissé le choix. Pourquoi Amanda ne l'avait-elle pas quitté, c'était un mystère.

L'assassinat de Sean attendrait, car pour le moment il avait du boulot. D'abord, prendre un café quelque part. Un double. Puis, se rendre à la maison des singes pour voir quel genre de manifestants étaient là et pourquoi, car dans un certain nombre de cas, le rapport n'était pas évident. Ses deux objectifs principaux étaient de découvrir si le FLT était sur place (ayant « libéré » les singes, ils devaient observer les événements avec intérêt et – c'était une éventualité – avaient peut-être l'intention d'agir), et d'obtenir une interview de Ken Faulks. Il espérait nouer des contacts, mais si ce n'était pas le cas, pas de problème : il retournerait au bar du Mohegan Moon. S'il n'y avait aucun larbin de Faulks là-bas, il appellerait tout simplement Faulks Entreprises pour solliciter une interview. Personne n'en avait encore décroché une, même si Faulks apparaissait de temps en temps devant des caméras, repoussant le journaliste pour vanter son émission sans vergogne, avant de disparaître sans répondre à une seule question. Il paraissait se moquer de tous les médias, mais comme John – lui aussi – avait abandonné les médias « légitimes », il avait peut-être une chance. Faulks pouvait voir en lui un frère en rébellion, ou bien si on lui faisait miroiter un papier de complaisance…

Il roula jusqu'à une station-service pour prendre un café et un petit déjeuner. Après mûre réflexion, il acheta un hot dog tout desséché sous la lampe chauffante du gril, l'arrosa de ketchup, et se dirigea vers la maison des singes.

Aux actualités, il avait bien vu les attroupements, mais ne s'attendait pas à une chose pareille – il était encore à un kilomètre du site quand la fine colonne marchant le long de la route commença à grossir. Bientôt, elle forma une masse compacte que sa voiture ne dérangeait pas. Il finit par rouler au pas parmi ces gens, et décida qu'il était temps de se garer après avoir failli renverser un type décharné, qui avait une queue de cheval minable et des sandales. S'il ne l'avait pas renversé, c'était que l'autre s'était retourné pour flanquer son poing sur le toit de la voiture.

— Ça va pas, mec ? cria-t-il, collant sa figure barbue et grimaçante contre le pare-brise.

John avait levé la main pour s'excuser platement.

Des vendeurs à la sauvette s'étaient installés au bord de la route, proposant bouteilles d'eau et sodas dans de vieux bacs à crème glacée. Sur des barbecues portatifs, derrière les voitures, on faisait griller des saucisses, des kebabs, des restes de poulet non identifiés, et pour les végétariens, des champignons. La bière était planquée quelque part à l'avant des véhicules, et servie dans des tasses en plastique afin de pouvoir passer pour autre chose. À force de klaxonner, John réussit à quitter la route pour se ranger entre deux de ces commerçants improvisés. Ils le lorgnèrent avec méfiance jusqu'au moment où ils comprirent qu'il n'installait pas lui aussi son commerce. Afin de nouer des relations de bon voisinage, il acheta un Coca et partit à pied.

Il y avait environ quatre mille personnes. Comme le Buccaneer et les quelques autres hôtels autour des casinos ne pouvaient pas en héberger autant, beaucoup devaient faire la navette dans la journée. Il y avait d'ailleurs des bus garés un peu partout – ça allait des 4×4 de luxe, climatisés, aux lignes aérodynamiques jusqu'aux bus scolaires retapés, utilisés par les musiciens amateurs et les groupes paroissiaux.

La foule donnait l'impression désagréable d'être incontrôlable. Comme John l'avait soupçonné, la plupart des groupes se disputant le temps d'antenne semblaient n'avoir qu'un rapport très lointain avec les singes. Les éco-féministes et le garçon aux cheveux verts accaparaient une équipe de NBC et démontraient que les singes représentaient les femmes opprimées partout dans le monde. Un membre de l'Église Baptiste d'Eastborough – une femme aux traits tirés et aux cheveux grisâtres – expliquait sur Fox News que si les soldats américains mouraient à la guerre, c'était parce que Dieu punissait l'Amérique pour avoir autorisé la « pédérastie » et que cela ne prendrait fin qu'à partir du moment où cette perversion abominable serait passible de la peine de mort. Comme le journaliste demandait pourquoi elle manifestait là, la dame déclara que les Bonobos pratiquaient les relations homosexuelles et que c'étaient donc des pédérastes. Elle avait un grand sourire réjoui ; à croire qu'elle vous offrait un verre de limonade. Derrière elle, des enfants aux bras fins comme des allumettes brandissaient des panneaux proclamant : VOUS IREZ EN ENFER et DIEU VOUS DÉTESTE.

Dans une atmosphère aussi chargée, ce fut les gens calmes qui attirèrent son attention. Trois personnes examinaient le bâtiment et prenaient des notes. Sa première idée fut qu'elles étaient liées au FLT, mais quand elles se retournèrent, il en reconnut aussitôt deux : Francesca De Rossi et Eleanor Mansfield étaient des primatologues réputées, à l'égal d'une Jane Goodall. Elles avaient participé à bon nombre de documentaires qu'il avait visionnés dans le cadre de ses recherches.

Il les aborda.

— Docteur De Rossi ? Docteur Mansfield ?... John Thigpen. Je suis journaliste. Serait-il possible de parler avec vous pendant quelques minutes ?

— Certainement, dit Francesca De Rossi. Excusez-moi... vous travaillez pour quel journal, avez-vous dit ?

— Je viens de Los Angeles. Le *Times*..., dit-il.

Menteur ! Menteur ! hurlait une voix dans sa tête.

— Oh, le *Times*. Bien sûr, fit le Dr De Rossi.

Elle lui présenta la troisième personne, un avocat qui préparait une action en justice visant à retirer les singes à Faulks.

— Merci, dit John. Pouvez-vous m'en dire un peu plus sur cette action en justice ? Au fait, je peux enregistrer ?

— Mais naturellement, dit le Dr De Rossi.

John braqua son micro vers eux et émit des petits bruits encourageants. Francesca De Rossi n'était pas du genre à élever la voix ; en fait, elle se penchait vers lui pour se faire entendre malgré la foule. Son nez était parsemé de taches de rousseur, comme celui d'Amanda avant le traitement au laser. Il avait aimé les taches de rousseur d'Amanda. Elles étaient harmonieusement réparties, adorables, contrairement à ce qu'elle prétendait (« On dirait qu'on m'a jeté de l'eau de vaisselle à la figure », disait-elle).

— ... leur comportement est quasi identique à celui des humains à cet égard. Ils commandent tout ce qui nuit à leur santé, et en grosses quantités, juste après avoir vu des publicités qui...

Tout à coup, il s'aperçut qu'il n'avait rien écouté de ce qu'avait dit Francesca De Rossi avant qu'elle n'aborde le sujet de la nourriture – et encore, c'était parce qu'il n'avait mangé de toute la journée qu'un hot dog coriace. Heureusement qu'il avait son magnétophone.

— ... et leur organisme est encore moins adapté que le nôtre à digérer ce genre d'aliments...

Tout aussi problématiques étaient les conditions d'hygiène. Les arrosages minutés et énergiques des sols en béton ne permettaient pas d'évacuer les reliefs de nourriture et les détritus accumulés. Et comme les Bonobos avaient commandé des fauteuils rembourrés, ces arrosages au jet laissaient le bas des meubles humide, ce qui favorisait le développement des moisissures, exposait les singes à toutes sortes de troubles respiratoires et du système immunitaire. Ces problèmes étaient les arguments principaux de l'action en justice. L'audience aurait lieu dans une semaine, la procédure d'urgence ayant été déclenchée.

— Nous sommes très préoccupés par le sort de ces singes et la situation présente, poursuivit le Dr De Rossi, mais de façon plus générale, il nous faut éclairer le public sur l'exploitation de *tous* les grands singes.

John opina et sourit. Il accepta avec reconnaissance les cartes de visite et griffonna ses propres coordonnées au dos d'un ticket de caisse. Les bons docteurs ayant l'illusion qu'il était du *L.A. Times*, mieux valait sans doute qu'il n'ait pas de carte de visite. Il se demanda s'il y aurait jamais un moment adéquat pour leur signaler qui était son véritable employeur, et jugea que non – sans doute pas.

25

Mbongo était assis par terre, entre un divan posé à la verticale et l'étrange baudruche humaine que Bonzi gardait sous une couverture. Il jeta un regard morne à son fauteuil préféré, le sacco, toujours occupé par Sam qui était en train de regarder la télévision tout en suçant une orange. Mbongo croisa les bras sur son ventre et considéra son tas de cheeseburgers.

Finalement, il en prit un et le retourna. Les bords du papier sulfurisé jaune étaient scellés par un autocollant, qu'il décolla. Ayant testé son adhérence avec ses doigts, il le fixa sur son ventre. Il ajusta sa position, appuya dessus plusieurs fois pour être sûr que ça ne se décollerait pas, et reporta son attention sur le hamburger. Il le déballa et le mit à l'envers sur le papier carré d'emballage. Il ôta le petit pain du bas – plat, et saupoudré de farine – et le jeta par-dessus son épaule. Puis, soulevant la viande, il attrapa le cornichon, qu'il balança contre le mur. Le cornichon y resta collé, rejoignant les précédents. Le front de Mbongo se creusa, pensif. Il pointa le doigt vers le centre du burger et le transperça. Satisfait du résultat, il enfonça encore son doigt par trois fois, y forant un trou. Puis il guetta autour de lui des regards admiratifs, mais toutes les femelles étaient dans la cour. Sam était captivé par l'émission de télévision, et il ne voyait pas Jelani. Il suça les condiments sur son doigt. Tout en enfournant les oignons émincés entre sa langue et son palais, il ôta tous les autres autocollants et les disposa sur son ventre aussi, selon un dessin plaisant. Une fois de plus, il se tourna pour lorgner l'orange de Sam, puis attrapa la baudruche humaine par le bras et la tira vers lui. Il plia en deux un burger et le fourra dans la bouche rouge et ronde, l'enfonçant avec le doigt. Le burger ayant disparu complètement, il recommença. Il voulut en fourguer un troisième, mais cette fois, ça ne passait pas. Alors il poussa avec ses doigts, forçant un peu, mais chaque fois qu'un morceau entrait, un autre en ressortait. Il alla chercher le tournevis.

Bonzi, qui était dans la cour, rentra dans la maison avec Lola sur ses épaules, qui se tenait à ses oreilles. Elle s'approcha de Sam et tendit la main d'un air décontracté. Il lui donna l'orange sans détacher les yeux de l'écran. Bonzi tendit l'orange à Lola et retourna dans la cour.

Mbongo, assis près du ballon humain à présent dégonflé, porta le poing à sa bouche en faisant des petits gestes de pression – ORANGE, ORANGE en langage des signes – à personne en particulier. Il regarda en direction de la cour, puis décomposa les autres burgers et se mit à peindre avec son doigt plein de moutarde.

Makena était allongée au soleil, sur le dos, la tête tournée de côté. Elle avait lavé une poupée dans un seau, mais s'en était lassée, et seau et poupée restaient à côté d'elle.

Un tout petit oiseau brun voleta au-dessus d'elle, assez bas pour qu'elle en soit surprise, et elle inclina la tête pour suivre sa trajectoire. Il se cogna contre la porte en Plexiglas de la cour, laissant une traînée duveteuse au point d'impact. Makena se releva et se déplaça en glissant sur les fesses. L'oiseau, une boule de plumes, ne bougeait plus.

Makena s'approcha lentement et s'accroupit devant lui, les bras reposant sur les cuisses. Au bout de plusieurs minutes, l'oiseau ne bougeant toujours pas, elle tendit la main et l'encouragea. Il ébouriffa ses plumes, poussa un petit cri, et bascula sur le côté.

Makena le ramassa entre ses mains en coupe, et alla sur ses deux jambes jusqu'à la structure de jeu. D'une main, elle porta l'oiseau contre sa poitrine tout en montant le plus haut possible. Là, elle lui écarta les plumes au maximum, et le lança dans les airs. Il disparut par-dessus le mur.

26

Assise en tailleur sur son lit, Isabel picorait les restes de sa salade. Depuis son altercation avec Cat, elle n'osait plus descendre. Elle s'en voulait d'avoir laissé l'addition, mais le barman devait connaître son numéro de chambre.

Son mobile sonna. Elle n'identifia pas le numéro, mais l'appel provenant de la banlieue de Kansas City et – Celia changeant de fournisseur presque aussi souvent que d'amant – elle répondit.

— Allô ?

— Ne raccroche pas…

C'était Peter.

— Oh, mon Dieu…

De nouveau, elle regarda le numéro.

— D'où appelles-tu ?

— D'une cabine publique.

Elle eut comme un vertige, écarta son plateau et ramena ses genoux contre sa poitrine.

— Qu'est-ce qu'il y a ? Qu'est-ce que tu veux ?

— Il faut que tu leur dises d'arrêter…

— De quoi parles-tu ?

— La terre de bruyère ! Les pizzas ! Les crottes de

chien ! Et maintenant, ils ont piraté mon compte e-mail et changé mon mot de passe.

Isabel se prit la tête et ferma les yeux.

— Désolée, Peter, mais ce n'est pas ma faute.

— C'est illégal ! dit-il vivement. Du harcèlement. Probablement un acte délictueux de seconde catégorie. Je vais les faire arrêter.

Un frisson de peur la parcourut.

— Peter, ce sont des gamins…

— Je m'en fiche. Je ne peux même plus accéder à mon propre compte.

Elle étreignit ses genoux et se mit à se balancer d'avant en arrière.

— Je leur parlerai, dit-elle. Au revoir.

— Attends !

Elle ne répondit pas, mais ne raccrocha pas. Elle retomba contre ses oreillers.

— Comment vas-tu… ? dit-il. J'ai vu Francesca De Rossi aux informations, hier soir. Juste la fin. Il y a, semble-t-il, un procès et tu es impliquée. Que se passe-t-il ?

— Ça ne te regarde pas.

— Tu n'as pas à faire ça. Les Bonobos n'ont plus rien à craindre.

Elle se releva d'un seul coup et frappa du poing le couvre-lit.

— Plus rien à craindre ? Ils vivent dans la crasse, se bouchent les artères et font Dieu sait quoi de préjudiciable à leur santé, et Makena peut accoucher à tout moment sans que ça te fasse ni chaud ni froid…

Elle s'interrompit, inspira à fond, ferma de nouveau le yeux, et dit :

— Peter, je ne peux pas te parler. Je ne peux pas…

— Isabel, pour l'amour du ciel, je sais que ce que j'ai fait avec Celia est impardonnable, mais c'était humain. C'était stupide de ma part, mais c'était une erreur et je jure que ça ne se reproduira plus…

Sa voix s'abaissa jusqu'au murmure.

— Izzy, je t'en supplie. On ne peut pas en parler ? J'arrive dans quelques jours…

— Quoi ? Pourquoi ?

— Je viens m'assurer qu'ils s'occupent bien des Bonobos.

Isabel secoua la tête, troublée.

— Je suis déjà ici, et ils ne…

Sa main se plaqua sur sa bouche.

— Oh, non… Alors, tu *travailles* pour eux ?

— Seulement dans l'intérêt des singes, s'empressa-t-il de dire. Faulks m'a contacté… que devais-je faire ? Moi aussi j'ai suivi l'émission… Je ne pouvais pas laisser la situation se dégrader, alors qu'on m'offrait justement la possibilité d'agir. D'ailleurs, si l'un d'entre nous est dans la place, ce sera plus facile de récupérer les singes pour reprendre là où on en était…

De la bile remonta dans sa gorge au souvenir des expériences auxquelles il s'était livré à l'Institut de Primatologie de Rockwell, mais que dire ? Pour le moment, c'était le seul moyen qui s'offrait à elle d'entrer en contact avec les Bonobos. Si Faulks s'était adressé à elle, elle aussi aurait accepté.

— Quand t'a-t-il fait cette proposition ?

— Hier soir.

Elle ne dit rien ; ses pensées formaient un écheveau embrouillé.

— Alors, on peut se voir ? dit Peter.

Sa voix était douce, caressante.

Elle se redressa et inspira à fond avant de répondre.

— Je parlerai aux gamins. Ne leur fais pas d'ennuis, s'il te plaît. Et surtout, surtout, prends bien soin des singes.

— Et… ?

— Et j'ai besoin de temps pour penser au reste.

— Très bien, dit-il. Mais sache que je t'aime toujours…

Isabel attendit quelques minutes avant d'appeler Celia, dans l'espoir que ses tremblements s'apaiseraient.

Celia ne prit pas la peine de dire bonjour. Elle répondit par un :

— Oui, je sais, je devrais déjà être là.

— Peter vient d'appeler. Il affirme que vous avez piraté son e-mail. Dis-moi que ce n'est pas vrai.

— C'est Jawad, en fait. Et s'il ne voulait pas qu'on regarde, il n'avait qu'à mieux choisir ses mots de passe et questions de sécurité. C'est fou comme c'est facile de trouver la rue où a grandi quelqu'un et le nom de son école primaire… Bref, en fouillant dans l'un de ses dossiers, Jawad a…

— Celia ! C'est du sérieux ! Il va vous faire arrêter !

Celia prit un ton méprisant.

— Je suis prête à parier tout ce que je gagnerai jamais dans mon existence qu'il n'appellera pas la police…

— Pourquoi ?

— À cause de ce que Jawad a trouvé.

— Stop ! Je ne veux pas savoir.

— Isabel, cesse de faire l'autruche. Tu dois savoir…

— Non !

— Bon, d'accord…

Il y eut un silence à l'autre bout de la ligne, mais Isabel sentait que ce n'était pas fini. Trois, deux, un…

— Mais c'est vraiment une chose indispensable à savoir.

Isabel garda le silence, tout en considérant avec quelle obstination elle s'était mis des œillères, par le passé. Elle ne lui avait jamais demandé ce qu'il avait fait au singe qui avait sectionné son doigt. Elle avait laissé les mains de cet homme la toucher. Et comme elle envisageait de le revoir, elle ne se sentait pas capable d'en apprendre davantage.

— Bon, finit par dire Celia. Soit ! On se voit quand j'arrive…

— Bien. Celia ?

— Quoi ?

— Sois sage d'ici là.

— OK. Au fait…

La suite fut lâchée comme un tir de mitraillette.

— Peter-a-vendu-notre-logiciel-d'apprentissage-à-Faulks.

Sur ce, elle raccrocha.

Isabel considéra les restes de sa salade d'épinards noyés dans la sauce. Il lui fallut un moment pour penser à refermer son téléphone. Ensuite, elle le déposa délicatement sur le couvre-lit, croisa soigneusement ses couverts sur son assiette, plia sa serviette et aligna salière et poivrière au bord du plateau.

Bien sûr. Où Faulks aurait-il pu se procurer ce logiciel, sinon ? Quant à l'affirmation de Peter selon laquelle Faulks l'avait contacté seulement la veille…

Elle balança la cloche en métal qui avait recouvert son assiette contre le mur, près du téléviseur.

Elle allait rompre le silence. Elle allait le dénoncer – anonymement, bien entendu. Qu'il croie qu'il avait toujours ses chances avec elle, que quelqu'un à Rockwell était tombé là-dessus en parcourant les archives, qu'une personne dans l'entourage de Faulks avait lâché qu'il était impliqué dans la vente du logiciel. Il y avait plein de journalistes qui rêvaient de l'interviewer. Le problème, c'était qu'elle les détestait tous.

Elle repensa à Cat, prenant une photo d'elle à une époque où elle n'avait plus figure humaine – une photo qui s'était retrouvée sur le site Web du *Philadelphia Inquirer*. Elle songea à son répondeur, sa messagerie, débordant de messages qui frisaient le harcèlement. C'était des vautours, tous autant qu'ils étaient – le tout était de choisir le moins affreux et, après Peter, Isabel ne se fiait plus à son propre jugement.

Elle ramassa la serviette pliée avec soin et se mit à la tortiller, formant un croissant, encore et encore, jusqu'à en avoir le bout des doigts violacé. Soudain, elle la lâcha. Un souvenir lui revenait.

Mbongo, le 1er janvier, boudant dans un coin et refusant d'accorder son pardon à celui qui l'implorait avec insistance. Bonzi, pivotant sur son derrière dans la cuisine, signant BONZI AIMER VISITEUR, BISE BISE.

L'approbation de Bonzi lui suffisait. Isabel appellerait John Thigpen – même s'il travaillait pour le *Philadelphia Inquirer*.

27

John n'avait plus que quatre heures pour écrire et envoyer son premier papier, mais tout ce qu'il avait mangé dans la journée, c'était le hot dog cartonneux de la station-service. Il n'avait ni l'envie d'acheter des chips au distributeur ni le temps de retourner au Mohegan Moon.

Il alla à la fenêtre et écarta les lattes. Les stores du petit resto d'en face étaient baissés, mais comme il y avait quelques voitures sur le parking, il décida de tenter sa chance.

Le trottoir devant le bâtiment se désagrégeait et était jonché de mégots. L'endroit ne semblait pas particulièrement ouvert – l'enseigne était éteinte – mais puisque ça n'avait pas l'air non plus désaffecté, il tourna la poignée de la porte. Ce n'était pas verrouillé, et il entra.

Il y eut des crissements, un remue-ménage, et plusieurs types assis à une petite table se dressèrent d'un bond. Une chaise se renversa, des bras ramassèrent quelque chose sur le comptoir, et John entendit des déclics métalliques. Un pitbull couleur chocolat le regarda de travers et se jeta en avant. Ses babines étaient humides, et tout aussi inquiétants étaient ses crocs pointus. Un type râblé, musclé, tira sur la laisse brutalement. Le molosse tomba par terre mais continua à grogner et à surveiller le nouveau venu, qui s'était plaqué contre la porte.

Il survola l'endroit du regard, ne bougeant que les yeux. Il y avait là cinq hommes, et tous les cinq le dévisageaient. Trois d'entre eux cachant leurs mains, il se demanda combien d'armes pouvaient être pointées sur lui. Derrière le comptoir, on avait suspendu de vieux draps depuis le plafond pour masquer l'arrière-boutique, – l'un avec des rayures rose pâle ; un autre, un délicat motif de fleurettes bleues. Une odeur d'acétone flottait dans l'air. Il n'y avait pas de menu, pas de caisse, pas de téléphone – et encore moins de pizza.

— C'est… ouvert ? dit-il enfin.

Au bout d'un silence interminable, un brun au comptoir prit la parole. Il portait un jean, un maillot de corps et une casquette de base-ball noire qui cachait ses yeux. La partie visible de son visage était marquée de rides profondes.

— Ouvert pour quoi ?

— Pour dîner… ?

Autre pause. Les types se regardaient. Le molosse gronda, se jeta en avant, et de nouveau tomba par terre.

— C'est pour manger ?

— Oui…

John désigna faiblement la vitrine et l'enseigne, veillant à ne pas bouger trop vite.

— J'ai cru… peu importe.

Ne voulant pas leur tourner le dos, il recula, les mains en arrière, poussant la porte. Elle s'entrebâilla. Un courant s'air s'infiltra.

— Minute ! dit l'homme au comptoir.

John se tétanisa.

— Fermez la porte.

Il fit un pas en avant et laissa la porte se refermer.

— Alors, c'est pour manger ?

— Oui, mais je peux aller ailleurs. Pas de problème.

— Non, dit l'homme en redressant la tête. Vous êtes là. Vous voulez quoi ?

— Euh… une pizza ? Ou un bento. Ou un combo, dit John, qui se demandait à quoi rimait cette conversation.

Cherchaient-ils à gagner du temps en attendant de déterminer où ils balanceraient son corps décapité ? Finirait-il dans la benne à ordures à côté du distributeur du motel ?

— Une pizza… Vous aimez le piment ?

John déglutit douloureusement, audiblement.

L'homme, qui devait être le patron, claqua des doigts en désignant la table.

— Frankie, une pepperoni ! T'as entendu le client.

Frankie haussa des sourcils surpris. Il désigna sa propre poitrine.

— Oui, toi !

Frankie considéra les autres, et, faute de trouver le moindre signe de solidarité, se faufila furtivement derrière le comptoir et disparut derrière les draps. John entendit un fracas au fond, puis le bruit d'une porte ouverte et refermée.

— Asseyez-vous, dit Jimmy.

D'un signe de tête, il lui désigna la table, et les hommes debout tout autour.

— Non, ça va…

— Asseyez-vous, je vous dis.

— Bon…

Le regard de John dériva sur le chien, qui ne grognait plus, mais continuait à le fixer d'un air féroce.

— Faites pas attention à Booger. Il ferait pas de mal à une mouche…

John se déplaça à contrecœur vers la table. L'un des types redressa une chaise retournée et la tira aimablement. John s'assit sur la pointe des fesses, calculant quelle était la longueur de la laisse en cuir et la distance entre lui et le chien. Les autres restèrent debout, silencieux, avec des airs volontairement inexpressifs.

— Bon…, dit Jimmy qui était toujours à son comptoir.

Il s'abaissa pour poser un objet dur sur une tablette. Puis il s'accouda au comptoir, prenant appui sur ses avant-bras velus. Ses bras, ses mains, et même le dessus de ses doigts étaient couverts de poils noirs.

— Vous êtes pas d'ici ?

— Non, dit John.

— Vous êtes d'où ?

— Iowa, dit John.

Il se demandait bien pourquoi.

— Ah oui ?

— Oui.

— Il paraît qu'ils ont de bonnes patates là-bas.

— Je crois que c'est l'Idaho.

— Ah oui ?

— Oui.

— Parce que je croyais que c'était l'Iowa.

Et ainsi de suite, pendant la plus longue demi-heure de sa vie. Par deux fois, un mobile sonna et fut emporté derrière les draps pour une discussion à mi-voix. Par deux fois, des hommes entrèrent et se figèrent à sa vue. Ils se tournèrent vers Jimmy, qui leur fit signe que tout allait bien et les emmena derrière la tenture. Finalement, John entendit la porte du fond s'ouvrir et se refermer de nouveau. Quelqu'un flanqua des clés sur une surface, et Frankie apparut avec un carton plat. Il fit le tour du comptoir et le déposa sur la table, devant John. Ça venait de chez Domino's Pizza.

John ouvrit de grands yeux.

Jimmy haussa les épaules.

— On recycle les cartons. Pour l'environnement…

Booger leva son mufle, reniflant d'un air optimiste.

John, de son côté, flairait comme un doux parfum de liberté. On allait le laisser s'en aller. Il n'allait pas crever ! Ni finir dans la benne à ordures ! Il bondit sur ses pieds.

— Qu'est-ce que je vous dois ? dit-il en palpant ses poches.

— Frankie ? fit Jimmy.

— Cinquante dollars.

— Bon, très bien, dit John.

Il était étourdi, ivre de soulagement. Il sortit son portefeuille et chercha son argent d'une main tremblante.

— Je n'ai que des billets de vingt, dit-il en jetant trois billets. Mais c'est bon, gardez la monnaie.

— Merci. C'est gentil, dit Jimmy. Et… bon appétit !

John rafla le carton et recula vers la porte.

— Merci…

Sentant le froid métal de la porte sous ses doigts, il se retourna, s'élança et prit ses jambes à son cou. Il traversa ainsi sans regarder, la tête dans les épaules – un automobiliste dévia de sa trajectoire et le klaxonna longuement. Dans l'ombre grandissante du lézard géant qui tenait l'enseigne du Buccaneer, John se pencha et essaya de reprendre son souffle, une main sur sa cuisse. Il n'avait parcouru qu'une trentaine de mètres, mais était groggy et son cœur battait très fort.

Quand il se retourna pour rentrer dans sa chambre, il remarqua les femmes autour de la piscine, qui étaient en train de ramasser leurs affaires dans les derniers rayons du soleil. Elles le regardèrent avec un étonnement horrifié. John se força à sourire, indiqua que tout allait bien, et souleva son carton à pizza en guise d'explication.

Comme il n'y avait pas de secrétaire pour écrire, il se mit en caleçon et s'assit en tailleur sur le lit. Il alluma son ordinateur, ouvrit un fichier, considéra la page blanche surmontée par la barre de menus et d'outils.

À cet instant précis, l'histoire était là, dans sa tête. Par expérience, il savait aussi que tout dégénérerait à la seconde où il se mettrait à taper sur son clavier – car la vie était ainsi faite.

Un portrait d'Isabel Duncan le jour de l'interview, avec ses longs cheveux blonds ruisselant par-dessus ses épaules, son rire clair et spontané qui, à mesure que l'interview se déroulait, l'avait charmé à un point finalement inquiétant. Quand elle avait déclaré qu'avec les années, les Bonobos étaient devenus de plus en plus humains, et elle, de plus en plus comme eux – c'était quand elle se roulait par terre, sous les chatouilles de Mbongo –, ça l'avait touché, vraiment touché. Synthétiser de façon accessible les recherches sur le langage, en employant non pas le jargon impénétrable de la linguistique, mais plutôt le langage de l'expérience – sa rencontre personnelle avec les membres d'une autre espèce, et sa surprise quand il avait compris combien ils étaient proches de nous, les humains. Non seulement ils comprenaient chacun de vos mots, mais ils pouvaient vous répondre, à condition d'y être incités, et cela dans notre langage. Une découverte ahurissante, remettant en question toutes nos croyances. Il ne lui avait pas échappé que, si les Bonobos avaient réussi à acquérir le langage des humains, ce n'était pas réciproque. Il ne lui avait pas échappé non plus que le Dr Duncan était conscient de cela.

Et puis, ce retournement cataclysmique : l'horreur de l'attentat, la tactique terroriste, les singes qui disparaissent, le cirque médiatique et tous ces parasites s'efforçant de tirer la couverture à eux. Dans son imagination, l'article était déjà rédigé – si seulement il avait pu glisser un jeton dans une fente derrière son oreille et n'avoir plus qu'à taper sous la dictée de son cerveau. Mais non. Il n'avait que le médium imparfait des mots.

Il tapa une phrase, puis une autre. Quelques autres lui vinrent, ses doigts mitraillaient les touches. Il se relut, et effaça.

Il examina la pizza, cherchant des lames de rasoir, la renifla, épongea la graisse orangée avec des Kleenex, et mangea. C'était froid et sec, mais pas pire que son hot dog matinal.

Il alla sur un moteur de recherches et découvrit qu'on parlait plus des scores ahurissants de Biden au tennis de table que de la note de Bush envoyée au Département de la Justice, la dernière année de son mandat, et récemment découverte, qui autorisait noir sur blanc la torture.

Il parcourut les articles que des confrères avaient écrits sur les singes, puis, dans l'espoir d'y trouver un angle original, surfa aussi sur le Net, à la recherche de ces textes en ligne disponibles gratuitement qui avaient gâché ses chances de jamais retravailler pour un journal sérieux. De nouveau, il regarda la vidéo du FLT, et la déclaration à la presse faite par Faulks au lendemain de la diffusion du premier épisode de *La Maison des Singes*. Il relut les notes qu'il avait prises dans l'avion qui revenait du Kansas, avant l'attentat. Il se renseigna sur le coût des panneaux d'affichage numérique. Il écrivit un peu, se relut, effaça.

Au bout d'une heure, il n'avait rien. Nada. Que dalle.

Comment pouvait-on être aussi sec ? Cette histoire se décantait dans son cerveau depuis le 1er janvier. Pourquoi ne pouvait-il pas tout simplement ouvrir le robinet ?

D'accord, il avait passé une nuit blanche, sans compter qu'il venait d'avoir la trouille de sa vie. Une image de la gueule grande ouverte du pitbull lui traversa l'esprit. La bave dégoulinait de ses babines frémissantes. Pas étonnant si, à cette poussée d'adrénaline, succédait l'abattement. Il s'était vu transformé en pâtée pour chien.

Et puis Amanda devait être en compagnie de l'abominable Sean, à repousser ses avances. Il essaya de la joindre, mais tomba sur sa messagerie.

Il était 20 h 30, et il n'avait rien écrit.

Il prit son magnétophone et appuya sur Play. Il espérait qu'il n'avait pas souri niaisement pendant tout le temps où il avait eu la tête ailleurs, car il s'avéra que Francesca De Rossi avait expliqué que le terme *singe capturé à l'état sauvage* devait se traduire par « capturé bébé, la mère étant abattue », et que tous les grands singes employés dans le monde du spectacle étaient des jeunes, c'est-à-dire qu'ils avaient été kidnappés, les mères singes n'étant pas plus enclines que les autres à donner leurs petits.

Il se remit à écrire, mais avait mal au crâne et les mots ne venaient pas. Il lui fallait huit cents mots d'ici à minuit. À 21 h 07, il en avait 205. À 22 h 31, plus que 187. Il survola ses notes, marqua les points importants, et entreprit de les étoffer. Les transitions viendraient plus tard.

Il téléchargea *Amanda* du groupe de rock Boston, et le mit en mode répétition. Il reprit son fichier, écrivit une phrase ici, la déplaça là, la démembra et la reconstitua. Replaçant une virgule pour la troisième fois, il se rappela la boutade d'Oscar Wilde disant qu'il avait passé la matinée à supprimer une virgule et l'après-midi à la remettre.

Son téléphone sonna et il se jeta dessus. C'était Topher, et il était minuit et sept minutes.

— Où t'en es ?

— Je finis. Ça vient.

— Y a intérêt…

On avait coupé.

John affronta de nouveau ses 422 mots, au bord de la syncope. Il n'avait jamais rendu ses papiers en retard, et c'était sa toute première mission pour le *Weekly Times*.

Il s'aperçut qu'il avait dit la même chose deux fois, à un paragraphe de distance. Les deux passages lui semblaient plutôt bien tournés, mais il en effaça quand même un. Si seulement il avait pu se sortir le cerveau par les narines à l'aide d'un crochet – ça aurait sans doute été plus facile que trouver d'autres mots. Il cita Francesca De Rossi, ajouta quelques chiffres. Parla des mœurs sexuelles des Bonobos et de leur évident manque d'intérêt pour la pornographie humaine – en contradiction avec les mœurs des êtres humains et leur fascination pour cet aspect-là de l'univers des Bonobos. Il souligna les différences entre chimpanzés et Bonobos, discuta des goûts de ces derniers en matière de décoration, et ajouta quelques mots sur l'audience à venir et la grossesse. Et là, tout à coup – terminé.

Éberlué, il vérifia le nombre de mots – 797. Il se frotta les yeux, alla soulager une envie trop longtemps contenue, se relut, et constata que c'était bien. Pas seulement passable, mais quelque chose qu'il aurait été fier de publier dans n'importe quel journal. Il passa le correcteur orthographique, relut une fois de plus pour s'assurer qu'il ne s'illusionnait pas, regretta l'absence d'Amanda et envoya le texte par e-mail. Minuit trente-sept. L'accusé de réception arriva aussitôt.

Il rampa dans son lit et enlaça l'oreiller. La couverture, il en fit une boule qu'il écrabouilla entre ses jambes pour se protéger les genoux. Puis, poussant un gros soupir, il se glissa dans un rêve où il y avait Amanda.

Au moment où ça devenait intéressant, la voiture infernale s'arrêta devant sa porte. Des jacasseuses en sortirent de nouveau, tout comme la veille. Une fois de plus, elles firent sonner leurs hauts talons contre les marches en béton pour tituber jusqu'à leur chambre. À un moment donné, il entendit comme un gros choc, des rires stridents, puis des paroles encourageantes et des frottements, comme si on traînait la personne à terre. Ensuite, tout comme la veille, elles claquèrent leur porte, mirent de la musique et allumèrent la télévision, firent couler la douche, et continuèrent plus généralement à faire la fête.

John essaya d'enfouir sa tête sous un oreiller. De s'envelopper la tête dans un T-shirt. Au bout d'une vingtaine de minutes, il enfila son jean et monta à l'étage.

Ce fut la rousse qui ouvrit. Elle était très maquillée, portait une robe en latex couleur de cerises au marasquin. Une cigarette pendait au coin de ses lèvres vermillon. De près, elle faisait plus âgée, ce qu'accentuaient les couches de maquillage qui soulignaient ses pattes-d'oie et les ridules autour des lèvres.

Elle le toisa d'un air méfiant.

— Vous voulez quoi ? lança-t-elle, avec un fort accent.

Derrière elle, une brune était couchée sur le lit, pelotonnée comme un fœtus autour d'une bouteille de vodka. Ses ongles étaient longs et bombés ; il y avait sur chacun une comète argentée sur fond bleu nuit.

— Vous ne pouvez pas la mettre en sourdine ? Je voudrais dormir…

La porte de la salle de bains s'ouvrit et une autre femme en sortit. Ses cheveux étaient enveloppés d'une serviette. Sinon, elle était complètement nue. Bien que ne pouvant ignorer la présence de John sur le seuil, elle s'approcha du lit sans aucune honte, arracha la bouteille des griffes de la brune, et prit une longue rasade.

— On rentre du boulot, dit la rousse à la porte.

Elle tira longuement sur sa cigarette et lui souffla la fumée à la figure.

— Il est plus de trois heures du matin et je dois me lever dans quelques heures.

— C'est pas mon problème, dit la femme en haussant les épaules.

— Ça va le devenir, si je me plains à la direction…

— Ha ! (Elle prit un air méprisant.) Ça m'étonnerait.

Et elle ferma la porte. Elle ne la claqua pas – se contenta de donner l'impulsion et se détourna. Dans la dernière vision qu'il eut d'elle, elle tendait la main vers la vodka.

Il alla se recoucher, se tournant sans relâche et tâchant d'ignorer la fête qui battait son plein à l'étage. Finalement, il se résigna et alluma la télévision. Il zappa de chaîne en chaîne, s'arrêtant brièvement sur *La Maison des Singes*. Les Bonobos dormaient paisiblement dans leurs couvertures, même si les techniciens faisaient de leur mieux pour entretenir l'intérêt. Des caméras zoomaient sur des faces et des lèvres tremblotantes, et on entendait des ronflements et des grillons en surimpression.

Les voir dormir étant énervant dans ces conditions, il continua à zapper. Un nonagénaire décati moulé dans un T-shirt montrait le fonctionnement d'un appareil électroménager semblable à une machine à vapeur, qui, apparemment, extrayait le jus des légumes en expulsant toutes les fibres par-derrière. Son épouse, qui avait quatre-vingt-sept ans, avalait hardiment des jus de betterave et d'oignons crus, souriant largement pour indiquer combien c'était bon. Sur la chaîne suivante, une femme en petite tenue s'ébattait sur son lit tout en ronronnant et souriant à son téléphone. Des célibataires aimant faire la fête sont juste au bout du fil, déclarait l'annonceur. Tiffany vous attend… le numéro de téléphone apparaissait au bas de l'écran.

Le boucan cessa à 5 h 41. Pendant quelques instants, les ressorts du matelas gémirent sous le poids des corps qui y prenaient place, puis ce fut le divin silence.

Quand son réveil se déclencha, il eut des envies de pleurer. Amanda venait de se volatiliser pour la seconde fois, et cette fois à un moment crucial. Il frappa le bouton d'arrêt momentané, se masturba laborieusement, frappa de nouveau sur le bouton arrêt momentané, repoussa les couvertures, et alla dans la salle de bains. Il était accablé par le manque de sommeil, si fatigué qu'il se coupa quatre fois en se rasant. Lorsqu'il en sortit pour s'habiller, il avait encore des petits bouts de papier hygiénique collés au visage.

Sa main était sur la poignée de la porte, quand il se retourna. Il alla se poster au pied du lit, regarda au plafond. Puis, ayant placé son portable au milieu du lit, il se connecta sur iTunes, téléchargea *We Built This City* de Jefferson Starship, mit en mode répétition, poussa le volume au maximum, rassembla ses affaires et partit en claquant la porte.

28

Le téléphone à côté d'Isabel sonna, la réveillant. Elle avait tiré ses rideaux et, désorientée, tendit la main vers son mobile et dit « Allô » avant de s'apercevoir que c'était le téléphone de l'hôtel qui sonnait. Elle se cala sur un coude et chercha à tâtons l'interrupteur.

— Allô ? dit-elle encore, cette fois à bon escient.

— Bonjour, mademoiselle Duncan. Mario, à la réception. Nous avons ici une jeune… personne qui vous demande.

— Cheveux roses ?

— C'est cela.

— Faites-la monter, merci.

— Oui, mademoiselle…

Isabel alla dans la salle de bains et s'aspergea le visage d'eau froide. Elle souleva chacun des flacons miniatures pour voir ce que la bonne fée avait apporté la veille, appréciant en connaisseuse la rigoureuse symétrie de l'ensemble. Elle les remit exactement à la même place et se demanda si elle avait le temps de quitter son pyjama quand on frappa à la porte.

Elle ouvrit aussitôt.

— Celia !

Celia la serra dans ses bras.

— Que je te regarde… Super, le pyjama. Tourne-toi…

Isabel soupira et lui tourna le dos de façon à montrer son crâne. La jeune fille passa le doigt sur le bourrelet cicatriciel.

— C'est mieux. Tu sais ce que je ferais, à ta place ? Je me ferais tatouer une fermeture Éclair. Ou bien une grosse couture genre Frankenstein.

— Mouais…

— Ça serait trop cool. Comme ça, la cicatrice ferait vraiment partie de toi.

— Mais elle fait partie de moi ! Et mes cheveux vont repousser… Et ton vol ? Tu as dû voyager de nuit, dit-elle, en consultant la pendulette près du lit.

— J'ai fait du stop.

— Quoi ? Tu vas finir par te faire assassiner.

— Aucun risque. J'ai voyagé dans un bus paroissial. On a chanté des chants scouts tout du long…

— C'est ça ! Tu veux me faire croire que tu as fait tout ce chemin d'une seule traite ?

— Bon d'accord, j'ai fait aussi la route avec quelques camionneurs…

— Celia !

— Tous très sympas…

Elle passa devant Isabel et disparut dans la salle de bains.

— Alors, quand es-tu arrivée ?

— Hier après-midi.

— Tu es descendue où ? Où sont tes affaires ?

Celia apparut sur le seuil, frotta la moquette de son pied, et baissa les yeux avec une feinte timidité.

— Oui, euh… J'ai rencontré quelqu'un…

— Oh, Celia, tu ne loges quand même chez un parfait inconnu ?

— Du calme, *maman* ! Tu sais que je suis prudente. Et c'est pas comme si on se connaissait pas… Tu le reconnaîtras…

— Bon alors… qui est-ce et où habites-tu ?

Celia s'avança et lui prit les mains. Elle l'amena vers le lit, s'assit, tapota l'espace à côté d'elle.

— Assieds-toi…

Isabel obéit, quoiqu'à contrecœur.

— On est au camping, mais il est en ce moment en bas, au restaurant. J'aimerais que tu fasses sa connaissance.

— Tu n'as pas dit que je le connaissais déjà ?

— Non. J'ai dit que tu le *reconnaîtrais*.

John considéra son assiette, morose. Le Mohegan Moon proposait un impressionnant buffet de petit déjeuner, mais après avoir survolé l'ensemble, il avait choisi les œufs Benedict du menu. C'était l'une des premières recettes qu'Amanda avait réussi à maîtriser et il en raffolait. Déjà il regrettait d'avoir laissé la chanson beugler au motel. C'était mesquin et immature, et même gênant. Il retournerait là-bas après le petit déjeuner pour arrêter ça.

Le jeune aux cheveux verts était tout seul à une table dans l'angle. John fut surpris de le trouver là – était-ce un client du Mohegan Moon ? Peut-être l'un de ces pseudo-punks avec un bon petit matelas de fric à la banque ? On se teint les cheveux et on se truffe de piercings pour affirmer sa personnalité au plus vite ? Il devait avoir une mère très convenable quelque part, qui s'arrachait les cheveux à cause de lui.

Un gant blanc se matérialisa devant sa figure. Le serveur déposa une assiette recouverte d'une cloche argentée devant lui. Quand John la souleva, il y avait là deux œufs parfaits en robe de velours jaune accompagnés d'une croustillante tranche de bacon fumé au bois de pommier et de galettes de pommes de terre dorées. Il poussa un gros soupir et tendit la main vers l'une de ces mignonnettes de sauce Tabasco. Parfois, Amanda disait pour plaisanter qu'elle allait s'en faire des boucles d'oreilles. Sur le point d'en mettre sur ses galettes, il les glissa dans sa poche pour les rapporter à la maison.

Isabel baissa la tête et se tint le front à deux mains.

— C'est incroyable ! Comment… ? Toi qui le traitais de con… !

— Ben… Quand je suis arrivée hier après-midi, je l'ai vu devant la maison des singes avec une bande de mangeurs de petites graines et je lui ai dit le fond de ma pensée… Il s'est défendu, on s'est mis à parler, et figure-toi qu'on était complètement d'accord sur Peter. Ensuite, bam…

— Bam ? (Isabel releva la tête.) *Bam ?*

— Ouais. Enfin, façon de parler…

Isabel se rejeta en arrière et se mit un oreiller sur la tête. Aussitôt, Celia se précipita pour en soulever un coin.

— Tu veux bien le voir ?

— Impossible. Cat Douglas doit être en bas. Elle me sautera dessus…

— Si Catwoman t'approche, je la chasse…
— Même toi, tu n'es pas de taille, Celia…
— Alors, on se cachera.
Sa voix prit un ton câlin.
— Allez, quoi… !

John étala sa serviette amidonnée sur ses genoux et prit ses couverts. Il piqua sa fourchette dans la sauce hollandaise, un peu figée, et goûta – il y avait dedans quelque chose qui n'aurait pas dû y être, sans doute un épaississant pour qu'elle se conserve dans la cuisine sans que les salmonelles s'y mettent.

La sauce hollandaise d'Amanda, c'était juste des jaunes d'œuf, du beurre et du citron. Elle ne parlait jamais quand elle se livrait à cette « guerre des nerfs », comme elle disait, car fouetter les œufs au-dessus de la plaque jusqu'à obtention de cette consistance soyeuse exigeait toute son attention. Au moment précis où ils se brouillaient, elle déposait un gros morceau de beurre sur le fouet de façon à refroidir à la fois les jaunes et le fond de la casserole. Elle était toujours soulagée et ravie de sa victoire, même s'il ne l'avait encore jamais vue rater sa sauce. Après avoir incorporé tout le beurre, elle se tournait vers lui, plongeait le doigt dans la casserole, et lui faisait goûter. « C'est pas délicieux ? » disait-elle, les yeux brillants, et il répondait toujours oui, car c'était toujours vrai.

Il y avait d'autres points contestables. Les œufs eux-mêmes semblaient trop ronds, signe qu'ils avaient été pochés au sens classique du terme. Lui-même n'aurait pas vu la différence, si Amanda, en bonne disciple de Julia Child, n'avait décrété que l'œuf devait être lâché dans l'eau, même s'il fallait tout de même guider un peu les choses avec une cuillère et du vinaigre.

Il coupa par le milieu le jaune, cuit à la perfection. Puis il retourna toutes les garnitures pour que le jaune puisse imprégner le muffin. Il se trouva face à une vulgaire tranche de jambon. Amanda ne s'en serait jamais contentée. Elle aurait pris soit du bacon canadien, soit du prosciutto. Et elle aurait glissé entre jambon et œufs trois pointes d'asperge à peine cuites à la vapeur ou des pousses d'épinard sautées à l'ail. Elle n'avait jamais compris pourquoi les œufs Benedict et les œufs à la Florentine auraient dû s'exclure réciproquement, et il était on ne peut plus d'accord.

— Tout est à votre goût, monsieur ?

— Hummm ?

John atterrit.

— Oh, oui. Merci, dit-il.

— Très bien, monsieur.

Après le départ du serveur, il mangea un bout de bacon avec les doigts. Ça ne se faisait peut-être pas, mais personne ne le regarda de travers.

Sauf ce gamin dans l'angle. Il le dévisageait, et ses yeux n'étaient plus qu'un concentré de haine.

— Tu vas vraiment parler à un journaliste ? déclara Celia, au moment où elles prenaient l'ascenseur.

— Oui, mais ne dis rien à personne. C'est un secret.

— Pourquoi je le dirais ?

— Je ne sais pas, mais… Écoute, c'est important. Jure-le-moi. Ne le dis à personne. Surtout à ce garçon… Comment s'appelle-t-il, au fait ?

— Nathan. Il va te plaire.

— J'en suis sûre…

— Laisse-lui une chance, hein ?

Isabel regarda d'un air impatient l'intérieur capitonné de la cabine. Un *ding* annonça l'arrivée au rez-de-chaussée. Elles contournèrent l'impressionnant bouquet pour gagner le restaurant.

— C'est lui, dans le coin, dit Celia.

— Je vois. On peut difficilement le rater.

Nathan se leva. Il marchait. À grands pas, les mains dans les poches de son jean, en faisant le dos rond.

— Qu'est-ce qu'il fabrique ? Il nous a vues ? demanda Isabel.

— J'en sais rien…

Il s'arrêta à une table. Le client releva la tête ; il tenait un petit morceau de bacon entre le pouce et l'index, comme un cigare.

— Bouffer de la viande, c'est criminel, sale con…

Nathan glissa la main sous le bord de l'assiette et y donna un petit coup de poignet, envoyant valser l'assiette. Elle tomba par terre et s'y cassa en quatre morceaux. Des gouttelettes de sauce hollandaise éclaboussèrent les chaussures et le pantalon du client.

Celia empoigna le bras d'Isabel et la tira derrière l'une des colonnes corinthiennes qui encadraient l'entrée du restaurant.

Nathan passa devant elles comme un ouragan et quitta l'hôtel sans un regard en arrière.

— Ouah. Pas cool, ça ! fit Celia.

Isabel se mordit les lèvres.
— Celia…
— Quoi ?
— Ce type. C'est John Thigpen. Le journaliste que Bonzi a voulu embrasser. Celui à qui je dois parler…
Celia regarda de son côté. John Thigpen se tenait les paumes en l'air, et contemplait la sortie d'un air ahuri.
— Oooooooh. C'est *Pigpen* ?
— Oui, dit Isabel entre ses dents. C'est *Pigpen*.

29

En général, John n'était pas superstitieux, mais au cas improbable où l'incident aurait été un châtiment karmique, il rentra immédiatement au motel pour couper la chanson.

Machinalement, il regarda vers le resto, et vit l'un des truands fumer une cigarette tandis que Booger faisait ses besoins sur le trottoir. Le type regarda John ; John lui adressa un faible signe, qui resta ignoré.

En approchant, il vit que sa porte était entrebâillée. Il colla son oreille contre l'ouverture, peu désireux de déranger un cambrioleur. Ses voisines du dessus glapissaient et rigolaient, ce qui ne lui facilitait pas la tâche. Du pied, il poussa la porte.

La chambre était vide, mais il regarda sous le lit et dans la salle de bains, tira le rideau de douche. Les panneaux de verre dépoli de la fenêtre-jalousie avaient été débloqués, et le petit rideau crasseux flottait, agité par la brise. Les mouches mortes avaient glissé au fond de la baignoire.

Personne.

Le cœur battant, il retourna dans la chambre. C'est seulement alors qu'il remarqua que la musique avait cessé. Sur le lit, à la place de son ordinateur, il y avait un Post-it bleu pastel :

Chambre 242. ☹

Il soupira et regarda au plafond. La chambre 242 était juste au-dessus de la sienne.

Il alla au fond du bâtiment et monta par l'escalier. La peinture de la rampe, qui s'écaillait, avait été repeinte plusieurs fois, ce qui lui donnait l'aspect granuleux d'un papadum.

La porte de la 242 étant grande ouverte, son regard tomba sur l'envers de son ordinateur, qui était sur le lit, et d'où s'élevait un morceau quelconque avec guitare électrique et pédale wah-wah.

La rousse avait rapproché une chaise et posé ses pieds chaussés de sandales à semelles compensées sur le lit. À sa droite se tenait une blonde qui arrangeait ses cheveux avec un fer à friser sans fil. Elle avait des épingles au coin de la bouche. À sa gauche, la brune regardait l'écran avec intérêt, et rejetait de temps en temps la tête en arrière pour souffler un flot de fumée en direction du plafond. Aucune des trois ne parut remarquer sa présence.

— Qu'est-ce que vous faites ? dit-il.

La rousse se pencha vers l'écran, agitant sa cigarette, et son regard s'embua.

— La grande époque…, dit-elle avec nostalgie. Voyez-moi ça… C'est moi qui ai inventé ça ! Le « teabagging »…

Les autres se penchèrent aussi et soupirèrent.

— Extraordinaire, Ivanka, dit l'une d'elles. T'étais douée.

— Oui. J'étais une star. Je circulais en limousine. Je buvais du champagne toute la journée, et la coke !

Partout où on regardait, des lignes, des lignes… Aujourd'hui…

Elle poussa un soupir tragique.

— Quoi ? dit John. Vous regardez du porno sur mon ordinateur ?

— C'est pas du porno, protesta Ivanka, indignée. C'est moi !

— Vous avez volé mon ordinateur !

— J'aurais sans doute dit « emprunté », répliqua-t-elle, en tournant son visage pour tirer une bouffée.

Elle souffla un mince jet de fumée.

— Comment vous avez fait pour entrer chez moi ?

— Oh… le manager, Victor, il est sympa… – elle glousa pour exprimer sa réprobation. Pas comme vous ! C'était pas gentil, votre truc de ce matin…

Elle se redressa tout à coup et pointa son ongle verni sur l'écran.

— Hé, regardez !

— Stop ! cria-t-il. C'est un écran à cristaux liquides !

— Vous avez vu ? dit-elle, passant son ongle dessus sans lui accorder la moindre attention.

Réalisant que c'était inutile, John contourna le lit. L'ongle rouge d'Ivanka avait laissé une marque autour de la forme qu'elle avait soulignée.

— Vous avez vu ? Tendu comme un tambour, rond comme un ballon de basket…

— Mais ça ballotte juste ce qu'il faut…, remarqua l'une de ses copines.

— Ah…, fit Ivanka, prenant une autre bouffée. Le temps nous rattrape toutes…

Autre soupir russe à fendre l'âme.

— Excusez-moi ? Si ça ne vous fait rien… ? dit John.

Ivanka se tourna vivement vers lui, lui accordant soudain toute son attention.

— Si, ça me fait ! Le smiley mécontent, c'est pour ça… !

— Le smiley mécontent… ?

— Vous avez pas vu le mot ? Vous nous avez réveillées, et le gros Bob n'aime pas qu'on ait l'air fatigué.

— Le gros Bob ?

— Le patron du club pour gentlemen. Où on travaille.

Elle se pencha pour refermer le portable.

— Mais je vous pardonne, vilain garçon…

Elle agita sa cigarette et lui fit un clin d'œil.

— Vous m'aviez pas dit que vous étiez un célèbre écrivain…

(ceci était encadré de guillemets figurés).

— Quoi ?

— Victor m'a donné quelque chose, en plus des clés.

Elle désigna d'un coup de tête la table de chevet. Un magazine sur papier glacé était ouvert, montrant en double page des femmes en minijupe et sans culotte descendant de voiture. Des étoiles jaunes avaient été placées aux endroits stratégiques. QUAND LES STARS FONT LEUR SHOW… CHAUD CHAUD ! ! !

John s'assit au bord du lit.

La brune referma le *Weekly Times* tout neuf, le glissa dans l'enveloppe FedEx, et le jeta sur le portable. Il prit l'un et l'autre, et se leva.

— Et il y avait ça aussi, dit Ivanka en lui tendant une carte d'entreprise American Express gravée à son nom. C'était dans l'enveloppe. T'as du bol d'être un Grand Écrivain. J'adore les pompes…

John contempla la carte bancaire, la mit dans sa poche, et s'en alla. Il était sur le point de refermer la porte, quand Ivanka lui lança :

— Ce soir, tu dors…

Et elle lui envoya de loin un petit baiser.

Une fois dans sa chambre, il sortit le magazine de l'enveloppe. Là, chapeautant son article, il y avait ce titre : LE ROI DU PORNO FILME DES BÊTES DE SEXE ! (Celui de John avait été : FAIRE L'AMOUR OU LA GUERRE ? QUAND LA TÉLÉRÉALITÉ NOUS FAIT LA LEÇON.)

Et ça empirait. Le paragraphe où il avait écrit :

D'abord appelés chimpanzés pygmées, les Bonobos furent reconnus comme une espèce à part (pan paniscus) *en 1929. Pacifiques, joueurs, fuyant les conflits, ils sont souvent surnommés les « hippies de la forêt ». Leur société est matriarcale, égalitaire, et leurs pratiques sexuelles sont remarquables. Le sexe leur sert à nouer et entretenir de bonnes relations sociales, et les femelles sont aussi susceptibles que les mâles de prendre l'initiative. À l'état sauvage, les Bonobos, qui vivent dans la République Démocratique du Congo, ont une activité sexuelle toutes les quatre ou cinq heures – contre toutes les heures et demie, environ, pour ceux qui sont en captivité…*

était devenu un salmigondis d'affirmations à l'emporte-pièce comme « Ils font l'amour toute la journée » et « Elles couchent pour arriver ! » ou « Côté sexe, monsieur doit assurer ! ».

Son passage sur les différences physiques entre chimpanzés et Bonobos :

Les Bonobos sont plus petits et plus fins que les Pan troglodytes, de carrure plus gracile et élancée. Leurs membres sont longs et gracieux, les femelles ont des seins plus proéminents que chez toute autre espèce de singes.

avait été résumé par un : « Les Pamela Anderson du monde des singes ».

Celui sur l'acquisition du langage humain :

Ils sont plus proches des humains que les chimpanzés, puisqu'ils partagent 98,7 % de notre ADN. Il n'est donc pas étonnant qu'ils se montrent doués pour le langage et la pensée abstraite. Ces Bonobos comprennent l'anglais parlé et communiquent par l'intermédiaire du langage des signes américain. Ils ont acquis le langage des humains de la même façon que les enfants humains et pour la même raison – le désir de communiquer. Ils sont aussi plus doués pour manier l'ordinateur que certains de nos congénères.

avait été supprimé.

Il se força à lire le reste. Rien n'était de lui. Le procès, la grossesse – disparu. Tout avait été falsifié et caricaturé.

Quelques secondes plus tard, il était au téléphone avec Topher.

— Ce n'est pas ce que j'ai écrit ! Pas du tout.

— En gros…

— Non ! Pas « en gros » ! Je n'avais pas écrit cela.

— Tu te crois où, au *National Geographic* ? On a quelqu'un qui s'occupe de Lindsay Lohan à temps complet, figure-toi ! Ici, on chasse pas le Pulitzer…

— Mais c'est n'importe quoi ! Des « bêtes de sexe », vraiment ! Et ce ne sont pas des Pamela Anderson. Elles font un bonnet A… ou B, à tout casser. Mon Dieu, qu'est-ce que je raconte, moi… ?

— Écoute : quand on rend son papier deux heures avant la mise sous presse, on n'a pas le droit de se plaindre. Moi, en revanche, si ! Surtout quand on me rend des trucs aussi bandants qu'une vieille chaussette. Franchement, je suis un peu inquiet. Il faut que tu désapprennes tout ce que tu as appris à la fac. Oublie le *Philadelphia Inquirer* et pense *National Enquirer*, avec du papier plus glacé et moins d'extraterrestres. Tu vas me mémoriser chaque mot du numéro de cette semaine, regarder *TMZ* et *Access Hollywood*. Les blogs : Perez Hilton, Mr Paparazzi. *Voilà* ce que je recherche. Et fini le latin, OK… ? Et, autre chose : fais-moi cette interview avec Faulks. Et Isabel Duncan. Trouve des conneries. Des conneries exploitables. Pas besoin que ce soit vrai. Tu piques des détails et tu extrapoles… Et tu peux toujours recourir au bon vieux « selon une source »…

— Tu veux que j'invente des choses sur Ken Faulks ?

— Et Isabel Duncan. Et tant que tu y es, je veux que tu te rappelles pourquoi tu as eu ce boulot, au départ…

Il y eut un silence menaçant.

— On se comprend, je crois ?

Une crispation nerveuse anima le coin des lèvres de John.

— Oui.

— Bien ! J'attends avec impatience ton prochain papier. Qui sera rendu en temps voulu. Et très croustillant.

— Oui, répéta John.

— Parfait, dit Topher d'une voix enjouée et il raccrocha.

John s'était installé dans son lit avec le *Weekly Times* et s'efforçait de se « déséduquer » quand les fondations du bâtiment furent ébranlées sous l'effet d'une explosion assourdissante, suivie d'une pluie de verre. Il se couvrit la tête, mit instantanément ses genoux au menton. Une fois qu'il eut compris que l'explosion s'était produite hors de l'hôtel, il bondit sur ses pieds et ouvrit la porte.

L'immeuble d'en face était entièrement pris dans les flammes, une enveloppe d'un blanc-bleu diaphane qui se terminait par des langues rouge et jaune, fuselées et ardentes. Il y avait des éclats de verre tout autour de lui – les fenêtres avaient été soufflées avec une telle violence que des morceaux avaient traversé la rue. Les clients aux deux niveaux du motel avaient ouvert leurs portes et sortaient – les strip-teaseuses, la femme à la robe-sac polynésienne et son mari en maillot de corps, la famille asiatique qui était descendue joyeusement à la piscine le premier soir, mais était remontée après y avoir jeté un coup d'œil. Plusieurs personnes étaient déjà en train de téléphoner, mettant leur main en coupe afin d'être entendues malgré le brouhaha. John regarda le bâtiment en flammes.

Une boule de feu humaine sauta par ce qui avait été la vitrine et fonça à toute vitesse dans la rue. Une femme qui se trouvait sur le balcon juste au-dessus de John se mit à hurler – c'était Ivanka, et le fait de l'identifier au milieu de ce chaos le poussa à agir.

La boule de feu courait en agitant les bras, cherchant à frapper les flammes qui laissaient un sillage derrière elle telle la queue d'une comète. John chercha du regard un extincteur sur le mur de l'hôtel. Il n'y en avait pas. Il se précipita dans sa chambre, arracha le couvre-lit, et piqua un sprint dans la rue.

L'individu s'effondra sur la chaussée comme une marionnette aux fils coupés. John le rattrapa et jeta le couvre-lit sur lui, s'efforçant de le border de tous côtés, afin de priver les flammes d'oxygène, donnant des tapes sur les flammèches, le roulant sur lui-même dès que le couvre-lit menaçait de prendre feu. Les flammes étant enfin étouffées, il découvrit la tête de la victime, tomba à genoux et resta là sans bouger, incapable de dire si ce type – ce devait être un homme, même si ça n'y ressemblait pas – était encore en vie. Il appliqua son oreille contre la bouche carbonisée, guetta des signes de respiration. Il entendit le mugissement des sirènes, heureusement croissant.

— Tenez bon. Accrochez-vous. Les secours arrivent…

Il se sentait impuissant. Il aurait voulu lui tenir la main, ou lui procurer un contact rassurant, mais il n'y avait pas un endroit intact et il resta donc à genoux en murmurant des paroles apaisantes. Il ne s'entendait même pas parler. Il ne savait même pas si on était conscient de sa présence.

Deux camions de pompiers débouchèrent du coin de la rue sur les chapeaux de roues.

John sauta sur ses pieds, criant et gesticulant.

— Ici ! On a besoin d'aide ici !

Mais les véhicules le dépassèrent pour stopper devant l'incendie.

Comme il les suivait du regard, une voiture de police arriva. Il leva les mains dans un geste de désespoir. Le flic le considéra par la fenêtre de sa portière, et descendit. Sans être particulièrement pressé.

— Que s'est-il passé ? lui demanda-t-il en jetant un coup d'œil au blessé.

— J'étais dans ma chambre, là-bas – John désigna le motel d'un doigt tremblant – quand j'ai entendu une explosion et je suis allé voir et… ce type est sorti en catastrophe. Il était en train de brûler, je l'ai poursuivi jusqu'à ce qu'il tombe, j'ai éteint les flammes avec mon couvre-lit et… personne n'a appelé d'ambulance ? Pourquoi les pompiers ne se sont pas arrêtés ?

De la forme noircie s'éleva une plainte funèbre qui se mua en long gémissement. Une fois lancé, l'homme ne s'arrêta plus. Il implorait, suppliait, jurait, pleurait, il priait et appelait sa mère, alors même que son visage détruit bougeait à peine.

Quelques instants plus tard, une ambulance arriva. John vit l'équipe ôter le couvre-lit carbonisé et mettre l'homme sur une civière. Les plaintes étaient retombées au niveau d'un geignement pitoyable.

— J'ai besoin de savoir de quoi il s'agit, dit une auxiliaire médicale, examinant la figure toute noire. Vous comprenez ? Si vous voulez qu'on sauve vos yeux, j'ai besoin de savoir si vous fabriquiez de la « meth ». Vous comprenez ?

— Oui, c'est ce qu'ils fabriquaient, dit John. J'en suis pratiquement sûr.

Il avait les bras croisés sur la poitrine et tremblait violemment. C'était l'odeur de chair brûlée, le fait de voir un être humain dans cet état.

— Et comment le savez-vous ? dit le flic.

— J'ai cru que c'était un restaurant. Il y avait une enseigne. Pizza/bento. J'y suis allé l'autre jour. J'avais faim. Mais il n'y avait pas de pizza. Ils avaient des armes. Et un pitbull. Et ça sentait l'acétone…

Le flic le jaugea, puis alla vers l'ambulance et parla à l'auxiliaire, qui regarda John, répondit quelque chose, et opina. Le flic revint.

— Merci, mon vieux. Il y a un produit chimique impliqué dans la fabrication de la meth qui met deux ou trois jours à brûler la cornée. Donc, si la victime n'avoue pas tout de suite, elle est foutue… En ce qui concerne celui-là, je ne sais pas. Il a l'air mal barré, de toute façon…

Il sortit son calepin.

— Votre nom ?

— John Thigpen, dit John en claquant des dents.

— Et vous êtes au Buccaneer ?

— Oui. Chambre 142.

— À supposer qu'il y ait quelqu'un de vivant à poursuivre, on aura besoin de vous parler. Avez-vous touché ce type ou ses vêtements ?

— Non.

— Pas du tout ?

— Je ne crois pas. Seulement le couvre-lit, il me semble…

— OK. Bien. Mais prenez quand même une bonne douche. Trente minutes, au minimum. Il se peut que vous ayez des substances corrosives sur la peau.

John ouvrit de grands yeux.

— Oui, voilà ce qu'on gagne à faire le Bon Samaritain, de nos jours, dit le flic, qui se détourna en secouant la tête. Comme disait ma maman, « Un méfait n'est jamais perdu ».

John retourna au Buccaneer en traînant les pieds, toujours grelottant, les bras croisés.

Ivanka trotta vers lui depuis le parking, dans une combinaison moulante blanche type Elvis Presley et des bottes à semelles compensées.

— Ne me touchez pas ! dit-il. J'ai peut-être des substances corrosives sur moi. Je dois prendre une douche.

Elle cria en direction du balcon : « Katarina ! La douche ! » et le chassa dans l'escalier.

— Allez, allez ! Chez toi, ça marche pas. Je ferme ta porte à cause de l'ordi…

Tout en gravissant les marches, il se demanda comment elle pouvait savoir que sa douche ne fonctionnait pas. Il se demanda aussi comment il pourrait rentrer dans sa chambre ensuite, avant de se rappeler qu'elle avait un pouvoir magique sur Victor et éventuellement un passe-partout.

Alors qu'il s'apprêtait à passer sous la douche, Ivanka vint déposer une serviette rose au bord du lavabo. Puis, elle lui tendit une savonnette parfumée qui ressemblait à celles d'Amanda. Il en eut les larmes aux yeux.

— Merci…

Au bout d'une trentaine de minutes, il émergea avec une serviette autour des reins. Les filles, en tenue professionnelle, étaient en train de se maquiller et de laquer leurs cheveux pour leur donner des formes sculpturales.

— Un verre ? dit Ivanka, en lui tendant la bouteille.

Il fit non de la tête.

— Toi, tu es un homme courageux, dit-elle avec un regard évaluateur. Marié ?

Il acquiesça.

— Évidemment…

Elle l'embrassa sur la joue et essuya la trace de rouge avec le pouce. Elle lui tendit sa clé.

John retourna dans sa chambre. Il n'était pas encore cinq heures de l'après-midi, mais sa fatigue était telle qu'il rampa simplement dans son lit et éteignit. Puis, réflexion faite, il ralluma et appela Amanda.

— Allô ? dit-elle.

Il fondit en larmes. Elle le réconforta de son mieux tandis qu'il lui racontait, mais ce dont il avait besoin plus que tout, c'était d'un contact physique. D'être entre ses bras.

Il rêva à des grottes profondes, des monstres, d'énormes créatures hirsutes aux crocs pointus et aux yeux rougeoyants. À des scènes néogothiques avec des guerriers, des épées, des villages pillés, des monstres aux membres arrachés, à Grendel, le « monstre des marécages », et pire encore – à la mère de Grendel. Elle respirait comme une asthmatique, de façon irrégulière, et sentait le vieux thon en boîte.

John se réveilla en sursaut, le souffle coupé. C'était si réaliste qu'il ne comprit pas tout de suite que ce n'était qu'un rêve. Puis il se rappela ce qui s'était réellement passé et eut la sensation de perdre pied. Ensuite, il réalisa que cette chose qui puait le vieux poisson continuait à grogner, à râler à son côté, et que le matelas s'était affaissé sous le poids d'une énorme masse.

Il tendit la main vers la lampe, tâtonnant, cherchant l'interrupteur. L'ayant enfin trouvé, il tourna la tête juste à temps pour voir un arrière-train couleur chocolat s'éclipser depuis l'autre bout du lit. Il plissa les yeux, un peu aveuglé par la lumière. Était-il encore en train de rêver ?

Un faible gémissement s'éleva du fond de la chambre.

— Booger ?

Silence. John se leva et fit lentement le tour du lit, comme s'il chassait du gros gibier. Dans l'angle, pathétique et tremblant, était blotti le pitbull. Le chien leva les yeux vers lui, les oreilles plaquées en arrière, babines pendantes ; elles frémissaient au rythme de sa respiration et ses narines se dilataient, luisantes.

Il n'avait pas l'air touché. Se trouvait-il derrière le bâtiment ? Avait-il des substances corrosives sur le corps ? Ça semblait impossible qu'il ait pu échapper à cet enfer.

— C'est bon, mon vieux…, dit-il, embarrassé.

Il le survola des yeux, cherchant une blessure, fit un pas en avant, et tendit même la main par deux fois. Le chien semblait indemne – aucune trace de suie, de coup ou autre. Le principe de précaution commandait sans doute de lui faire prendre un bain, mais comme il ne savait pas comment faire, il retourna tout simplement se coucher de son côté du lit, éteignit et se recroquevilla sous les draps.

Au bout d'un moment, Booger grimpa de nouveau de l'autre côté et se remit à ronfler et à pétarader. John avait les yeux grands ouverts.

30

Le lendemain matin, John se leva discrètement pour ne pas déranger la grosse bête baveuse qui occupait les trois quarts du lit. Il se rasa, se débarbouilla sous le robinet de la baignoire, puis s'éclipsa, laissant la porte des toilettes ouverte afin que le chien ait accès à de l'eau. Une fois dehors, il se demanda quelle serait la réaction de la femme de ménage. Se contenterait-elle de fermer la porte en faisant mine de n'avoir rien vu, ou alerterait-elle la fourrière ? Booger n'avait guère de chances d'être adoptable… Il entrouvrit la porte, chercha à tâtons le petit panneau NE PAS DÉRANGER et le suspendit à la poignée extérieure.

La porte venait de se refermer quand son mobile sonna. Le numéro lui était inconnu. Il répondit tout en marchant.

— Allô ?

Il y avait de la friture, mais rien de plus. Il crut avoir été coupé.

— Allô ? dit-il encore.

— C'est John ? fit une voix féminine.

— Oui, c'est John, dit-il en fronçant les sourcils.

Cette voix lui était vaguement familière, mais…

— Isabel Duncan à l'appareil.

Il s'arrêta tout net.

— Isabel ! Comment ça va ? Enfin, je veux dire…

Il s'interrompit, conscient d'être sur le point de s'enferrer, et changea de ton.

— Comment allez-vous ?

— J'ai connu mieux. Mais pire, aussi…

Il songea à la boule de feu qu'il avait poursuivie dans la rue, la veille, et prit une profonde inspiration.

— Ainsi, ça va mieux… ? dit-il, alors que ce qu'il voulait dire, c'était : « Quelles sont les séquelles, au juste ? Des brûlures ? »

Le souvenir du visage carbonisé de l'homme lui traversa l'esprit – si jamais il s'en sortait, il serait défiguré.

— Quand mes cheveux auront repoussé, je serai comme neuve, dit-elle. Mieux que neuve, en fait. Apparemment, mon nez est bien mieux qu'avant…

— Mais j'aimais bien l'ancien ! lança John, sans réfléchir, puis il ferma les yeux, conscient d'avoir gaffé.

— Merci. Moi aussi.

Soulagement, suivi d'un surcroît de stress, comme il l'entendait remuer de son côté.

— Je me demandais si vous voudriez m'interviewer, dit-elle enfin. Jusqu'à présent j'ai plutôt évité – et même fui ! – les journalistes, mais maintenant j'aimerais parler à quelqu'un, et je me suis rappelée que vous aviez eu un très bon contact avec les Bonobos. J'avais déjà décidé de vous parler quand je vous ai vu prendre votre petit déjeuner, hier, et là-dessus Francesca m'a dit qu'elle vous avait rencontré devant la maison des singes. Ça doit être le destin… C'est elle qui m'a donné votre numéro de téléphone. Ainsi, vous n'êtes plus au *Philadelphia Inquirer* ?

Elle l'avait vu prendre son petit déjeuner ? Il avait été dans la même salle qu'elle et ne l'avait même pas remarquée ? Tout à coup, il prit conscience de ce qu'elle venait de dire. Il porta sa main à son front. Il avait été si près du but, et maintenant son mensonge – sa stupidité – allait tout gâcher.

— Non, je ne fais plus partie de l'*Inquirer*, dit-il d'une voix la plus unie possible.

— Tant mieux. Parce que cette photo, c'était impardonnable. Vous venez me voir dans ma chambre au Mohegan Moon ? Cat Douglas m'a reconnue l'autre jour et je n'ose plus descendre.

— D'accord. Entendu.

— Je vais passer une bonne partie de la journée avec Eleanor et Francesca. Vous pouvez venir demain matin ? À neuf ou dix heures ?

— Absolument.

Il passa la sienne à traquer en vain l'insaisissable Ken Faulks, qui – quand il ne faisait pas sa propre réclame devant la maison des singes –, semblait disparaître totalement du décor. Visiblement, il séjournait dans le coin, et pourtant personne ne semblait savoir où. John avait interrogé des ouvriers, le livreur, les vigiles – tous ceux qui travaillaient autour du bâtiment. Soit ils ne savaient rien, soit ils avaient peur de parler. Ayant travaillé lui-même pour Faulks, John les comprenait. Faulks avait un jour décimé son staff à la *Gazette* – virant littéralement dix pour cent de ses collaborateurs – après avoir appris que quarante pour cent des jours de congé-maladie étaient pris le lundi et le vendredi. Si son intention avait été d'« inciter » les rescapés à faire des heures supplémentaires non payées et à venir travailler avec la grippe, il avait réussi.

Malgré cet échec de ce côté-là, il jubilait à l'idée de cette interview exclusive avec Isabel Duncan. Ça valait largement une rencontre avec Faulks. Même Topher l'admettrait – ce qui lui rappela son autre dilemme. Il s'efforça de ne pas penser à la réaction du Dr Duncan, quand celle-ci découvrirait qu'il bossait pour un tabloïd.

Aux abords du motel, il aperçut la carcasse calcinée de l'autre côté de la rue et soudain se rappela le chien. Qu'allait-il donc en faire ?

Il entendit la télévision et sentit l'odeur du tabac avant même d'avoir ouvert la porte. Ivanka était allongée sur le lit, dans un bain de parfum et de nicotine, une bouteille de vodka à la main. Elle fumait. Booger était étalé auprès d'elle, sa grosse tête pressée contre sa cuisse. Sa truffe avait laissé des traces sombres et humides sur son négligé couleur de sang séché.

— Salut, dit-il, vidant ses poches et jetant tout sur la table de chevet.

Le cendrier était presque plein.

— Quoi de neuf ?

— Ton chien est un chanteur d'opéra, dit-elle, déposant sa cigarette sur le bord du cendrier afin de pouvoir caresser les oreilles de Booger. Il me réveille – *ahou, ahou !* Alors je l'emmène promener. Et je l'ai fait manger. Où c'est, sa pâtée ?

— Je n'en ai pas.

— Il vient de là-bas ? demanda-t-elle, inclinant la tête côté rue.

John opina.

— Pauvre chou !

Elle se pencha en avant et planta un baiser sur le large front de l'animal. Booger tourna sa tête pour lui rendre la pareille, mais elle était déjà hors de sa portée.

— Heureusement, il n'a rien...

— Vous le voulez ?

— Quoi ? Si je veux un chien ? Non. Dieu te l'envoie, tu le gardes. Mais achète-lui des boîtes. Je lui ai donné un sandwich aux frites, et qu'est-ce qu'il pète... !

Elle grimaça et fit mine de s'éventer.

John soupira et s'assit sur le lit, qui s'affaissa sous son poids. Ivanka prit une rasade de vodka au goulot, et roula sur elle-même pour écraser sa cigarette.

— Vous ne voulez pas un verre ? dit-il.

Elle fit signe que non.

Il se pencha de plus près pour l'examiner. Elle avait les yeux bordés de rose, le nez rougi.

— Vous pleurez ?

— Un peu...

— Qu'est-ce qu'il y a ?

Elle grimaça encore et eut un geste insouciant.

— Bah. Aucune importance...

Elle gardait les yeux braqués sur la télévision : une femme aux cheveux blond platine coupés au carré, avec la frange, était assise sur une scène entre un homme et une femme. Celle-ci pleurait tout en détaillant les multiples perversions sexuelles de l'homme. Le public, composé presque entièrement de femmes en colère, criait et brandissait le poing. L'animatrice au casque blond débitait des platitudes, s'avançait jusqu'au bord de sa chaise pour mettre la main sur le genou de la femme, et jetait un regard méprisant à l'homme. La caméra se reportait sur lui. Des vigiles s'emparaient de lui et le traînaient vers la marée de femmes, qui bondissaient de leurs sièges pour le tabasser dans l'allée avec leurs sacs à main. Il ne se défendait même pas, se contentant de se renfrogner et de protéger sa tête sans grande conviction. Ce dernier ayant disparu aux oubliettes, on enchaîna sur une page de publicité.

— Non, ça m'intéresse. Vraiment, dit John.

Ivanka le regarda, fit la moue, roula des yeux.

— C'est le boulot. Et Faulks.

— Ken Faulks ?

— Oui.

Elle tourna la tête et fit semblant de cracher deux fois, coup sur coup.

— Berk ! Berk !

Booger tressaillit à chaque fois, mais ne bougea pas.

— Comment connaissez-vous Ken Faulks ?

Ivanka soupira. John nota qu'une gouttelette s'était formée au bout de son nez et il alla lui chercher un Kleenex dans la salle de bains.

Elle le prit et se tamponna les yeux et le nez.

— Merci ! Bref, il est venu chez Bob… Il voulait un strip-tease, mais rien que pour lui, tu vois… D'habitude, je fais pas trop, mais le boulot, c'est plus ça… Les hommes d'affaires, ils te fourraient des billets de cinq dollars dans le string. Aujourd'hui, seulement un dollar… Ils croient qu'on voit pas ? Qu'on sait pas compter ?

Ses yeux s'embrasèrent sous l'effet d'une vertueuse indignation, puis perdirent leur éclat. Sa main droite restait sur la tête de Booger. Sous sa caresse continuelle, celui-ci avait sombré dans le sommeil, ou quelque chose d'approchant.

— Donc, Faulks me voit, il me demande. Je crois que c'est parce qu'il m'a reconnue, parce que je faisais partie des Jiggly Gigglies, et j'en ai marre de ça, je veux refaire du cinéma, gagner du fric, prendre ma retraite. Peut-être me marier. Avoir des enfants. Qui sait ? Il a une série maintenant, *Crazy Cougars*. Tu connais ?

John acquiesça.

— Donc, je lui demande. Et il dit non !

Elle se redressa.

— Non ! Il ne me reconnaît pas, et je suis trop vieille pour *Crazy Cougars* ! Et il veut quand même le strip-tease !

Elle prit le Kleenex et le réutilisa ; haussa les épaules, et jeta la boulette humide sur la table de chevet. Ses yeux débordaient de larmes et de résignation.

— Alors, j'ai fait… tu comprends…

Pendant quelques instants, son regard fixa le vide, puis elle se tourna subitement pour lui faire face.

— Tu me trouves trop vieille pour *Cougars* ?

John fit non de la tête, mais elle repartit néanmoins pour une nouvelle crise de larmes. Il se rapprocha et l'enlaça, sentit la bouteille de vodka dans son dos, tandis qu'elle sanglotait contre son épaule.

— Ivanka ? dit-il quand les gros sanglots eurent fait place à des hoquets. Tu veux bien me rendre service ?

Elle se recula et opina ; chercha de nouveau le Kleenex, puis, se ravisant, s'essuya les yeux après sa manche.

— Tu peux m'appeler, si jamais Faulks se pointe encore dans ce club ?

Elle redressa l'échine, reprit une contenance.

— Ben oui, dit-elle avec une feinte nonchalance. Pourquoi pas ?

Il attrapa un stylo et se mit à chercher désespérément un bout de papier où noter son numéro. Ivanka lui tendit un mobile rouge incrusté de diamants fantaisie.

Quelques minutes après son départ, on frappa à la porte. Il l'entrouvrit et vit Amanda.

Sur le coup, il crut à une hallucination. Quand il comprit que ça n'en était pas une, il ouvrit la porte en grand et écarta les bras. Elle laissa ses sacs tomber par terre et l'enlaça. Spontanément, il se retrouva à pleurnicher dans son cou.

— Allons, allons, dit-elle en lui caressant les cheveux.

Pendant un moment, ils se contentèrent de rester dans les bras l'un de l'autre.

— Qu'est-ce que tu fais ici ? dit-il enfin, en la faisant entrer.

— Comment faire autrement après hier soir ? J'ai vu ce qu'il reste du bâtiment d'en face. C'est incroyable. Ça a dû être horrible.

— C'est ce que j'ai vu de plus atroce dans ma vie. L'odeur, ses pleurs, sa figure – j'aurais voulu être sourd et aveugle.

— Mais tu lui as sauvé la vie !

— Pas forcément. Sans doute pas…

Il secoua la tête, reniflant.

— Je ne sais pas ce qu'il est devenu. Je devrais appeler. Je devrais appeler l'hôpital, non… ?

Amanda lui caressa la joue.

— On le fera demain. À moins que tu veuilles savoir maintenant ?

— Non. Ça ne changera rien, de toute façon, et je ne crois pas que j'aie envie de savoir ce soir. Pas maintenant que tu es là…

Elle l'enlaça de nouveau, puis se raidit, s'écarta et John vit son regard aller du lit défait au cendrier débordant de mégots tâchés de rouge à lèvres.

— Qu'est-ce que c'est ?

— La femme du dessus est… euh…

Il désigna le plafond d'un air découragé.

— C'est compliqué.

Amanda ouvrait la bouche pour poursuivre son enquête, quand elle aperçut Booger.

— Qu'est-ce que… ?

Elle se tourna brusquement vers lui, les yeux écarquillés, ayant oublié les cigarettes.

— C'est de ça que tu parlais l'autre jour ? Tu as *déjà* un chien ?

— Non. C'était le chien du labo clandestin. Il s'est glissé dans ma chambre pendant que la porte était ouverte. Pendant l'incendie.

Amanda reporta son regard sur ce dernier.

— Tu n'as pas parlé de lui, hier…

— Je ne savais pas qu'il était là ! Il devait s'être planqué dans la salle de bains. Il a grimpé sur le lit au milieu de la nuit.

— Oh, pauvre chou…

Elle alla s'accroupir auprès lui.

— Attention ! C'est un chien de truands… !

Elle tendit la main pour lui gratter le menton.

— Bonjour, mon grand, dit-elle doucement.

Il mit son museau et sa truffe rose dans sa main, lui faisant supporter tout le poids de sa tête. Sa queue mince se mit à frapper le sol.

— Pauvre chou, répéta-t-elle. Tu sais comment il s'appelle ?

John déglutit bruyamment.

— Booger.

Entendant son nom, Booger se tourna pour lécher l'autre main d'Amanda, qui lui flattait le dos et l'arrière-train.

— Il n'était pas blessé ?

— Non, apparemment…

— C'est étonnant.

Elle se releva, s'essuya les mains à ses cuisses, et revint.

— Tu lui as acheté à manger ?

— Non.

— Il y a une épicerie dans le coin ?

— Il y a une station-service au bord de la route.

Elle se tourna vers le chien.

— Booger, tu as faim ? Tu veux manger, Booger ?

Les sourcils ridiculement broussailleux du chien se soulevèrent et tressaillirent. Sa langue rose fit tout le tour de l'extérieur des mâchoires, qui s'ouvrirent et claquèrent. Amanda se pencha, les mains sur les genoux, et le regarda droit dans les yeux. Elle mit un doigt devant sa truffe.

— Maman en a pour une minute.

Maman ? John eut comme un malaise.

Elle attrapa ses clés de voiture et s'en alla.

À son retour elle avait deux boîtes de pâtées pour chien et un lot de bols en plastique. Entretemps, John avait jeté les mégots aux toilettes et ouvert la fenêtre de la salle de bains.

— Dîner et petit déjeuner, expliqua-t-elle en brandissant les boîtes. Je dois retourner à Los Angeles demain matin.

Elle disparut dans la salle de bains. John la suivit, procédant à un calcul et espérant qu'il se trompait, tout en devinant que ce n'était pas le cas.

Amanda déchirait l'emballage du lot de bols en plastique. Elle en remplit un d'eau et le déposa par terre.

— On te donnera ce qu'il faut, quand on sera à la maison, dit-elle en froissant les oreilles de Booger – et confirmant les pires craintes de John.

— Tu n'es pas sérieuse !

— Bien sûr que si ! Tu disais vouloir un chien. En voilà un !

Elle se releva et se battit avec la languette d'une boîte, qu'elle finit par lui tendre. Il la décapsula et la lui rendit.

— Un chien de camé. Pire… un chien de dealer !

— Un chien sans foyer. Un gentil chien. Regarde-le !

Et, en effet, Booger était assis à ses pieds, pattes arrière écartées de façon attendrissante, avec un air d'espoir et d'adoration. Ses yeux suivaient les moindres évolutions de la boîte.

Amanda en vida le contenu dans un bol qu'elle posa par terre. Booger se jeta dessus en remuant furieusement la queue, mais chaque fois qu'il essayait de prendre une bouchée, le bol glissait. Amanda s'accroupit et le stabilisa pour lui. Quelques secondes plus tard, il ne restait plus rien. Quand Booger releva sa grosse tête, il passa sa longue langue sur le menton, les lèvres et le nez d'Amanda.

— Holà ! dit-elle en s'essuyant la figure avant de se relever. Quel genre de bouffe est-ce ?

Elle examina l'étiquette sur la boîte vide.

John changea de tactique.

— On ne le laissera jamais monter dans l'avion.

— Bien sûr que si ! J'achèterai une caisse. Et si je ne trouve pas un PetSmart sur le chemin de l'aéroport, j'ai appris qu'on peut expédier un cheval à Hawaï par FedEx.

— Quoi ? Quel sont ces gens que tu fréquentes ?

— J'en ai entendu parler, l'autre soir. Une actrice voulait avoir son cheval sur le tournage d'un film, et elle n'a consenti à travailler qu'à dater du jour où il a été livré…

— Je crois vraiment que tu devrais y réfléchir.

— C'est tout réfléchi !

— C'est un chien de trafiquant de drogue ! Et s'il se retournait contre toi ?

Amanda se pencha pour boucher les oreilles de Booger.

— Tais-toi ! Tu vas le vexer.

John leva les yeux au plafond et soupira.

— Tout ira bien, dit Amanda, qui se releva et passa le doigt sur le rebord du lavabo.

Apparemment, elle dut trouver quelque chose, car elle examina le bout de son doigt avant de se laver les mains. Elle les essuya calmement, et resta complètement immobile, les yeux sur le fond du lavabo. Un silence chargé d'électricité statique s'ensuivit, et John devina ce qui l'attendait. Elle se tourna vers lui d'un air détaché.

— Bon alors, la femme du dessus. En quoi est-ce « compliqué » ?

— Chérie, tu ne vas quand même pas croire que…

— Je ne crois rien, mais je débarque sans prévenir et là, je découvre que ta chambre d'hôtel pue le parfum bon marché, que le cendrier déborde de mégots avec des traces de rouge à lèvres, et que le lit est défait. Dis-moi ce que je suis censée croire. Toi, à ma place, qu'est-ce que tu penserais ?

— J'admets que ça ne fait pas bonne impression, mais…

— En effet, dit-elle froidement, ça ne fait pas bonne impression.

John rassembla son courage.

— Elle s'appelle Ivanka. C'est une strip-teaseuse.

— Une *strip-teaseuse* ? dit Amanda, les yeux ronds.

— Non, tu m'as mal compris. Ce n'est pas du tout ça. Elle est en relation avec Faulks. Elle pourrait me fournir une piste.

— Et avec toi ? Elle est « en relation » avec toi ? Tu tiens vraiment à me faire gober ça ?

— Amanda, pour l'amour du ciel !

Elle désigna la chambre.

— Explique pour le lit !

— Je planquais un pitbull dans ma chambre. J'ai mis le petit panneau NE PAS DÉRANGER. La femme de ménage n'est pas venue aujourd'hui.

Ils se dévisagèrent pendant une éternité. Finalement, John fit un pas en avant, prudent, mais elle ne bougea pas. Quand il mit les mains sur ses joues, elle inclina la tête, mais en restant distante. Un instant plus tard, elle était sur la pointe des pieds, lui tenait la tête à deux mains, l'embrassait presque violemment. Elle lui arracha la chemise du pantalon, défit sa ceinture et sa braguette, passa la main dedans. John se ressaisit, la souleva par les aisselles, et l'emporta vers le lit.

Au moment de l'orgasme, il ouvrit les yeux et vit qu'elle le regardait fixement, le menton dressé, les lèvres entrouvertes. Quand il roula sur le côté, elle jeta un bras par-dessus sa poitrine. Quelques minutes plus tard, alors qu'ils avaient tous deux repris leur souffle, elle chuchota :

— Je suis en train d'ovuler…

Un accès de panique le transperça. Il se rappela de respirer.

Un peu plus tard, le matelas grinça au moment où Booger grimpait derrière elle.

Elle réclama ses services deux fois de plus, à intervalle rapproché. À la quatrième tentative, il lança, à bout :

— Amanda, je n'en peux plus !

— Tu refuses de coucher avec moi ? dit-elle, surprise.

— Je ne refuse pas, je n'en peux plus ! Je n'ai plus dix-huit ans !

Elle se nicha contre lui, et dit :

— OK. Mais il faudra remettre le couvert demain matin, avant mon départ. À propos d'être rejetée…

— Je ne te rejette pas ! On l'a fait trois fois en quatre heures !

— … les agents ont remis ça…

— Quoi… ? dit-il, avant de réaliser que c'était sa faute.

— Oui. Des agents qui m'avaient déjà rejetée ont cru nécessaire de m'envoyer une seconde lettre de refus. Ce que je ne comprends pas, c'est comment ils ont eu ma nouvelle adresse.

John ne bougeait pas d'un iota.

Elle souleva la tête.

— John ? Tu sais comment ils ont eu ma nouvelle adresse ?

Après un temps de réflexion, il dit :

— Il y a un PetSmart juste à côté du Staples, à El Paso. Non loin de l'aéroport. Demain, je te ferai un dessin.

Il sentait son regard sur lui dans le noir. Au bout d'un moment, elle soupira et reposa la tête sur l'oreiller. Il lui avait donné Booger pour se faire pardonner.

Il se réveilla en sursaut à trois heures du matin. Il avait été si distrait par la visite inopinée d'Amanda et leurs activités sexuelles, qu'il avait raté le second épisode de *La Maison des Singes – Prime Time*.

— Pardon, marmonna-t-il en allumant.

Il chercha la télécommande. Amanda roula sur le côté et jeta un bras sur Booger, qui lâcha un grognement satisfait sans bouger le moins du monde.

John zappa. Avec un peu de chance, il trouverait un genre de résumé, peut-être sur *Entertainment Tonight*. Sinon, il allumerait son ordinateur et consulterait les blogs à potins. Topher lui avait ordonné de prendre exemple.

En fait, il n'eut pas à chercher longtemps. Faulks avait fait livrer de la bière et des pistolets à amorces et changé le programme que les Bonobos regardaient – *L'Île des Orangs-outangs* – pour leur montrer des images de guerre particulièrement violentes. Ayant découvert qu'ils ne pouvaient plus changer la chaîne, les Bonobos s'agitèrent et lancèrent des pizzas et des cheeseburgers contre l'écran avant d'essayer d'arracher la télévision du mur. Quand Lola par inadvertance fit claquer un pistolet, déclenchant le fou rire de Mbongo, Sam rassembla toutes les armes, alla dans la cour et les balança par-dessus le mur sur la foule dont la majorité, ne regardant pas l'émission sur le Net, crut qu'il s'agissait d'armes véritables, ce qui fut encore plus alarmant quand quelques individus les brandirent. On frôla l'émeute, et des policiers munis de matraques paralysantes en embarquèrent quelques-uns. Aux actualités télévisées, le chef de la police déclara qu'il en avait assez – pas question que les braves gens de Lizard paient pour ce cirque obscène, et l'obscénité n'était pas le fait des singes. Il avait l'intention de faire payer à Faulks Entreprises tous les frais supportés par son service à cause de l'émission.

Faulks devait avoir espéré que les Bonobos se soûleraient et se feraient des trucs horribles, comme les chimpanzés étaient connus pour le faire. En fait, une fois les pistolets jetés et l'ancien programme télé rétabli, les Bonobos découvrirent la bière, eurent une courte et heureuse orgie, puis sirotèrent tranquillement devant *I Love Lucy*. Mbongo fut le seul à aller s'en servir une autre. Il alla avec sa bouteille jusqu'au sacco, s'affala dessus avec sa grosse bedaine et croisa les jambes avant de boire au goulot. Il avait tout du vieil oncle qui regarde le foot à la télé le jour de Thanksgiving en attendant qu'on serve la dinde. Ils ne prêtaient aucune attention aux mouvements de foule à l'extérieur.

C'était comme la pancarte qu'ils avaient vue, Amanda et lui, le jour du mariage d'Ariel : GAUFRES ET ARMES. L'erreur de Faulks avait été de croire que les Bonobos étaient dans la même situation fâcheuse que les êtres humains – mi-chimpanzés mi-Bonobos, et ne sachant jamais quel côté va surgir.

31

John Thigpen était hagard. Il avait également une heure de retard, ce qu'Isabel trouva étonnant, dans la mesure où il avait paru si content d'entendre sa voix au téléphone.

— Bonjour ! dit-elle en lui ouvrant. Je commençais à me demander si vous alliez venir…

Il consulta sa montre et parut stupéfait.

— Excusez-moi ! J'ai eu une nuit et une matinée chargées.

Il restait sur le seuil, l'air gêné, et elle s'aperçut qu'elle ne l'avait pas invité à entrer. C'était bizarre de recevoir un homme dans sa chambre. Il devait ressentir la même chose, d'autant plus qu'il était marié.

— Entrez, dit-elle. Et mettez-vous à l'aise.

Comme il s'approchait du canapé, elle vit son regard se poser sur le ticket de caisse où il avait noté ses coordonnées.

Elle ferma la porte et se planta devant lui, se tordant les doigts.

— Un café ? J'ai une machine…

— Non, merci. Sans façons.

Elle retourna la chaise du petit secrétaire pour s'asseoir en face de lui. John la dévisageait, et elle comprit qu'il devait être choqué de la voir si changée. Elle lui montra son profil.

— Vous voyez ? dit-elle en passant le doigt sur l'arête de son nez. Ce n'est pas trop mal. Seulement, ce n'est pas le mien. Enfin, maintenant si, forcément…

Thigpen cligna des yeux plusieurs fois, puis ratissa ses cheveux, qui rebiquèrent.

— Excusez-moi, je ne voulais pas vous fixer. Je suis un peu à côté de la plaque, aujourd'hui.

— Aucune importance.

— Finalement, je veux bien un café, si ça ne vous ennuie pas.

— Mais non, pas du tout…

En fait, elle était contente d'avoir ce prétexte pour quitter la pièce. Tandis que le café se faisait, elle se tint face au miroir de la salle de bains. À leur première rencontre, elle avait cru que le courant passait. Aujourd'hui, tout était changé… S'était-elle trompée ?

La machine conclut sur un gargouillis et un chuintement.

— Lait ? Sucre ? demanda-t-elle de loin.

— Je le prends noir…

Elle lui apporta la tasse. Il en regarda fixement le contenu, la tenant à deux mains, et inspira à fond.

— Écoutez, pour commencer, j'ai un aveu à vous faire…

Il se tut et lui lança un regard.

Le pouls d'Isabel s'accéléra. D'expérience, elle savait que ce préambule n'augurait jamais rien de bon.

— J'ai laissé Francesca De Rossi sur l'impression que je travaillais au *L.A. Times*. Eh bien, non. C'est le *Weekly Times*. Je n'ai pas précisément menti, mais je ne l'ai pas détrompée, et j'en suis très embarrassé. Le *Weekly Times* est un torchon de la pire espèce, et même si je m'efforce d'y placer des articles sérieux, j'ignore si je réussirai… Mon rédacteur en chef m'a dit d'y aller mollo sur les bébés extra-terrestres à trois têtes, mais c'est sa seule réserve…

Il la regarda bien dans les yeux, la bouche pincée et la peau si grise qu'elle se demanda s'il n'était pas en train de retenir son souffle.

C'était tout ? Il était gêné pour ça ? Elle en aurait ri de soulagement, même si elle comprenait – elle connaissait le *Weekly Times*. Sa mère y avait été abonnée ; sans doute l'était-elle toujours.

— Que vous est-il donc arrivé au *Philadelphia Inquirer* ?

— Cat Douglas…

— Ha ! Pourquoi ne suis-je pas étonnée… ?

Elle gifla le plateau du petit secrétaire. John eut un sourire.

— Ensuite, j'ai déménagé à Los Angeles, où on n'emploie pas de vrais journalistes.

— Pourquoi L.A. ?

— Ma femme y travaille.

— Qu'est-ce qu'elle fait ?

— Elle est écrivain.

— Qu'a-t-elle écrit ?

— On a publié un roman d'elle il y a un peu plus d'un an. *Dommages collatéraux*. Mais en ce moment, elle travaille comme scénariste.

Isabel se redressa.

— Je l'ai lu !

— Non ?

John haussa des sourcils surpris.

— Si, à l'hôpital ! J'ai adoré. Elle en prépare un autre ?

— Comme tout le reste, c'est compliqué, mais pour le moment elle se concentre sur une série télé.

— Et vous, pour un tabloïd…

— Oui, et Cat Douglas a pris ma place et apparaît régulièrement à la une de l'*Inquirer*.

Isabel s'adossa au secrétaire et croisa les jambes. Elle sentit un sourire se répandre sur son visage.

— Bon, eh bien, ce que je vais vous donner comme infos, ça va vraiment la faire enrager…

De soulagement, John ferma les yeux.

— Merci, dit-il d'une voix brisée.

Une heure plus tard, ayant juré solennellement de protéger ses sources à tout prix, il partit en emportant les résumés et dossiers extraits par Joel des bases de données de l'Institut de Primatologie à Rockwell. Par ailleurs, dès qu'elle les aurait obtenus de Celia, Isabel avait promis de lui communiquer les e-mails prouvant que Peter Benton avait vendu le logiciel d'apprentissage à Faulks.

— Qui est-ce ? lança Isabel en s'approchant de la porte.

John Thigpen était parti un quart d'heure plus tôt.

— C'est moi, répondit Celia.

Isabel colla son œil au judas et scruta le couloir. La jeune fille s'y tenait seule, les mains dans les poches. Sa nonchalance avait quelque chose de forcé.

— Il est avec toi, hein ?

— Qui ?

— Ton copain aux cheveux verts ?

Il y eut un long silence.

— Non, dit Celia en penchant la tête de côté, puis se tenant la nuque comme pour tâcher de faire craquer ses vertèbres.

— Il est là ! Je le sens…, dit Isabel sévèrement. Je ne veux pas de lui.

L'autre soupira et leva les yeux au ciel.

— OK. Je le renvoie au rez-de-chaussée.

— Ça m'étonnerait qu'il y soit le bienvenu. Franchement, je m'étonne qu'on l'ait laissé prendre l'ascenseur.

Celia disparut au détour du couloir. Après une discussion à voix basse, elle réapparut.

— Il est parti ?

— Oui, dit-elle avec lassitude. Et maintenant, je peux entrer ?

Isabel ouvrit la porte, passa la tête et regarda à droite et à gauche.

— Où est-il allé ?

— Il m'attend au bar. C'est plus sombre que dans le resto. Et il porte un chapeau.

Isabel ouvrit en grand et la visiteuse entra. Elle alla droit sur le canapé et s'y jeta de tout son long.

— Lui qui venait s'excuser…

— Ce n'est pas moi l'offensée.

— Je sais, mais je croyais que *Pigpen* serait ici. Bref, tu ne devrais pas être aussi dure avec Nathan…

— Et pourquoi donc ? dit Isabel.

Elle s'approcha et repoussa les jambes de la jeune fille afin de se faire une place sur le canapé.

Celle-ci se redressa et flanqua ses rangers sur la table basse.

Boum-boum.

Isabel ouvrit la bouche pour protester, invoquer la crasse et les microbes, mais puisque la table était déjà contaminée, elle décida de l'arroser d'antiseptique plus tard.

— Parce que tu as fait exactement la même chose.

— Qu'est-ce que tu racontes ?

— À Larry-Harry-Gary. Tu as renversé son assiette. Au resto. Tu as oublié ?

Isabel resta immobile, bouche bée. Finalement, elle s'affala sur le canapé, les yeux fixés sur le secrétaire devant elle.

— Mais c'est vrai… Tu as raison !

— Il voudrait s'excuser. Il a eu une fausse impression l'autre jour, quand l'une de ses amies a cru que *Pigpen* dénigrait les femmes. Tu peux me donner son numéro ?

— Pas question. Du moins, pas sans lui avoir demandé l'autorisation.

— Tu lui demanderas ?

Isabel soupira. Si on ne lui avait pas rappelé ce qu'elle avait fait au curry de Gary Hanson, elle ne l'aurait même pas envisagé.

— Peut-être, dit-elle.

— OK !

Celia sauta sur ses pieds et s'approcha du secrétaire. Elle feuilleta le journal pendant quelques secondes. C'était *USA Today*, qui était déposé devant les portes des chambres chaque matin. L'émeute à l'extérieur de la maison des singes faisait la une.

— Prends-le, si tu veux, dit Isabel. Je l'ai déjà lu.

— Donc, tu ne veux pas déjeuner avec nous ?

— Je viens de manger, mentit-elle.

Même aussi coupable que lui d'avoir renversé l'assiette de quelqu'un, elle n'était pas prête à rompre le pain avec Nathan.

— Bon, d'accord... (Celia ramassa le journal.) À plus tard.

— Celia ? Tu peux me communiquer ces e-mails dès que possible ? J'ai promis de les envoyer tout de suite à John...

— *No problemo*, dit Celia en partant en vitesse.

Dans l'après-midi, Jelani se mit à exécuter sa spécialité : bondir sur les murs et faire des sauts périlleux. D'habitude, Makena se trémoussait d'aise et l'encourageait de ses cris perçants, mais aujourd'hui elle regardait par-dessus son épaule, postée à la fenêtre qui donnait sur la cour, l'œil vague. Jelani alla lui taper sur l'épaule, mais au lieu de se retourner pour se bagarrer avec lui, elle l'ignora. Il finit par renoncer et, à la place, plaqua Sam au sol.

Isabel, qui faisait les cent pas et surveillait sa messagerie pour voir si Celia lui avait transmis les messages compromettants, s'arrêta tout à coup, alarmée – quand Bonzi avait donné le jour à Lola, elle était restée tranquillement assise dans un coin quatre heures durant, avant de se relever et – hop ! le nouveau-né était là. Elle tira la chaise pour s'installer face à la télévision, et bien que celle-ci ne fût pas parallèle, elle s'y assit tout de même. Ses yeux ne quittaient plus l'écran.

Au bout d'un moment, Makena alla dans la salle de l'ordinateur et vocalisa une suite de cris à l'attention de Bonzi. Puis elle s'appuya contre le mur.

Voilà, elle devait être en train d'accoucher, et Isabel connaissait assez Faulks pour deviner qu'il ne devait pas y avoir de vétérinaire dans les parages. Il avait eu beau se vanter d'avoir un « expert » dans son staff, Peter était un chercheur en sciences cognitives et comportementales, pas un obstétricien. Isabel non plus, mais pour avoir été là quand Bonzi avait été enceinte, elle en savait certainement plus que lui. Elle envisagea de se précipiter sur place, mais le personnel de Faulks ne l'aurait jamais laissée entrer. Elle s'agenouilla devant la télévision.

Bonzi, qui était en train de commander une pizza pour Jelani, pivota sur sa chaise métallique.

Appuyée contre le mur, Makena se mit à signer : elle heurta les phalanges d'une main contre la paume de l'autre. C'était le signe pour « cloche », par lequel les Bonobos se référaient à Isabel.

ISABEL VITE. BONZI FAIRE ISABEL VENIR. ISABEL VITE VENIR.

Bonzi se retourna vers l'ordinateur et chercha en vain. Au labo, l'ordinateur comprenait un symbole pour Isabel, distinct de celui pour la cloche, mais pas celui-ci. Les doigts sombres, calleux de Bonzi, détaillaient chacune des catégories, suivant chaque voie jusqu'au bout, et même là, elle ne renonça pas. Elle recommença depuis le début, cherchant un moyen de commander ce que Makena réclamait.

Isabel baissa la tête dans ses mains et pleura. Se sachant sur le point d'accoucher, Makena tentait de la faire venir.

Allongé dans son lit, John se remettait de la visite d'Amanda tout en surveillant ses e-mails régulièrement, au cas où Isabel lui aurait communiqué les messages de Peter Benton.

La télévision diffusait *La Maison des Singes*. Il alla chercher un verre d'eau et remarqua que Bonzi était devant l'ordinateur et que Makena lui adressait des signes. La bulle façon BD au-dessus de sa tête disait : CLOCHE VENIR BIENTÔT. CLOCHE CLOCHE. MAKENA VOULOIR CLOCHE VITE CLOCHE BIENTÔT. CLOCHE.

Les ingénieurs du son réagirent en ajoutant le carillon de Big Ben à la piste sonore, mais bizarrement, aucune cloche ne s'inscrivit sur la liste des commandes. Bonzi semblait chercher quelque chose d'autre, quelque chose qui n'était pas là. Il y avait une fébrilité dans les gestes de Makena que John connaissait.

Il oublia le verre d'eau et s'assit au pied du lit.

Makena se laissa glisser au sol, et, s'étant accroupie, testa diverses postures. Puis, elle se mit tout simplement à pousser. Les autres Bonobos se rassemblèrent, se dévissant le cou pour voir, et cachant la scène aux caméras fixées au plafond. Makena grimaça plusieurs fois, puis tendit les bras vers le bas et ramena le bébé contre sa poitrine, le cordon ombilical toujours attaché. Il était si petit que sa tête aurait pu tenir dans une tasse à thé. Les autres Bonobos exprimèrent leur joie, poussant des cris ravis, et admirèrent le nouveau-né à tour de rôle. Quelques minutes plus tard, Makena expulsait le placenta.

John, qui retenait son souffle, chercha à voir si le bébé était vivant – c'était difficile, car Makena changeait sans cesse de posture. Quand enfin elle le prit dans le creux de ses bras pour guider sa bouche contre son sein, il vit remuer un bras minuscule et de tout petits doigts.

John contempla cette scène avec stupéfaction. Il éprouvait un profond soulagement, mais aussi autre chose, de plus primitif.

Tandis que Makena allaitait son petit, il tendit la main et toucha l'écran.

32

Les téléphones n'avaient pas cessé de sonner depuis que la guenon avait eu son mouflet. À cause de cette naissance, le juge avait accepté de fixer l'audience au lendemain, et sur le Net on affirmait que des défenseurs de la cause animale allaient converger sur le site en si grand nombre que les attroupements actuels passeraient pour des réunions intimes.

Lorsque Ken Faulks fit irruption dans la salle, poussant la porte avec une telle violence que la poignée laissa une entaille dans le mur, trois de ses cadres déjà assis s'arc-boutèrent. Les autres restèrent prostrés.

Son regard survola l'assistance.

— Où est-il ? Je vous avais dit de l'amener ici.

— Il est en route, déclara le directeur financier. Il avait d'abord des questions personnelles à régler. Une histoire de terre de bruyère.

— « En route » ? Quand je vous dis de faire quelque chose, faites-le !

— À moins de le mettre personnellement dans le jet privé de la boîte, je ne pouvais…

Il jeta un coup d'œil à Faulks, et se ravisa.

— Oui, monsieur.

Faulks marcha de long en large pendant quelques secondes, puis s'arrêta en bout de table et la frappa de ses deux poings. Verres d'eau, stylos, personnes – tout tressauta.

— Combien d'abonnements à long terme avons-nous récoltés, hier soir ?

Son regard furieux se posa sur chacun, tour à tour. Seul le directeur du marketing ne baissa pas les yeux.

— Le segment *Prime Time* n'a pas très bien marché, mais il y a eu un brusque redressement après la naissance du bébé.

— Quoi ? fit Faulks, les yeux écarquillés.

Il prit un siège, momentanément sans voix.

— C'est-à-dire ?

— Vingt et un pour cent.

Le front de Faulks se plissa d'incrédulité.

— *Vingt et un pour cent ?*

Le directeur du marketing acquiesça.

Faulks se renversa dans son fauteuil.

— C'est énorme. Il y en a d'autres enceintes ?

— Pas à notre connaissance.

Faulks réfléchit pendant quelques instants, et personne ne le dérangea. Puis il se pencha en avant, les coudes sur la table. Au bout d'un moment, il regarda de nouveau le directeur du marketing.

— C'est bien vingt et un pour cent ?

Une fois de plus, l'homme acquiesça.

Faulks réfléchit encore, puis désigna le directeur financier.

— Bon. *Vous*, voyez si ces nouveaux abonnements couvriront la note que m'ont envoyée ces cons de flics… Et *vous*, dit-il en désignant la blonde au chignon, trouvez si la police a le droit légalement de nous réclamer ce fric… *Vous*, dit-il en pointant le doigt sur un homme avec des auréoles sous les bras, contactez le chercheur et demandez-lui ce qu'on peut faire pour contrer l'audience de demain au tribunal. Et au cas où je n'aurais pas les réponses espérées, faites-moi la liste des endroits qui pourraient me débarrasser du problème. Recueillez des offres. Au cas où je n'aurais pas été clair, je ne les donne pas : je les vends.

Le directeur financier se racla la gorge. Tous les regards se tournèrent vers lui.

— Si je peux me permettre…

Il jeta un coup d'œil à Faulks pour s'assurer que la réponse était positive. Les yeux d'un gris acier le sondant, il continua :

— J'ai pris la liberté de le faire juste après le *Prime Time*.

— Et alors ?

— La Fondation Corston est disposée à payer une somme nettement supérieure à celle de tous les autres lieux que j'ai contactés. C'est un laboratoire biomédical. Ils ont promis d'être très discrets.

Faulks eut un sourire du bout des lèvres. Il hocha lentement la tête.

— Ah, maintenant nous avons un plan B. Une bonne chose.

Il sortit de sa poche-poitrine son stylo Montblanc plaqué platine et le pointa sur son directeur financier.

— Vous avez fait preuve d'initiative. C'est bien…

33

Au début, Isabel crut qu'il s'agissait d'un nouvel épisode de *La Maison des Singes – Prime Time*, mais ce n'était pas l'heure.

Un camion avec une grue à nacelle s'arrêta le long du mur d'enceinte et déchargea un tas de cannes à sucre épluchées – l'un des aliments préférés des Bonobos – dans la cour. Quand ces derniers sortirent pour constater cela et s'en réjouir, un commando investit l'endroit, fermant aussitôt de l'intérieur les accès à la cour.

Bonzi, Lola et Makena – serrant son petit – se réfugièrent tout de suite en haut de la structure de jeu, se cachant dans le toboggan tubulaire, tandis que Sam et Mbongo faisaient du grabuge en dessous. Ne sachant à quel groupe il préférait appartenir, Jelani allait tantôt crier contre les portes en verre Securit, tantôt se cacher avec les femelles.

Les deux mâles hurlaient, le poil hérissé, se ruaient contre la vitre, la frappant du plat des mains et des pieds, tandis que les hommes vidaient la maison. Ils emportèrent tous les jouets, couvertures et petits objets, puis apportèrent des diables pour les meubles. C'est seulement alors qu'Isabel compris ce qui se passait. Elle appela Marty Schaeffer, l'avocat.

— Vous avez vu ça ? Vous regardez ?

— Oui.

Avec pelles et brouettes, les hommes ramassaient les détritus et les aliments en train de pourrir. Certains, munis de seaux, nettoyèrent les murs et les sols à la serpillière, avant d'être remplacés par d'autres types maniant les balais-brosses et le Karcher.

— Ils ont le droit ? dit-elle.

— Oui, répondit Marty.

— Ça compromet notre action en justice ?

— S'ils règlent aussi la question du régime alimentaire, oui. Avec une précision chirurgicale.

C'était Peter. Comment avait-elle pu l'ignorer ? Dans sa naïveté, elle n'avait pas compris que « prendre bien soin des Bonobos », c'était faire en sorte que le juge les laisse à Faulks. Elle attrapa le seau à glace sur le secrétaire et vomit.

Quand elle regarda de nouveau, Sam avait cessé de faire son cinéma. Il regardait avec intensité à travers les portes vitrées. Son regard suivait une cible bien précise. Il se mit à signer : MÉCHANT VISITEUR, BEAUCOUP FUMÉE, MÉCHANT VISITEUR. Soudain, la bulle façon BD disparut.

Sam continuait à signer frénétiquement, mais ce n'était plus traduit. Il mit la main à sa bouche, puis l'écarta en la secouant, comme s'il avait goûté à quelque chose de mauvais. Deux de ses doigts effleurèrent ses lèvres, puis ses index se rejoignirent au niveau de sa poitrine :

FUMÉE MÉCHANT VISITEUR. ISABEL BLESSÉE. MÉCHANT VISITEUR ICI. GRAND FEU.

Isabel s'approcha un peu plus de la télévision, concentrée sur les cases qui montraient les hommes au travail. L'un d'eux cria quelque chose à un collègue, de ses grosses lèvres informes.

Un souvenir – un flash : un homme s'agenouillant brièvement près de sa tête, dans le labo, proférant un « Merde » de ses lèvres molles et élastiques.

— Marty, je dois vous quitter, dit-elle, et elle jeta son mobile sur le lit.

Les hommes installèrent un caillebotis qui laisserait passer l'eau, et remplaçaient tous les meubles tapissiers par d'identiques qui devaient avoir été saturés de produit imperméabilisant. Sam et Mbongo s'étaient retirés au fond de la cour et suivaient tout cela avec une méfiance extrême.

MÉCHANT SALE, signa Mbongo, se renfrognant. MÉCHANT SALE, MÉCHANT SALE, MÉCHANT SALE.

Et soudain, l'écran ne montra plus que des parasites.

Celia arriva quelques minutes plus tard. Isabel tendit le bras dans le couloir et la tira brutalement dans la chambre.

— Tu as vu ? Tu as vu ?

— Vu quoi ? dit Celia, avec un coup d'œil à la télévision.

— L'émission ! Sam et Mbongo viennent d'identifier l'un des hommes de Faulks comme ayant été là le soir de l'attentat. Ce n'était pas le FLT. C'était Faulks ! Ils viennent d'identifier le type, à l'antenne ! J'ai reconnu sa bouche. Ils ont interrompu la diffusion, mais trop tard. Il y a forcément une trace de cela quelque part, non ? Non ? Oh, mon Dieu, et si on ne les laisse pas témoigner... ?

Isabel porta le poing à sa bouche et se tourna vers la télévision.

Celia, elle, ne bougea pas.

— J'ai raté ça, dit-elle lentement. Mais ils n'auront pas besoin de témoigner, et ce n'était pas seulement Ken Faulks.

Quelque chose dans son ton fit pivoter Isabel sur elle-même. Celia la regarda, longuement et durement.

— Où est ton ordi'... ? dit-elle.

Isabel, dont le cœur battait si fort qu'elle le ressentait dans ses tympans, alla le chercher. Celia s'installa et prit la direction des opérations. Quelques minutes plus tard, elle regardait dans la messagerie de Peter – ou plutôt, une copie miroir sur le serveur de Jawad.

— Je vais te mettre un signet... Le mot de passe, c'est « grosse-tête-de-nœud » tout attaché, en bas de casse. C'était l'idée de Joel. Moi, je trouvais « petit-zizi » plus approprié, mais je n'ai pas eu la majorité...

Elle désigna l'écran.

— Jawad a récupéré ceci aujourd'hui. Peter avait effacé ces messages, mais sans utiliser Secure Delete ; donc, même si ça n'apparaît pas dans sa messagerie, ils y sont toujours. Jawad les a captés, avant de rétablir l'accès de Peter à son compte. Il doit penser que sa messagerie a été provisoirement indisponible en raison d'un petit problème technique...

Isabel secoua la tête avec impatience, et pointa le doigt sur la télévision.

— Je sais déjà, pour le logiciel... Tu ne m'écoutes pas ! Il s'est passé quelque chose de bien plus important !

— Isabel, c'est *toi* qui n'écoutes pas ! Et qui es aveugle… Regarde donc l'horodatage de ces messages…

Isabel s'exécuta, et pendant un horrible moment, elle crut qu'elle allait vomir de nouveau.

John était resté figé devant la télévision. Était-ce seulement possible ? Il n'avait vu qu'une fraction de ce que disait Sam avant que la bulle ne disparaisse et que l'écran ne devienne vierge.

Son téléphone sonna, et il l'attrapa à tâtons sans détacher les yeux un seul instant du poste.

— Allô ?

Elle ne s'identifia même pas.

— Vous voulez un scoop ? dit-elle simplement. En voici un. Faulks et mon fiancé ont tenté de m'assassiner…

Une heure plus tard, John rentrait au motel, hébété, après avoir vu le contenu de la messagerie de Peter Benton. Il s'était envoyé à lui-même l'URL du serveur miroir avant de quitter la chambre d'Isabel.

Déjà, elle cherchait à les justifier, et cela lui avait brisé de cœur.

— Ils étaient censés attendre que le parking soit vide… Ils ne pouvaient pas savoir que Celia avait emprunté ma voiture.

Mais si elle semblait presque prête à pardonner pour elle-même, en ce qui concernait les singes, elle était impitoyable :

— La charge avait été conçue pour ne pas endommager leur lieu de vie, mais s'ils avaient été pris au piège ? Si ces voyous armés de leurs démonte-pneus n'avaient pas réussi à les faire sortir ? La plupart des victimes d'incendie meurent d'asphyxie…

Ce qu'elle racontait était grave – énorme. Et pour des raisons plus personnelles qu'il ne l'aurait admis, il voulait révéler cette affaire au grand jour. Le problème, c'était qu'il avait besoin de quelque chose de plus tangible que des messages adressés par le biais d'un proxy anonyme. Il devait pouvoir prouver l'identité de celui qui avait reçu, et répondu à ces messages.

34

Il sursauta au son du téléphone. Tout en décrochant, il aperçut l'heure à la pendulette. 3 heures du matin. Le chien avait-il mordu Amanda ? Avait-elle eu un accident ? Et si Peter Benton ou Ken Faulks avaient eu vent de leur manœuvre et fait du mal à Isabel ? Ou peut-être était-ce Ivanka…

— Allô ? dit-il.

— C'est John ?

— Oui, dit-il en fronçant les sourcils.

Il tendit le bras pour allumer.

— Qui est-ce ?

— Celia Honeycutt. Je suis une amie d'Isabel. On a failli se rencontrer l'autre jour…

Il savait déjà qui elle était – d'abord à cause de la vidéo du FLT, mais aussi de ce que lui avait dit la femme du refuge, dans la banlieue de Kansas City.

— Qu'y a-t-il ? Isabel… ça va ?

— Oui, Isabel va bien. J'appelle au sujet de Nathan.

— Qui ?

— Vous savez : le type aux cheveux verts.

— Oui, et alors ?

— Il est en prison.

— Tant mieux.

— Non, ce n'est pas tant mieux. Au contraire. Vous pouvez payer sa caution ?

— Quoi ?

— Je ne peux pas demander à Isabel, parce qu'elle me dirait de le laisser là-bas.

— Qu'est-ce qui vous a fait croire que je réagirais autrement ?

— Vous savez quoi ? fit Celia, acide. J'ai peut-être eu tort. Vous n'êtes pas forcément le type sympa que m'a décrit Isabel. Mais vous savez, les infos qu'elle vous a données aujourd'hui ? Les infos exclusives pour lesquelles tout journaliste serait prêt à tuer ? Devinez d'où ça vient… de *moi* ! Je parie que Catwoman serait très intéressée.

John soupira.

— Qu'est-ce qu'il a fait ?

— Consommation d'alcool par un mineur…

— On n'est pas arrêté pour ça. On a une amende.

— Il avait aussi une fausse carte d'identité. Et ils prétendent qu'il a résisté à son arrestation.

— Parce que vous en doutez ?

— Oh, voyons, John… S'il vous plaît ?

John se prit la tête dans les mains.

— Ça va chercher dans les combien ?

— Mille quatre cents dollars.

— Vous rigolez ? Je n'ai pas cette somme-là sous la main !

— Vous n'avez à mettre que sept cents dollars. Gary met le complément.

— Qui ?

— Un pote à lui, manifestant. Il a déjà viré l'argent.

John balança ses jambes par-dessus le lit et s'assit.

— Comment avez-vous eu mon numéro, au fait ?

— C'était dans la chambre d'Isabel, sur le secrétaire. Nathan voulait vous appeler pour s'excuser, pour l'autre jour…

John laissa son front peser dans sa main. Il n'en revenait pas d'être en train d'envisager ceci.

— OK, dit-il en se levant et cherchant ses vêtements des yeux. Qui je demande, une fois là-bas ?

— Nathan Pinegar. Et ne faites pas de mauvaises blagues sur son nom – c'est un sujet sensible.

Pinegar ? Nathan était un Pinegar ?

Un Pinegar adolescent ?

Il tendit le bras pour se retenir au mur.

Derrière le guichet, il y avait une batterie d'écrans, dont chacun montrait l'intérieur d'une cellule. Même les toilettes étaient bien visibles. Nathan était recroquevillé sur une couchette étroite. John le dévorait des yeux.

— Vous désirez ? finit par dire le flic.

— Euh… (Il s'éclaircit la voix et s'avança.) Je viens payer la caution de quelqu'un.

Le flic fit éclater son malabar et le toisa d'un air soupçonneux avant de répondre :

— Qui ?

John dut déglutir par deux fois avant de réussir à prononcer le nom.

— Nathan. Nathan Pinegar. Lui…

Il le désignait du doigt. Le flic regarda l'écran pardessus son épaule.

— Cash ?

— Carte de crédit.

— Il y a un garant de caution judiciaire un peu plus loin, dans la rue.

Ils n'échangèrent pas un mot avant d'avoir quitté les lieux. Nathan le suivait discrètement, gardant ses distances, avec ce dos rond propre aux adolescents.

Une fois au bas des marches, John s'arrêta pour jeter un dernier regard à la façade néo-classique.

Nathan considérait la rue.

— Alors, j'peux y aller ?

— Non, j'ai une question à te poser : où as-tu grandi ?

— À New York. Morningside Heights. Pourquoi ?

— Comment s'appelle ta maman ?

— Pourquoi ? Vous allez la prévenir ?

— Non, non, dit vivement John. C'est seulement que…

Le sang afflua à ses oreilles – un pur moment de terreur.

— Donc, tu… euh… je peux te déposer quelque part ?

— Non, mec, c'est bon…, dit Nathan.

Il était mal à l'aise, impatient, visiblement anxieux d'aller de son côté.

John hocha la tête. Tandis que les pas lourds de Nathan sonnaient dans la rue, il eut comme un vertige et dut s'asseoir sur les marches.

35

Isabel était couchée sur le côté, cramponnée à ses oreillers. Elle était réveillée depuis deux heures, et pourtant le soleil n'avait pas l'air décidé à se lever. La télévision était allumée, sans le son, car elle avait espéré que l'émission allait bientôt reprendre. Ça n'était pas encore le cas, et elle était maintenant convaincue qu'il ne fallait pas y compter, car Rose l'avait appelée pour lui dire que la Fondation Corston préparait les unités d'isolement pour de nouveaux singes. Elle n'était pas certaine qu'il s'agissait des Bonobos, mais plus la suspension de l'émission durait, plus ça semblait probable. Quelqu'un au studio, un interprète, ou plus vraisemblablement Peter, avait compris les éventuelles implications des signes de Sam, et arrêté les frais. Non seulement Peter avait participé à l'attentat, mais il allait les condamner à dépérir dans un centre biomédical.

Quelqu'un frappa à sa porte. Elle poussa un cri perçant, et ce tambourinage cessa. Au bout de quelques secondes, des petits coups le remplacèrent.

Isabel repoussa ses couvertures et s'approcha de la porte dans le noir. Elle ne pouvait pas faire semblant de ne pas être là, mais le verrou était mis et la sécurité de l'hôtel toute proche. Elle colla son œil au judas et vit John Thigpen, le nez grossi par le verre déformant, les narines palpitantes, s'appuyant d'une main au chambranle. Elle lui ouvrit et le fit entrer.

Il titubait. Elle alluma le plafonnier.

— Que se passe-t-il ?

Il restait là, ahuri, le regard affolé, vague. Finalement, il se focalisa sur elle.

— Je vous ai réveillée ?

— Je l'étais déjà. Qu'y a-t-il ?

— Je crois que je suis le père…

Ses yeux étaient aussi écarquillés que ceux d'un lémurien.

— Le père de qui ?

— Ce végétarien éco-féministe aux cheveux verts.

— Nathan ?

John opina, toujours essoufflé.

— Qu'est-ce qui vous a donné une idée pareille ?

— Combien de Pinegar de dix-sept ans peut-il exister sur cette terre ?

Soudain, Isabel se demanda si elle avait eu raison de le laisser entrer. Était-il ivre ? Ça ne se sentait pas à son haleine, et elle avait un don presque surnaturel pour flairer l'alcool chez quelqu'un. Défoncé ? Elle l'examina de plus près – ses pupilles étaient de la même grosseur et non dilatées.

Il parut deviner son appréhension.

— Désolé, je n'aurais pas dû venir, dit-il.

Et bien que continuant à grelotter, il n'avait plus l'air ahuri. Juste misérable et pathétique. Il fit un pas vers la porte.

— Non, ce n'est rien, répondit-elle en lui touchant le bras. Venez vous asseoir et racontez-moi…

Il chancela en direction du canapé, et elle le suivit. Tandis qu'il déballait l'histoire de son ancienne imprudence, Isabel finit par s'asseoir auprès de lui, les talons sous les fesses.

— Je ne savais même pas si on avait couché ensemble, mais apparemment, je l'ai engrossée. Pourquoi n'a-t-elle donc rien dit ? J'étais jeune, idiot, mais si mes parents ou moi-même avions été dans la vie de ce gamin, il n'aurait peut-être pas tourné ainsi…

— Ce n'est quand même pas un monstre !

— Oh, si…

— Enfin, oui, peut-être, admit Isabel.

John renversa sa tête en arrière et poussa un gémissement.

— Bon, dit-elle, balançant ses jambes par-dessus le bord et se redressant. C'est trop tôt pour paniquer. Vous ne savez pas encore avec certitude s'il est de vous…

— Il a dix-sept ans. C'est un Pinegar. Il a grandi à New York.

C'était indéniablement un argument. Elle alla prendre son ordinateur. John restait prostré, affalé de son côté telle une méduse flasque. Rien ne bougeait en lui, à part sa pomme d'Adam.

— Excusez-moi, dit-il d'une voix rauque, tandis qu'elle tapait sur son clavier. Je ne sais pas ce qui m'a pris, de vous balancer tout ça…

— Pas de problème. Vous aviez besoin d'en parler à quelqu'un. Je comprends que votre femme n'ait pas été votre premier choix.

— Elle va me tuer. *Me tuer*. Qu'est-ce que je vais faire ?

Isabel secoua la tête, compatissante, tout en continuant à frapper ses touches.

— J'aurais pu être un bon père, je crois. J'ai eu un bon modèle paternel. Mon père est un bon père. Et le vôtre ?

— Disparu.

— Oh, mon Dieu, je suis désolé.

— De quoi ? dit-elle, toujours absorbée.

Elle lui jeta un coup d'œil et comprit le sens qu'il avait donné à sa réponse.

— Oh non, il n'est pas mort. Enfin, je ne crois pas. Il s'est juste volatilisé dans la nature. De toute façon, ce n'était peut-être pas mon père. C'était une partie du problème.

— Je suis désolé, répéta John.

— Pas moi. J'aime l'idée qu'il y a une petite chance pour que je ne lui sois pas apparentée. J'aimerais aussi ne pas être apparentée à ma mère, mais hélas, il n'y a pas de doute possible là-dessus.

Elle retourna l'ordinateur pour lui montrer l'écran.

— Voilà ! Test de paternité. Option Express. Résultats annoncés dans les vingt-quatre heures. Pas d'échantillon sanguin demandé. Résultats par e-mail ou téléphone. On peut commander tout de suite, si vous voulez.

Il écarquilla les yeux encore davantage – le lémur faisant place à la chouette. Il battit des paupières.

— Que faut-il fournir ?

Elle lui tendit l'ordinateur.

— Un verre dans lequel il a bu. Ou un mégot, ou un cheveu – apparemment, c'est utilisable même teint…

John regarda autour de lui avec optimisme, comme si un cheveu vert avait pu apparaître par magie.

— Il n'est jamais venu dans ma chambre, mais j'aurai un échantillon demain. Aujourd'hui…, dit-elle en constatant par la fenêtre que le jour se levait.

John considéra le formulaire en ligne. Il se mit à remplir les cases, timidement au début, puis si vite que ses doigts se bousculaient et qu'il devait se corriger. Isabel vint voir ce qu'il faisait. Il était déjà en train de taper son code de carte bancaire.

Au moment de partir, il resta gauchement à la porte. Enfin, il baissa la tête et dit :

— Merci.

— De rien !

Comme il se retournait, les propres angoisses d'Isabel revinrent en masse. Et si cette crise personnelle lui faisait oublier les Bonobos ?

— Vous êtes toujours décidé à coincer Faulks, j'espère ? Parce que, maintenant que l'émission est suspendue, je ne peux même plus voir s'ils vont bien. Et si le bébé ne sait pas téter ? Et si Makena fait une infection ? Et s'ils ne mangent que des cheeseburgers et des M&M ?

Il se retourna.

— Mais absolument ! J'envoie mon papier ce soir. Le numéro sera dans les kiosques demain en fin d'après-midi.

— Dieu soit loué ! dit-elle. Parce que vous savez ce qui est en jeu ici, n'est-ce pas ? Si la justice saisit les singes, ils seront envoyés au zoo de San Diego, où je nous ai trouvé un hébergement provisoire. Mais si vous ne le dénoncez pas, et qu'il reste propriétaire des singes, Dieu seul sait où ils atterriront…

Elle s'aperçut qu'elle lui tenait le bras, sans doute avec assez de vigueur pour lui faire mal. Aussitôt, elle le lâcha et ferma les yeux.

Il la prit dans ses bras.

— Ne vous inquiétez pas, dit-il, et elle sentit sa voix résonner à travers sa cage thoracique. Je ne le permettrai pas.

À son grand étonnement, elle le crut. Elle se permit même de l'enlacer à son tour.

Dès qu'il fut reparti, elle appela Celia et lui demanda de venir avec Nathan.

Il était débraillé, même s'il avait meilleure allure que John. Isabel examina la structure de son visage et la couleur de ses yeux. Tous deux avaient à peu près la même taille, et si Nathan avait le côté grande perche des adolescents, il pourrait en s'étoffant avoir la même carrure. En tout cas, ce n'était pas impossible…

Soudain, elle eut conscience de le dévisager.

— Vous avez appelé vos parents ? dit-elle.

— Non. Et je ne le ferai pas.

— Écoutez, jeune homme, vous avez intérêt à vous présenter au juge. Vous comprenez ?

Il haussa les épaules, l'air ennuyé.

— Sinon, comment ferez-vous pour rembourser John ?

— J'en sais rien. Je peux peut-être obtenir une carte de crédit. Un prêt…

— Nathan, vous avez dix-sept ans ! Pas de travail ! Personne ne vous donnera une carte de crédit.

Celia le regarda bien en face.

— Dix-sept ans ? Tu as *dix-sept ans* ! J'aurais pu faire de la taule à cause de toi !

Elle lui donna un grande tape au bras.

— J'aurai dix-huit ans dans deux mois, marmonna-t-il, en se massant le bras.

— Il m'avait dit qu'il avait dix-neuf ans, expliqua-t-elle... Tu m'avais dit que tu avais dix-neuf ans !

— Je suggère que tu le bordes dans son propre sac de couchage, ce soir, dit Isabel.

Nathan enfonça les mains dans ses poches et parut pour une fois maté. Celia croisa les bras, regarda devant elle, et se mit à taper du pied.

Isabel se massa les tempes.

— Quand avez-vous mangé pour la dernière fois, les enfants ?

— Pour moi, la dernière fois, c'était hier midi, répondit Celia. C'est sûrement pareil pour lui – *à moins qu'on t'ait donné à manger en prison !* dit-elle, jetant au jeune homme un regard furieux.

— Celia, ça ne sert à rien... Les œufs sont permis ? demanda Isabel, s'adressant à Nathan.

Il eut un regard de biais et dit :

— Théoriquement oui, s'ils n'ont pas été fertilisés, mais les conditions de vie des poules pondeuses...

— Bon ! Donc, tartines sans beurre et jus d'orange pour toi. Celia ?

— Tu vas te faire servir ici ?

— Le bar n'est pas encore ouvert, et on pourrait difficilement aller au restaurant, pas vrai ? dit Isablel en regardant intentionnellement Nathan, qui examinait la moquette avec soin.

— Deux œufs au plat, pain complet et jus de pamplemousse, s'il y a..., dit Celia.

Isabel décrocha le téléphone.

Ce qu'elle avait omis d'ajouter, c'était qu'il était bien plus facile de dérober un verre sur un plateau que dans un restaurant. Il fallait juste bien regarder qui buvait dans quoi.

Dans l'heure suivant la récupération du verre chez Isabel, John avait glissé un paquet contenant l'objet ainsi qu'un frottis buccal dans la boîte FedEx au coin de la rue. Vu son manque de sommeil, il aurait dû se sentir vidé – en réalité, il regorgeait d'énergie, dopé par ses inquiétudes tant pour sa possible paternité que pour l'article à écrire.

La question de la paternité lui nouait l'estomac. Il n'avait même pas réussi à avaler un café depuis qu'il était rentré en chancelant au motel, juste avant l'aube.

Pourquoi Ginette ne lui avait-elle rien dit ? Sa vie aurait été si différente – *leurs vies* à tous auraient été si différentes. S'il s'était mis en ménage avec Ginette, il n'aurait pas vécu avec Amanda. Et il aurait dû quitter la fac pour trouver un emploi. Elle n'avait pas pu gagner de quoi survivre et élever son enfant, et pourtant… Sauf si elle en avait épousé un autre, son enfant avait grandi sans père – le fait que, n'étant pas au courant, il n'avait rien pu faire, ça ne faisait aucune différence. C'était Nathan qui en avait pâti. Nathan qui avait grandi sans le soutien de ses deux parents et John allait tenter de se rattraper. Lui et Amanda feraient partie de sa vie, désormais. Naturellement, il allait devoir annoncer à Amanda – qui s'efforçait activement de concevoir son enfant – que non seulement il en avait déjà un, mais que l'enfant en question était un délinquant juvénile végétarien aux cheveux verts.

Cette avalanche de responsabilité paternelle l'amenant de nouveau au bord de la syncope, il serrait les poings en marchant.

Et ce qu'Isabel lui avait dit le hantait presque tout autant :

« … où je nous ai trouvé un hébergement provisoire. »

Nous.

Les Bonobos étaient aussi proches d'elle que des êtres humains l'avaient jamais été de lui. Et même plus proches, si Nathan était bien son fils.

Son papier était attendu pour minuit, et même s'il promettait de dépasser les rêves les plus fous de Topher, il ne contiendrait pas le genre de preuve irréfutable qui le ferait prendre au sérieux par le FBI. Le *Weekly Times* avait publié trop d'articles fantaisistes par le passé. Si seulement il avait été encore au *Philadelphia Inquirer*…

Il chassa cette pensée de sa tête. Sur Faulks, il avait besoin d'un truc solide. Il ignorait comment, mais dans l'intérêt d'Isabel, et celui des singes, il était décidé à donner le coup de grâce.

36

Absorbé par le contenu de la messagerie de Peter Benton, John se rongeait les cuticules en regrettant toute la caféine ingurgitée. Il était déjà presque 23 h 30, et son papier devait être envoyé à minuit. Tout était écrit, mais il ne pouvait se résoudre à taper sur « Envoi ». Il recherchait le petit détail qui ferait de ce croustillant morceau pour journal à scandales l'article de l'année.

À 23 h 37, son mobile sonna. C'était Ivanka.

— Il est là ! hurla-t-elle pour surmonter le déluge de décibels en arrière-fond. Très soûl, très méchant, mais j'ai dit que j'appelle, alors j'appelle… Ce soir, c'est pas mon soir, mais il m'a demandée. Je reste pour lui, et puis je m'en vais. Viens si tu veux, mais c'est pas le bon soir pour lui parler…

— Ivanka ! J'ai une faveur à vous demander. Allez quelque part où on ne pourra pas vous entendre.

Elle s'exécuta, puis l'écouta plaider sa cause.

— OK, dit-elle. Je vais faire ça…

John eut l'impression de la voir hausser les épaules.

L'attente fut éprouvante. Il alluma la télévision et s'efforça de regarder. Il marcha de long en large, se rongea les ongles, se ratissa les cheveux, se gratta le cuir chevelu. Il se frotta les bras, cherchant quelque chose. Quand il alla dans la salle de bains, il fut effaré par son reflet dans le miroir. Il prit plusieurs inspirations tout en se regardant dans les yeux. Il lissa ses cheveux avec un peu d'eau, puis alla s'asseoir au bord du lit, éteignant la télévision au passage.

À 00 h 01, son téléphone sonna.

— Je l'ai ! dit-elle.

— Où êtes-vous ?

— Dans ma chambre.

John raccrocha, se leva d'un bond et se chaussa en vitesse. Son téléphone re-sonna presque aussitôt.

— Je monte, dit-il, sautant à cloche-pied pour forcer un talon récalcitrant à se soumettre.

— Pour commencer, tu m'envoies mon fichier…, déclara Topher.

Sans lui laisser le temps de poursuivre sur sa lancée, John dit :

— Je vais être en retard, mais ce sera la chose la plus explosive que tu aies jamais publiée, et tu ne changeras pas un mot de ce que j'aurai écrit.

— C'est moi qui suis juge…, dit Topher.

— En effet, et crois-moi, tu ne changeras pas un mot.

Quelques instants plus tard, il frappait à la porte d'Ivanka. Elle entrouvrit et lui tendit un BlackBerry.

— Katarina commence dans vingt-cinq minutes. Rapporte-le dans dix. Elle le déposera aux Objets Trouvés.

John dévala l'escalier, serrant le BlackBerry de Faulks dans sa main, commençant à se communiquer à lui-même tous les paramètres, e-mails et textos avant même d'avoir atteint sa chambre. L'application e-mail menait à un serveur mandataire anonyme et contenait les messages de Peter Benton. Il était clair qu'il avait été le complice de Faulks avant, pendant, et après l'attentat, et qu'il avait tenté d'extorquer à ce dernier encore plus d'argent après les faits. Il y avait encore d'autres pépites, comme des fichiers contenant des indices d'écoute et des informations sur les abonnements en contradiction flagrante avec les déclarations publiques de Faulks.

— Allez, allez, dit-il en surveillant à la fois l'heure et son ordinateur.

Les fichiers, bien que sélectionnés et envoyés simultanément, arrivaient séparément et dans le désordre, ce qui n'avait aucune importance, mais il devait vérifier qu'il avait bien tout avant de rendre le BlackBerry. Une fois le bon total engrangé, il reporta son attention sur le BlackBerry et effaça toute trace de cette manipulation. Puis, il alla le rapporter en vitesse.

Ivanka était en peignoir de bain quand elle lui ouvrit. Elle était encore maquillée, mais retirait ses épingles à cheveux qu'elle glissait à cheval sur le bord de sa poche poitrine, les alignant comme des agrafes.

— T'en as mis du temps !

Il lui fourra le BlackBerry dans les mains, l'attrapa par les épaules et embrassa la traînée de blush sur sa joue poudrée.

— Ivanka, t'es la meilleure !

Une limousine blanche vint se garer sous le balcon, toute vibrante d'une techno-pop russe tonitruante.

— Katarina ! cria-t-elle par-dessus son épaule.

Katarina émergea de la salle de bains en bottes Gogo en vinyle rose, boxer à sequins et dos-nu assorti. Elle cueillit le BlackBerry des mains d'Ivanka sans ralentir et passa devant John. Même si elle n'avait pas dit un mot, il crut voir comme un petit sourire narquois.

— Katarina ! lui lança-t-il. Effacez bien les traces de doigts avant de le rendre !

En guise de réponse, Katarina brandit le BlackBerry par-dessus son épaule avant de descendre gracieusement les marches en béton. La portière de la limousine s'ouvrit, amplifiant la musique, puis se referma et la voiture s'en alla.

Ivanka s'approcha avec nonchalance du lit et s'y allongea. Elle croisa ses pieds, chaussés de mules à talons ornées de plumes, alluma une cigarette.

— Encore merci pour votre aide, dit John. C'était très important.

— 'pas de quoi, dit-elle.

Elle pointa sa cigarette sur un frigo miniature décoré d'aimants et de pâquerettes autocollantes. Une seringue pour surveiller la cuisson des dindes, toujours sous cellophane, était posée dessus.

— D'ailleurs, si tout va bien, je pourrai prendre ma retraite. J'en ai pour dix-huit ans.

— Quoi ?

— J'utilise toujours des préservatifs, expliqua-t-elle. Mais cette fois, je garde… Ah, je suis trop vieille pour *Cougar* ! Et pour avoir un bébé, je suis trop vieille ? Ha ! Ça lui fera les pieds…

Il était 3 h 56 quand John pressa finalement sur « Envoi », et l'accusé de réception arriva presque aussitôt.

Trois minutes plus tard, Topher appela pour lancer sans aucun préambule :

— Bon sang ! C'est la vérité ? Ou tu as inventé ?

— C'est la vérité pleine et entière.

— Ce n'est pas le bon vieux « selon certaines sources »… ?

— Les sources sont réelles.

— Tu peux le prouver ?

— Absolument. Mais je ne trahirai pas mes informateurs.

— Quelles preuves as-tu ? Je veux voir ça.

— Je te les communiquerai, mais je suis sérieux quand je dis que je ne trahirai personne. À aucun prix.

— Bien. Alors ?

— Topher ?

— C'est entendu. On les protégera. Alors, ces preuves… ?

— J'ai des échanges d'e-mails entre Benton et Faulks prouvant qu'ils ont été en contact avant et après l'attentat au labo, que Benton a exercé un chantage après les faits, et que Faulks a commencé par l'envoyer paître avant de le réengager. Et j'ai au moins un expert qui a vu le Bonobo identifier l'un des hommes de Faulks à la télévision comme étant l'un des poseurs de bombe. Il y a forcément une trace de ça quelque part, sur une vidéo, et je suis prêt à parier que Sam serait capable de le reconnaître au cours d'une séance d'identification.

— Qui est Sam ?

— L'un des Bonobos.

Topher poussa un cri de joie, le félicita, lui conseilla d'aller se soûler, de faire la bringue et cetera, et il raccrocha.

John joignit Amanda, qui ne répondit pas, mais il n'était que quatre heures du matin – trois heures à Los Angeles.

— Bonjour, chérie, roucoula-t-il sur le répondeur. J'ai l'impression de m'être refait une virginité comme journaliste… Crois-moi, ça va faire du bruit ! Je rentre bientôt à la maison et j'ai hâte de te revoir. J'espère que ton boulot, ça marche, et que le chien s'adapte. Je t'embrasse.

Il se déshabilla, éteignit et rampa sous les couvertures. Il songea à Ivanka et à sa seringue de cuisson ; à Makena allaitant son petit. Avec quelle tendresse elle le tenait au creux de son bras, guidait la frimousse ridée vers sa mamelle. Il songea au désir d'Amanda d'avoir sa propre famille. Ne plus être seulement des prolongements de leurs propres parents… Soudain, tout cela prenait un sens. Pouvoir donner la vie avec la femme qu'on aimait était un prodige de la nature, et peut-être le désir le plus profond qu'il ait jamais ressenti.

Il dormit jusqu'à environ deux heures de l'après-midi et aurait sans doute continué si on n'avait frappé avec insistance à sa porte. Il l'entrebâilla et trouva Victor, le gros type perpétuellement moite de la réception.

— Un fax, dit ce dernier en lui tendant d'autorité une liasse de papiers chiffonnés.

— Merci, dit John.

Il referma la porte.

Le fax était une version en noir et blanc, déformée, du *Weekly Times* fraîchement imprimé. Sur la première page on pouvait lire : « Pour ne pas te faire languir. La suite arrive. A bientôt, Topher. » En plein au milieu de la couverture, il y avait une photo très peu flatteuse de Faulks (sans doute prise alors qu'il battait des paupières) sur fond de champignon atomique, sous le titre : AU TROU, LE PAPE DU PORNO ? Voyant cela, John redoutait un peu la suite en tournant les pages, mais Topher avait bien publié son article au mot près. Tout y était, depuis le titre « Un singe accuse Faulks d'être le coauteur d'un attentat à la bombe », jusqu'à « nos sources ont apporté des preuves irréfutables que Peter Benton, scientifique réputé et directeur du Laboratoire de Recherche sur le Langage des Grands Singes, est impliqué avec Ken Faulks, le pape du porno, dans l'attentat ayant grièvement blessé une autre scientifique et fait des six Bonobos qui y résidaient les prisonniers de l'insatiable appétit de l'Amérique pour ce phénomène connu sous le nom de téléréalité ».

Il enfila son jean par-dessus son caleçon, puis courut jusqu'au Mohegan Moon en T-shirt, pieds nus dans ses chaussures, serrant les pages contre son cœur.

— Tu peux me rejoindre ? dit Isabel au téléphone.

La réponse de Peter fut immédiate.

— Bien sûr. Où ?

— Au bar du Mohegan Moon. Fais vite. Je n'en reviens pas que tu aies réussi à supprimer cette émission. Merci. Merci, merci, merci…

— Mon Dieu. (Il semblait ébranlé.) J'ai hâte de te revoir, Izzy.

— Moi aussi, dit-elle, en contemplant les pages du fax, étalées sur le petit secrétaire.

Vingt minutes plus tard, elle était installée à une table, presque au milieu de la salle. À présent que l'émission n'était plus diffusée, c'était plus facile de trouver un endroit où s'asseoir. Il y avait encore une poignée de journalistes et de clients du casino, mais ce n'était plus la cohue. Au coin du comptoir, Cat Douglas sirotait un Campari-soda. Elle glissa de son tabouret et se dirigea vers Isabel, mais ayant croisé son regard, elle se ravisa et retourna à sa place.

Quand Peter entra, son regard survola la salle avant de se poser sur Isabel. Il l'embrassa sur la joue et s'assit. La chaise racla le sol quand il la tira, et il regarda autour de lui avec l'air de s'excuser.

— Tu as très bonne mine, dit-il en s'installant.

— Merci, répliqua-t-elle, consciente que, la dernière fois qu'il l'avait vue, elle était complètement chauve et en partie édentée.

Lui aussi semblait très différent, mais elle n'aurait pas su dire en quoi – il était bien coiffé et habillé de façon classique, comme toujours, et il émanait toujours de lui une tranquille assurance.

Le serveur vint prendre sa commande – un « double scotch on the rocks ».

— Bon, dit-il après son départ. Nous y voilà…

— Oui.

Elle contempla son Perrier et remua la petite paille rouge. Elle retira la rondelle de citron vert à cheval sur le bord, en pressa le jus, la laissa tomber dans le verre. L'eau en fut momentanément troublée. Du coin de l'œil, elle crut voir Cat Douglas les scruter.

Elle sourit et tendit les mains par-dessus la table. Peter s'en saisit.

— Donc, on va récupérer les singes, dit-elle. Je n'en reviens pas. (Elle battit des paupières.) Le chemin a été si long… Je n'arrive pas à croire que c'est fini.

Peter continuait à lui tenir les mains, mais plus mollement. Le serveur déposa un double scotch devant lui.

— Merci, dit-il avec un coup d'œil en l'air.

— Parce que c'est bien fini, n'est-ce pas ?

Elle réussit à ébaucher un sourire ému.

— Quand tu as dit, l'autre jour, qu'on allait reprendre où on en était, tu étais sérieux, n'est-ce pas ?

— Je t'aime, Isabel. Je t'ai toujours aimée.

— Je te parle des singes, Peter. Ils rentrent avec nous, n'est-ce pas ?

Il avala son scotch sans la quitter des yeux.

— Tu devrais en commander un autre…, dit-elle.

Il eut un petit rire.

— Tu sais ce que Shakespeare disait de l'alcool : ça provoque le désir, mais gâche la performance. Et il y a si longtemps que je suis privé de toi que…

— Ce n'est pas « provoquer », ni « gâcher », imbécile…

Elle se leva et se pencha par-dessus la table.

— Quand sauras-tu *la fermer* !

Il eut un recul.

Elle retomba sur sa chaise et fouilla dans son sac, sortant les papiers, qu'elle avait pliés en deux. Elle les lissa contre la table, calmement, les repliant à l'envers pour les mettre bien à plat.

— Je pourrais dire que j'en suis désolée, mais rien ne me fait plus plaisir que de t'annoncer que tu vas faire de la taule. Tu vas passer de longues années dans une petite cellule, à connaître de l'intérieur ce que c'est d'être enfermé dans une cage par des personnes hostiles qui se fichent bien de toi et de tes souffrances, comme tous ces singes sur lesquels tu as fait tes expériences à Rockwell…

Elle fit glisser les papiers sur la table. Tandis qu'il les lisait, elle se sentit planer. Et encore plus quand elle vit la compréhension s'inscrire sur le visage Peter. Puis – quand elle se leva pour lui annoncer, à haute voix, que le numéro était actuellement distribué dans les kiosques à travers tout le pays – elle vit, à son air sidéré, que Cat venait de comprendre qu'elle avait été doublée, et elle se sentit alors exulter.

John était en train de traverser le parking du motel, quand Ivanka se pencha du balcon, en peignoir, pour lui crier :

— Vite ! Allume la télé !

Il s'empressa d'atteindre sa chambre.

Topher McFadden était sur la troisième chaîne qu'il alluma, entouré de journalistes et de caméras. Sa tignasse blonde était savamment décoiffée, le col de sa chemise bleu lavande déboutonné. Des flashes se reflétaient sur les verres de ses lunettes carrées.

— Voici le genre d'article que le *Weekly Times* est heureux d'apporter à nos lecteurs, disait-il. Voici le genre d'information qu'ils attendent de nous…

Des voix s'élevèrent tout autour de lui. Topher survola visages et micros, et désigna quelqu'un. Les autres voix se turent.

— Comment avez-vous été capable de sortir cette histoire avant tous les autres grands journaux ?

— Nos journalistes sont des enquêteurs émérites qui connaissent leur métier. J'ai personnellement recruté John Thigpen pour cette mission, et travaillé en étroite collaboration avec lui depuis le début. Il avait l'expérience, l'esprit d'investigation nécessaire pour révéler cette affaire au grand jour. Il avait noué des contacts avec les singes et leurs soigneurs avant même l'attentat, et il a utilisé ces contacts pour découvrir des choses qui restaient opaques aux autres reporters.

Cris, bousculade. Topher désigna quelqu'un d'autre. Le silence se fit.

— Oui… ?

— On dit que la justice va enquêter sur ces allégations. Pouvez-vous commenter ?

Une fois de plus, la rumeur enfla. Topher leva les mains en l'air et ferma les yeux, demandant le calme. Les bavardages cessant, il déclara :

— Les dernières pièces du puzzle se sont emboîtées alors que nous mettions sous presse. Depuis, nous avons coopéré avec la police de Kansas City et le FBI, et nous mettrons nos informations à leur disposition dans la mesure du possible, étant entendu que nous protégerons nos sources. Ce que je puis vous dire, c'est que les Bonobos sont en bonne santé et qu'une équipe de soigneurs du zoo de San Diego est actuellement en route…

Comme le niveau sonore remontait, Topher désigna un autre reporter avec l'aisance d'un porte-parole présidentiel.

— Apparemment, vos allégations reposent sur la « parole » – si c'est bien le terme – d'un singe qui aurait identifié l'un des employés de Faulks comme étant parmi les auteurs de l'attentat. Croyez-vous qu'un tribunal jugera recevable le témoignage d'un animal ?

Topher donna à son visage bronzé un air de profonde concentration.

— Il faut bien comprendre que ces primates maîtrisent le langage humain, et que même s'ils ne sont pas jugés dignes de témoigner dans un tribunal, leur témoignage a de la valeur auprès du public. Une interview au « 20 heures » de Katie Couric serait sûrement intéressante. Mais l'opinion de Sam est loin d'être la seule preuve apportée par le *Weekly Times*.

— Faulks est un producteur de cinéma… est-il responsable de la déclaration du FLT, diffusée sur le Net ?

— Tout ce dont nous sommes sûrs, nous l'avons publié. Il est probable que le FLT a voulu exploiter l'attentat, qu'il a alors revendiqué. Mais l'enquête se poursuit et je ne doute pas que le FBI aura à cœur d'éclairer cette affaire…

Un homme en costume se pencha vers Topher et lui chuchota quelque chose à l'oreille ; ce dernier opina.

— Monsieur McFadden !

— Monsieur McFadden !

D'un geste, l'intéressé indiqua qu'il avait terminé.

— Merci beaucoup. Vous aurez d'autres informations dans notre prochain numéro.

Et il disparut dans la foule avec ses accompagnateurs. John regardait l'écran, stupéfait. Un présentateur passa la tête dans le cadre pour expliquer que les Bonobos seraient bientôt rendus à leurs précédents soigneurs dès que possible et qu'ensuite, après un examen vétérinaire, ils seraient conduits à San Diego.

37

Le lendemain matin, John comprit ce que c'était que d'être poursuivi par les médias. Il ne savait pas comment autant de gens pouvaient avoir son numéro, mais ça n'arrêtait pas de sonner. D'autres reporters, comme Cat Douglas, se présentèrent tout simplement à sa porte.

— Salut, John ! dit-elle avec un grand sourire, penchant un peu la tête.

Ses cheveux châtains se balançaient d'une façon qu'elle devait croire engageante.

— C'est super de te revoir ! Je ne savais pas que tu…

Il lui claqua la porte au nez. À d'autres, comme Cecil, il accorda un peu plus de temps, mais comme tous voulaient seulement savoir d'où il tenait ses informations, ils repartaient déçus. Le FBI, qui s'intéressait à la même chose, lui signala qu'il pouvait, soit révéler ses sources de son plein gré, soit attendre d'être cité à comparaître, mais de toute façon, il serait bien obligé de le faire. John ne discuta pas – malgré leurs menaces, il était bien décidé à emporter son secret dans la tombe.

Mais il était bien forcé de répondre au téléphone, car les résultats du test de paternité pouvaient arriver à tout instant. Le délai de vingt-quatre heures était déjà dépassé.

— Allô ? dit-il, décrochant pour la quarante-huitième fois ce jour-là.

— John Thigpen ? dit une femme à l'accent anglais (bien que posant une question, sa voix plongea dans le grave à la fin).

— Oui. Qui est-ce ?

— Ici, Hilary Pinegar. Je vous dois de l'argent. Une jeune femme, Celia, a eu l'amabilité de m'appeler pour me mettre au courant…

— Hilary Pinegar ? Vous êtes la mère de Nathan ?

Il s'assit au bord du lit.

— Oui. Toutes mes excuses pour ce qui s'est passé. En ce moment, il est intenable. Son père et moi espérons que c'est passager. Bref, nous allons venir à Lizard le chercher, mais en attendant, nous aimerions vous rembourser au plus vite.

— Hilary Pinegar…, répéta John.

— Oui…, dit-elle, à l'évidence un peu troublée d'avoir à confirmer cela.

— Vous n'êtes pas une parente de Ginette ?

Il y eut un silence.

— … Non. Désolée.

— Aucune importance.

— Bref, si vous voulez bien m'indiquer votre adresse, je poste tout de suite un chèque.

En raccrochant, il se sentit inexplicablement vide. Déçu, en fait.

38

Huit policiers entouraient Isabel, formant un cocon pour lui permettre de naviguer parmi la foule, qui avait encore grossi à présent que plus personne ne savait ce qui se passait dans la maison. Comme un agent déverrouillait la porte principale, le silence se fit ; les gens tendaient le cou pour voir à l'intérieur.

Isabel entra dans l'antichambre, puis se retourna et fit signe à l'homme, qui recula et referma derrière lui.

Elle regarda autour d'elle, car c'était la seule pièce dépourvue de caméras, et pour cette raison elle ne l'avait encore jamais vue. L'endroit était assez grand pour contenir un chariot élévateur, et il y avait des marques et des éraflures au sol, mais aussi sur les murs.

Elle examina la porte intérieure et rassembla son courage. C'était le grand moment… Avaient-ils déjà perçu sa présence ?

La jeune femme s'agenouilla pour se mettre à la hauteur du judas, qui était au niveau d'un Bonobo accroupi ou marchant appuyé sur ses articulations. Elle frappa, entendit galoper de l'autre côté, puis plus rien. Se sachant observée, elle sourit. Ses mains et ses lèvres tremblaient d'émotion.

Un frottement, un cri assourdissant, et la porte s'ouvrit brutalement. Bonzi bondit sur Isabel, bras grands ouverts, manquant la renverser. Lola lui sauta sur la tête et s'accrocha à sa figure telle une pieuvre s'emparant d'un masque de plongée. Isabel entendit des galopades effrénées, des cris de joie, et elle tâcha de résister aux assauts des autres qui se jetaient sur elle, l'enlaçaient, la tapotaient, la tiraient par les bras.

— Lola, j'étouffe ! protesta-t-elle en riant, se libérant un bras pour pouvoir décoller le petit ventre de son visage.

Lola se mit de biais, mais même ainsi Isabel avait bien du mal à s'y reconnaître dans ce déferlement.

Bonzi lui tirait le bras avec insistance.

— Bon, bon, je viens ! Mais il faut me lâcher… !

Aucun ne le fit. Elle rampa à l'intérieur de la maison, remorquée par des bras noirs et velus, submergée. Elle en avait le souffle coupé.

Le calme étant enfin revenu, alors qu'ils s'étaient mis à la toiletter – et à s'épouiller les uns les autres – Makena vint solennellement lui présenter son petit.

C'était une fille. Isabel, qui avait toujours Lola sur la tête, la tint contre son épaule et admira le petit visage noir et ridé. Les yeux du bébé étaient ronds et brillants. Il serra le chemisier d'Isabel dans son poing minuscule, comme il le faisait avec la fourrure de sa mère.

— Bonjour, toi ! dit Isabel, les yeux pleins de larmes.

Elle se tourna vers Makena.

— Félicitations, Makena. Elle est très belle. Il va falloir lui trouver un prénom, n'est-ce pas ?

Sam, en retrait, regarda Mbongo tirer la jambe d'Isabel, ôter chaussure et chaussette, et se mettre à chercher entre ses orteils. Bonzi, s'accroupissant derrière elle, entreprit l'inspection de sa chevelure, s'intéressant tout particulièrement à la cicatrice. Jelani examina sa mâchoire et son nez, puis lui glissa les doigts dans la bouche et ôta ses fausses dents.

— Jelani, mes dents ! Rends-moi ça ! dit-elle, riant si fort qu'elle pouvait à peine parler.

Pour toute réponse, il les mit dans sa propre bouche, puis alla se frotter contre Makena, qui se frotta contre Sam.

Bonzi fit le tour pour se poser devant elle. Elle amena sa paume à sa tempe et la retira sèchement, repliant les doigts. Puis de ses doigts et son pouce, elle se toucha les lèvres, et ensuite l'oreille.

BONZI RENTRER MAISON. VITE ISABEL ALLER.

Isabel, qui jonglait toujours avec les petits, répondit :

— On va bientôt rentrer, Bonzi. Ce sera un autre chez-nous, mais ce sera un bon foyer, et je serai là-bas. Je ne vous quitterai plus jamais.

Bonzi tournoya sur elle-même et poussa des cris, signant : BISE BISE, BONZI AIMER.

Elle cessa de tourner et Isabel vit son regard pétiller. Riant, cette dernière crispa son visage au moment où Bonzi, intercalant son visage entre les deux bébés, pressait ses lèvres roses et poilues contre les siennes.

39

Un peu à l'écart de la foule, John regardait le gros camion blanc s'en aller. Il leva la main dans un geste d'adieu, tout en sachant qu'Isabel et Celia étaient à l'arrière avec les singes et ne pouvaient le voir. Tout s'était déroulé rapidement : on avait dressé des barrières, le camion avait reculé jusqu'à la porte du bâtiment, et voilà. John avait tenté d'appeler Isabel un peu plus tôt dans la journée et n'avait pas été étonné qu'elle ne décroche pas. Elle devait être très occupée par les singes, et la pensée de leurs retrouvailles lui fit regretter de n'être pas déjà auprès d'Amanda.

Quand il quitta sa chambre, on lui compta le prix du couvre-lit qu'il avait jeté sur le brûlé, mais il ne protesta pas, car non seulement Topher l'appelait régulièrement pour lui répéter qu'il était « l'homme du jour », mais son assistant lui avait pris un vol en première classe. Agréable surprise, mais geste superflu, car au besoin il aurait pu rentrer chez lui en battant des bras. Il laissa sur le répondeur d'Amanda un message plein d'allégresse, et comme il se sentait bêtement heureux, il ajouta une interprétation du *Mama, I'm Coming Home* d'Ozzy Osbourne.

Il songea à aller déjeuner au Mohegan Moon, mais

se contenta finalement d'un Mars au distributeur. Aucune importance. Ce soir, il dînerait dans la cuisine d'Amanda – avant de tout nettoyer.

Dans l'avion, comme il se préparait à couper son mobile, il nota qu'il avait un message. C'était sa belle-mère, suppliant qu'on la rappelle. Sachant qu'il avait tort, il rappela tout de même.

— Bonjour, Fran, quoi de neuf ?

— Qu'avez-vous fait à ma fille ?

— Qu'est-ce que vous racontez ?

— Elle ne répond pas au téléphone. Qu'est-ce que vous avez fait ?

John s'apprêtait à répondre non sans plaisir qu'Amanda devait sans doute filtrer ses appels, quand il s'aperçut qu'il ne se souvenait pas, lui non plus, quand il avait eu Amanda au téléphone pour la dernière fois. Ces derniers temps, il avait été très pris, mais comment avait-il pu ne pas remarquer cela… ?

— Quand a-t-elle décroché pour la dernière fois ?

— Il y a trois jours. Il se passe quelque chose. Intuition maternelle…

Et si Amanda avait voulu changer une ampoule au plafond et était tombée de l'escabeau ? Baignait-elle dans une mare de sang, les yeux vitreux, le téléphone hors de sa portée ? Et si ce chien monstrueux l'avait mise en pièces, défigurée ?

— Je suis dans l'avion, dit-il. Je vous rappelle dès que je suis arrivé…

Le visage d'une hôtesse lui apparut tout à coup.

— Il est temps de couper votre téléphone, monsieur, dit-elle avec un sourire bien rodé.

— Mais oui, bien sûr…

Dès qu'elle eut tourné le dos afin de gronder d'autres récalcitrants, il appela en cachette Amanda.

— « Bonjour, c'est Amanda. Veuillez laisser votre message et je vous rappellerai dès que possible... »

Avec une anxiété croissante, il s'efforça de déterminer qui il pourrait alerter. À part Sean, il ne connaissait aucune de ses relations de travail. Le nom de famille de Sean lui était connu, bien entendu, mais même si ce dernier était dans l'annuaire, il y avait sans doute des centaines – sinon des milliers – de S. Green à L.A. Il contempla les touches de son mobile, tout en s'apercevant qu'il ne savait quasi rien de la nouvelle vie d'Amanda, et de ses dangers éventuels.

Impuissant, sous le regard à présent sévère de l'hôtesse, il coupa son téléphone.

C'était la première fois de sa vie qu'il voyageait en première classe, mais il n'inclina même pas son fauteuil, et profita encore moins des boissons gratuites. Il passa toute la durée du vol à fixer des yeux le haut d'un postiche minable devant lui, tourmenté par des images d'horreur.

Comme le taxi se garait devant la maison, il nota que la porte du garage était en position quasi fermée. On apercevait par la fente les roues de la Jetta et il y avait des crottes de chien toutes fraîches sur le gazon. C'était plutôt bon signe.

Il ouvrit et entra.

— Amanda ?

Pas de réponse, alors que son sac à main était sur la console dans l'entrée.

Il alla dans la cuisine. Il n'y avait ni escabeau ni mare de sang. En fait, il n'y avait rien de nouveau, à part deux bols en inox sur un petit tapis en caoutchouc.

Comme il montait au premier, le chien apparut en deux tranches : la première comprenait les oreilles et le front, la seconde un improbable mélange de rose et bleu pastel. Arrivé sur le palier, il se demanda s'il ne rêvait pas : la pauvre bête était couchée devant la porte fermée des W-C, arborant un pull jacquard et une expression morose. C'était une vision difficile à prendre au sérieux, même s'agissant d'un chien de trafiquants de drogue, et il s'approcha. De l'intérieur des W-C, il entendit tout un remue-ménage.

— Amanda ?

Il considéra Booger, qui ne leva même pas la tête. Ses sourcils tressaillirent.

Il ouvrit la porte. Amanda était à genoux, à côté de la cuvette, avec un masque en papier sur la bouche, un bonnet de douche, des gants de caoutchouc jaune qui lui remontaient jusqu'aux coudes, et les jambes dans des sacs-poubelles ficelés au niveau des cuisses. Elle brandissait un spray désinfectant et pulvérisait à tout-va. Des éponges, des rouleaux de papier hygiénique et d'autres produits de nettoyage l'environnaient.

— Amanda ?

— Ne fais pas couler l'eau, dit-elle sans le regarder. J'ai mis de la Javel dans les canalisations…

Elle retourna le paquet de Comet et en gifla le fond, provoquant de volcaniques éruptions de poudre dans l'atmosphère. Puis elle se redressa en toussant, son avant-bras devant le masque ; après quoi elle prit une brosse au fond d'un seau et se mit à récurer le carrelage avec énergie.

— Amanda ? Qu'est-ce que tu fais ?

— Tu savais, dit-elle – toujours sans le regarder – que tous ces endroits inaccessibles au balai ou la serpillière grouillent d'agents pathogènes ? Plinthes, siphons, joints – et les poignées, c'est le pire ! Plein de microbes et de bactéries. Et dans les toilettes publiques… Tu savais que la plupart des gens actionnent la chasse avec le pied, laissant ainsi des germes dégoûtants, en plus du reste ? Mais les robinets des lavabos sont tout aussi sales. Et les poignées de porte aussi, à cause de tous ceux qui ne se lavent jamais – ils laissent tous leurs microbes infects sur la poignée, à disposition du brave imbécile qui passera après s'être lavé les mains, lui… Il faut désinfecter tout ça…

Elle lâcha la brosse, ramassa une bombe, et se pencha au-dessus de la baignoire. Elle pulvérisa le robinet jusqu'à ce qu'il dégouline de mousse blanche.

— Amanda ?

— Et ne me lance pas sur le sujet des émanations toxiques quand on tire la chasse ! Je ne laisserai plus jamais ma brosse à dents dans une pièce où il y a des W.-C. C'est un miracle qu'on soit encore en vie !

— Amanda, je t'en prie, dis-moi ce qui ne va pas… !

Elle se redressa sur ses genoux, abaissa son masque, et lui jeta un coup d'œil.

— … Entendu. Après avoir pris une douche.

Puis, elle tendit le bras et lui ferma la porte au nez.

John resta planté dans le couloir, éberlué. Après quoi il alla l'attendre au rez-de-chaussée.

Quelques minutes plus tard, Amanda fit son apparition en peignoir et alla s'affaler sur le divan, pâle et les yeux cernés. Ses cheveux frictionnés frisaient déjà.

— Je vais faire du café, dit-il.

Il resta dans la cuisine pendant ce temps-là. N'ayant aucune idée de ce qui s'était passé, il ne savait pas quoi dire. La machine ayant émis son ultime gargouillis, il remplit une tasse et ajouta du sucre. Mieux valait ne pas utiliser le lait, qui avait suri et s'était transformé en une variété de fromage inconnue.

Il déposa le mug fumant sur la table basse et s'installa en face d'Amanda. Elle se pencha, referma ses mains autour du mug, le lâcha et se renversa en arrière sans avoir bu une goutte.

— Amanda, chérie, qu'est-ce qu'il y a ?

— J'ai pris un boulot…

Le ton faussement naturel qu'elle avait employé lui brisa le cœur.

— Pourquoi ? Quel boulot ?

— J'écris une plaquette sur l'hygiène dans les toilettes publiques. La semaine prochaine, ce sera sur la façon de nettoyer les blouses et les draps dans les hôpitaux. Et ensuite, les cantines…

John l'examina.

— Et la série ? Il y a eu un problème ?

— Non, John ! dit-elle, farouche. C'est *nous* qui avons un problème. Et comme je n'aurai pas d'argent avant que – et si ! – NBC signe pour d'autres épisodes, j'ai besoin de gagner ma vie. Au fait, on nous a fait une offre pour la maison à Philadelphie – comme ça, on n'aura pas à attendre trop longtemps pour le partage…

Quel partage ? John restait muet, redoutant d'ouvrir la bouche. Le chien se faufila discrètement et se coucha le long du mur, les regardant alternativement.

Elle soupira et donna l'impression d'avoir retrouvé sa sérénité.

— Donc, je vais au supermarché il y a quelques jours. Peu importe pour quoi…, dit-elle en éludant d'un signe la question non formulée. Et là, notre carte de crédit est refusée. Impossible, dis-je. Mais si, l'employé contacte la banque, qui répond qu'en effet, on est dans le rouge…

John sentit monter une nausée comme il n'en avait jamais connue. Il savait ce qui allait suivre.

— Donc, j'ai tout laissé en plan et je suis sortie toute honteuse. En arrivant à la maison, j'ai vérifié les mouvements sur le compte, avec l'ordinateur, et sais-tu ce que j'ai découvert… ?

Il y eut un long silence. Elle déglutit avec effort et s'essuya les yeux. Quand enfin elle reprit la parole, sa voix était maîtrisée.

— Jamais je ne t'ai trompé. Jamais. Les résultats du test de paternité que tu attendais sont-ils conformes à tes espérances ? Il faut te féliciter ? Quant à la caution judiciaire, je ne t'en parle même pas… !

— Amanda, dit-il doucement. Je vais t'expliquer…

— Ha-ha ! fit-elle d'un air méprisant, avant de fondre en larmes.

Comme il faisait mine de se lever, elle l'en dissuada d'un geste.

— Non ! Laisse-moi deviner… elle fume, hein ? C'est la fille qui était dans ta chambre juste avant ma venue, hein ? C'est son chien ? Parce qu'elle peut le récupérer. *Elle peut le récupérer…*

Booger se glissa jusqu'à elle et s'assit à ses pieds. Il lui lécha les mains et adressa un regard de reproche à John.

— J'espère qu'elle ne fumait pas pendant sa grossesse, ajouta Amanda. Le bébé est en bonne santé ?

John prit une profonde inspiration.

— Il n'y a pas de bébé. Il n'y en a jamais eu. Il y avait un punk de dix-sept ans aux cheveux verts dont le nom de famille est Pinegar. J'ai payé sa caution pour qu'il sorte de prison.

Amanda se figea. Sa main s'arrêta au milieu du dos de Booger. Ce dernier se retourna pour savoir ce qui se passait et entreprit de se mordiller à travers les losanges pastel du pull.

— Oui, Pinegar. J'ai fait le calcul, et j'ai cru que j'étais son père. C'était une erreur. Sa mère ne se prénomme même pas Ginette. Ses parents m'envoient un chèque pour me rembourser.

— Ginette Pinegar ? Tu croyais avoir fait un enfant à Ginette Pinegar ?

— Ben… Combien de Pinegar peut-il exister en ce monde ?

Il s'adossa aux coussins, avec l'impression qu'on attaquait son cerveau au pic à glace.

— Tu ne m'as pas trompée ?

— Jamais. Jamais, jamais, jamais.

Elle mit quelques secondes à s'élancer, mais pour s'élancer, elle s'élança – juste au-dessus de la table à café pour tomber dans ses bras. Il n'avait pas encore compris ce qui lui arrivait qu'elle sanglotait dans ses cheveux.

Plus tard, alors qu'ils étaient allongés dans le désordre des draps, et que les boucles frisées d'Amanda lui chatouillaient la poitrine, elle déclara :

— Un agent à qui tu avais envoyé mon livre a laissé un message aujourd'hui. Elle veut me parler.

— Bonne nouvelle…

— Peut-être. Au point où j'en suis, je n'ose plus croire à rien.

Au bout d'un moment, il ajouta :

— Pourquoi ce chien porte-t-il un pull ?

— Ma mère nous envoie des trucs. Il a une sacrée garde-robe.

— Ta mère tricote des pulls pour le chien ?

— Eh oui…

Il soupira.

— Ça va pas être de la tarte, quand on aura un gosse…

— Eh oui…, dit-elle.

Six mois plus tard

Il y eut quelques applaudissements quand le maire prit les ciseaux géants sur le coussin de velours pour couper le ruban qui barrait le seuil de la porte. Les extrémités de satin tombèrent au sol tandis que les photographes – dont celui de *The Atlantic*, qui avait accompagné John – mitraillaient la scène. Le maire posa à la gauche d'Isabel, qu'il tenait par les épaules, toutes dents dehors. À sa droite, Celia se matérialisa. Il lui lança un coup d'œil, et son sourire se décomposa pendant une fraction de seconde ; mais il se remit du choc et l'enlaça également.

Sachant qu'il en aurait l'occasion plus tard, John se tut tandis que les autres journalistes se mettaient à poser des questions. Il se tint en retrait avec Gary Hanson, l'architecte qui avait conçu les nouvelles installations, et Nathan Pinegar, dont les parents avaient convaincu le juge que participer à l'édification de la nouvelle résidence des singes, ça pouvait compter comme « travail d'intérêt général ». Il avait l'air content, physiquement en forme, et ses cheveux étaient plus vert fluo que jamais. Celia et lui avaient dû se rafraîchir mutuellement leur teinture la veille, pour l'occasion.

— Docteur Duncan, êtes-vous satisfaite de la donation ?

Isabel regarda brièvement par-dessus son épaule, vers les quinze hectares de montagne sur l'île de Mauri protégés par une double clôture. De nouveau, elle se tourna vers les caméras. John devinait, à ses yeux pétillants et ses lèvres hermétiquement closes, qu'elle se retenait. Elle regarda par terre et se racla la gorge.

— Les termes de notre accord m'interdisent de divulguer le montant de la donation, dit-elle, mais les Bonobos et moi-même souhaitons exprimer notre éternelle gratitude au zoo de San Diego pour sa généreuse hospitalité pendant le temps qu'il fallut pour construire notre nouveau foyer. Je remercie également Gary Hanson et sa société pour avoir œuvré gracieusement pour nous, et pour avoir conçu le plus agréable des habitats qui soit pour les singes, en dehors de la jungle…

Elle chercha une tête dans la foule. Pendant un court instant, John crut que c'était lui qui était visé. Quand le regard de la jeune femme tomba sur Gary, elle s'autorisa enfin un grand sourire ravi.

— Pouvez-vous nous en dire plus sur vos projets ?

— Nous examinons actuellement la candidature des meilleurs chercheurs dans ce domaine, et sommes résolus à poursuivre notre travail sur les processus cognitifs et l'acquisition du langage dans la tradition inaugurée par feu Richard Hughes, qui estimait de notre devoir de fournir aux grands singes la dignité, l'autonomie et la qualité de vie qu'ils méritent de toute évidence.

— Le communiqué de presse fait état de votre collaboration avec le service pédiatrique de l'hôpital de Boston. Pouvez-vous développer ?

— Il est prouvé que les enfants autistes bénéficient grandement de l'emploi de méthodes alternatives pour s'exprimer, tels le langage des signes et les lexigrammes. Nous partageons nos données avec l'hôpital de Boston, et attendons beaucoup des progrès en ce domaine.

— Que vous inspirent les procès qui vont se dérouler bientôt ?

— J'estime que tout prévenu est innocent jusqu'au verdict, et j'ai toute confiance en la justice…

Son regard balaya l'assistance, souriant et accrochant d'autres regards.

— Merci d'être venus.

Elle plia ses antisèches en deux, les glissa dans sa poche et fit signe au premier cercle – Celia, Nathan, Gary, John et le photographe, Philipe – de la suivre. Le vigile ferma la porte derrière eux, et la foule commença à se disperser.

Elle guida le petit groupe sur un chemin de terre qui serpentait entre des arbres tropicaux et des buissons en fleurs aux parfums si capiteux qu'on aurait dit des fruits sur le point d'éclater.

John se mit à marcher à sa hauteur. Ses cheveux avaient si bien repoussé qu'on ne voyait plus la cicatrice. Il faudrait encore des années avant que cette toison ne balaie comme avant sa chute de reins, mais avec son visage délicat et charmant, ce style lui convenait.

— Il paraît que vous êtes allé au Congo ? dit-elle. Au sanctuaire Lola ya Bonobo ?

— Oui. Je suis rentré la semaine dernière.

— Comment était-ce ?

— Hallucinant. Presque surréaliste. On a pris l'avion à Paris. Quand on a atterri à Kinshasa, c'était un tout autre monde. Un groupe de soldats armés est monté dans l'avion par l'avant pour ressortir par l'arrière. Il y avait des carcasses d'avion un peu partout sur la piste…

À ce souvenir, John secoua la tête.

— À l'aéroport… le chaos… et pas du genre « organisé » ! Heureusement, on avait un « homme du protocole » pour négocier les pots-de-vin et passer la douane et l'immigration. Sans lui, on y serait encore… et dépouillés de toutes nos affaires !

— Et comment est le sanctuaire ? dit-elle, en lui prenant le bras.

Cela avait été si inattendu qu'il en avait eu comme un coup au cœur.

— La route était complètement défoncée. Il y avait des trous assez grands pour engloutir le camion et on a traversé des terres désertiques, très pauvres, mais le sanctuaire lui-même est merveilleux. C'était la maison de vacances de Mobutu, l'ancien dictateur. Il y a des lacs pleins de nénuphars, une rivière qui forme une cascade, et des moustiques… ! De vrais bombardiers furtifs – il en figura un de sa main libre – silencieux… mais mortels ! Vous savez qu'il existe une espèce de malaria qui vous tue en quatre jours ?

— Oui. Le neuropaludisme. Vous aviez bien été vacciné ?

— Et comment ! Contre l'hépatite A et B, la fièvre jaune, la typhoïde, le tétanos, la grippe, la méningite, la polio… et même la rage, à cause des chiens errants…

Il secoua la tête.

— J'oublie quelque chose…

— La malaria ?

— Exact. La malaria. Dès notre arrivée, on a entendu les Bonobos. Il y en avait partout. Leurs cris… on aurait dit des oiseaux très bruyants. Ils sont venus nous voir et, aussitôt, ils ont piqué l'appareil photo de Philippe. Une vraie association de malfaiteurs : l'un d'eux lui tenait les jambes pendant que l'autre détachait la bandoulière, puis un troisième s'est emparé de l'appareil et s'est tiré avec… Ils l'ont emporté tout en haut d'un arbre et là, j'ai vraiment cru que Philippe allait pleurer. On a fini par le récupérer en échange de pommes, mais ils avaient déjà pris une dizaine de photos. Il y en a une qu'on publiera avec l'article – on y voit Philippe qui regarde l'objectif bien en face, le visage crispé – l'image même du désespoir. Génial…

Isabel renversa sa tête en arrière et rit à gorge déployée.

— C'est typique des Bonobos !

Elle soupira.

— J'aimerais bien y aller un jour…

— Je suis sûr que ça se fera…

— Oui, je le crois aussi, dit-elle, avec une telle assurance qu'il lui lança un regard à la dérobée.

Elle semblait heureuse, détendue. Même avant l'attentat, il avait noté qu'elle était réservée, anxieuse. Ce n'était plus le cas. Même physiquement, elle ne bougeait plus comme avant. L'ancienne Isabel ne lui aurait jamais pris le bras.

Ils sortirent du bosquet pour déboucher dans une clairière occupée par une structure constituée de gros blocs en béton. À une extrémité, il y avait une tour assez haute avec des murs en grillage. De haut en bas elle était bardée de tuyaux d'arrosage, de hamacs, et était pleine de structures d'escalade, de jouets et de pataugeoires.

Isabel lui lâcha le bras.

— La cour de récréation ! dit-elle avec une fierté évidente. Ils vont et viennent à leur guise. Ils peuvent aussi aller dans la forêt à condition d'être accompagnés par l'un d'entre nous. Ils sont ravis. Nous mettons des petites gâteries spécifiques à certains endroits. Sous celui-ci… (elle désignait un arbre) il y a toujours une glacière avec des œuf durs ; et là… (elle en désigna un autre) ce sont des M&M… sans sucre, bien entendu. On n'a pas fini de remédier aux dégâts provoqués par les pizzas et les cheeseburgers.

À l'intérieur, il y avait un vaste espace d'observation, séparé du lieu de vie des singes par une paroi transparente courbe. Les Bonobos n'étaient pas là, mais Gary s'approcha tout de même de la vitre. Philipe le rejoignit, son appareil photo prêt à fonctionner. Celia et Nathan se tenaient légèrement derrière eux.

— Alors, qu'en pensez-vous ? lui dit-elle.

— C'est magnifique. Où sont-ils ?

— Ils doivent être dans la salle commune, en train de regarder des rediffusions de l'émission. Ils sont un peu obsédés par ça…

— Mon colis est arrivé ?

— Je ne sais pas… Celia ?

— Oui, répondit la jeune fille, en tournant sa tête fuchsia. Et ça a l'air très bon. Merci, *Pigpen*…

Il leva deux doigts, façon « Peace and Love ».

— Qu'est-ce que c'est ? demanda Isabel.

— Un gâteau aux carottes. Pour fêter l'événement !

Il la vit hésiter.

— Ah, je ne sais pas si…

— C'est Amanda qui l'a fait, s'empressa-t-il de préciser. Carottes bio, sucrées au jus de pomme, et le glaçage est fait avec du fromage blanc sans matière grasse. Voici la liste des ingrédients…

Il sortit de sa poche une feuille de papier froissé qu'il lui tendit.

— Bon, si c'est Amanda qui l'a fait…, dit la jeune femme en riant.

— Cool, dit Celia. On va les prévenir…

Elle et Nathan disparurent dans le couloir.

Isabel regarda ses pieds, puis John.

— Je voulais vous remercier.

— Oh, ce n'était rien, dit-il avec un petit geste de la main.

— *Rien ?* Vous avez fait dix jours de prison à cause de nous.

— Un journaliste se doit de protéger ses sources.

— Celia voulait se dénoncer, mais je lui ai rappelé que vous protégiez aussi Joel, Jawad et Ivanka.

— Et vous, dit-il.

— Oui, et moi.

Il y eut un silence et leurs regards se rencontrèrent.

— Euh… bon, dit-il en baissant la voix. Ai-je bien détecté quelque chose avec… euh… ?

Il inclina légèrement la tête en direction de Gary.

— Peut-être… (Les joues d'Isabel rosirent.) C'est possible. Bon, dit-elle en regardant ailleurs. Et comment va Amanda ?

— Les nausées matinales, c'est fini, et elle ne part plus en hurlant à la simple odeur du café…

— Bien ! C'est pour quand, l'accouchement ?

— Dans un peu moins de trois mois. Quatre jours après celui d'Ivanka, figurez-vous !

— Vous devez être heureux ?

— Heureux et terrifié, dit-il, en espérant qu'on ne pouvait pas deviner à son air de quel côté penchait le fléau de la balance pour le moment.

— Et son nouveau livre !

Isabel porta la main à son cœur.

— J'ai été si contente d'apprendre ça. Ça sort quand, déjà ?

— Dans quatre mois.

— J'ai hâte de le lire. Vous le lui direz ?

— Bien sûr.

— Dites-lui aussi que je suis désolée pour sa série, à moins que ce soit un point sensible… ?

— Absolument pas. En fait, elle a été enchantée que ça capote. Elle avait pris le projet – et Los Angeles – en grippe, avec toute la passion dont elle est capable.

— Et vous ? Comment ça va ?

— Je m'en sors. Je suis content d'être rentré à New York, même si notre appartement est actuellement plein de chats qu'Amanda a recueillis pour soulager un refuge local, et comme elle est enceinte, c'est à moi de nettoyer leur litière. Enfin, quand Booger ne s'en est pas chargé…

Il la vit frissonner, et ne put s'empêcher d'ajouter :

— Il adore ça, les petites crottes…

— Berk ! Qui s'en occupe, en ce moment ?

— Une ribambelle d'amis, aidés par une voisine angélique.

Après un silence, Isabel jeta un regard à Philippe.

— *The Atlantic*, rien que ça… !

— C'est juste une pige, mais… Faire de la prison semble avoir opéré des miracles pour ma carrière…

Lui aussi jeta un regard à Philippe.

— Si j'avais su, j'aurais braqué un caviste il y a longtemps.

— Ça n'aurait sûrement pas eu le même effet ! dit-elle en riant.

Les Bonobos firent irruption dans l'espace d'observation en poussant des cris, bondissant devant la vitre. Philippe se mit à prendre des photos.

Bonzi signait avec frénésie DONNER SURPRISE ! BONZI MANGER DONNER MOI !

— C'est lui qui l'a apporté, dit Isabel, désignant John.

BONZI AIMER VISITEUR !

Celia apparut de l'autre côté de la vitre avec le gâteau. Elle avait planté une bougie au milieu.

— Bonzi ! Viens ici, dit-elle. Il y a un briquet dans ma poche. Peux-tu allumer la bougie ?

Bonzi plongea la main dans sa poche, retira un briquet, et alluma adroitement la bougie. Celle-ci n'était pas plus tôt allumée que Jelani se précipita pour souffler dessus. Il l'ôta du gâteau et en suça le glaçage au bout. Mbongo, assis, lorgna John avec méfiance jusqu'à ce que Celia lui tende un morceau de gâteau.

— Tu aimes ? C'est John qui l'a apporté…

Mbongo détacha les petites carottes en pâte d'amandes sur le dessus et les suça, évitant soigneusement de croiser le regard de John. Bonzi pourlécha ses lèvres couvertes de glaçage et s'approcha de la vitre.

BONZI AIMER VISITEUR. CONSTRUIRE NID VISITEUR. BISE BISE.

Elle se tint au bord et pressa ses babines contre la vitre ; celles-ci se retournèrent. On aurait dit un poisson « mangeur d'algues » en train de s'activer contre la paroi d'un aquarium.

John hésita une fraction de seconde, puis dit :

— Toutes mes excuses à la femme de ménage…

Comme il s'approchait, il vit Philipe se retourner pour capter ce moment avec son appareil. Alors, il se mit bien en face des lèvres de Bonzi, et y planta un gros baiser.

NOTE DE L'AUTEUR

Alors que je m'apprêtais à partir pour un voyage de promotion pour *De l'eau pour les éléphants*, ma mère me parla d'un centre à Des Moines, dans l'Iowa, où l'on étudie l'acquisition du langage chez les grands singes. Comme c'est un sujet qui me passionne depuis le jour où j'ai entendu parler de Koko la gorille, j'ai passé la journée à surfer sur le site Web du Great Ape Trust. Je fus doublement fascinée ; non seulement par les recherches qu'on y mène, mais aussi par le fait qu'il y avait là une espèce de singe dont j'ignorais tout. Et j'ai foncé… sans savoir dans quoi je me lançais !

Au cours de mes investigations, j'ai eu la chance d'être invitée dans ce centre – non sans avoir fourni quelques efforts sous la forme de devoirs à faire, suivis d'un stage à la York University de Toronto pour y suivre une initiation à la linguistique. Ayant obtenu la précieuse invitation, je savais que je ne serais pas forcément mise en contact avec les singes : c'était à eux de décider. Comme John, j'ai essayé de mettre toutes les chances de mon côté en achetant des sacs à dos que j'ai bourré de jouets et de friandises, avant de prier les chercheurs de bien vouloir prévenir les singes que j'apportais des « surprises ». Alors que je m'inquiétais du résultat de cette démarche, on me fit savoir que les singes m'attendaient… avec impatience !

Ce fut une expérience extraordinaire. Aujourd'hui encore, je ne peux y penser sans en avoir la chair de poule. On ne peut pas communiquer avec un singe, ou même le regarder droit dans les yeux, de près, sans en être transformé. Je suis restée toute la journée, et il fallut pratiquement me mettre à la porte, tant je m'amusais. On m'a rapporté que, le lendemain, Panbanisha a dit à l'un des chercheurs : « Où est Sara ? Faire nid Sara. Quand revient-t-elle ? »

La plupart des conversations entre Bonobos et humains dans ce livre s'inspirent de véritables conversations avec des grands singes, parmi lesquels Koko, Washoe, Booey, Kanzi et Panbanisha. Au bout de deux ans, j'ai compris que je n'avais vu que la pointe émergée de l'iceberg, et à ceux qui souhaitent en savoir plus, je recommande vivement la lecture des livres suivants, comme points de départ : *Kanzi, The Ape at the Brink of the Human Mind* de Sue Savage-Rumbaugh et Roger Lewin, et *Next of Kin : My Conversations with Chimpanzees*, de Roger Fouts et Stephen Tukel Mills. On peut également trouver des informations sur les Bonobos sur le site du Great Ape Trust (www.greatapetrust.org) et celui des « Amis des Bonobos » (www.friendsofbonobos.org).

Beaucoup de scènes de ce livre sont également inspirées de faits réels – tels l'incendie du zoo de Philadelphie, la gorille (Binti Jua) qui a sauvé l'enfant tombé dans la fosse, les expérimentations menées sur les chimpanzés de laboratoire et leurs conditions d'existence, le traitement infligé à ceux de l'Air Force – bien que j'aie pris la liberté de changer les noms, les dates et les lieux. La plupart des traitements les plus cruels sont à présent interdits, mais cela démontre comment nous avons traditionnellement traité nos plus proches « cousins » – « comme des tubes à essai poilus », selon l'expression du Dr Fouts. Nous avons beaucoup progressé, mais étant donné que les quatre espèces de grands singes sont menacées d'extinction, il y a encore beaucoup à faire.

L'un des endroits dont je n'ai pas déguisé le nom est le sanctuaire « Lola ya Bonobo », en République Démocratique du Congo. On y recueille de petits Bonobos orphelins (en général, vendus comme animaux de compagnie après que leur mère a été tuée) pour les soigner et les relâcher ensuite dans la jungle. Cela, associé à une éducation de la population locale, constitue leur meilleure chance de survie.

Un jour, j'irai visiter ce sanctuaire. En attendant, pour répondre à la question de Panbanisha : oui, je vais revenir. Très bientôt. J'espère que mon nid est prêt !

REMERCIEMENTS

Tant de gens m'ont aidée à écrire ce livre que je suis sûre d'en oublier. Que ceux qui ne seraient pas cités veuillent bien me pardonner…

Avant toute chose, je dois remercier les singes du Great Ape Trust – Kanzi, Panbanisha, Matata, Nyota, Nathan, Elikya, Maisha, Azy, Knobi et Allie – pour m'avoir reçue chez eux et permis de m'initier à leur univers. Je voudrais également remercier les humains qui ont facilité ma visite et répondu à mes nombreuses questions durant la préparation de ce livre : Liz Rubert-Pugh, Sue Savage-Rumbaugh, Tyler Romine, Daniel Musgrave, Susannah Maisel, Heather Taylor, Sharon Mckee, T.J. Kaperbauer, Takashi Yoshida, Beth Dalbey, et Al Setka.

À Jim Benson et Bill Greaves, professeurs à la York University, qui m'ont aidée à préparer cette visite au Trust et n'ont jamais proféré les mots « unité de rang lexical ». En fait, quand j'ai quitté votre bureau pour aller prendre le bus, j'aurais bien aimé m'inscrire comme étudiante ! Les frissons que j'ai éprouvés en écoutant la voix enregistrée de Kanzi, quand j'ai compris qu'elle prononçait les mots « apporter eau », annonçaient l'incroyable expérience que furent mes conversations en direct avec les singes.

À Vanessa Woods, chercheuse à Duke University et

« pilier » du Lola ya Bonobo, pour avoir non seulement répondu à mes questions et m'avoir montré ses superbes photos, mais aussi pour son amitié et son dévouement sans faille à la cause des Bonobos.

À mon groupe d'écriture : Karen Abbott, Joshilyn Jackson et Renee Rosen. Votre patience, votre serviabilité et votre disponibilité, malgré des emplois du temps chargés, ont dépassé mes espérances. Jour après jour – heure après heure – vous avez été là pour me servir des cocktails bizarres aux noms obscènes, me battre à plates coutures au poker, m'écouter geindre et grincer des dents, et vous avez, de bien des façons, permis à ce livre de s'améliorer. Vous n'êtes pas seulement mes critiques « maison », mais mes amies les plus chères.

À Terence Bailey, Catherine DiCairano, Beth Helms, Kathryn Puffett et tous ceux qui m'ont aidée à mettre en forme cette histoire, que ce soit par des critiques, des encouragements, des séances de remue-méninges – sans parler des livraisons de confitures de figues et de vinaigre balsamique.

Merci à mes enfants, qui ne m'ont pas particulièrement aidée (au contraire) mais que je remercie néanmoins parce qu'ils sont la justification de tout.

À Emma Sweeney, ma merveilleuse agent, et Cindy Spiegel, ma remarquable éditrice, pour leur aide et leur soutien, et pour m'avoir aidée à dégager la statue du bloc de marbre brut. Je suis également infiniment redevable à Random House pour m'avoir accordé l'appui et le temps nécessaires à la réalisation de ce livre.

Enfin, à Bob : tu es mon meilleur ami, mon amour, mon complice. C'est toi qui « fais tourner la baraque » quand je suis absorbée par ceci. Quand je saute d'une falaise, tu viens à mon secours. Quand je suis désespérée, tu me redonnes de l'espoir. Et quand je suis mal aimable, tu m'aimes quand même. Comment fais-tu donc pour me supporter ?

Du même auteur
aux Éditions Albin Michel :

La Leçon d'équitation, 2005.

Parcours sans faute, 2006.

De l'eau pour les éléphants, 2007.

PAPIER À BASE DE FIBRES CERTIFIÉES

Le Livre de Poche s'engage pour l'environnement en réduisant l'empreinte carbone de ses livres. Celle de cet exemplaire est de :
450 g éq. CO_2
Rendez-vous sur www.livredepoche-durable.fr

Composition réalisée par Nord Compo

Achevé d'imprimer en juin 2013 en France par
CPI BRODARD ET TAUPIN
La Flèche (Sarthe)
N° d'impression : 3001038
Dépôt légal 1re publication : juillet 2013
LIBRAIRIE GÉNÉRALE FRANÇAISE
31, rue de Fleurus – 75278 Paris Cedex 06

31/7559/3